三生三世
步生蓮
貳・神祈
唐七
著

第一章

乞巧節那夜的後半夜，連三領著他們一行人自冥司回到了凡世。他們是如何回來的成玉記不大清了，因她是在睡夢中被搖醒帶回來的。

剛從冥司出來時她醒了一小會兒，稀里糊塗覷見竟是國師一路背著她，連三則一個人走在他們前頭。

她蒙了一會兒，兩下掙開國師，急跑幾步上前一把抱住了連三的手臂。她整張臉都埋進了連三的胳膊，沒瞧見連三的表情，只在混混沌沌的意識裡，聽到連三沉聲問國師：「不是告訴你讓你看好她？」

國師很委屈：「是郡主她突然掙開我，我著實沒有預料到，有些猝不及防。」解釋完這一茬，國師對她的行止還提出了一點看法，「是不是郡主覺得靠著將軍更加安全？」分享完了這個看法國師還挺感慨，「郡主即使在睡夢中也這麼謹慎，了不起啊。」

國師絮絮叨叨說著話，她打了個呵欠，只覺睜不開眼，頭一點一點直往連三身上靠，睏意極盛，又迷糊起來。

她記得自己好像嘟囔了一聲「睏」，連三有點冷淡，沒搭理她。但下一刻，他的手卻伸過來攬住了她，停了一會兒，他還將她抱了起來，讓她能夠枕在他的懷中好好安睡。

次日她在春深院中醒了過來。

那之後她便沒在曲水苑中見過連三了。

梨響打探來的消息，說是大將軍已離開曲水苑回京郊大營練兵去了，成玉私底下失落了一陣，也就罷了。

自冥司歸來後，成玉又恢復了往日的活潑，皇帝和太皇太后都沒看出什麼。

自那日擊鞠賽後，西園明月殿前的鞠場便一直沒被封上，齊大小姐沒事就找成玉去鞠場玩些新把戲。皇帝看在眼裡，除了教訓過她們一句要折騰也別頂著烈日折騰，別的倒沒有再拘束成玉什麼，因此她日子過得還挺愉快。

成玉同齊大小姐蹴鞠時季明楓也總來，剛開始只在場邊看著，後來齊大小姐邀季世子賽了半場，驚豔於季世子的球技，便做主將他納進了她們這個小分隊。故而時不時地成玉也同季世子一道玩。

馬球打了七八日，成玉對明月殿前這方豪奢鞠場的熱情漸漸消退，越來越想念起連三來。盼了幾日碰到國師，聽國師說連三因軍務太過繁忙之故，不大可能再回曲水苑伴駕了，她又開始見天地琢磨著溜出去。溜了三次，被皇帝逮著三次，跪了兩次，關禁閉關了一次。

待從禁閉室中出來，已過了處暑，暑氣漸消，整個行宮都在為還京做著準備。她可高興壞了，想著沒兩天就能重返十花樓重獲自由，難得安生了幾日。

她琢磨著連三也該練兵回來了，打算一回城就去他府上找他去。

結果回城先撞上了小花。小花說找她有急事。

小花的意思是，她新近看上了一個和尚，但她也知道出家人戒情戒欲，戒嗔戒癡，不大會願意同她好，她十分苦悶，不知該怎麼辦，一直在等成玉回來，想找她談一談心，訴訴情傷。

成玉聽小花說明來意，沉默了片刻：「妳不是喜歡我連三哥哥嗎？我記得上上個月妳還同我說我連三哥哥品貌非凡不容錯過。」

小花也沉默了片刻：「哦，連將軍……連將軍他已經是今年春天的故事，眼下已是秋天，」小花遠目窗外，給了她一個很詩意的回答，「每個季節，都應該有每個季節的故事。」

小花的理論成玉不太明白，也不想明白，她只是很為小花發愁。因小花畢竟是個妖，成玉覺得，但凡是個正經和尚，看到小花的第一反應都該是把她給收了或是鎮了，就像法海把白素貞給鎮了一樣。

為了讓小花迷途知返，成玉帶小花去聽了一下午小曲，小曲的名字叫〈法海你不懂愛〉。

去大將軍府這事只能順延到次日。

結果次日，她滿腔期待去到大將軍府，還是沒能見到連三。天步出來迎她，說將軍他仍在京郊大營，不知歸期。

翌日、第三日、第四日、第五日、第六日……成玉日日都去一趟大將軍府碰運氣。天步一再同她保證，說若是連三回府，定然第一時間同他稟報她來尋他這事。但即便如此，不知為何，成玉卻總覺難安，非要日日都過去看看。

後來有一次，天步語含深意地嘆息：「郡主如此，倒像是十分思念我家公子。」

她沒聽出來，挺老實地也嘆了口氣：「是很想連三哥哥，我們好久不見了。」

天步帶笑看她：「郡主為何如此想念我家公子、想見我家公子呢？」

為何如此，她沒想過，或許想念連三，同想念親人也差不多，她回道：「就是老見不著他吧，心裡有點空落落，還有點著急。」說著便又感到了那種空蕩與失落，有點煩惱地道，「唉，既然今日他還不在，那我明日再來吧。」說著就要轉身。

天步卻攔住了她：「郡主等等。」待她疑惑停步，天步認真地看了她一眼，「若是公子他一直不在呢？郡主妳會每日都來嗎？」

她有點詫異：「他為何會一直不在啊？」

天步道：「假如呢？」

她蹙著眉頭想了想：「我當然要來的，他不會一直不在的，即便又有什麼戰事需連三哥哥他率軍出征，也需他回城行出征儀，那時候我總能見上他一面吧。」

天步有點無奈：「我說的不是……」但她沒有將這句話說完，頓了一下，搖了搖頭，笑道，「沒有什麼，今日我同郡主說的話，郡主都忘掉吧。」那笑容中含著一絲憐憫，也不知是對誰。

不過成玉沒有看出來。

成玉去將軍府的時辰不定，有時候清晨，有時候日暮，但沒有在晌午前後去過。

這幾日裡，季明楓日日來邀她遊湖遊山，晌午時分她幾乎都跟著季明楓在城外閒逛，並不在城中。其實若只是季世子一人邀她，她也就拒了，但季世子回回都帶著齊大小姐。齊大小姐是個不大愛交朋友的人，竟能同季世子走得這樣近，著實難得；看齊大小姐興致這樣高，他們來邀她，她也就跟著一道去了。

成玉印象中，季明楓是個很沉悶的人，沒事就愛在書房待著，但近來跟著他和齊大小姐出城瞎逛了幾日，才發現原來季世子也挺有情趣。比起她來可能差點兒，但比起一說找樂子就只會賭球和上青樓喝花酒的小李大夫，真是強了不要太多。

譬如季世子帶她們去過小瑤台山半山腰的一片桂花林。秋陽和煦，桂香纏綿，季世子帶了一整套酒器酒具，就地採了山梅在桂樹下給她們煮酒，她和齊大小姐蹲在樹下耍骰子玩牌九，一整天都很開心。

譬如季世子還帶她們去過大瑤台山背後的一條清溪。秋風送爽，溪流潺潺，季世子取溪中水給她們烹茶，還砍了果木生火給她們烤溪魚，她和齊大小姐蹲在烤魚的火堆旁耍骰子玩牌九，一整天都很開心。

再譬如季世子還帶她們去訪過一位深山隱士。天朗氣清，山鳥和鳴，季世子同隱士一邊談玄論道一邊在菜園子裡挑青菜給她們做素宴，她和齊大小姐蹲在菜園子旁邊一邊聽他們說話一邊耍骰子玩牌九，一整天都很開心。

跑了幾日，成玉覺得跟著齊大小姐和季世子出門，的確比她一個人悶在城中要有意思許多。

齊大小姐自覺自己是個粗人，但就算她是個粗人，她也察覺出這些日子成玉有心事。

自然，同她一道玩樂時成玉她也挺高興的，但可能她自己也沒有注意到，時不時地她就會突然走神。

成玉、連三和季明楓三人到底是怎麼一回事，齊大小姐雖然不太明白，但成玉為何會走神，她卻大致猜得出。

這些日子，成玉一直惦念著連三。

此事旁觀者清。

連三待成玉如何，齊大小姐不清楚，不過季世子一看就是對成玉有意。而成玉，傻不愣登的什麼都不知道，因此總當著季世子的面提連三。

季世子帶她們去桂林，成玉拾了一地桂花，說此地花好，要帶回去給連三，供他填香；季世子帶她們去溪畔，成玉灌了一葫蘆溪水，說此地水好，要帶回去給連三，供他煮茶；季世子帶她們訪隱士，成玉她還拔了隱士菜園子裡一把青菜，說此地青菜爽口，要帶回去給連三，讓他也嘗嘗鮮。

每當這種時候，季世子就很神傷。

齊大小姐有些同情季世子，還有些佩服季世子，覺得他見天被這麼刺激還能忍得下去，是個不一般的世子，同時她也很好奇季世子能忍到哪一日。

答案是第八日。可見真是忍了很久。

但季世子即便發作起來，也發作得不動聲色，大約因天生性格冷淡，情緒再是激烈，也像是深海下的波瀾，只他自己明白那些洶湧和煎熬，旁人無論如何也看不真切。

「他不值得妳如此。」季世子說。

彼時成玉正和齊大小姐叨叨獵鹿的事情。齊大小姐聽清季世子這七個字，明智地感覺到應該把舞台讓給身旁二位，一言未發，默默地勒了馬韁繩自覺走在了後頭。

成玉也聽清了季世子的話，但她靜默了片刻，似是想了一會兒，才開口：「世子剛才是說連三哥哥不值得我如此是嗎？」她抬起頭，「季世子的意思是，連三哥哥他不值得我如何呢？」

季世子座下的名駒千里白行得比成玉座下的碧眼桃花快一些，多探出一個頭，但他並沒有回頭看成玉：「不值得妳總是提起他，」他道，「亦不值得妳從不忘帶禮物給他，更不值得妳每日不論多晚都要去將軍府一趟打探他的消息，還不值得無論何時、何地，妳……」看似平靜的語聲中終顯了佛鬱之色，似乎他自己也覺察到了，因此突然停在了此處，沒有再說下去。千里白停下了腳步，走在後側的碧眼桃花也跟著停了下來。季世子靜了好一會兒，終於回頭看向成玉：「妳將他放在心中，但他又將妳放在了何處呢？」

成玉單手勒著韁繩騎在馬背上，一張臉看著挺鎮定，但此時她整個人都有點蒙。她覺得無論是她每日去找連三還是她總記得給連三帶點兒什麼，這些都是不值一提的小事，因為她閒著也是閒著，說連三不值得她如此著實小題大做。但季世子他為何如此小題大做？她想了會兒，記起來季世子好像同連三不大對付，可能他不太喜歡她沒事總提連三吧。

她就點了點頭，並沒有太當這是個什麼事，雙腿夾了夾馬腹，一邊催著碧眼桃花走起來一邊道：「那我明白了，以後我就不提連三哥哥了吧。」

季明楓卻掉轉馬頭擋在了她面前：「妳什麼都不明白。」季世子一瞬不瞬地看著她，那看似平靜的一雙眼眸中有一些極深的東西她看不真切，但他的語聲她卻聽得真切，「他騙了妳。」他似是有些掙扎，但最終，他還是再次向她道，「連三他騙了妳。」

成玉不解地眨了眨眼，季明楓沒有再看她，似乎他要告訴她的是一樁極殘忍之事，故而不忍看她的表情。他低聲問她：「妳今晨去大將軍府，他們是否告訴妳連三他仍不在？」

的確有這麼一回事，今日一大早她前去大將軍府，此次出門迎她的並非天步，卻是個從未見過的小廝。倒是個秀氣的小廝，生得很秀氣，說話也很秀氣，告訴她將軍不在，天步也不在。

聽到她的回答，季明楓靜了一會兒，蹙著眉頭道：「連三他昨夜便回府了，妳今晨去他府上探問時，他其實就在府中。」他抬手揉了揉眉心，依然沒有看她，「我知道妳想說什麼，所有辜負妳的人，妳都願意為他們找藉口，妳想說或許他太忙沒空見妳，又或許他的侍女忘了向他通傳妳每日到訪之事。」

他頓了一頓，似是接下來的言辭難以為繼，但終歸他還是將它們說出了口：「但今晨妳走之後，煙瀾公主便帶了繪畫習作前去將軍府向他請教，那位公主並沒有被拒之門外，而後，他又領了那位公主去小江東樓喝早茶，他看上去不像沒空。」

成玉沒有出聲，她走了會兒神。

她聽明白了季明楓的意思，說的是連宋在躲著她。如若連三的確昨夜就已回府，那這個做派的確有些像在躲著她。但，為何呢？

她還記得同連三在一起的最後那夜，明明那時候還好好的。她雖然曾經從季世子身上學到過一個人會突然討厭另一個人，沒有原因，也沒有理由，但她想那不會是她和連三。連三的確有時候喜怒無常，難以捉摸，但他從來待她那樣好，那些好都是真的，他會在她哭泣時擦乾她的眼淚，在她疼痛時握住她的雙手。連三是絕不會傷害她的人。

回神時她發現季明楓正看著她。她蹙著眉頭，無意識地扯了扯背在身側的那把弓箭的弓弦，繃緊的弓弦發出極輕微的一聲顫音，她抬頭看向季明楓：「可能真的有什麼誤會？侍女沒有呈報給他也好，小廝誤傳了也罷，或許他真的不知道我在等他呢。」

季明楓安靜地看著她：「阿玉，他不值得妳對他的那些好。」

煙瀾沒想到今日竟能同連三一道來小江東樓喝早茶。

自乞巧節後她便不曾見過他，算來已一月有餘。除了連三領兵在外的時節，她其實很少有這麼長時間見不到他，因此昨夜在太后處聽聞皇帝提及連三回府之事，今晨一大早她便尋了藉口跑來找他了。

半路上她也想過連三這一整月都在京郊大營，那大約正事很忙，此行她說不準見不到他。不承想，到了大將軍府不僅見到了人，連三還主動開口領她出門吃早茶。

那時候煙瀾覺得他今日心情應該是好的。

但此時，煙瀾卻不這麼想了。

竹字軒中她同連三對坐弈棋，不過數十手他便將她逼得投子認輸，從前這種情形是沒有過的。自然她的棋藝同他相比不值一提，但過去他總會花點心思讓著她，不至於讓她輸得太過難看。

一局棋畢，第二局起手時連三讓了她二十四子，可她依然很快便敗在了他的凌厲剿殺之下。他今日不想費心讓她了。第三局依然如此。

總輸棋的是她，卻是連三皺著眉頭先行離開了棋桌：「讓天步陪妳下吧。」他今日話也少，像是覺得下棋也好，在這房中的她和天步也好，都讓他心煩。

煙瀾其實不想和天步下棋，但她不敢辯駁，只好一邊敷衍著天步，一邊悄悄看他。

小江東樓的竹字軒正對著碧湖金柳，一派大好秋色。幾步之外，煙瀾見連三倚窗而坐，的確將目光投在窗外，卻並非閒坐賞景的模樣，他一直蹙著眉頭。她有些忐忑，不知他今日怎麼了，為何連這窗外的碧湖白汀也無法取悅他，又或許，他根本就沒有將目光放在那些美景上頭？這樣的連三讓她感到不安。

樓下忽有喧嚷之聲傳來，小二推門進來添茶，侍女問及，才知是一幫蹴鞠少年在一樓宴飲，少年人好熱鬧，故此有些吵嚷。

聽小二提起蹴鞠二字，煙瀾猛然想起上回同連宋一道來小江東樓時，也是眼前這小二來給他們添茶。彼時這健談的小僕還同他們介紹了一番這些民間的蹴鞠隊伍以及他們之間的可笑爭執。她對這些是不感興趣的，但她記得連三那時候認真聽了，不僅聽了，還下樓去會了會小二口中盛讚的一位蹴鞠少年。那少年似乎叫作什麼玉小公子。

想到此處煙瀾心中一動，開口叫住了欲離開的小二，輕聲問道：「開宴的是你們開源坊的那位玉小公子嗎？」她是這麼想的，今日連三心煩，若那蹴鞠少年就在樓下，帶上來作陪，說不定能取悅連三。

小二不知她心中算盤，只以為她也被他的偶像玉小公子的魅力折服，立刻挺高興地回她道：「貴人也知道我們玉小公子啊。」又撇了撇嘴，「不過樓下的宴會不是我們玉小公子辦的，是安樂坊的老大辦的。上回的蹴鞠賽我們十五比三把他們踢哭了，安樂坊一心報復，最近他們新請了兩個蹴鞠高手，意欲一對一單挑我們玉小公子，樓下這個宴會是給新請來的兩個高手接風洗塵的。」

小二回話時，煙瀾一直偷偷看著連宋，但見他仍瞧著窗外，並沒有對他們的談話顯露出什麼特別的興趣來。她心中失望，再同小二說話時便有些敷衍：「對手請了幫手，那你們玉小公子定然很煩惱了。」

小二笑道：「貴人說笑了，我們小公子有什麼好煩惱呢？平安城一百二十坊，每年想單挑他的人沒有一百也有八十，但不是他們想同我們小公子單挑，就能單挑得成的，還得看小公子願不願意接他們的戰書。」又道，「我們小公子一般是不接這種單挑戰書的。」

煙瀾這時候還真是有點好奇了：「為何呢？」

小二撓了撓頭：「我聽說小公子的意思是，大夥兒一塊踢還成，遇到踢得爛的隊，反正對方有十二個人，他對於他們的憤怒也就分散了。但是一對一，這就太挑戰了，要是那個人踢得太菜，萬一他控制不住自己動手打人怎麼辦，要被禁賽的，因此算了。」

煙瀾愣了一愣，笑道：「輕狂。」

小二有點心虛地點了點頭：「的確也有人說他這是輕狂，」但他立刻很堅定地補充，「可我們小公子的球著實踢得好啊，他又長得好看，因此他這樣說，我們只覺得他可愛，並不覺得他輕狂。」

煙瀾不再言語，她今日帶出門的小侍女卻是個好強的性子，聽完小二的一番誇讚，很不服氣：「我們小姐說他是輕狂，他就是輕狂，好看又怎麼樣了呢？再說又能有多好看。」

煙瀾抬頭看了侍女一眼，小侍女立刻閉了嘴，但眼神卻還是不服氣。小二居然也是個不認輸的人，挺較真地辯駁道：「姑娘還真別說，我們玉小公子的好看，整個平安城都曉得，那小人是沒讀過多少書，形容不出有多麼好看。不過，」他想了想，「不過最近我們玉小公子交了一位同樣長得很俊的公子做好友，他們日日一同出遊，從我們樓前路過時，我們掌櫃倒是有過一句很文氣的形容，說他們二人站在一處，活脫脫是一對璧人。」他挺高興地總結，「所以我們玉小公子就是像璧人那麼好看了。」

小侍女沒忍住，嘁了一聲：「一對璧人指的是男女很般配好嗎？」嘲諷道，「那他倆到底是誰長得比較娘氣，因此你們掌櫃才這樣說呀？」

小二一張臉漲得通紅，著急道：「胡說，我們玉小公子雖然長得是俊，但堂堂七尺男兒……」

小侍女像是覺得他氣急敗壞的模樣有趣，轉了轉眼珠，竊笑：「那既然都是器宇軒昂的男子，卻被稱作一對璧人，想必是他二人雖同為男子，彼此間卻……」

「夠了。」小二驚訝地看到落坐在旁的公子竟突然開了口，一時忘形胡言的小侍女被嚇得雙膝一軟，立刻跪倒在地。小二惴惴站在一旁，大氣也不敢出。

煙瀾愣了一下，天步低垂著眼睫自棋桌上起身，向她施了一禮，並無別話，俐落地將那跪倒在地的小侍女拖帶了出去。

小江東樓常有貴人蒞臨，貴人發怒是什麼樣小二也見過，眼下這種場面他卻從來沒經歷過。他甚至不知道發生了什麼，只隱約聽得室外傳來低聲：「你們家小姐身體不好，沒有心力管教你們，你們自當管教好自己，怎麼就能這樣大膽，小姐還在跟前，就什麼樣的齷齪言語都能脫口而出呢？」明明是親和又溫柔的聲音，他覺得茶樓裡掌櫃責罵他們時比這個何止兇狠十倍百倍，但那小侍女卻像怕極了似地不斷哭泣求饒。

小二並不知王公貴戚這種大富之家的規矩竟森嚴至此，今日見識一番只覺駭然，而此時兩位貴人都沒有讓他離開，他也不敢隨意離開，即便駭然，也只能戰戰兢兢杵在原地。

好一會兒，他聽到棋桌旁的那位小姐試探著開口道：「是我們太吵鬧了，令殿下感到心煩了嗎？」又輕聲自辯，「我以為那位玉小公子是殿下的熟人，殿下願意聽我們說起他，並不知道會惹得殿下更加煩心。」

那倚窗而坐的公子並未回答，只是站了起來：「我出去走走。」

他大著膽子微微抬頭，看見那位小姐咬了咬嘴唇，在那公子經過棋桌時伸手握住了他的袖子。她微抬了眼簾，眼睛微紅的模樣極為美麗，也極惹人憐愛，她的芳音也甚為溫柔：「我同殿下一道去，可以嗎？」

成玉並不覺得季明楓會騙她，也想不出他為何要騙她，因此季明楓說連宋昨夜便回了府，今晨還帶了十九公主煙瀾去小江東樓喝早茶這事，她覺得應該都是真的。

不過季明楓猜測連三在躲著她這事，她思考完，卻覺得這必定是一篇無稽之談，並且立刻就要打馬回城。

她挺耐心地同季世子解釋：「我覺得今晨真就是小廝誤傳了。你看連三哥哥他，京郊大營一待就是一個月，看來真是很忙了，說不定只有這半日有空，下午就又要回營呢，所以我得趕緊回去。」說著她真心實意地羨慕起煙瀾來，「唉，煙瀾真是好運，正好被她趕上連三哥哥空閒的時候，我沒有這麼好運，只有努力看看趕緊回城能不能見上他一面了。」

季世子顯然是被她面對此事時的清奇思路給震撼了，一時無話可說，臉色很不好看。齊大小姐完全能夠理解季世子，有點同情季世子，還想給季世子點個蠟。

三人所馭皆是良駒，因此回城時不過午時初刻。

碧眼桃花載著成玉直向小江東樓而去。她原本所有心神都放在開道快奔上，卻不知為何，從子陽街轉進正東街時，分神向左邊一條幽深小巷望了一眼，一道白色身影恍惚入目。可恨碧眼桃花跑得快，待她反應過來勒住轡繩時，胯下駿馬已載著她跑到了三四個店鋪外。

她也不知自己那時候在想什麼，碧眼桃花還沒停穩便從它身上翻了下來，因此跌了一跤，但她完全沒在意，爬起來便向著那小巷飛跑過去。

急奔而至時，她卻愣在了巷子口，並沒有往裡走。

巷子狹窄，夾在兩座古樓之間，即便今日秋陽高爽，陽光照進去也不過只到半牆。青石碎拼的小路掩在陽光無法撫觸的陰影中，延向遙遠的盡頭，令整個巷子看上去格外深幽。數丈開外，方才令成玉驚鴻一瞥的白衣青年立在這一片深幽之中。

她沒有認錯人，那的確是連三。

但他並非一人站在巷中。他懷裡還抱了個姑娘。是橫抱的姿勢，一隻手攬住了那姑娘的膝彎，另一隻手撐著她的背部，姑娘的雙手則妥貼地環著他的脖頸，似乎很依戀似地將臉貼在了他的胸口。因此成玉看不清那姑娘的臉，但從她那身衫裙的料子判斷，她覺得那多半是十九公主煙瀾。

的確是煙瀾。但煙瀾卻沒注意到成玉。方才從小江東樓出來，她陪著連三閒逛了一路，因連三今日心情不好，她跟在他身旁也有些神思不屬，不過街上忽然響起馬蹄聲時她還是聽到了，但還沒反應過來，便被連三從輪椅上攬抱起來閃進了首飾舖子旁的一條小巷中。

剎那間她只猜出來連三是在躲著誰，但到底他在躲誰，打他抱住她的那一刻起，她已經沒有心思去探究和在意。

成玉站在巷口處，目光在煙瀾身上停留了好一會兒，她無意識地皺起了眉。突然得見連宋的所有雀躍都在瞬間化作了一塊冰磚，毫無徵兆地壓在她心頭，有點冷，又有點沉。

她早知道連宋是煙瀾的表兄，因此並不驚訝連宋會帶煙瀾出來喝早茶，但她從來沒想過他們是這等親密的表兄妹。因為她同她的堂兄表兄們就並不親密。

原來連宋還有另一個他會去體貼疼愛的妹妹，她想，他此時抱著煙瀾，就像過去的無數種場合，他擁抱著她一樣。那是否煙瀾哭泣時他也會為她拭淚？煙瀾痛苦時他也會握住她的手？

她突然感到一陣生氣。但她又是那樣懂得自省，因此立刻明白這生氣毫無理由。

連宋正看著她。明明隔著數丈之遙，且她身後便是熙攘的長街，但目光同他相接之時，她卻感到了寂靜。眼尾微微上挑的鳳目，似乎很認真地注視著她，但她並未在那眼神中看到任何期待。就像他從不期待會在此地同她相遇，或者從不期待會和她再次相遇。那目光中的漠然令她有些心慌。

是因一月未見，所以他對自己生疏了嗎？她立刻為他找出了理由，往前走了兩步，祈望著拉近一點距離便能消除那令人不適的隔閡感。卻在她邁出第三步時，她看到他的目光驀地移開了。

她停住了腳步，壓在她心頭的冰磚更沉了，她不明白他為何如此，踟躕了一下想要叫他，卻見他像是猜測到她的用意似地皺了皺眉頭。就在她開口之前他轉了身，像是打算離開。

她愣住了，愣怔之中她聽到了極輕微的一聲鈴鐺響。

她失神地望過去，看到左側古樓伸出的簷角上掛了一只生鏽的舊風鈴。一陣風吹過，風鈴歡快地響起來，卻因為老舊之故，聲音很是沉鬱。

連三便在這時候抱著煙瀾離開了，轉瞬間身影已消失在小巷盡頭。

巷子很快空無一人，半空中只留下了風鈴的輕響。

成玉站在那兒，臉色有些發白，就像舊風鈴那些沉鬱的響聲敲在她的心上，終於敲碎了壓在她心頭的那塊冰磚，那些細小的冰碴兒順著血液流往四肢百骸，在片刻之後，令她難受起來。

成玉獨自難受了片刻，卻還是在午膳後又去了一趟大將軍府。因在她冷靜後的深入思考之中，並沒有找到該對連三生氣的理由。

的確，他沒有理她，讓她很不開心。但她又想，或許方才連三同煙瀾有正事，譬如說煙瀾也有什麼心結，需要連三幫她開解一二，這種時候，她上前打擾的確挺沒有眼色的。她越想越覺得可能，因為煙瀾是個自幼就居住在皇城裡的公主，而長年生活在皇宮裡的人，心理是比較容易出問題，像太皇太后、皇太后，甚至皇帝，大家多多少少都有一點毛病。

但問題在於即便想通了此事，她心中的難受卻並沒有因此而減少半分。她懵懂地有些想到原因，但又立刻將閃現在腦中的那些原因拋諸腦後了，因為她覺得自己不至於那樣荒唐。

將軍府上，仍是天步出來相迎，同成玉解釋，說連三他的確昨夜就回府了，但此時十九公主在府上，因他同十九公主有約在先，故而今日不便見她。又傳達了一下連三的意思，說若成玉有急事，可明日再來找他，不過他這幾日都有些忙，不大有空，若她沒有什麼急事，其實不必日日過府候他。

成玉心裡咯噔了一下，她靜了半晌，向天步道：「連三哥哥他覺得我有點黏人了，是不是？」

天步看上去有點驚訝，卻只道：「公子的意思……奴婢不敢妄自揣度。」

成玉就咳了一聲：「哦，那、那妳幫我轉告連三哥哥我這時候過來也不是……」她違心道，「也不是一定想要見他什麼的，我就是剛才在街上碰巧看到他了，然後順便過來一趟想和他打個招呼，」她努力想裝作隨意一些，卻無法克制聲音中的落寞，「但既然他有其他客人，那、那就算了吧……」

天步有點擔憂地看著她。

她拿食指揉了揉鼻子，掩蓋住驀然湧上心間的委屈，佯裝正常地道：「既然他忙，我這幾日就不過來了。」

卻聽天步突然開口詢問她：「郡主的手，是怎麼回事？」

她愣了一愣，看向自己的左手，發現袖口處有些斑駁。將袖子拉下來一點，她抽了一口氣，才覺出疼，發現小臂處不知何時竟多了老大一片擦傷。可能是方才拉扯衣袖時布料擦破血痂之故，傷口又開始流血。

天步立刻伸手過來，想要查看她的傷口，她卻趕緊退了一步，冒冒失失地將衣袖放下去遮住那片可怕傷痕，想了想，解釋道：「可能是剛才沒注意摔了一跤，沒有什麼。」又佯作開朗，「姐姐回去同連三哥哥覆命吧，我也回去了。」說著便利索地轉了身。

將軍府內院臨湖有一棵巨大的紅葉樹，樹下有張石桌，連三坐在石桌旁雕刻一個玉件。煙瀾在不遠處的湖亭中撫琴。天步對凡世的琴曲不大有研究，因此沒聽出她撫的是什麼曲，只覺調子憂傷，聽著讓人有些鬱結。

近得連三身旁時，天步有些躊躇，她不大確定連三是想要立刻聽她回稟有關成玉之事，還是不想。猶豫了片刻，感覺也並不能揣摩透她家殿下此時的心思，就沉默著先去給他換了杯熱茶。

新換上來的茶連三一直沒碰過，只專注在手中的雕件上。那是塊頂部帶了紅沁的白玉，連三將它雕成了一對交頸之鶴，那紅沁便自然而然成了鶴頂一點紅，雖只雕了一半，鶴之靈性卻已呼之欲出。

天步在一旁聽候，直待煙瀾撫過三支曲子，才聽到連三開口問她：「她怎麼樣了？」

天步輕聲：「郡主她是明白事理的郡主，聽完奴婢的話，並沒有為難奴婢，很聽話地自己回去了。」

「好。」連三淡淡，仍凝目在手中的玉件之上，仔細雕刻著右邊那隻鶴的鶴羽，像方才不過隨意一問，其實並不在意天步都回答了他什麼。

「但郡主看上去並不好。」天步斟酌著道。便見連三的動作頓了一頓，但只是極短暫一個瞬間，刻刀已再次工致地劃過玉面，便又是潔白的一筆鶴羽。

天步低聲：「她以為殿下您不喜歡她太黏著您，因此讓我轉告殿下，她並沒有那麼黏人，只是今日在街上碰巧遇到您，因此順道過來一趟和您打個招呼。」

湖亭中煙瀾一曲畢，院中瞬間靜極，紅葉樹下一時只能聽見連宋手中的刻刀劃過玉面的細碎聲響。

天步繼續道：「不過奴婢不認為那是真的。」她垂眼道，「她來時氣喘吁吁，滿頭大汗，像是急跑過，或許在追著殿下回府時不小心將手臂摔傷了，半袖都是血跡，她卻沒有發現，直待奴婢告訴她時，她才覺出疼似的，但也只是皺了皺眉。」她停了一停，「可當奴婢說殿下不能見她時，她看上去，卻像是要哭了。」

玉石啪地落在石桌上，碎成了四塊。天步猛地抬眼，便看到那鋒利刻刀扎進了連宋的手心，大約扎得有些深，當刻刀被拔出來扔到一旁時，鮮血立刻從傷口處湧出，滴到石桌上，碎玉被染得殷紅。

天步輕呼了一聲，趕緊從懷中取出巾帕遞上去，連三卻並未接過，只是坐在那兒面無表情地看著掌心。良久，他隨意撕下一塊衣袖，草草將傷處包裹起來，抬頭向天步道：「再取一塊玉石過來。」就像什麼事都沒有發生過。

成玉一路踢著小石頭回去。她中午也沒吃什麼東西，但並不覺著餓，路過一個涼茶鋪時，突然感到有點口渴，就買了杯涼茶。今日涼茶鋪生意好，幾張桌子全坐滿了人，她也沒有什麼講究，捧著茶在街沿上坐了會兒。

她蹲坐在那兒一邊喝著茶一邊嘆著氣。

她簡直對自己失望透頂。在天步告訴她連三因煙瀾之故而無法見她時，她終於明白了，她真的就是那樣荒唐。

她在嫉妒著煙瀾。

她今日之所以會難受，會不開心，很大一部分原因，是源於她突然意識到，連宋待煙瀾似乎比待她更好。

但這嫉妒其實很沒有道理，因煙瀾才是連三有血緣關係的表妹，他們自幼相識，感情更深一些也無可厚非，連三待煙瀾更好，實乃天經地義。雖然她叫連三作哥哥，但其實他並非真的是她哥哥。若有一天他不再想讓她做他的妹妹，她同他便什麼都不是。她其實從來就無法同煙瀾相比。

意識到這一點時，她心中竟瞬間有些發寒，因此喝完涼茶她又要了杯熱茶，想暖一暖身。

喝完茶她踢著石頭一路往回走，眼見得十花樓近在眼前，才想起手臂上的擦傷，又掉轉頭向小李大夫的醫館走去。

她踢球時也常常這裡擦傷那裡擦傷，因此小李大夫並沒有多問。但小李大夫是個見過大世面的人，不斷隻胳膊缺條腿的，在他眼中都不算傷，故而給成玉包紮完傷口後，看她坐那兒發呆像是挺閒，還讓她幫忙抄了兩百個藥方子。

成玉覺得小李真是沒有人性，但她也很對不起小李，因為她一邊想著心事一邊抄著藥方子，結果兩百個藥方子沒有一個抄對。太陽落山時小李來查驗她幫忙的成果，打死她的心都有了，但注意到她的臉色，小李克制住了自己。平靜下來後，小李坐到了她身邊，問她是不是有什麼心事，她點頭嘟噥：「算是吧。」

她同小李本是無話不談的朋友，但她嫉妒連三的親表妹這種事，連她自己都覺得不成體統，小李一定會覺得她神經病，因此她也沒有同小李細談的意思。

小李挺感慨：「哦，我們阿玉也到了擁有不能和我分享的心事的年紀了。」

成玉皺著眉頭看著他：「你就比我大兩歲。」

小李大夫非常自信：「但是花酒卻比妳多喝了許多頓。」

成玉不服氣：「也不見得。」

小李想了想：「妳那種去青樓找花魁涮火鍋，或者青樓的花魁去十花樓找妳涮火鍋，都並不能算作喝花酒。」

說著將她領入了仁安堂的酒窖中，很仗義地提了兩罈子好酒送她，並且豪氣地指點她，說人長大了，是容易有心事，但沒有什麼心愁是喝兩罈子烈酒還澆不滅的，如果有，小李又提了兩罈酒給她，道：「那就喝四罈。」想到成玉一向的酒量，感覺四罈也不是很把穩，乾脆又再送了她兩罈湊成了六罈，挺滿意地道，送禮就是該送六六順。又告訴她今日朱槿去莊上收租了，明日才會回來，她今夜可以自由發揮。

因此當夜，成玉就自由發揮了，然後她就喝醉了。

成玉的毛病是，一醉得狠了，她就愛爬高。

上次小江東樓的醉清風她喝到第三罈，她爬上了樓外一棵百年老樹的樹頂，因方圓一百丈內就數那棵樹最高。這次小李送她的烈酒也是喝到第三罈，她爬上了十花樓第十層的正脊，因方圓一百丈內就數這座樓最高。

她暈暈乎乎地蹺著腳坐在屋脊上，白日裡的煩心事早已忘得差不離，只覺坐得這麼高，差不多能俯視整個平安城，真是暢快。同時小李送她的酒又這樣好喝，小李真是好朋友。

她坐在屋頂上喝得酒罈子見了底，一時也沒想到樓下還有三罈，瞧見不遠處的街道上有幾個幼童提著燈籠玩著追影子，覺得很有趣，就扔了酒罈子自個兒在房頂上蹦蹦跳跳地追逐起自個兒的影子來。她自幼蹴鞠，有絕佳的平衡力，因此雖瞧著每一步都搖搖晃晃像要摔下去的樣子，但每一步她總能穩住自己。

她自顧自玩耍了一會兒，目光掠過樓下鞠場時，卻捕捉到鞠場旁那株參天古槐的樹幹後隱現了一片白色衣袂。此時並非槐樹的花期，那不該是古槐的衣袂。

她的目光定在了那處，一片濃雲突然遮蔽了月色，那白色的衣袂也很快消失在了黑暗之中。待濃雲移開、月光再現之時，卻什麼都沒有了。

若沒有喝醉，大約成玉會疑心自己眼花，但她今夜畢竟醉了。喝醉的成玉完全沒有懷疑自己的眼睛。她站在屋簷邊上想了一會兒，轉了個身，將右腿對準了沒有瓦當承接的虛空，右手放在左手手心裡敲著拍子鼓勵了一下自己：「一，二。」「二」字出口時她閉上了眼睛，右腳一腳踩空，跌了出去。

在成玉的設想中，她應該會像一隻受傷的白鳥，倏然跌進夜風之中。但來人的動作卻比她預想的還要更快一些，雖然右足踏空令她失去了平衡，但她的左腳還沒能夠離開屋簷，那人便接住了她。

鼻尖傳來似有若無的白奇楠香，就像今夜的月光，幽寂的，靜謐的，帶一點冰涼。果然是連三。成玉就笑了。

尚來不及睜眼，連三已抱著她在屋簷上重新站穩，然後他鬆開了她。

「妳在做什麼？」那聲音也像頭頂的月色，帶了秋夜的微涼。並且，那是一句責問。但她酒醉的大腦並沒有接收到他語聲中所包含的怒氣，只是純粹地為能見到他而感到開心，故而挺高興地同他分享起來：「哦，我猜是連三哥哥你在那裡，我想如果是你的話，那你一定會接住我的，我就跳下來啦！」

她無愧於心地看著他。目光落到他緊鎖的雙眉上，再移到他的眼睛，才終於看清了他沉肅的容色。他也看著她，琥珀色的瞳仁裡沒有任何溫暖情緒。這是冷淡的，並不期待見到她的連三。

白日的一切忽然就回到了她的腦海中，委屈和惶惑也遽然湧上心頭，她愣了片刻，突然就傷心起來：「為什麼連三哥哥一見到我就生氣？」

他並沒有回答她的問題，只是蹙眉道：「妳醉了。」

「我沒有醉。」她立刻道，但想想自己的確喝了很多酒，就比出了三個手指頭，「嗯，喝了四罈。」她又再次強調，「但是沒有醉。」腳下卻突然一軟。

他伸手撐住了她，扶著她再次站穩，她仔細地分辨他臉上的神色：「連三哥哥不想看到我嗎？」

他依然沒有回答她的問題，卻道：「如果不是我呢？」

她雖然不願承認，但她的確醉了。不過雖然醉了，她的反應卻很快，立刻明白了他在說什麼。十花樓一共十層樓，她指著七樓處突出的一個望月台，很是輕鬆地回答他：「那我就摔到台子上啦，也不高，又摔不死。」

「是嗎？」

她這時候腦子比方才要清楚一些，因此靈敏地察覺到了那聲音中的冷意，她有些疑惑地抬起了頭，正好接觸到他同樣冰冷的目光。

他冷淡地看著她：「只要不會摔死，摔斷手腳也無所謂是吧？我以為妳長大了，也懂事了。」

她靜了一會兒，低聲道：「你在生氣。」突然抬頭非常嚴厲地看向他，「為什麼一見我就生氣，」看來是又想起了方才令她難過，卻因為他轉移了話題而被她短暫遺忘了的重要問題，她又是憤怒又是傷心地看向連三，「你見煙瀾你就不生氣！」

他淡淡道：「因為她不惹我生氣。」

聽了他的回答，她像是要立刻哭出來似的：「煙瀾是不是比我好？」

他靜靜看著她：「妳為什麼要和她比？」

她搖了搖頭，沒有回答他，可能她自己也不知道自己為什麼搖頭。她只是感到有點累，因此坐了下來，想了一會兒，她摀上了眼睛：「那你就是覺得她比我好了。」她沒有哭，那聲音卻很輕，也很疲憊，然後她悲傷地嘆了一口氣，「你走吧。」

她覺得他立刻就會離開了。她還覺得今夜他根本就不想見到她，他為何不想見到她，她也問出了理由，因為她總是惹他生氣。因此他白天的態度也全有了答案，就是她惹他煩了吧。

今晚她偶爾腦子不太靈光，因此根本想不起來自己曾做了什麼令他不快，可他一向比她聰明，那他說什麼就是什麼吧。她也不知該如何挽回，只是感到一陣沉重。她責備著自己為什麼要想起那些不開心的事，本來她已經忘了，忘了的時候她就感到很快樂。

她等著他離開，但預想中的腳步聲卻遲遲沒有響起。

巨大的月輪照亮了整座平安城，夜已深了，整座城池都安靜下來，唯有遠處的街市還亮著若有若無的明燈，像是自夜幕中降落的星辰。風也安靜了，卻還是冷，遊走過她身邊時令她打了個噴嚏。

有什麼東西遞到了她面前，她抬眼看過去，卻是一件白色外裳。「穿上。」那本該離開的青年低頭看著她。她看了一眼他手中衣衫，又看了一眼他，然後她偏過了頭，她沒有理他，只專注地凝視著腳下自己的影子。

他頓了一頓，便坐在了她身旁，那外裳也隨之披上了她的肩頭。她吃驚地轉過頭來，正好容他握住她的右手穿過展開的衣袖，她呆住了，任他像照顧一個稚齡幼童一般為她穿好他的外衣。

她愣愣地坐在那兒不知該如何反應，最後她覺得她應該有點骨氣，於是掙扎著就要將那已然被他穿得規整的外衫脫下來，卻被他制住了：「不要任性。」他皺著眉道。

今晚她已聽夠了他的指責，因此毫不在意，挺有勇氣地同他嘟噥：「我就是要任性，你管不著！」掙扎得更加厲害。

他突然道：「是我不好。」

她眨了眨眼睛，他將她已掙扎著脫掉一半的外衫重新拉上來合好，看著她道：「是我不好。」

她的眼睛突然就紅了，她努力地咬了一下嘴唇，大聲道：「就是你不好！」卻沒有再執著地要脫下那件外衫。她低著頭給自己挽袖子，挽了會兒就開始歷數他的罪行：「你不理我，你也不見我，你還兇我，你還說煙瀾比我好！」卻因為說得太快又太憤怒，自己被自己嗆住了。

連宋的手立刻撫上了她的後背，他似乎有些無奈：「我沒有那樣說過。」

她就回憶了一下，但腦子裡一片糨糊，著實也記不得他方才說了什麼，因此她點了點頭：「哦，那就不是你說的吧。」

但煙瀾比她好的這個印象一時間卻令她悲從中來，她紅著眼眶問連宋：「煙瀾有我好看嗎？」卻不待他回答，自己斬釘截鐵地搖了搖頭，「我覺得根本沒有我好看！」

又問他：「煙瀾有我聰明嗎？」依然不待他回答，自己斬釘截鐵地搖了搖頭，「我覺得根本沒有我聰明！」

再次問他：「煙瀾有我體貼嗎？」這一次她終於給了他時間回答，但他卻並沒有回答，他只是看著她，他的容色終於不再冰冷，但那堪稱完美的容顏裡究竟包含了什麼，她看不明白。她從來就看不明白連三，因此並不在意，她只是想，哦，這個問題他不想要回答。她就自己想了一陣，但關於體貼這一點她卻不是那麼自信了，因此有些猶豫地道：「那……我覺得我們可能一樣體貼吧。」

她還想問得更多：「煙瀾有我……」卻煩惱地搖了搖頭，「算了。」

在她安靜下來時，他握住了她的手：「妳不用和她比。」

但這似乎並沒有安慰到她，她低著頭，看著被他握住的雙手，良久，她輕聲道：「其實煙瀾會彈琴，會唱歌，畫也畫得很好，她會的那些，我都不太會。」她努力地吸了一下鼻子，鼓起勇氣向他坦白，「我、我特別不像話，我不喜歡煙瀾，是因為煙瀾其實是個好妹妹。」

「她是不是一個好妹妹，又怎麼樣呢？」他問她。

她突然撲進了他的懷中，她的手臂用力地環住了他的肩膀，她的臉緊緊貼住了他的胸膛，她哽咽著說出了內心最深處的恐懼：「因為我害怕我不再是你獨一無二的那個人，我害怕你早晚有一天會離開我。」

有一瞬間，連三屏住了呼吸。他不記得這世間曾有一個人，光靠一句話就能讓他失了心緒亂了方寸。良久，他閉上了眼睛。卻沒有回應她的擁抱。

是的，他早晚會離開她。因此她需要早一點習慣。

今晚已然太超過了，這樣下去對她沒有任何好處。

他今晚根本不該來這個地方；或者就算來了，也不該出現在她面前；或者就算出現在她面前，也不該再給她親近的錯覺；或者就算他控制不住親近了她，這個擁抱他也絕對不能回應——這一切都必須到此為止。

他握住了她的手臂，想要將她推開，卻在此時，她抬起了頭。那麼近。

他再一次屏住了呼吸。

她像是要哭了，眉梢、眼尾、鼻尖，都染著櫻花一般的紅意，是溫軟的、鮮活的、帶著悲傷的紅，那紅巧妙地點綴在雪一般的肌膚之上，令人無法移開目光。瑤池中有一種蓮叫作舞妃，通體雪白的花盞，只是一點嬌紅染在花瓣的邊緣，這時候的她，便像極了那種花。她漆黑的眼睛裡蓄了淚水，含著孤寂和悲鬱，就像是暉耀海的最深處。

她的眉梢眼底皆是情緒，是悲傷乞憐的意思，可她的臉上卻沒有任何表情，本能地維持著她的自尊。她只是那樣看著他，她不常如此，或者她自己都沒有意識到此時自己是這個模樣，但那悲鬱的美和那同樣悲鬱的柔弱卻幾乎令他無法抗拒。

但他終於還是在屈服之前推開了她。

可他忘記了她的固執，在他還沒反應過來時她已再次抱住了他，身下的瓦楞一陣輕響，失神中他被她壓在了身下。匆忙之中她的嘴唇掃過了他的頰邊，是冰冷的唇，卻像是一點火星燒過他的臉龐。

他驀地看向她，她卻沒有注意，一隻手撐著他的胸膛，另一隻手放在他的肩側，她依然沒有哭，臉上也依然沒有什麼表情，卻用力地咬住了嘴唇，固執地看著他：「連三哥哥，你不許走，我們還沒有……」

他猛地握住她的衣領將她拉了下來，然後他吻住了她的嘴唇。他感到了她身體的陡然僵硬，但這一次，他沒有再放過她。

他的左手扣住了她的腰，使得她的身體緊緊貼住他，那亦使得她無法反抗，但她也沒有反抗。他想她是被嚇呆了，但她不能說話，因為她的唇被他堵住了。

他吻得有些用力，因此那紅潤卻冰冷的唇瓣在他的唇舌之下很快變得溫暖起來，亦變得柔軟起來。她唇齒間有酒香的氣息，更多的卻是花香的氣息。隨著熱吻的加深，那花香驀地濃郁起來，她本能地喘息，換來的只是他更用力地咬著她的唇瓣，糾纏著她的唇舌。

在他的纏吻之下，她僵硬的身軀舒緩下來，臉上那悲鬱的、櫻花一般的紅也變得冶豔，甚至整張臉都透出了粉意，像是一朵出水的木芙蓉花。手掌之下，他能感覺到她的身體亦在一點一點升溫。她全身上下唯一理智的似乎只有那雙眼睛了，那帶著淚意的眼底像下了一場大霧，含著茫然和驚顫。

她喝醉了，他乘人之危。他猛地停了下來。

月光安靜地照在他們身上，照在銀白的屋脊上，附近的樹上，街道上，遠處的街市上……遠處街市的燈籠也滅了，整座城池都跌入了睡夢之中。

成玉不明白是否自己也跌進了一個睡夢之中，她呆呆地從連三身上起來，手指撫過自己紅腫的唇，撫過自己的心臟，眼中滿是震驚：「為什麼……我不明白……」她輕聲喃喃。她根本沒有搞懂這是什麼狀況。這不能怪她。今夜她喝醉了，清醒時的她亦未必能掌控眼下情形，遑論她此時。

她看向連三。他仍躺在瓦楞之上。她的連三哥哥從來都那樣堅定可靠，可此時他望著天上的銀月，神色間竟出現了一絲脆弱，良久，他道：「我也不明白。不過，」他低聲道，「妳不用明白。」

「為什麼？」

「因為，」他閉上了眼睛，「這只是個夢，這所有的一切，明早醒來，妳就會全忘了。」

第二章

成玉抱著宿醉後頭疼的腦袋在床上坐了半日，也沒想起來昨晚到底發生了什麼。顯然她是喝醉了，但怎麼喝醉的她全無頭緒，不過她一向如此，喝醉了就老斷片兒，倒也罷了。

用過早飯後她習慣性就要去一趟大將軍府，出門才想起來昨日天步的轉告，就又折轉了回來，無所事事地在後院蹓躂了一圈，撿了一堆小石片，蹲在一個小湖塘旁，一邊拿小石片打著水漂一邊想心事。

沒扔多久，聽梨響來報，說皇帝突然宣她入宮，沈公公的那個機靈徒弟小佑子已在小花廳候著了。

大熙朝的皇帝成筠是個沒什麼兄妹愛的皇帝，這一點可以從他對他們家兄妹關係的定義上看出。相見不如懷念，是他對他自己和他那百十個親妹子之間關係的定位……成玉因出嫁不大需要成筠備嫁妝，他對她的抗拒倒不至於那樣強烈，還能時不時召她見見。

巳時二刻，成玉入了宮，未時初刻，一臉愁容地回了十花樓。

成筠賜了她一套筆一張琴。筆是白玉紫狼毫。漕溪產硯，西蘄造筆。據說這套白玉紫狼毫凝結了西蘄筆莊老莊主畢生的心血。琴則是嶺上柏。嶺上柏，石中澗，不聞山音惹飛泉。這句詩說的是天下四大名琴，而如詩所述，嶺上柏排在四大名琴之首。

成筠將這兩件無價之物下賜給她的當口，成玉就有不祥的預感。果然，伴隨著這兩樣東西，成筠還給她安排了一位畫師和一位琴師做她師父，教導她彈琴作畫，同時還指了一位女儀官，要將她的禮儀也再固一遍。

成筠的意思是，往日因他沒空，故而對她疏於管教，一天天的任她胡鬧，眼看她也長大了，到了要議親的年紀，琴棋書畫總要過得去才成，如此一來，出嫁後方不至於辱沒皇家體面。賜她好筆好琴，也是希望這兩件靈物的靈氣能感染到她，令她在師父們的指點下早日學成。

一聽說那兩位師父並那位儀官日日都會來十花樓督促她，成玉當場心如死灰。她完全沒搞明白像成筠這樣一位日理萬機、連老婆死了都沒空再討一個的皇帝，為什麼會有空關心她的德言容功問題。他那麼有空他不如先去討個老婆對不對?!

成玉很是頭大。

並且她也覺得皇帝說得沒道理，因她即便要嫁，照老道給她推演的命格來看，大抵也是和親。和親去邊地，大家都大口喝酒大口吃肉，人喝酒都不是拿杯盞而是拿海碗，壓根兒不知道世間還有風雅這兩個字，她琴棋書畫學得再好又有什麼用，還不如去學個馬頭琴，這樣起碼大家圍著篝火跳圈圈舞時她還能有用武之地。

她當場就和皇帝分享了這個看法，成筠凝視了她片刻，揉了揉額角：「那就琴畫照舊，再加個馬頭琴。」成玉有生以來第一次感到自己真是聰明反被聰明誤。

皇帝的聖命下來，十花樓最痛苦數成玉，最高興數朱槿，介於兩者之間的是姚黃。朱槿覺得琴畫禮儀課見天地這麼給成玉排下來，她應該沒時間再在外頭惹是生非了，著實給他省心，因此高興。姚黃是朱槿的摯友，因此為朱槿高興，但同時他敏銳地意識到成玉要是沒時間出門瞎逛，那就是也沒時間帶他去琳琅閣找花非霧了，因此又為自己感到痛苦。

接下來的幾日，對於成玉來說，是她同三位琴畫老師外加一位儀官鬥智鬥勇的幾日。

儀官在第二天就撤了，因成玉的禮儀其實沒有什麼問題，問題只在於她想有禮時她可以當典範，她不想有禮時她就是一個災難。儀官深思熟慮之後覺得這不是一個禮儀問題，而是一個心理健康問題，應該歸太醫院管，她一個搞禮儀的她當然愛莫能助。

古琴師父比儀官多撐了一日。古琴師父至情至性，剛開始也想好好教導成玉，然他空有一顆赤誠的教化之心，卻難敵成玉指下魔音灌耳。這倒也罷了，他努力忍一忍也不是忍不了，但成玉居然還用他的女神、天下四大名琴之首、自誕生日起便只奏大雅之音的嶺上柏彈奏青樓小豔曲兒，師父就崩潰了，當場吐了三升血，抱病遁去了。

馬頭琴師父和繪畫師父因為沒有古琴師父那麼至情至性，最重要的是他們並沒有什麼女神，因此幸運地堅持了下來。

好在有兩個師父出局，每日除了上課以外，成玉還能摸著點兒閒暇出去放個風。每天上課，她都感到天要亡她，出門放風時，又感到一時半會兒她可能還亡不了，因此也沒有怎麼努力反抗，將日子這麼稀里糊塗地過了下去。

這些日子裡，成玉碰到過連三一次。是在懷墨山莊。

懷墨山莊是成玉她姑母大長公主在城西的一處宅子，大長公主膝下無兒無女，卻好熱鬧，因此每年入秋都在懷墨山莊辦文武會，令貴族少年少女們在此相聚鬥文比武，勝者總有珍寶相賜。

按照成玉自己的說法，她因是個有定力的郡主，因此最缺錢的時候她也沒參加過大長公主的文武會。但據梨響對她的瞭解，覺得這應該是由於大長公主下賜的皇家珍寶民間當舖根本不敢收，變現很不容易的緣故。不過聽說今年大長公主準備把前朝才子沈硯之的書法大作〈醉曇四首〉作為獎品獎給射柳獲勝之人，而〈醉曇四首〉的好處在於它算不得皇家寶貝，可以輕易變現，故而今年大家很榮幸地在懷墨山莊的射柳競賽上看到了成玉的身影。

射柳是比騎射。

一般來說需尋一闊大場地，場上插柳枝一行，以利刃剝去柳枝上部樹皮，使其露白，以露白處為靶心；然後百丈外列出一行十人，待鑼響時馭馬而行，搭箭射柳，以能射斷柳枝且手接斷柳者為勝。

自牽馬站到起點線跟前，成玉就感覺有人盯著她。

她長得好，去哪兒都有人偷瞧，對注視自己的目光早習以為常，加之今日場中攏共十位參賽者，但算上她一共就三個姑娘，被人看可以說是必然的。但她依稀覺得，凝在她身上令她有所感的那道目光並不是來自圍觀群眾，因為她並沒有察知到好奇和探究。可要說那視線是她因緊張而產生的幻覺……在明知真正騎射好的少年們早入了三軍四衛，此時場上參賽的都是些半吊子的情況下，她有可能會緊張嗎？她自問是不可能的。

所以，到底是誰在看她？

這個問題在銅鑼敲響她打馬飛奔挽弓射箭並以俐落手法俯身撈得斷柳之時，有了答案。在全然放鬆後朝著面前高台的不經意一瞥間，成玉看到了連宋。

這根本是意想不到的一件事，因高高的觀賽台上，照理說，此時落坐的該是大長公主。

匆忙將斷柳扔給盡頭的執鑼太監，成玉再次望向台上，發現那的確是連宋。方才她驚鴻一瞥之間沒有看到坐在他身旁的煙瀾公主，此時抬眼，正見得一身白裙的煙瀾探身同連宋說話，連宋微微偏了頭，正聆聽著她。

成玉只能看到他的側面。他手中那把黑色的摺扇懶懶置於座椅扶臂，帶著一點漫不經心。

那是她所熟悉的連三。她的目光凝在他身上好半天，他卻並沒有看向她，她又有點懷疑方才那視線可能並非來自他。

成玉抿著嘴唇垂了頭，此時才聽到人群中的喝彩之聲，接著被誰猛地拉了一把，她轉頭一看，竟看到抄著手向她微笑的齊大小姐。見到齊大小姐乃是一樁驚喜之事，心中的不快被她暫且拋在腦後，翻身下馬時，齊大小姐給了她一個大大的擁抱。

喝彩聲持續了好長一段時間，人群望著成玉，皆是嘆服之色，成玉一時有點蒙。每年都來這兒閒逛的齊大小姐難得興奮地向她解釋，說射柳這個競賽自開辦以來，一直保持著慘不忍睹的水平，一場比賽能有一兩個參賽者將箭枝準確射進柳枝而不是什麼別的地方，就已經很不錯了。群眾本來沒有抱什麼希望，但今次成玉居然能將射柳、斷柳、摘柳這三道程序一趟攬齊活了，因此大家都瘋了。

從前這個競賽有多麼令人不忍卒睹，可以參見今次那另外九位參賽者的表現：有兩位射中了柳枝，可惜射中的是別人的柳枝；有三位射空了，就連別人的柳枝也沒射著；還有兩位馬已經跑過柳枝了，結果手裡的弓卻還沒挽起來……不過齊大小姐認為這七位不算最差的，因為比起最後那兩位將箭頭給直接射進了觀眾席的英雄，他們至少做到了比賽第二安全第一……

齊大小姐難得一次說這麼長一段話，不禁口渴，從懷裡掏出了一個橘子，發現成玉也挺渴，就將橘子遞給了成玉，說自己再去前頭庭院裡摘兩個，讓她在原地等著。

成玉目送齊大小姐離去，又見圍觀群眾也三三兩兩散去其他競賽場了，她躊躇了片刻，飛快地又看了高台一眼。

可惜什麼都沒看清。

然後她想起來連宋不理她很久了，他不太理她，她卻還這樣惦記他，她感到了自己的沒用，一時間有點生自己的氣，因此努力控制住自己不再抬頭，只悶悶剝起橘子來。

而變故，正是發生在這時候。

一匹驚馬突然衝出了賽場，一路帶翻好幾個還沒來得及離場的圍觀者，如離弦之箭，嘶鳴著直向成玉所站之處突奔而來。

成玉第一反應是趕緊閃一邊兒去，卻忘了她手裡正纏著碧眼桃花的韁繩，她方才想心事時無意識將韁繩纏在手中繞了好幾圈，千鈞一髮之際當然無法脫身。

碧眼桃花被眼看就要衝過來的瘋馬嚇得長嘶了一聲，立刻撒蹄子開跑，成玉還沒反應過來，已絆倒在地被狂奔的碧眼桃花給拖了出去。

身體狠狠擦過沙地，身後似乎有人喊著「阿玉」，但再多的就沒聽到了，鼓脹的太陽穴處像是被安上了兩面巨鼓，將外界的一切聲音都擋在了耳外，唯留如雷的鼓聲轟隆著響在腦海中。

碧眼桃花是朱槿給她找來的寶駒，有千里追風的雅號，撒開了跑絕不是鬧著玩兒的。成玉只蒙了一瞬，立刻反應過來她得趕緊自救，否則早晚交代在這兒。便在此時，眼前突然閃過一道寒光，韁繩斷為兩截，猛拽著她的拉力陡然消失，成玉在地上滾了兩圈，被人握住肩膀時她還覺得頭暈。

她按住突突跳著疼的太陽穴，聽到那人詢問她：「怎麼樣了，有沒有受傷？」

她本能地要與人道謝，聲音出口才發現嗓子是啞的。

那人握住了她的手，她嘶了一聲，那人趕緊將她放開：「很疼嗎？」

成玉眨了眨眼睛，此時她模糊的視線才穩定下來，終於看清了單膝跪在她身旁一臉擔憂看著她的恩人。竟然是季明楓。

她心中驚奇季世子居然也在此地，但一想大長公主的文武會名氣的確挺大，季世子過來見識，這也不足為奇。

到此時她才後知後覺感到疼痛，全身都火辣辣的，季世子白著一張臉將她抱起來時她疼得顫了一下，季世子整個人都僵了，語聲裡居然透出了無措：「妳忍忍，我帶妳去找太醫，」還哄著她，「太醫就備在隔壁院子，太醫看了就不疼了。」

季世子的反應讓成玉蒙了一會兒，她覺得能讓這位見慣生死的冷面世子如此動容，那可能是自己快死了。可她此時除了全身疼，連個血都沒吐，那應該還死不了。她暗自鎮定了一下，忍著疼痛抽抽著安慰了一下季世子：「也、也不是、很疼，你、你、走慢點、顛得慌……」

去內院找太醫，必定要經過射柳場地前那座觀賽高台。

成玉自己都沒搞明白，為什麼在季世子抱著她經過那座高台時，她會又朝台上望一眼。她也沒想過她究竟在期待什麼，或者她希望看到什麼。她只是沒忍住。

搖晃的視線中，連宋仍在高台之上，卻像是完全沒有注意到方才碧眼桃花拖著她製造出來的騷動。他此時已從座椅中起身了，握扇的右手虛虛搭在煙瀾的輪椅側，左手則握住了那張紅木輪椅的椅背，是要推著煙瀾離開的姿勢。

煙瀾微側了身仰頭看著他，不知是在同他說話還是如何，他沒有俯身，因此瞧著和煙瀾有一段距離，但視線卻低垂著，應該是看著煙瀾。

兩人皆是一身白衣，又都長得好看，因此那畫面分外美麗，襯著高台之側的巨大金柳，是可堪入畫的景致。

可如此寧靜美好的畫面，卻讓成玉在一瞬間難受起來。

那一刻她終於有些明白她其實在期待著什麼。

她在期待著連宋的關懷。

她雖然也沒覺得自己方才的遇險和之後的受傷是什麼大事，但是她也希望他能緊張，然後她可以像安慰季世子一樣安慰他，她其實也沒有多疼，只是他走得太快了她顛得慌。

是了，她其實隱密地希望救了她的不是季世子，而是連宋。而為何她會這樣期望，她自己也說不清楚，大約在她心裡他就該這樣。

可他卻沒有這樣。

一時間她心中發沉。他是不再喜歡她、不再關心她了嗎？

人與人之間的關係就是那樣微妙，有時候一個人的確會沒有理由地不再喜歡另一個人，她其實早就知道。她只是固執地認為她同連三該有些特別，他們不該屬於此列。但為何他們不該屬於此列？她竟從未思考過這個問題，此時想來，她這個結論其實是站不住腳的，在這一瞬間她感到了前所未有的迷惘。

高台上那白色的身影很快便要消失在她眼中，季明楓抱著她拐過了一座假山，在那最後一眼中，她似乎看到連宋終於抬頭看向了她。但她很快意識到那不過是她的幻覺，因那樣遠的距離，他於她不過一個白色的影子罷了，她其實根本不可能看到他的動作。

也許是她太想要讓他注意到她，因此幻想他注意到了她。她真的很沒用。身上的傷口在那瞬息之間百倍地疼起來，但她咬住了牙齒沒有出聲。她不想讓自己顯得更加沒用。

那之後成玉在病床上養了好幾天傷。她的至交好友們全來十花樓探過病，連僅在冥司有過短暫同行經歷的國師都晃到十花樓來瞧過她。可連宋沒有來過。

梨響說最近夜裡照顧她，每天晚上都能聽到她在睡夢中輕聲哭泣。成玉卻並不記得自己曾在夢裡哭過。但梨響不會騙她。

梨響很擔憂她，然她也沒有什麼辦法緩和梨響的擔憂，因她並不知道自己每夜哭泣的原因。

她唯一知道的是，這些時日，她的確一直都不開心。

屋漏偏逢連夜雨。成玉在床上躺了四天，第五天終於能夠下地，正迎來了大長公主的賞賜，卻並非沈硯之的〈醉曇四首〉，而是一套頭面。

說是成玉在數年無人建樹的射柳競賽中輕鬆拔得頭籌替皇家長了臉，大長公主高興壞了，覺得沈硯之的書法作品根本配不上她的好成績，在家裡翻箱倒櫃好幾天，找出了睿宗皇帝當年賜給她的一套孔雀頭面。大長公主深感唯有這套珍品能夠表達她對成玉的欣賞之情。

這套頭面的確華貴，七寶點綴，一看就價值連城，問題是大熙律例，孔雀飾品唯有公主郡主可佩，試問拿出去典當，哪個當舖敢收下來？成玉氣得差點重新躺回床上去。

更要命的是大長公主還喜氣洋洋地將此事報給了皇帝，希冀為她再求一場嘉獎。

大長公主的初心是好的，但她不知道的是，這段日子是皇帝拘著成玉學畫學琴的日子，照理成玉她根本不該出現在她的文武會中。因此很自然的是，皇帝立刻知道成玉逃了課……賞賜沒有，罰她禁閉七日的聖旨倒是在她下床之後第一時間送到了十花樓。成玉簡直要氣暈過去了，但朱槿當夜高興地邀姚黃喝了二兩小酒。

禁閉，成玉倒是被罰習慣了，有馬頭琴師父和繪畫師父照常來上課，並且課量是平日三倍的禁閉，成玉從前並沒有體驗過。兩日過去，感覺身心都受盡折磨。

季世子和齊大小姐聞訊來探望她。季世子運籌帷幄，心在天下，大事上頭是有能耐，但如何勸慰一個厭學之人可說毫無經驗，深思熟慮後只能建議她忍一忍。倒是齊大小姐平時話雖不多，關鍵時刻卻總能解她的心結。

齊大小姐這樣開導她：「難道妳覺得妳的兩位師父日日對著妳他們便很開心嗎？當然不，從前他們每日只需見妳一個半時辰，還能有許多喘息空間，可如今被皇命壓著需日日同妳作伴，我看他們比妳更不好過，妳只需要注意一下妳拉琴時妳那位馬頭琴師父臉上窒息的表情妳就能夠明白了。」

看成玉威脅地抬起了馬頭琴的琴弓，齊大小姐聰明地閉了嘴：「哦妳又要開始拉琴了嗎？那我們走了。」

成玉後來倒是照著齊大小姐的建議認真觀察了下她的兩位師父，發現他們的確比她更加痛苦。想到自己並不是過得最艱難的那一個，她的內心得到了平靜。

七日禁閉因此很快過去。

季世子做朋友的確很夠意思，成玉從禁閉中出來後，季世子包了整個小江東樓為她慶祝。三鐔醉清風下去，她醉倒在扶欄之側時，瞧見了長街對面微雨中的兩把油紙傘。前面的那把傘很是巨大，後面的那把倒是正常大小，兩把傘皆是白色傘面繪水墨蓮花。她畫畫不怎麼樣，賞畫卻有兩把刷子，見那傘面上的墨蓮被雨霧一籠，似開在雨中，乃是好畫，不禁多看了兩眼。

執傘之人一前一後步入了對面的奇玩齋中。

前面那把傘的傘簷下露出了一截紫裙和半個木輪子，成玉半口酒含在口中，吞下去時被嗆了一下。她捂嘴咳了兩聲，再望過去時見夥計已迎上去將那兩把撐開的紙傘接了過去，傘下一行三人，果然是連宋和煙瀾，還有天步。

他們並沒有往裡走，那奇玩齋鋪面的右側擱著一個架子，架上擺放了好些裝飾面具。煙瀾似對那些面具感興趣，推著輪椅靠近了那個架子，纖纖素手自架上取下來一只黑色的面具，笑著說了句什麼遞給了連宋。連宋接過那面具，看了一陣，然後戴在了臉上。

成玉愣愣看著那個場景。

戴著面具的連宋突然抬起頭看了過來，成玉趕緊蹲下身。她不知道他抬頭是不是因他感知到了她的目光。若在從前她當然會笑著揚手同他打招呼，但今次，在意識到他抬頭之際，她卻本能地選擇蹲下來將自己藏在了扶欄之後。

透過扶欄的間隙，她看到他微微仰著頭，保持了那個動作好一會兒。

她這時候才看清那面具是一張人臉，輪廓俊雅，似廟宇中供奉的文神，卻被漆成了黑色，並以熔銀在面目上勾勒出繁複花紋，詭異又美麗。因今日有雨，不過黃昏時分天色已晦暗起來，夥計將店門口的燈籠點上了，微紅的光芒裹覆住了連宋，那一身白衣似染了豔色，他戴著那面具站在紅色的柔光之中，就像一尊俊美的邪神。

她不知道他是否看到了她。良久之後，他轉過了身，然後他摘下了面具。

奇玩齋的掌櫃很快出來，將外間的三位貴客往裡間引，屋簷很快便擋住了連宋的臉，接著擋住了他的整個身影。她只能看到燈籠的紅光中，順著黑色瓦當滴落下來的那些雨水。連雨水都像是染了紅意，似帶著紅妝的女子臉上落下的淚，有婉轉悲傷之意。

她覺得有點冷。

齊大小姐找到成玉時，發現她爬上了小江東樓的樓頂，此時正坐在屋脊上，雙臂環著膝蓋，將頭埋在了膝中，像是睡著了。成玉一喝醉就爬高，經驗很豐富，因此齊大小姐並不奇怪她如何上的樓頂。但今日自午時起落雨便未歇，雖只是濛濛細雨，淋久了也傷身。

掃了一眼成玉腳下的幾個空酒壺，可見她在此坐了有一陣了，齊大小姐趕緊過去探了探她的後領和脖頸，發現她衣衫盡濕渾身冰冷，心中跳空了一拍，攬住她的後背便要將她抱下樓去找大夫。

沒想到她卻抬起了頭，揚手將齊大小姐的動作擋了一擋，擋完了才發現來人是齊大小姐，因此有點開心似地往旁邊挪了一挪，聲音也很歡快：「哦，是妳啊小齊，妳來得正好，陪我坐一坐。」鬢髮皆濕，一張臉卻緋紅，也不知是醉狠了還是發燒了。

齊大小姐抬手探向她的額頭，秀眉蹙起：「妳發燒了，我們先下去。」

她卻像沒聽到齊大小姐的話，自顧自道：「妳知道嗎？我終於想起來了為什麼我總在夢裡哭。」是胡話。齊大小姐沒有搭理她，只伸手為她擦拭那一頭濕髮。她並沒有介意，只是繼續道：「因為我意識到了，」她的聲音低了下去，「或許我從來就不是連三哥哥獨一無二的那個人。」說完她抿了抿嘴唇，「我太傷心了。」

齊大小姐的動作就頓住了，良久，齊大小姐道：「妳喜歡交朋友，但妳從來沒想過要做誰的獨一無二。」

她含糊著：「嗯。」想了想又道，「不過連三哥哥不是我的朋友，他是我的哥哥。」

說到這裡愣了一下，「哦不，其實他也不是我的哥哥。」

細雨很快淋濕了她的額頭，齊大小姐伸手替她擦了額頭上的雨水，再次嘗試著將她背起來，還說著話轉移她的注意力：「那他是什麼呢？」

她陷入了思考中，果然溫順許多，齊大小姐終於將她背了起來，正準備飛身下樓時，聽到她在她耳邊低聲道：「他是特別的人。」輕輕的，像說給自己聽，「很特別。」

此後，齊大小姐足有半個多月沒再聽成玉提起連宋。但並不是說連將軍此人就此淡出了他們的生活。

事實上，半個多月裡，他們碰到過連宋兩次。

一次是在雀來樓門口，連宋帶著煙瀾正要入樓，季世子領著她倆剛好從樓上下來。察覺成玉對連三的依賴後，齊大小姐私下打探過連三，因此煙瀾是連三表妹這事她也知道。還聽說連三一直對煙瀾不錯，煙瀾腿腳不便，性子又沉鬱清高，從前連三沒事常帶煙瀾出宮閒逛。

齊大小姐目光掃過前面那一雙表兄妹，又回頭看方才一直走在她身側的成玉，卻沒看到她人影，後來才知道她竟折回樓上從二樓背後爬了下去。這是在躲著連宋。

齊大小姐猶記得她不久前還見天去大將軍府堵連宋，醉話中也說過連三於她的特別，為何突然開始躲起他來，齊大小姐感覺這件事有點難以明白。

還有一次碰到連宋獨自在藏蜜小館買糕點，她倆坐在小館裡間飲茶。旁觀了這麼長時間，齊大小姐覺得自己也看明白了，成玉和連三之間必然有事，而且他倆缺一個時機說明白，她認為此時正是二人說清楚的良機，因此拎著成玉就要出門去攔連三。

結果剛走出門，聽見身後刺啦一聲，手上一輕，回頭一看，才發現成玉居然拿把小刀把被她握住的半幅袖子給割斷了，退三步縮在牆角裡態度非常堅決：「現在不行，我還沒想好。」

齊大小姐心想她必須不忘初心將成玉拎出去，否則此事這麼拖著成玉難受她也不自在，但她也著實好奇，沒忍住握著那半幅袖子問成玉：「妳這衣裳什麼破玩意兒？割一刀破這麼徹底？」

就見成玉小心地將那把匕首收進了刀鞘：「不是衣裳的錯。」將收好的匕首插在腰間還用手拍了拍，「皇帝堂哥賜的好寶貝，百年難見的精鐵鍛成，吹毛可斷，削鐵如泥。」片刻前剛剛發過誓要不忘初心的齊大小姐立刻忘了初心，探身過去：「欸給我看看。」接著兩人就一同鑑賞起那把匕首來，鑑賞了整整一下午，回家後齊大小姐都沒想起來她今天還有件事忘了沒幹。

當然，她也沒注意到那天整個下午成玉其實都有點心不在焉，但如今的成玉已不再像她小時候，甚至她前一陣時那樣什麼情緒都放在臉上，她小心地掩飾了。

第三章

距小江東樓的那個雨夜，整整過去了二十五日。

說前幾日皇帝突然想起來成玉跟著師父重新學畫也有一個多月了，想看看她長進如何，因此四日前繪畫師父特地留了她一道課業，令她十日內以秋日山水、林中花鳥、宮廷仕女為題各作一繪。

繪畫師父比成玉自己還怕她發揮不好將作業交上去皇帝會責罰，這幾日都沒來十花樓，意欲使她專心作畫。不僅他沒來，他還將馬頭琴師父也勸退了。真是師門有情，大愛如山。

然後成玉花了兩天時間就將三幅畫都畫完了。

此時她坐在書房中蹙眉看著攤在身前的三幅畫，想著她要不要借請連三指導畫作之名，再去一次大將軍府。她聽說煙瀾就總以這個名目去大將軍府，連三從沒有拒絕過，她推測那他應該覺得畫畫也是一件正事。

前二十多天裡遇見連宋時她總躲著，其實並非如她同齊大小姐所說，是她沒有想好，早在小江東樓的那個雨夜，她就將一切都想明白了。一直以來，是她太過依戀連三，將他視作親密特別之人，理所當然地以為連三也將她同等視之，所以當連三不再主動找她，她才會感到不安、失落，還難過。

可於連三而言，她或許從來就不是個多麼重要的人物，也許他只當她是個普通小友，他閒暇時會邀認識的小友喝茶吃飯，看她可憐時還會順手幫一幫，忙起來當然就再顧不得。就像她事情多的時候，也不會記得要去找他們蹴鞠隊的湖生鬥蛐蛐兒。

是她一直誤會了自己同連三的關係，誤以為他們是一對親密無間的兄妹。

可這並不是連三的錯。雖然剛開始是他要她做他的妹妹，但那或許只是句戲言罷了，因為後來他其實一直有提示她，他並不想做她的哥哥，是她一直沒有當真。該當真時她沒有當真，不該當真時她卻當真了。是她的錯。

想清楚這一切令她感到非常難堪，可更多的卻是失望和痛苦。就像在風雨交加的夜晚，唯一用來照明的那支蠟燭不小心被吹滅了，四周突然湧來無邊無盡的黑，和淒冷的風雨聲，而片刻之前蠟燭帶給她的溫暖和光明，就像是一場她從未擁有過的幻覺。

那恐懼和痛苦如此強烈，令她不由得在想明白的那個雨夜裡緊緊拽住了身上的被子，在黑暗中無聲地哭泣，流了一整夜的淚。

她不知該如何面對連三，因面對他就像面對一個破碎的美夢，這才是她不願見連三的原因。

她最近時常懷念十五歲前的時光。和其他女孩子不同，她從來沒有渴望過長大，可能那時候她就懵懂地知道了長大會有很多的煩惱。

她以為在想通這一切之後她能平靜面對連三的冷淡，就像當初季世子說不想和她交朋友時，她的確難過了一陣，但沒多久她也就平靜了。她從小就不是強求的人，求不得的東西，她從來不執著。

可待時間一天天過去，當那白衣的身影真的在她的生活中越走越遠時，她感到的卻並非釋然和寧靜，而是巨大的恐懼。有生以來第一次，她想要強求。她甚至想，如果他不願意她太過依戀或是依賴他，她會努力和他保持一個萍水之交應有的距離。

她不想讓他走得更遠。

她不能讓他走得更遠。

巳時初刻，成玉帶著她的三幅畫出了門。

大將軍府上，國師正同連三匯報自他離開平安城後，這二十日來朝中的動向。三殿下剛回到府中，此時正在換衣。

這些時日，朝中其實也沒有什麼動向，最大的動向是國師抱病了二十日告假未朝，而國師抱病這事還是他們自己搞出來的：連三需出一趟遠門，得留國師在京中假扮他上朝候召，扮了連三後國師分身乏術，他本人只好告病不朝。

皇帝習慣性日理萬機，看上去依然很忙，但理的基本是一些雞毛蒜皮的奏章。國師覺得根本沒有什麼好匯報，因此三言兩語就說完了京城中的事，期待地望著三殿下，想聽聽他在遠行途中有什麼發現。

二十日前連三離城，乃是因黑冥主謝孤栦遣冥使呈給了他一樣東西。

三殿下當日找謝孤栦要的是人主阿布托的溯魂冊，但阿布托的時代距今已有二十一萬年，便是冥主也不可能如此迅速地在二十一萬年的浩繁卷帙中找出他的溯魂冊來。因此彼時謝孤栦遣使相送的並非連三討要之物，而是他母親留下的一則筆記，筆記中亦提到了在阿布托活著的時代裡發生的一些事。謝孤栦讓冥使帶了口信，說是正物送抵之前，先將此物借給三公子做參考。國師覺得謝孤栦真是很會做神了。

可巧的是，筆記中載錄的正是當年祖媞神的四位神使助其列陣獻祭混沌之事。

說祖媞雖在此世獻祭，但欲使十億凡世皆得恩澤，故而在獻祭前列出了通衢之陣，此陣一旦發動，能將十億凡世同此處凡世短暫地接連起來。而正因有了通衢之陣，當年祖媞神在此間的捨身獻祭方能恩澤十億凡世整個人間。

此陣有二十一個陣點，三個陣眼，列在二十四個地方，遍布這一處凡世的五洲四海，陣點和陣眼均有靈物鎮守。而尤為珍貴的是，謝孤栦送來的這幾頁筆記上，竟還明明白白繪出了陣點和陣眼所在之處。

通衢之陣雖已廢多年，但說不定陣點和陣眼處能有祖媞神去處的線索，這便是連宋拿到筆記後立刻便出了城的原因。

彼時當三殿下將京中之事全託給國師時，國師蒙了一刻，因為他記得最開始他只是拿著南冉的述史之書去求教了三殿下一個小問題，為何他就成為三殿下尋找祖媞神這事的得力助手了，他感覺有點雲裡霧裡。但三殿下的意思是，九重天上他的元極宮中一直缺一個稱手的仙伯，待他凡界之事畢，打算將國師帶回他的元極宮，既然國師遲早要到他手下當差，現在就開始當和幾十年後再當也沒有什麼分別。

甫一聽飛昇成仙後三殿下還要將他繼續收在麾下，國師當場就哀莫大於心死了，對自己修道多年的意義產生了懷疑。

但這事也沒有什麼再商量的餘地。因此在三殿下出城的二十日裡，國師想通了一半，覺得無論如何，跟著三殿下尋到祖媞神，護佑神性尚未甦醒、不能自保的祖媞神不被神魔鬼妖四族覬覦這事還是很有意義的。況且三殿下也說了，待東華帝君出關後他便將這事轉給帝君，他們其實也忙不了多少時候。

此時，連三的書房中，國師眼巴巴望著更好衣正在喝茶的三殿下：「殿下這些時日，想是已將那二十四處陣點和陣眼查驗完畢，可有什麼收穫？」

他問得直率，三殿下答得也直率：「尋到了沉睡中的雪意。」

可問題在於，雪意是個什麼，是個人，還是個物件，國師完全不明白，尋到雪意意味著什麼，國師也不明白，國師臉上的表情有點傻傻的。

三殿下看了他一眼：「大洪荒時代，祖媞神自光中降生於中澤的姑媱山，一生點化過四位神使：槿花殷臨、九色蓮霜和、帝女桑雪意、人主帝昭曦。九色蓮霜和棲在小瑤台山中，那正是通衢之陣的一處陣眼，帝女桑雪意則沉睡在第二處陣眼羌黎草原。」他淡淡道，「祖媞當年設陣時，應是以她的三位神使鎮守三個陣眼，但是在第三處陣眼大淵之森裡，我卻未能覓得槿花殷臨的影子。」

國師雖然完全不懂神族的太古遠古史，但在先帝的栽培下……當然先帝也不懂神族的太古遠古史，但先帝是個說話沒有章法的話癆，因此國師的理解能力和應變能力都是一流的。國師立刻發現了連三話中的問題：「殿下何以斷定第三處陣眼一定由神使鎮守，且是由槿花殷臨鎮守，而非另一位神使人主帝昭曦呢？」

三殿下皺了皺眉。國師覺得這個皺眉應該又是在嫌他蠢。國師感到心塞，但是他撐住了。三殿下道：「人主是個尊號，你以為世間能得幾個人主？」

國師腦中靈光一閃：「因此人主帝昭曦和人主阿布托……」

三殿下點頭：「是同一人。南冉語中將人主稱作阿布托，但在神族的史冊記載中，唯一的人主叫作帝昭曦，是祖媞神的其中一位神使。」

國師恍然：「南冉古書上說，當年祖媞神獻祭之時，人主率族眾於祭台之外跪拜……既然當是時人主另有職責，那麼第三處陣眼自然不可能由人主鎮守。」

剛說完已見三殿下單手將一張陣法圖攤在了面前的書桌上。這種時候被三殿下拿出來的陣法圖，當然只能是他根據謝孤栦送來的筆記親自復原的通衢之陣陣法圖了。

國師好奇地探過去，見三殿下拾起一支炭筆將其中的二十一個陣點連了起來，竟似兩個相交之圓；而三隻陣眼中的其中兩隻在兩圓的圓心處，第三隻陣眼則處於兩圓相交的正中心，亦是整個圖形的中心。

三殿下點了點最中間那一處：「此處便是大淵之森。太古遠古之陣，若要以正神來守陣眼，以法力最高者鎮守最重要的位置，這是常識。殷臨是祖媞座下四位神使之首，既然這套陣法中其他兩個陣眼是由霜和與霎意鎮守，那這第三個作為中心的陣眼，除了槿花殷臨以外，無神可鎮守。」

國師了悟地點了點頭，卻又立刻意識到了另一個問題：「殿下方才說九色蓮霜和同帝女霎雪意都在當年鎮守的陣眼之處沉睡，可槿花殷臨卻不見蹤影……殿下是懷疑這非因他故，而是同祖媞神的復生大有關係？」

就看三殿下靜了好一會兒，方道：「既然此世是當年祖媞神羽化的凡世，通衢之陣亦列在此中，包括神使們亦是在此世沉睡，若祖媞神由光中復生，你認為復甦在何處的可能性更大一些？」

國師想都沒想：「當然是此世。」

三殿下就笑了：「可若祖媞神已復生，雖還未曾覺醒歸位，但既是祖媞之魂，必然仙氣磅然，你我身在此世，卻沒有半點感應，是為何？」

國師有些糊塗：「……或許是她還未曾真正復生？」

三殿下就又笑了：「『昭曦滅，霜雪謝，神主不應，槿花凋零。』這句話的意思是若他們的神主沒有意識，那麼昭曦之光將滅，九色蓮霜和與帝女桑雪意當枯萎，且槿花殷臨亦會凋謝。所以，若祖媞未曾真正復生，那我看到的霜和同雪意應當只是一簇枯謝的蓮花和一叢枯謝的桑樹，不大可能那樣有生氣，且原身為槿花的殷臨也應該還凋零在大淵之森，而不是渺無蹤影。」

國師想了想，恍然明白過來：「殿下是說，很有可能槿花殷臨已率先甦醒，尋到了復生的祖媞神且隨侍在了女神的身旁，是因殷臨動了什麼手腳，您才無法感應到女神的仙澤，是嗎？」

三殿下一邊捏著炭筆在那張陣法圖上補了兩個字，一邊道：「孺子可教。」

國師雖然看著比三殿下年長一些，但在三殿下四萬多歲的仙齡之前，的確可當一個孺子，因此也沒有覺得什麼，反而受到了鼓勵，再接再厲道：「那殿下是不是打算先去找殷臨了？」

三殿下依然低頭在那張陣法圖上寫寫畫畫，隨意道：「尋找殷臨和尋找祖媞同樣困難。」

國師繼續出主意：「既然殷臨已經甦醒了，那霜和和雪意說不定也能很快甦醒呢？他們又同為祖媞神的神使，說不定彼此間能有什麼聯繫，好好看著霜和與雪意，待他們醒了說不定能帶我們找到祖媞神？」

三殿下依然很隨意：「殷臨比他們強太多，只要祖媞不滅，便只有一口氣息在這世間，他也能清醒長存。但霜、雪兩位神使，在祖媞歸位前他們都醒不來，因此看著他們也沒有太大意義。」淡淡道，「既然殷臨已在祖媞身邊，她的安危倒不用太過擔心。如今之計，先等著謝孤栦的溯魂冊吧。」

國師就很崇拜三殿下了：「殿下曾說神族已無有完整記載祖媞神的史冊了，但關乎祖媞神，殿下卻似乎什麼都知道。」

三殿下頭也沒抬：「可能是因為我有那麼一個常聊天的朋友，比祖媞神還大一些，卻一直沒有要羽化的意思，現在還好端端活在九重天上，被稱為天宮的百科全書，四海八荒的活化石。」

國師表示有點羨慕。三殿下神色莫測地笑了笑：「你證道之後若不喜在元極宮中當差，我可將你推薦到他處。」

國師先表示了一下這怎麼好意思，又立刻表示他也沒什麼別的愛好，就愛吃個甜糕看看書，三殿下這位百科全書朋友，聽這個名字他就甚是仰慕，若三殿下有此美意將他引薦給他，他又怎好推辭，之類之類的。

三殿下就意味深長地點了點頭：「好。」

多年之後的某一天，在太晨宮中給東華帝君當差的國師驀然回想起這一幕，在夕陽中流下了追悔莫及的淚水。

但這時候的國師畢竟還年輕，年輕的時候總是天真，不知道人間有很多套路，還有很多坑……

天步步入書房時，國師和連三就通衢之陣正好談到一個段落。國師倒是轉頭看了她一眼，三殿下俯身在書桌前握著炭筆正修改著什麼，沒有抬頭。

天步走近兩步輕聲稟道：「郡主有月餘未上門了，方才卻拿了三幅畫作來求教，說是教她繪畫的夫子留的課業，回頭要呈給皇上查驗，皇上若不滿意，會更嚴厲地拘束她閉門向學。她已被拘得怕了，聽聞殿下十分擅長丹青，因此來求殿下指點指點她，希冀在殿下的指點下這三幅習作能令皇上滿意。」停了一停，「奴婢回郡主說殿下近日仍忙著，此事需得請示殿下，郡主現今正在東跨院的花廳中候著。」

天步邊稟邊觀察著她家殿下的神色，卻見連三猶自低頭修改著攤在書桌上的卷軸，頭未抬，筆也未停。天步心中便有了大致的計較。

在連三身旁伺候了數萬年的天步其實從沒費心思想過連三為何冷落成玉，因從前在九重天上，在連三身邊最久的和蕙神女跟著他也沒有超過五個月。因此當連三開始避著成玉時，她覺得這著實是一樁尋常之事，只是有些為那位小郡主嘆息。

郡主日日來將軍府堵連三那一陣，她覺得她家殿下對郡主頗有留戀，這倒有些不尋常，因從前三殿下是不會對從身邊送走的神女有什麼留戀的。但一個月過去，看眼下這個光景，天步覺得殿下倒又成了那個淡然無情的殿下，對成玉也像確然沒什麼心思了。

她在心底再次為那位小郡主嘆了口氣，見連三一時沒有吩咐，忖度著道：「那奴婢這就去回稟郡主，說殿下軍務繁忙，著實抽不出空閒，請郡主另尋高人指點。」說著便起了身，剛退到門口，卻聽見她家殿下開口道：「畫留下來，讓她回去。」

天步愣了好一會兒，不確定道：「殿下的意思是……」

書桌前的連三仍沒有抬頭：「問清楚皇帝對她的習作有何要求。」

天步領命退下時內心充滿了驚訝和疑惑。讓郡主將畫留下，是想幫她的意思，卻又讓郡主離開，是不想見她的意思。天步徹底迷茫了，不知她家殿下對那位小郡主究竟怎麼想的。

國師站在書桌旁若有所思。前些時候連三離京時曾提醒過他一句，讓他扮作他時，無論何時遇到成玉，都離她遠些。彼時國師只以為是三殿下不能忍受郡主同他這個冒牌貨親近，故而有此告誡，還腹誹過連三小氣。今日瞧著，卻似乎不是這麼一回事。

方才那侍女稟出「郡主」兩個字時，他離得近，瞧見三殿下原本和緩的側顏驀地收緊，手中的炭筆也在卷軸上停了一停。

連三同成玉一向多麼親近，國師也算見識過，但那侍女稟完後，卻聽到他下令將郡主送出去。這著實很不尋常。

國師本想問問他和成玉是怎麼回事，正欲開口時想起來自己是個道士。一個道士，對別人的感情問題如此好奇，算什麼正經道士呢？

憶及一個道士應該有的自我修養，國師訕訕地閉了嘴。

次日成玉起得很遲，因難得課業完成了，又沒有師父來折磨她，她就睡了個懶覺。剛起床便聽說半個時辰前有個姑娘來尋她，聽說她還未起，留下三只竹畫筒便走了。梨響將畫筒放在她書房中。

成玉面無表情地推開書房門，見金絲楠木的書桌上果然並列放置著三只畫筒，正是她昨日親手交給天步的那三只。

連三既收了她的畫，便不會原封不動還回來，想必那畫筒中除了她的畫以外，還有他的批注和指點。

昨日去大將軍府，連宋只留下了她的畫，卻沒有見她，彼時成玉雖感到失望，還有些灰心，但她安慰自己他既然很忙，不見她其實也沒有什麼，萍水之交嘛，就是這樣了。她自個兒難過了一會兒也就好了。

但今日擺在書桌上的三只畫筒卻令她一顆心直發沉。

若連宋果真如他的侍女所說的那樣忙碌，為何能在一夜之間便將她的三幅習作批注完畢？要嘛他的確很忙，卻將她的事放在了首位；要嘛就是他根本不忙。

如今她當然不會再自作多情地以為答案是前者，但排除了前者，答案只能是後者了。

成玉終於意識到，或許季明楓開初時說的那句話是對的，連宋的確是在躲著她。

她從沒有想過他是在躲著她。為何他要躲著她？他是討厭她了嗎？

前一月他對她的視若無睹忽然出現在她腦海中，一瞬間的衝擊令她不得不握住門框撐住自己，那的確像是討厭她的形容。

可若他果真討厭她了，昨日，他又為何要接她的畫？

成玉在門口站了好一會兒，片刻茫然後，她突然生起氣來。

整整兩個月。對於連宋的冷落和疏遠，她患得患失了那麼長時間，煩惱了那麼長時間，難過了那麼長時間，懦弱了那麼長時間。她一直以為她的惆悵和傷懷全是因她誤解了她同連宋的關係，是她自己笨，這一切其實和連宋無關，因此即便在最傷心的時刻她也沒有生過他的氣，只是感到不能再和他親近的痛苦。

可若一開始便是他在躲著她，是他故意疏遠她……他總該明白她並非是個石頭人，這一切她都能感覺到，她會受到傷害。

她叫了他那麼長時間連三哥哥，即便是她太過黏他讓他煩厭了也好，怎麼都好，若他當真不再喜歡她，不想再讓她靠近他，給她一個當面知道這件事的機會，她總還是值得。

她既憤怒又傷心，但卻沒有哭，只是冷著臉，早飯也沒吃，牽了碧眼桃花便奔去了大將軍府。其實兩座府邸相隔不遠，她從前去找連三時總是蹓躂著去，今天打馬而去，因她一刻也等不得，她要問個明白。

到得大將軍府，卻依然沒見到連三。天步看她面沉似水，十分詫異，溫溫和和告訴她，她家公子今日大早便去了軍營。見她面露嘲諷之色，天步依然和和氣氣的，保證自己並未撒謊，若郡主著實有什麼了不得的大事急著見她家公子，亦可去軍營尋他。說完安安靜靜看著她。

那一刻成玉突然感到洩氣，兀自靜了會兒，沒再說什麼，掉轉馬頭便離開了大將軍府。

但她並沒有去軍營，也沒有回十花樓，她騎著馬在街上胡亂蹓躂了一整天。入夜時打道回府，看到梨響在樓前左顧右盼。

梨響瞧見她後匆匆迎上來，絮絮叨叨同她說了一大篇，她才知今日皇帝竟出宮微服私訪了，順便來了一趟十花樓，在書房等了她一陣沒等到，居然沒生氣，拿著她的三只畫筒就回去了。

成玉才想起來天步送回的那三只畫筒她根本沒打開過，又想想畫筒中裝的不過就是自己的習作和連三的點評，皇帝打開一看，就知道她拿著習作去找人指點了。但這除了說明她勤學不倦、謙虛好問以外，還能說明什麼呢？因此她也不是很在意。至於皇帝為何將畫筒帶走了……她琢磨著，應該是皇帝覺得她畫得還行，因此當她提早呈交了課業吧。

三日後，成玉奉詔入宮，被領去了御花園中臨著太和池而建的水榭。

成玉同引路的小太監打聽了兩句，聽說皇帝不僅收了她的習作，還收了好幾位公主的畫作，正巧今日得空，便將她們齊召在水榭中，打算一併將她們的畫作評點了，好教她們知曉自個兒的畫技中尚有哪些不足。

入得水榭，打眼瞟過去，見在座最小的是二十九公主，最大的是十六公主，十來位公主環肥燕瘦各有不同，唯一相同之處是都到了要議親的年紀。成玉愣了一瞬，心想，好嘛，她還奇怪皇帝怎麼突然關心起她的琴畫造詣問題，原是在給這幫待嫁公主們做婚前培訓時順帶想起了她來，她原來是被這群公主給連累了。

大熙朝重「六藝」，公主們「射、御、數」這三項不行也就算了，「書、禮、樂」不行，那的確挺帶累皇家的臉面，可這關她一個遲早要和親的郡主什麼事呢？成玉覺得自己可太倒霉了，坐在那兒一邊等著皇帝一邊生著氣。

其實，她又有什麼資格生氣呢？說起來這一大幫公主反而是被她帶累的。

皇帝從來沒有想過公主們出嫁後在書畫和禮樂上有所不足可能會讓他沒臉這事，他一向覺得即便宮裡將公主們養得粗陋些大家也應該理解他，畢竟一百多個妹子，真的太多了。他給成玉找琴畫師父，也並非他此前所說，是怕她嫁出去帶累皇家臉面。一切只在於他想將這位堂妹撮合給他的大將軍，而聽說大將軍愛好的那款姑娘，正好擅琴擅畫，且儀姿淑靜風雅。

九重帝心，講究制衡的權術，因此在皇帝這裡，大將軍成親也是一樁國事。但問題是他的確是個勤政明君，他又是個真漢子，他這樣一個錚錚鐵骨的真漢子，見天琢磨怎麼給人保媒拉縴扯紅線，算怎麼回事呢？他就將此事交給了沈公公。

沈公公細緻了一輩子，明白皇帝存的是暗中撮合的心，並不想將此事搞得形於痕跡，教外人看出其中的名堂來，否則事若不成，不僅讓已被拒過一次婚的郡主再增尷尬，還傷了皇家體面。因心中橫著這樣一桿秤，故而在皇帝取回成玉的習作後，沈公公才同皇上出了這麼一個主意：三天內收了近三十幅待嫁公主們的舊日習作，又於今日將她們齊聚到水榭之中，面上是為眾公主們評畫，實則不過找個機會，令愛畫的大將軍能一睹紅玉郡主出色的畫藝罷了。

皇帝也很配合。

申時初刻，皇帝終於出現在了水榭之中。他作戲做了全套，帶來的並非大將軍一人，還有翰林院的一位修撰，以及方才和他一同議事的左右相，戶部和工部的尚書，並國師。

皇帝將諸位臣子帶過來也帶得很自然，議完事同眾臣子隨意道：「今日朕著了廖培英隨朕去評點十來位公主的繪畫習作，眾卿中不乏丹青妙手，正好和朕一道去指點指點公主們。」這提議著實沒什麼不尋常，因此就連老狐狸成精的左右相也沒看出什麼不對來。

眾臣陪著成筠一道來到了水榭。

成筠入內，見水榭之中妙齡少女們跪了一地，一眼望過去，卻根本沒看見成玉在哪裡，只瞧見因腿腳不便不能行跪禮的十九公主煙瀾一枝獨立。皇帝免了眾公主的禮，令她們一一坐回去，這時候才發現成玉一個人坐在左側盡頭處的角落。

按照長幼尊卑排序，一來她最小，二來滿座公主中只她一個郡主，禮法上她的確該坐最末。但皇帝關心的問題是，他給大將軍賜座，自然要賜在他身旁，隔著這麼大個水榭，紅玉和大將軍一個坐在座首一個坐在座尾，彼此看一眼還要採取遠眺這個動作，要是眼睛不好那就算遠眺都還看不大清……皇帝就揉了揉眉心：「紅玉，妳坐過來，就坐在煙瀾旁邊。」

十九公主煙瀾是在座唯一一個有封號的公主，身分比所有人都高，因此即便比十六公主小一歲，也坐在最上位。成玉雖為郡主，卻是唯一一個有封號且有封地的郡主，皇帝在座次這種小節上給她這種恩典，不算出格。

成玉謝了恩，磨磨蹭蹭走過來。

室中一時只聞她身上環珮輕響。少女一襲廣袖留仙裙，粉緞為底，外罩白紗，銀底折枝花刺繡的腰封束出一截纖細柳腰，步履盈盈處，似隨風而動的一株春櫻。

對於成玉的臉，皇帝一直是滿意的，他不動聲色地看了眼大將軍，卻見在座全場的目光幾乎都凝在了紅玉郡主身上，唯獨他那位大將軍微垂著眼不知在想什麼，皇帝皺了皺眉。

在水榭中遇到連三，其實讓成玉有些始料未及。看到他的那一瞬，她腦子裡一片空白，但一片空白中卻有個聲音突然清晰地響起：「這倒是趕得很巧，成玉，妳不是有話要問他嗎？」

意識到今日終於有機會堵著連三問個明白時，成玉心中壓了整三日的怒氣和委屈立刻就湧了上來，巴巴地就想趕緊將這個什麼水榭小聚對付過去，好攔住連三，逼也得逼他給她個答案。

她一向就是這樣混，討厭黏黏糊糊，也討厭患得患失。

但，又是什麼契機令她陡然失去了這個決心呢？

或許，是連三明明知道她在這裡，卻吝惜給她一個眼風？皇帝將她從角落裡叫出來時，她可是從頭到尾都用眼角瞟著他，因此她很清楚他從始至終都沒有看過她一眼。

又或許，是煙瀾主動同他說的那些親密話？水榭中沒安置那麼多座位，小太監搬凳子過來的途中，皇帝將十六、十七公主的畫作拿出來讓諸臣子先行賞看，水榭中氛圍一時有些放鬆。國師站在煙瀾身旁，拿著十七公主的一幅瘦梅圖邀他同賞，他便站了過來。

成玉聽到煙瀾柔聲叫他：「表哥。」他便微微俯了身，就著煙瀾的坐姿聽她說話。接著成玉聽到煙瀾輕聲：「我只將你親自看著我畫出來的那幅〈秋月夜〉呈給了皇兄，因為覺得那幅畫得最好，別的姐妹似乎都呈了兩三幅上去，若待會兒皇兄怪罪我，可要請表哥為我說兩句好話。」

是了，成玉覺得，應該就是在那一刻，她突然什麼話都不想再問連宋。就如同三日之前她一鼓作氣地想要去大將軍府找他理論，卻依然被拒之門外，那時候她的洩氣，明明白白地被復刻在今日；而此時，還增添了許多灰心和疲憊。

倏忽之間，心中生起一股頹然之感，讓她覺得這一切都很沒有意思。事實就是，連三他寧願看著煙瀾作畫，卻吝惜見她一面，無論如何，他待她不過就是這樣罷了，又有什麼好問的呢？

故而煙瀾又同連宋說了些什麼她也沒再聽，坐那兒發了一陣呆，感覺心裡空落落的，喉嚨還有點疼。但長年在太皇太后和皇帝跟前討生活的本能卻讓她很快反應過來，即便她此時再是感到怠倦與空乏，她也不能老坐在那兒發呆，因此側首從果盤裡取了只蜜橘。

這時候她才瞧見十七公主和十八公主在咬耳朵，邊咬耳朵邊往煙瀾和連宋處瞟。她愣了一愣，反應過來時已往後坐了一坐，為她們的偷瞄讓出了一個空檔。卻見十七公主驚訝地看了她一眼，轉頭又同十八公主嘀咕了一句什麼。她一時奇怪，凝神聽去，卻聽得十七公主附在十八公主耳旁：「虧得她今日還特地打扮了一番，不承想人家一眼也沒看她，只同十九妹妹說著話，她今日可太沒臉了。」

十八公主聽聞此言謹小慎微地看了她一眼，發現她的目光時往後縮了一縮，估摸著她不可能聽見，鎮定了一下，又討好地朝她笑了一笑。
成玉握著橘子掂了兩掂，垂著頭想了一會兒，再抬頭時不動聲色環視一圈，才發現果然有不少公主都盯著他們這一處。有看她的，也有看煙瀾和連三的。
她其實都快忘了。十七公主和十八公主這番作態卻讓她突然想了起來，是了，她和連宋之間還有著一重關係：他是曾經拒過她婚的將軍，她是曾經被他拒婚的郡主，今次算起來還是他們頭一回一道出現在眾人視線當中。
太皇太后憫恤她，嚴令宮中不許再提她和連宋的事，礙於太皇太后鳳威凜凜，大家的確不敢說，但此時她們看向她的目光卻含意豐富。
成玉懶得去分辨哪些人是單純好奇，哪些人是嘲諷戲謔，又有哪些人是幸災樂禍等著看熱鬧。都是熟悉的套路，她並沒有感到被冒犯，也沒有覺得多生氣，宮裡的日子不好過，她從小就很習慣各種各樣的小惡意和小心機。
她將橘子放在手心又掂了兩掂，一時覺得公主們很無聊，一時又覺得坐在這裡想東想西的自己也很無聊。不經意間煙瀾的聲音又傳入了她耳中：「……十七姐姐這幅瘦梅圖運筆很是清雋秀麗，是幅好畫……」
話未畢，聽到國師的笑聲響起：「公主今日竟如此寬厚，臣還記得去歲臣得了幅〈歲寒三友〉，前去將軍府邀將軍共賞，彼時評點〈歲寒三友〉的那句『匠心獨運，偏無靈氣』可是出自公主金口，將軍你說是不是？」
連三沒有立刻回答。
但無論連三說的是什麼，成玉此時都不想聽到，她就給自己找了點事做，偏著頭一心一意剝起被她把玩了好一陣的蜜橘來。

她專心致志地理著橘絡，以轉移注意力，橘絡剛理到一半，有個愣頭青顛顛地跑了過來找她說話：「臣翰林院修撰廖培英，久慕郡主的才名，聽聞郡主一手行楷瀟灑俊逸，得景公真傳，臣亦愛字，不承想今日有幸能在此謁見郡主，下月臣母正要做壽，臣斗膽向郡主求一幅平安帖，不知郡主可否如臣之願？」

翰林院廖修撰，這個名字成玉是有印象的，去歲高中的探花，是江南有名的少年才子，聽說生得秀如美玉，為人卻豪放不羈。成玉驚訝傳言也有不虛的時候，這位廖修撰的確夠不羈的，今日皇帝將他帶來評點諸位公主的畫作，那他對在座所有公主，包括她在內，就有了半師之名，卻這麼低聲下氣地跑到她跟前來求字，的確挺不拘一格的。

成玉認認真真看了這位廖修撰一眼，放下橘子擦了擦手才慢吞吞地謙虛回去：「紅玉的字其實普通得很，承蒙大人高看，那紅玉便獻醜了，三日後定將字帖奉至大人府上。」

廖修撰施禮謝過，又笑咪咪道：「怎敢勞煩郡主差人送來，既是臣向郡主請字，自是臣三日後前去十花樓求取。聽聞郡主的十花樓蓄養了許多奇花異草，臣早就心嚮往之，便是臣只能在樓前一觀，也是一樁天大榮幸。」

廖修撰人長得好看，話說得也好聽，俗話說伸手不打笑臉人，因此雖然成玉今日心緒不佳，他這麼絮絮叨叨的她也沒覺得多煩，正要回應，卻聽到幾步外連三突然開口，淡淡道：「廖大人，這幅瘦梅圖你要看看嗎？」

國師看了成玉一眼又看連三一眼，接著又看了廖修撰一眼，立刻道：「是啊，皇上著廖大人前來評畫，這倒是廖大人的正經差事，我等不過到此來閒站陪同罷了。廖大人，還是請你來點評點評吧。」說著笑容可掬地從連三手中接過那幅畫，示意要交給廖培英。
成玉眼觀鼻鼻觀心，自始至終沒有朝那邊望一眼，只聽廖培英尷尬道：「卻是培英失職了，多謝兩位大人提點。」又聽廖培英倉促中小聲問了她一句：「那臣三日後來十花樓向郡主取字？」她點了點頭，重新拿起那只橘子剝起來。
不多時小太監們搬來了凳子，接著便是皇帝賜座，諸位大臣落坐，當然也再不可能有人東站站西站站隨意找別人聊天了。大家這才開始正經評起畫來。
皇帝坐在最高位，特命宦侍立於一側，將公主們的畫作展開，如此一來坐在下頭的臣子和公主們便都能瞧得見。
皇帝今日著廖培英來評議公主們的畫作，因廖修撰實則是個被仕途經濟耽誤了的靈魂畫師。當年廖才子未及弱冠，卻能被評為江南第一才子，除開他腹有乾坤詩才傲人外，更重要的是因他那一手連畫聖杜公都稱讚過的精湛畫技。杜公讚他「一筆窮萬象之妙」，說他潛心十年，造化當大勝於己。
因此今日廖培英做了主評，列位臣子的話就很少了，稍不留神就是班門弄斧，還有什麼好說的呢？大家都是要面子的人是不是。就只有國師覺得自己是個方外之人，可以不要面子，偶爾看到好玩的畫作還會評點兩句。
成玉壓根兒沒覺得今天水榭裡這個陣仗和自己有什麼關係，因此當評議開始，相較於公主們的嚴陣以待，她多少有點敷衍和抽離。
當廖修撰領皇命開始一幅一幅點評公主們的習作時，成玉再一次領會到了這位才子的任達不拘。好歹面對的也是公主們，皇帝的親妹子，廖修撰卻絲毫沒想過要給皇家面子似的，二十來幅畫作評過去，毛病挑出來一大堆，什麼用墨過濃，有墨無筆，運筆無力，墨多掩真，就連煙瀾的那幅〈秋月夜〉，也沒能入得了他的眼。

當宦侍展開煙瀾那幅畫時，出於好奇，成玉認真看了兩眼，只覺用筆綿遠秀致，用墨濃淡得宜，這種技巧她再練個三四年興許才能趕得上。但就是這麼一幅品相不俗的佳作，廖修撰看了片刻，卻嘆了口氣：「十九公主是一位好畫匠。」煙瀾當場就變了臉色。畫匠二字，端的扎心。

這麼一個小小修撰，將自己十來個妹子的畫作全損了一遍，皇帝卻一點沒生氣，只笑笑道：「廖卿如此嚴厲，公主們灰了心，明日紛紛棄了畫筆可怎好？」

廖修撰不以為然，直言不諱：「《禮記》曰：『知不足，然後能自反也。』陛下花許多精力關懷公主們的書畫教習，是希望公主們能知不足而後自反，而後自強。臣奉陛下之命評議公主們的畫藝，便不能矯飾妄言，拖陛下的後腿。臣說話是有些直，但想必公主們也斷不會因此而辜負陛下的苦心。」

皇帝笑罵：「你倒是總有道理，朕不過說了你一句，你倒回了朕四句。」接過沈公公遞過去的茶喝了一口，狀似不經意道，「公主們的習作你瞧著有許多不足，朕瞧著，也有許多不足。不過前幾日朕從紅玉那兒拿回來了幾幅畫作，倒是很喜歡，你不妨也評評看。」

成玉剛剝完的橘子滾到了桌子底下。她自個兒的習作是個什麼水平她是很清楚的，皇帝這不是要讓她當眾出醜嗎？什麼仇什麼怨?!成玉微微撐著頭，感到難以面對，心裡暗暗祈禱著廖修撰能看在自己答應了給他寫字帖的分上口下留情。

畫卷徐徐展開。室中忽然靜極。身邊傳來倒抽涼氣的聲音。

成玉撐著額頭垂著眼，心中不忿，心想有這麼差嗎？評你們的畫作時我可沒有倒抽涼氣。

好一會兒，廖修撰的聲音響起，那一把原本清亮的嗓音如在夢中，有些喃喃：「先師稱臣『一筆窮萬象之妙』。臣今日始知，臣沽名釣譽了這許多年，若論一筆能窮萬象之妙，臣，不及郡主。」

成玉一驚，猛然抬頭。視線掠過宦臣展開的那幅畫，只看到主色是赤色，但她的那三幅畫兩幅水墨一幅工筆，沒有一幅用到了胭脂或者丹砂。她極為驚訝地看向皇帝：「皇兄，那不是臣妹的畫。」

皇帝愣了愣，無奈地搖了搖頭，笑道：「妳的老師讓妳畫仕女圖，結果妳卻畫了自個兒，這是終於覺出不好意思了？朕從妳書房中拿出來的畫，上面無款無章，不是妳畫的，又能是誰畫的？」

聽明白皇帝是什麼意思的成玉震驚地看向方才被她一掠而過的那幅工筆仕女圖，看清後終於明白適才滿室倒抽涼氣的聲音是怎麼來的。

那是一幅少女擊鞠圖。畫上的少女一身豔麗紅裙，騎著一匹棗紅駿馬，左手勒著韁繩，右手被擋住了，只一小截泥金彩漆的杖頭從馬腹下露出，可見被擋住的右手應是握著球杖。顯然是比賽結束了，少女神情有些鬆懈，似偏著頭在聽誰說話，明眸半合，紅唇微勾，笑容含在嘴角含苞欲放，整個人生動得像是立刻就要從畫中走出。

成玉一動不動地盯著那幅畫。那少女正是她自己。她最近是打過馬球的。

是了，她在曲水苑中打過很多次馬球，可她不記得自己什麼時候穿過紅裙。

事實上，她根本就沒有那樣一條以絲綢和絹紗裁成的烈火似的長裙。

所有人的視線都放在她身上，而她在愣神，皇帝說這畫是從她的書房中取出，皇帝從她書房中拿走的正是天步送來的那三只畫筒……

男子清淡的嗓音便在此時響了起來：「的確不是郡主的畫。」

是再熟悉不過的聲音，成玉腦中嗡了一聲，猛地看向對面，便聽到今日在這水榭中鮮少開口的青年再次開口：「那是臣的畫。」

偌大的水榭在一瞬間安靜得出奇。

國師坐在左側上首，又將那幅畫看了一遍。

早在宦侍將這幅少女擊鞠圖徐徐展開之時，國師就明白了那是誰的手筆，因此聽到連三承認那是他的畫作時，他並未像其他人那樣吃驚。

時人雖知大將軍愛畫，亦作畫，但其實沒幾個人見過連三的畫，皇帝也沒見過，自然看不出來整幅畫無論運筆、用色還是立意造境，滿滿都是連三的風格。國師佩服自己有一雙毒眼，他還佩服自己有一個好記性。畫中少女甫入眼簾，他立刻便想起了連三是在何時何地取下了這一景繪下的成玉。

應該就是在兩個多月前，曲水苑裡大熙與烏儺素大賽後的鞠場上。那時候他也在場，連三靠坐在觀鞠台的座椅中，撐腮看向場中的紅玉郡主，沒頭沒尾地同他說了一句話：「她該穿紅裙。」

是了，這幅工筆並非全然寫實，畫中的郡主一襲紅衣綺麗冶豔，但那日的郡主穿著的分明是一身纖塵不染的白紗裙。

國師震驚於自己的發現，不由得看了一眼連三。這才發現他在下頭心思轉了得有十七八圈了，場上諸人的目光居然還凝在三殿下身上。左右相為官老道，年紀也大了，倒沒有那樣形於痕跡，但臉上的驚訝之色卻也沒有完全褪去。國師也很理解他們，畢竟大將軍拒婚郡主這事過了還不到半年，發生了這種事，照理兩人就算不交惡，關係肯定也近不了，哪裡會想到大將軍竟會為郡主繪像，繪得還如此精妙逸麗。左右二相乃輔佐國朝的重臣，輔佐國朝，講究的是思慮縝密邏輯嚴謹，又不是街角寫話本的，試問怎麼能有這樣天馬行空的想像力？

皇帝顯然也很吃驚，半晌，含意深遠地問了連三兩個問題：「將軍為何要繪紅玉？此畫，又為何在紅玉那裡？」

男子們為女子繪像，可能會有的含意，成玉不是不明白，但那個含意，似乎怎麼也難以套用在她和連三身上。她又是震驚，又是疑惑，聽到皇帝問連三的問題，以為皇帝因從她那兒拿錯了畫，當著眾臣子眾公主的面鬧了笑話，因此生氣了，是在遷怒連三。可這原本不是連三的錯。

「不是連三……大將軍的錯。」在連三離座回答前她霍地站了起來。

不及眾人反應，她已跪到了皇帝跟前：「是臣妹將夫子布置的習作拿給大將軍請他指點的，夫子布置的課業中有一題正是繪宮廷仕女，如今想來是臣妹畫得實在太糟，沒有在原作上改進的空間，因此大將軍重畫了一幅讓臣妹揣摩參考，意在讓臣妹另行再畫。

「但來送畫的侍女卻沒有說清楚，讓臣妹以為是大將軍將臣妹的畫退了回來，因此也沒打開看，卻不巧畫筒被皇兄取走了。」

她的急智只夠自己將此事編到這裡，但編到這裡她居然意外地說服了自己，感覺八九不離十應該就是這麼一回事了。她偷摸著瞄了皇帝一眼，眼見皇帝似笑非笑，倒也不像是在生氣，膽子就大了一點：「是皇兄自己沒問清楚就把那三只畫筒取走的，卻不能再治臣妹和大將軍欺君之罪啊。」

皇帝喝著茶，看了她一眼：「妳和朕的大將軍倒是熟。不過朕挺奇怪，天下仕女那樣多，大將軍為何會畫妳，妳倒是也說說看。」

這就是沒在生氣了，她鬆了口氣，思索了一瞬：「可能是因為我們比較熟，畫起來比較容易。」

「是這樣嗎？」皇帝問。

她點著頭：「就是這樣了。」

皇帝瞪了她一眼：「朕問的是妳嗎？」

「哦。」她看了一眼已起身離座了有一會兒的連三，察覺到對方也在看著她，她立刻將目光收了回來，咳了一聲，「那大將軍還有什麼要補充的嗎？」

她能感覺到連宋的目光此時就落在她的側臉上。她無法分辨那到底是冰冷的還是熾熱的目光，因很早以前她就知道，烈日可灼人，寒冰亦可灼人。

當那視線逡巡過她的臉頰，她聽連三道：「沒有。」短短兩個字，其實也聽不出來什麼。

她抿了抿嘴唇，給了皇帝一個「你看果然如此」的眼神，怕皇帝看不懂，又自己翻譯了一下：「那就是這樣了，因為大將軍也沒有什麼要補充的。」

皇帝看了眼站在她身旁的連三，又看了一眼她，樂了：「妳倒是個小機靈鬼啊妳。」教訓她道，「大將軍畫功俊逸不凡，既然願意指教妳，那以後妳便該多多向大將軍請教，好好用功才是。」又看向台下諸位道：「今日便到這裡，希望諸位公主也謹記列位大人們的評議，下去後別忘了勤奮練習才好，散了吧。」

公主們跪拜領恩，目送著皇帝領著眾臣子遠去，這便散了。

而直到所有的公主都離開，成玉依然坐在水榭中。

日近黃昏，秋陽已隱去，失了日光的熏籠，風也涼起來。冷風一吹，成玉感覺自己的思路終於清晰起來。

她感到了連三的矛盾。

整整兩個月，他躲著她，不見她，瞧著是想要疏遠她的樣子，可私下裡卻又那樣地描畫她。而無論他將描繪她的這幅畫送回來是為了給她做仕女圖的參考還是怎麼，終歸他將它送了回來。這又是什麼意思？

她此前是灰心地想過，如果他想要和她保持距離，那便如他所願兩人就這樣漸漸疏遠，她也懶得再問他什麼。可那時候她沒有看到那幅畫。

她坐在冷風中又剝了個橘子。她想，他們還是得談談。

國師今天成了個香餑餑。

先是煙瀾在御花園的柳櫻道攔住了他。煙瀾臉色蒼白地問了他一個問題：「三殿下和紅玉郡主認識了很長時間，是嗎？近日他的反常，全是因紅玉郡主，是嗎？」

這一題國師會做，但憶及一個道士應該有的自我修養，國師生生按捺住了自己，冷酷地給了煙瀾一個反問句加一個感嘆句：「我怎麼知道？我是個道士！」

接著是廖修撰在凌華門前攔住了他。廖修撰吞吐卻又急切地問了他一個問題：「大將軍對紅玉郡主……只是一廂情願，是吧？他二人之間其實不太會有那種可能……是吧？」

這一題國師碰巧也會做，但憶及一個道士應該有的自我修養，國師再次按捺住了自己，冷酷地給了廖修撰一個反問句加兩個感嘆句：「我怎麼知道？我是個道士！媽的！」

然後是左相在宮外一個點心小舖前攔住了他。左相聲東擊西地問了他一個問題：「今日瞧著皇上倒很樂見紅玉郡主同大將軍親近似的，不知將軍這是不是想通了，終究還是打算同郡主做成一段良緣呢？」

這一題國師就不那麼會做了，憶及一個道士應該有的自我修養……國師終於沒有忍得住，他虛心地向左相求教了一個問題：「為什麼你們都覺得我一個道士應該清楚這種事情呢？你們到底對我們道士有什麼誤解？」

成玉在當夜爬牆翻進了大將軍府的後院。

大熙朝民風開放，常有仲子逾牆的逸事，屬於禮法上的灰色地帶，其實只要不被當場撞破宣揚出去，大家也不當這是個什麼事。問題在於一般來說都是公子哥兒們翻牆會姑娘，一個姑娘跑去翻相熟的公子家的院牆，這種事，就算在民風最為剽悍的太宗時期，大家也沒有聽說過。可以說成玉是這個領域的急先鋒。

連三好清靜，將軍府原本侍衛就不多，後院更是壓根兒沒有侍衛守護，剛入夜那會兒成玉就讓齊大小姐幫她打探明白了。

為了讓她翻進去能順利找到連宋的寢室和書房，跟著她老爹畫軍事地圖出身的齊大小姐還給成玉畫了張將軍府後院的格局圖。不幸的是，成玉拎著那張圖走了半天，還是迷了路；幸運的是，她一心尋找的連三今夜也沒在寢室或者書房待著。

更加幸運的是，她迷著路稀里糊塗闖進一片紅楓林，居然就在楓林深處碰到了和衣泡在一座溫泉池中的連三。

其時林中光亮不盛。天上雖有明月，然月輝終究昏弱，池畔貼地而臥的石燈籠中亦只透出些許微光，故而和池子有一段距離的成玉，只大約看到一個白衣青年靠著池壁閒坐在池中罷了，對方長什麼樣她是看不清的。

但自那坐姿看，由不得她認不出那是連三。

成玉往前走了幾步，來到池畔，繡鞋踩在枯落的紅葉上，發出嚓嚓的輕響。

夜極深，楓林又極靜，那細微聲響聽來令人心驚。但在泉池彼端的青年卻只是保持著側靠池壁、手肘支在池沿上撐著頭養神的動作。

他沒有動，也沒有抬頭，像是根本不知道有人闖進了這座楓林中，或者他知道是誰闖了進來，卻無視了。

成玉在泉池旁立定，站了好一會兒，看連三著實沒有先理她的意思，皺著眉率先開了口：「連三哥哥是覺得裝作不知道我來了，或者裝作沒有看到我，我站一會兒就會自己走，是嗎？」她停了停，「就像在大將軍府的大門外，或者姑母的文武會中，你裝作不知道我在那兒，我就算不開心也沒有辦法，最後只好自己走了。」

她也是在這時候才反應過來，這兩月裡每次她碰到連三時，他總像是沒有看到她，其實並非是他未曾注意到她，他只是裝作沒有看到她，在無視她罷了。就像此時。

意識到這一點著實讓成玉痛了一下，但她立刻裝作並不在意，因她很明白她今天花大力氣闖將軍府是為了什麼，這不是感情用事的時候。

「我其實，」她繼續道，聲音卻有點啞，因此她咳了咳，清了一下嗓子，「我其實知道你在躲著我，你根本不想看到我，」大約是親口承認這件事對成玉來說並不容易，因此話到末尾時她的嗓音又有點發啞，她就又咳嗽了一聲，「可是，為什麼呢？」

薄薄一層水霧氤氳在泉池之上，被石燈籠中的燭火渲染出柔軟的色彩，卻越顯朦朧。成玉不由自主地沿著池畔走了好幾步，她從來就不是知難而退的性子。她皺著眉頭想，若連三今天仍然打定主意不回答她，那她絕不讓他離開。

就在她離他僅有幾步遠的距離時，她聽到連三開了口。「為什麼。」他低聲重複著她方才的疑問，她因此而停下了腳步。

青年抬起了頭，聲音很平靜：「妳那麼聰明，不是已經有了答案嗎？」

成玉愣了一下。連宋其實不常誇她，當她為自己的聰明而自得時，他也總是會戲謔她，不想難得一次主動誇她，卻是在這時候。

妳那麼聰明，不是已經有了答案嗎？

她沒有答案。她是有過一些揣測，可，難道不是他親手用一幅畫就推翻了她的所有揣測？

是足夠近的距離，因此成玉的視線終於能夠確切地放在連宋身上，她的眉頭蹙得更緊：「我沒有答案，我很糊塗。」

她的右手手指無意識地曲起來，攏在過長的廣袖中，扣在了心口，幾乎是無意識地用了下力，才讓她感到內心有那麼一剎那的放鬆。她在這一剎那的輕鬆裡深深吸了口氣，繼續道：「蜻蛉曾經告訴我，一個人，有時候的確會莫名就不再喜歡另一個人。我有想過，是不是因為我太黏著你，讓你感到煩心了。可是，」她看著泉池中青年冷淡的面容，充滿疑惑地詢問他，「如果我真惹了連三哥哥你討厭，為什麼你還要畫我呢？」

青年也看著她，無動於衷道：「我畫過很多人，不只妳。」聲音依舊一絲波瀾也無。

這樣的答案是成玉未曾預料到的，她愣住了，良久才能發出聲音：「可……」卻一時不知道該說什麼。夜風吹過，有一片楓葉從枝梢跌落，擦過她的額頭，她終於回過神來，「就算是這樣好了。」她輕聲道，「但我們畫一個人，」她不那麼確定地道，「難道不是因為挺喜歡她，不討厭她，才會畫她嗎？」她艱難地吞嚥了一下，「也許你畫過很多人，那也只會畫合自己眼緣的人，不會畫討厭的人吧？」

他沒有再看她，覺得她的觀點很傻很天真似的，淡淡道：「景也好，人也好，不過隨手一畫罷了，頂多半個時辰的事，需要考慮那麼多嗎？」

摁在心口的指關節再一次無意識地動了動，像是要穿透胸肋去撫慰藏在那後面的生疼的心臟。成玉茫然了一會兒，像是才明白過來似的，將她今夜求得的答案重複了一遍：「所以你說的所有這些話，都是想告訴我，我一開始的揣測並沒有錯，你是真的煩厭我了，才會一徑地躲著我，是嗎？」雖是個疑問句，詢問的語氣卻像是不需要任何人回答。

因此連宋並沒有回答她。

「既是無心繪之，那你為什麼會將畫著我的那幅畫送回給我呢？」沉默許久後她復又發問，聲音裡再次含了一點希冀，「你就不擔心我多想嗎？或者你潛意識裡其實……」

「是天步拿錯了。」

那一點希冀也終於熄滅，像燭火燃盡前的最後一個燈花，那一小點亮光，預示的並非光明，而是長夜。

成玉極輕地哦了一聲。

林中一時靜極。涼風又起，石燈籠中的燈火隨著遊走的夜風極輕地搖曳。一盞盞於暗夜中忽明忽滅的燭火，就像海裡失了方向而晃晃蕩蕩隨波逐流的舟子，姿態孤鬱而悲戚。

成玉定定地看著那燭火，直到雙眼被火光晃得曚曨，才低聲道：「你沒有騙我吧？」

就看到連三蹙起了眉，像是有些不耐煩了，卻還是回答了她：「沒有。」

她佯裝不在意地點頭，過了會兒，又道：「你發誓。」

青年那一雙斜飛的劍眉蹙得更深，有些意興闌珊似的：「這樣糾纏不休，惹人煩惱，不像妳。」

成玉的臉色驀地發白，但即便青年說了這樣重的話，她也沒有離開。她低著頭發了一陣呆，咬著嘴唇道：「你不願意發誓，所以你其實……」

像是對她的話感到了膩煩，青年毫不留情地下了逐客令：「妳可以離開了。」

成玉靜默地站在那裡，足站了一炷香的時間，見連宋再不發一語，她才輕聲道：「我明白了。」轉身走了兩步，卻又停了下來。嗓音發著啞，卻嘆了一口氣：「可我還想再試一試。」意料之中連宋並沒有理她。但她也沒有回頭，只是自衣袖中摸出個什麼東西來，看了一會兒，小心地咬破自己的指尖，將一點殷紅染在了那物之上。

她背對著泉池，聲音小小的，像是撐在這裡這樣久，讓她花光了力氣：「朱槿給了我這符，說發誓最為靈驗，」她自言自語，「既然連三哥哥不願發誓，就讓我來好了。靜夜良辰，諸神為證，連三哥哥方才但有妄言，便讓成玉此生……」

但那毒誓尚未出口，指間的符紙猛地躥起了火焰，幾乎是同一時刻，她被一股大力驀地拽進池水中，水花濺起。本能地伸手想要抓住池沿，腰部卻突然受力，令她直接在水裡轉了半圈，而雙手也立刻被制住，她被壓在池壁上。

水珠順著額飾滴落下來，模糊了雙眼，她使勁眨了眨眼睛，才看清眼前是一副堅實的胸膛。

濕透的白色綢緞覆在那胸膛之上，圓領袍的衣領處以暗色絲線平繡了忍冬花紋，稍往上一些，是雪白的中單衣領，然後是青年的下巴，嘴唇，鼻樑，最後是眼睛。方才還意興闌珊的一雙眼此時滿含惱怒，而方才還平靜無波的聲音此時也是山雨欲來：「妳究竟在想什麼？」

成玉背靠著池壁，雙手被連三一左一右牢牢按壓在池沿上，那不是舒適的姿勢，但她沒有掙扎，她也沒有立刻回應他的怒氣，在那幾近於審視的目光中她垂下了頭，許久，吐出了兩個字：「騙子。」

這兩個字出口，她像是終於又找回了勇氣，委屈和憤怒也在突然回歸的勇氣之後接踵而至，她猛地抬頭看向連三：「大騙子！」她大聲道，「什麼討厭我才會躲著我，什麼給我畫畫只是隨便畫畫，全部是騙人的！因為如果這些都是真的，你根本不用阻止我發誓！所以你疏遠我、不見我，根本就不是因為你說的那個理由！你為什麼要騙我?!」

她一口氣將胸中的憤懣宣洩而出，眼眶因憤怒和傷心而微微發紅。她的皮膚是那樣的白，因此泛出紅意時便顯得剔透。她今日未作眼妝，眉眼處還有方才水花濺落下的水痕。像淚一樣的水痕，濕潤的眼睛，一切都是天然雕飾。

但這一次，這天然的美在青年面前卻似沒了效用，並沒有能夠壓制住他眉眼間越來越濃的怒意。

像是她的那些話大大刺激了他，他垂眼看著她，聲音極沉：「妳就是喜歡逼我，是嗎？」有霾影掠過他的眼睛，那漂亮的琥珀色被染了一層黑。是幽深的瞳仁，冰冷的目光，和沒有表情的怒極的容色。

成玉從沒有體驗過這樣的壓迫感，在那令她幾乎喘不過氣來的壓迫感之下，她緩慢地思考著他的意思：用朱槿給的符發誓是逼他，憤怒地質問他真相亦是逼他……他突然的發怒便是因他不能容忍她逼他。為什麼他不願意將那個理由告訴她，難道她沒有知道真相的權利嗎？或者只是……

她突然就有些冷靜了。微微直立了身體，她迎著他的目光，一字一句：「故意疏遠我、冷待我，卻不願告訴我原因，不是因為我不值得從連三哥哥這裡求得一個理由，而是，那個理由不可以讓我知道，對不對？」

她睜大了眼睛，不願錯過他一絲一毫的表情變化，而抓取到他神色間一閃而逝的晦暗時，她自顧自地點了頭：「那就是了。」又仰著頭看他，依然一字一句，「連三哥哥不用再下逐客令，既然已經猜到了這一步，不得到正確答案，我是不會走的。」

成玉不確定她說完這些話連三會如何對她，畢竟他此時正在氣頭上，說不定他會直接將她扔出將軍府。想到此處她不禁伸手握住了他的袖子，才發現不知何時他已放開了她的雙臂。

他垂目看向她牽住他衣袖的雙手。好一會兒，他開了口，聲音依舊低沉，怒意倒似退了一些，卻好似帶著一點破釜沉舟的疲憊：「知道我不想見妳，還不夠？理由對妳來說，就真的那麼重要？」

她本能地答「是」，不由得抬眼望他，卻只看到了他的側顏，因他突然俯下了身，嘴唇擦過她的耳郭：「那妳不要後悔。」

她正在反應這六個字的意思，奇怪自己為何要後悔，身子忽然後仰，竟被他猛地推倒在漢白玉的池沿上。

來不及感到疼痛，他高大的身軀已覆蓋上來，而當他溫熱的嘴唇準確地貼覆住她的嘴唇時，成玉睜大了眼睛。

心跳都在那一刻停滯，而在驀然高曠的視野裡，她看到地燈籠昏弱的微光裡，幾片緋紅的楓葉正隨夜風飄零，像是蹁躚而舞的夜蝴蝶。

四周皆是楓樹，唯有泉池上空沒有楓葉遮蓋，露出一方被月色籠罩的、半明半昧的天空。

這是個吻。

成玉當然知道這是個吻。

玉小公子雖然十二歲就開始逛青樓混臉熟，但其實大多時候她都在花非霧的閨房中同她涮火鍋，只是偶爾會到主廳中去欣賞欣賞歌舞。

她當然知道親吻是有情之人才會做的事，但她從沒想過親吻具體該是怎麼樣的。據她懵懂而淺顯的認知，這件事，應該指的就是兩人的嘴唇輕輕貼一貼，碰一碰，如此罷了。

直到今日，此時，成玉才震驚地搞明白，她對於親吻這件事的理解，居然出了很大的問題。

根本不存在什麼輕柔碰觸，連三一上來就十分激烈。

他根本沒有給她反應時間，在她因他貼上來而驚詫的瞬間，他的唇舌自她微微開合的檀口長驅直入。是完全不容抗拒的力道，幾乎帶著一點暴烈。

在那一瞬間的頭腦空白中，成玉恍惚了一下，震驚地想這是她的連三哥哥，他是她的哥哥，但他居然在親她，並且，親吻居然是這樣的？

她的頭腦在那個瞬間失了靈，所幸她的身體本能地給出了自我保護的反應：在她能夠有任何動作之前，她整個人先僵住了。

而他當然立刻就發現了。他停頓了一瞬。

她正暗自鬆一口氣，卻突然感到上唇被咬了一下，在那令她感到刺痛的吮咬之後，他的動作竟然更加劇烈起來。

這時候她才想起來應該反抗，應該伸手推他，或者用腳踢他，卻發現雙手被他牢牢地按壓在地，而雙腿亦被他抵住，稍一活動，換來的只是更為強硬的壓制。

她因反抗不能而生氣，思及全身上下只有一張檀口能動，脾氣一上來就想張嘴咬下去，咬疼他。卻發現在他那般用力的纏吻之下，她的唇舌痠軟得根本不受自己控制。

她並非那些弱不禁風的文弱小姐，雖不會武，但她自小蹴鞠騎射，因此一向身強體健，臂力更是驚人。但就算是這樣的她，此時面對他的壓制，在這絕對的力量強逼之下，竟無絲毫反抗之力。

她才想起來，連三他雖長著一副比整個王朝的俊秀文官們加起來還要俊美的面容，琴棋書畫又樣樣來得，但他實打實是名武將，是令敵國聞風喪膽的大將軍，是七戰北衛出師必捷的帝國寶璧。

她雖從未瞧見過連三在戰場上的英姿，但無論是在小瑤台山的山洞中，還是在冥司的廊道裡，他展現出的力量和威勢卻從來都是令人懼怕的。

她那時候竟然不怕他。

可她此時是真的怕了，怕得幾乎要喘不過氣。

就在她呼吸不暢幾乎要暈過去的當口，連三終於放開了她的嘴唇。

她劇烈地喘息，想要斥責他。但當她終於能夠開口時，卻發現自己發不出任何聲音；

試著移動被他釋放的手腳，手腳也是依舊不能動彈。

她驚愕地望向撐著手臂伏在她上方的他。卻在此時聽見有腳步聲靠近，她緊張地偏頭去看，隱約見得一道纖瘦身影隱在蓊鬱的楓林中。

有人打擾，他是不是就會放開她？

這念頭唰地浮現於腦際，還不曾停留一彈指，卻見他右手一揮，指間飛出了幾滴水珠。晶瑩的水珠瞬息化作一張水霧似的穹廬籠罩住整座泉池以及近處最古老的幾棵紅楓。

是結界。

雖只是幾顆水珠結成，這乍然而起的結界卻帶著力量，起勢時將整個泉池和幾棵老楓帶得一震。便見紅葉簌簌而落，池水似紗而皺。

紅葉翩飛之中青年竟再次壓了下來。但這一次他沒有再親吻她的嘴唇。

那樣近的距離，他高挺的鼻尖幾乎與她相貼。

他看著她。那琥珀色的眼晦暗深沉，似藏著暗泉，就像他看著誰，那眸中的暗泉便會將誰引誘捕捉至泉中，再俐落地將其溺斃似的。幽秘而危險，帶著蠱惑。而此時，那雙眼是在看著她。

成玉一直知道連三好看，她一直喜歡他那麼好看，他方才那樣對她，讓她震驚，讓她憤怒，讓她懼怕，讓她想要拚命反抗，可當他這樣看著她，她卻又立刻忘了那些震驚憤怒和懼怕似的。她只是，她只是想要逃。可她動不了。

就在她如此迷茫的時刻，他竟低下頭極輕柔地在她嘴角吻了一下，再沒有方才的那些殘酷和暴烈。

那些暴力的、突如其來的親吻令她想要反抗，可此時這樣溫柔的碰觸，卻令她心底發顫。像是山泉自高及低主動追逐著溪流的軌跡，那吻自她的唇畔滑過，流連至她的脖頸，像是羽毛的撫觸，他空著的那隻手也在此時輕滑過她的右腕。

她這時候才發覺她全身都被池水打濕透了，在池邊躺了這麼些時候，其實有些冷。可他印在她肌膚上的吻卻是熱燙的，他正撫摸著她的那隻手也是熱燙的，連同和她貼在一起的身體，亦是熱燙的。

當他的手探入她寬大的衣袖中，當那帶著薄繭的手掌順著她的肌膚一寸一寸撫上去，當那些溫柔的吻重新回到她的嘴唇上，她整個腦子已然成了一片糨糊。

熱意自身體最深處升騰而起，就像是蒸糕點時蒸籠裡會有的那種熱燙的蒸氣，隨著他的吻和他的撫摸，慢慢地，慢慢地上升，在她的整個身體裡擴散開來，讓她變得酥軟、溫暖，且柔順。

他吻著她，他的舌再次侵入她的口中，但再不復方才的粗暴，她感到了他溫柔的吸吮。白奇楠香幽幽入鼻，迷亂了她的神志，本已變成一團糨糊的腦子此時更是渾噩，而他的手也更加令她無所適從。

那帶著薄繭的手掌一隻探入了她的短襦，置於她的腰際，而另一隻，則順著濕透的廣袖來到了她圓潤的肩頭，再向後、向下，撫觸到了她微微凸起的蝴蝶骨。

無論是腰際還是肩背，都是長年覆蓋在衣料之下的、未曾有人碰觸過的私密肌膚，此時與他熱燙的手掌相貼，身體便本能地戰慄起來。

就像鑑賞一塊稀世美玉，他撫觸著她，揉捏著她，而她在那撫觸與揉捏之下顫抖著，感到身體各處襲來一陣又一陣的酥麻。

他的手掌其實只游移在她的腰部和她的肩背，她卻感到有火種遊走於全身的肌膚之下，烤得她喘不過氣來，便是他依舊親著她，堵著她的嘴唇，她也控制不住喘息。

那些令她感到既難堪又難受的喘息，卻似乎格外取悅到他，在她的喘息聲中他加重了唇舌撻伐的力度，她亦聽到了他的微喘，他揉捏著她的手指也更加用力。疼。

那疼令她在渾噩的靈台中終於尋找到了一絲清明，卻只有短短一瞬，下一刻，她就被他轉移至她脖頸的吮吻離散了注意力。但在心底，她再次感到了害怕，甚至比剛開始他粗暴對待她時令她所感到的懼怕還要更甚。

但同時，她也更加感到快意，或者說正是因他親吻撫觸著她時給她帶來的巨大快意，才令她在心底深處如此地害怕。太奇怪了。太詭異了。太可怖了。不要。

不要。但她的喉嚨無法出聲。

不要。內心如此糾結，身體卻如此無助，她只能在心底絕望地呼喊，眼淚便在那一瞬間奪眶而出。她喘息著，流著淚。他一直閉眼親吻著她，順著脖頸向上，唇畔，頰邊，眼尾，而後他驀然停住了。緩緩睜開了眼睛。

良久，他放開了她。這一次是真的放開了她。他站起了身，居高臨下地俯視著她。

到喘息復平之時，成玉不知道自己在白色的池沿躺了多久。像是過了很長一段時間，又像是很短暫。

腦子重新轉起來時，她感到自己終於可以動了，因此伸手抹掉了眼中的餘淚。暗色的夜空終於在她的視野中恢復了本來面目。她撐著池沿慢吞吞地坐了起來。

她的腰帶鬆了，衣襟亂了，手足仍在發抖，但視野裡站在她面前兩步、前一刻還在她身上胡來的青年此時卻衣冠整肅，臉色亦沉靜若水，兩相對比，顯得她的失態既可憐又可嘆，還有幾分可笑。

內心中一片茫然，又不知所措，她能做的僅僅是攏住自己的衣襟，憑著本能問出一句：「為什麼要這樣對我？」不可置信地低喃，「我們雖沒有血緣，可，我們難道不是比尋常兄妹更加……」

「我們原本就不是兄妹。」他淡淡道。

青年垂眼看著她，對上她惶惑又無助的神色，語聲平淡：「妳問我為什麼不想看到妳，妳想知道理由，那我告訴妳理由，因為看到妳，我就想對妳這樣。」

她猛地抬頭。目視她攏著衣襟本能地瑟縮，他突然笑了一下：「害怕了？妳原本可以永遠不知道。我給過妳機會。」

她失魂落魄地坐在那裡。他是她在這世上衷心信賴之人，遇到難題，她總是本能地想要求教於他，而面對這道他製造給她的難題，她一時卻不知該求教何人。從前，這樣的時候，她總是想要伸手去握住他的衣袖，可此時她卻不知該去握住誰的衣袖，她整個人都被淒惶壓倒，眼前又再次矇矓：「怎麼會是這樣……」

他猛地閉上了眼，像是被她的話刺到，良久，他重複道：「怎麼會是這樣。」他睜開了眼，那雙琥珀色的眸子恢復了一貫的沉靜，回答她的語聲中卻帶著嘲弄，「的確，妳從沒有想過我們會有這種可能。」而後他伸手揉了揉額角，再開口時語調已變得極為平淡冰冷，「走吧，」不帶一絲情緒，「以後別再靠近我，離我遠遠的。」

天步原是送溫酒來泉池，不想卻被連三的結界阻於楓林之外。

天步服侍三殿下數萬年，自知此時該做什麼，不該做什麼，故而再沒發出任何聲音，只是托著酒壺躬身立於楓林之外待召罷了。

過了好些時候，見結界突然消弭，水霧似細紗飄散而去，而渾身濕透的紅玉郡主失魂落魄地步出了楓林。

天步心中訝異，正在斟酌是入林送酒還是去追上郡主，突然聽到三殿下在內裡吩咐：「夜風涼，妳追上她，給她換身衣衫。」天步趕緊應了。

初初追上成玉時，因月色朦朧，天步其實沒太看清成玉的面色，直到將她請至廂房，服侍她在淨房中泡浴時，在十二盞青銅連枝燈的映照下，瞧見她豐腫的嘴唇和膩白肩頭的一片指痕，天步才恍然明白方才泉池中到底發生了什麼，心中不由得一跳。

八荒都覺三殿下風流，但天步很清楚，再美的美人，其實於三殿下而言都不算個什麼。只是那些美人們不相信，明知三殿下無情，卻飛蛾撲火般非要將自己獻祭到元極宮中，前仆後繼，以為自己會是那與眾不同的一個，能得到三殿下的愛，和他的真心。

然天步冷眼旁觀了一萬年，看得十足真切，三殿下沒有在乎過她們中的任何一個人。他不在乎她們的思慕，不在乎她們的渴望，也不關心她們在想些什麼，他將她們納入元極宮時轉瞬的思緒，不過就像欣賞瑤池中一朵四季花那樣的膚淺罷了。

他從來懶得在她們身上費心，欣賞一朵花和欣賞一個女人，在他看來，別無不同。就像四季花的花期，即便以天水澆灌，也長不過五個月，他對陪在自己身邊的美人們的耐性，也從來沒有長過一個四季花的花期。

對一個美人上心，為她動念，乃至有了憂怒，於三殿下而言，是從來沒有過的事情。

可這些日子的連三，天步回憶了一下，卻驚覺他的確在面前這少女身上生了許多情緒，說上心動念，竟絲毫不為過。

天步不由得認真看了浴桶中的少女一眼，想要參透同從前連三身邊那些美人相比，她究竟有何不同。

少女靠坐在浴桶中，似乎感到疲倦，因此閉上了眼睛。眉似柳葉，長睫微顫，鼻若美玉，唇綻丹櫻。眉目間還含著天真，卻因了嘴唇的鮮紅和豐腫，透出了幾分成熟的豔麗；鬢髮沾濕在臉側，又有了一點楚楚可憐之意。

尋常時候她臉上從不顯露此種表情，此時燈下無意識地閉目蹙眉，再襯著一身欺霜賽雪似的肌膚，這張臉便顯露出同被衣衫裹覆住時完全不同的風情來。

天步幾乎屏住了呼吸。良久，才呼出一口氣來。

不可否認，這是極其難得的色相，自己修為定力不夠，在這色相面前不能平靜便也罷了，但視世間一切為空的三殿下，豈不知色亦是空的道理，難道也會為色相所惑？

天步心中壓著這個疑惑，心驚肉跳地幫成玉穿好衣服，一刻不敢停留地將她送回了十花樓。

夜深了，連三依然靠坐在泉池中，有很長一段時間，他什麼都沒有想。而當他終於能夠開始想事情時，首先浮現在腦海中的，卻是片刻前成玉被他壓在身下胡來時，昏軟燈光中那張驚懼、委屈、惶然，又帶了一絲迷離之色的臉龐。

仙凡之別，有如天塹。他是天君之子，萬水之神，仙壽漫長無終，而成玉的壽命卻那樣短暫，與他需要度過的十數萬年乃至幾十萬年的仙壽相比，說一彈指亦不為過。她同他，就像萱草同明月，僅開一日的萱草花，怎能同亙古長存的明月相守？

誠然，若兩人情到深處，誓要相守，也不是沒有辦法，八荒之中，確有多種助凡人長壽之途，但也不過增壽數百數千年罷了。一個凡人想要獲得與天君之子相當的壽數，卻不啻天方夜譚。即便僥倖令她得了那樣的機緣，她也必先放棄凡軀，且要承受沒有決心和毅力便根本無法承受的痛苦，才能鑄得仙體，同壽於日月。然九重天上的規矩，凡人一旦成仙，必得滅七情除六欲，否則將被剝除仙籍，奪去仙體，再入輪迴。

因此，即便他們兩情相悅，即便她也真切地愛著他，願為他吃苦犧牲，他們也很難有什麼未來，更遑論她根本什麼都不懂，既不知情為何物，也沒有愛著他戀著他。她只是天真純然地將他當作哥哥，一心親近信賴於他。

但自他察覺了對她的情感究竟為何的那一夜開始，她那些單純的親近對他而言便全然化作了折磨。因此他漸漸疏遠她，亦指望著她也能從此在他面前止步，讓一切就此結束。可即便被他冷待和疏遠，一次又一次受挫，她卻固執，百折不撓，直至今夜，不惜翻牆也要追到他面前，問一句為什麼。他的回答不能令她滿意，她便逼他。天下之大，也只有她能逼得了他。那時候他是真的生氣，為她故意逼他，也為他毫無猶疑的屈服。

惡意便在那一瞬間自心底生起，想讓她後悔，亦想讓她懼怕。

因此他將她掀倒在了池沿之上，吻下去的那一刻，心底藏著暴戾，恨不得讓她怕得從此再不敢靠近自己。

是了，最初的開始，他吻她，是為了讓她怕他。

在他強勢的侵掠之下，她的臉上的確如他所願，出現了懼怕的神色。

因驚懼而蒼白的臉，沒了血色點綴，倒更似皚皚春雪，白得近乎剔透，偏那兩瓣經他肆意撻伐的薄唇紅豔欲滴，覆著水色，在他身下微微地喘，直如冰天雪地中乍然盛開了一樹紅梅，雖冷卻豔，我見猶憐。

那一瞬，他無法自控地停下來看她，注視身下這張動人心魄的芙蓉面，而施加於她的那些懲罰似的吻也不由自主地變了意味。

俯身溫柔觸上她唇角的那一刻，他幾乎忘了自己在做什麼。

他從來便知她有著如何出色的色相，他又豈不知色即是空。

天生靈慧的天君第三子，統領四海的水神殿下，自幼將東華帝君的藏書閣當寢臥，熟參字內經綸、天地大法，當然不可能看不透什麼是色相。便是因此，他身邊的那些美人們，他有興趣欣賞她們時，她們在他眼中是紅顏，沒有那等興趣和時間時，她們在他眼中同枯骨亦無區別。

清羅君曾好奇他何以有此定力，彼時他笑了笑，回了他一句《法句經》中的佛偈，「此城骨所建，塗以血與肉，儲藏老與死，及慢並虛偽。」點撥他道，「肉身似一座城，以骨所建，添以血肉，儲藏著生老與病死、我慢和虛偽，這便是色相的本質與真實，看透這個，又有什麼好令人迷戀的？」

再美的女子，來到元極宮時，他便透過她們的色相看過她們枯骨的樣子，再出色的皮肉，不過也就是那樣罷了，因此四萬餘年的漫漫仙途，他一次也未曾為色相所迷過。

可當他面對眼前的這個凡人少女時，他的那些刻骨認知，卻彷彿再不能發揮半點效力。

他不是沒有看過成玉枯骨的樣子。

數日前的一個微雨之夜，他帶著煙瀾去正東街的奇玩齋取一幅鏡面畫，察覺到了她站在對面小江東樓二樓的扶欄旁看他。煙瀾被木架上一只黑色的面具吸引，取下來遞給他，在接過面具戴在臉上之前，他抬手在自己眼旁頓了頓。而後當他抬頭隔街看向她時，看到的便是一具白骨迅速地蹲身而下躲在木製的扶欄之後。

他以為勘透她的色相，便能令自己解脫，他已在僅有他們兩人的這一盤死局中煎熬了太久，以至於她若有若無的兩道視線便能讓他備受折磨。

可當看到那顫巍巍躲在扶欄後的白骨時，他腦中卻驀地轟然，因立刻就想到了這具凡胎肉體的脆弱：她很快就會死，會果真變成這樣一副白骨，會枯腐，會消失；即便魂魄不滅，但她不會再記得這一世，過了思不得泉，飲了忘川水，她很快就會變成另一個人。

即便他找到她，與她來世再見，她也再不會軟著嗓子叫他一聲連三哥哥。

他所喜歡的她的美，她的天真，她的生動，她的善良勇敢和執著，她的那些總是讓他愉悅的小聰明，都會消逝於這世間，再不會有了。

這便是流轉生滅。世事世人，終要成空。他從前冷眼以待，此時額前卻驟生冷汗。

他匆忙轉身摘下面具，緊閉了眼眸，煙瀾在一旁擔心地問他：「殿下，你沒事吧？」他卻半晌不能回答。

那一夜他終夜未眠。她的白骨並沒有能夠破除他的迷夢，還幾成他的魔障。

他才真正明白，情之一字，何等難解。

便知紅顏終成白骨，色即是空，若他愛上紅顏亦愛這白骨，愛上這色亦愛這空，該當如何？他又能如何？

他什麼都做不了，什麼都不能做。

因他和她不會有任何結果。

這注定是個死局。

他只能讓她離他遠一些。

將成玉送回十花樓，重新回到泉池旁時，已是子時末。

天步見連三仍在泉池中泡著，先過去稟了聲已將成玉平安送了回去，又問需不需要伺候他起來回房安歇了。聽他道了個「否」字。

因想著今夜三殿下和成玉不同尋常，興許此後對成玉的態度也將有所變化，天步斟酌著又問了一句：「往後紅玉郡主若再上門來尋找殿下，還需奴婢找藉口攔住她嗎？」這次卻沒有聽到他再回答，就在天步暗忖著他興許不會回答了，又琢磨著不回答是個什麼意思時，他終於開了口。

「她不會再來了。」他靠著池壁，閉著眼，淡淡道。

第四章

是夜，成玉失眠了。

她一晚上都沒回過神，盤腿坐在床上蒙了一整夜，天光大亮亦毫無睡意。

因她如今是個既要學繪畫又要學馬頭琴的忙碌少女，不請假就沒空發呆，因此差了梨響去同兩位師父以病告假。沒想到這事竟很快被通報到了皇帝處，宮裡立刻派了太醫來診病，當然什麼毛病都沒診出來。

皇帝震驚於她上個月才因逃課被關了一次禁閉，這個月居然還敢裝病逃課，著實有膽色，佩服之下又關了她七日禁閉。

禁閉之中倒無大事發生，只是翰林院那位廖修撰來了十花樓一趟，取成玉答應了他的那張平安帖。

廖修撰打扮得風姿翩翩，就想再見一回成玉，可惜只在十花樓的一樓坐上了片刻，見到了些開得萱茂的花花草草，以及托著書帖出來的成玉的婢女。

平心而論，梨響覺得這次禁閉成玉平靜了很多，面對三倍於平日的課業也沒有一句怨言，不僅如此，日日晚飯之後，她還要坐在第七層的觀景台上拉馬頭琴拉到半夜。這令大家生不如死，但又不能阻止她這樣好學，因此能躲的都躲出去了，譬如朱槿就趁機帶了姚黃和紫優曇跑去了郊外的莊子上躲清閒，徒留下作為貼身侍女的梨響在十花樓中直面慘淡的人生。

七日禁閉後，沒兩天小李大夫來看成玉，剛走進十花樓就被她鏗鏘有力的馬頭琴聲給驚得愣住，哆哆嗦嗦將幾封糕點交到梨響手中便捂著耳朵跑了。次日齊大小姐和季世子也來看她。齊大小姐和季世子不愧是習武之人，定力和忍耐力都遠超小李大夫。她坐那兒心無旁騖地拉著琴，一對英雄兒女居然還撐著陪她同坐了一兩曲，並且見縫插針地同她說了幾個八卦。

裡頭唯一算得上是個事的，是季世子帶來的消息。

說曲水苑伴駕時，季世子他爹季王爺聽聞皇帝任命了兼任昭文館大學士職的右相總領昭文館，編纂一套集古人大成的文典史論，很是嚮往。季王爺覺得他們西南是個文化沙漠，他兒子在西南根本什麼都沒學到，同京城的王孫公子比簡直是個半文盲，就想讓季世子在文脈之源的平安城受點薰陶，故而臨走前同皇帝哀求，願將季世子留在京中，跟著昭文館的學士大儒們修修文典，受教幾年。皇帝允了。

所以季王爺雖已在前些時日踏上了返回麗川的歸途，季世子卻將長留在京中。而為示恩典，皇帝特地將季世子賜居在了現如今無王居住的十王所，和成玉一條街，做了鄰居。

家學淵源之故，季世子三言兩語，成玉同齊大小姐便明白了這事並不是麗川王想要借京城文脈栽培兒子的事。西南蠻夷俱歸，大事已成，皇帝龍心大悅，恩於季氏，令麗川王府統領督查十六夷部，還賜了封丹書鐵券下去。皇帝施了如此大恩，放了如此大權出去，也說不好是試探還是信任，所以這事的本質不過是行事謹慎的麗川王借個由頭將最為喜愛的兒子留在京中為質，以向成氏王朝表忠心罷了……

季世子和齊大小姐你一言我一語地說著話，成玉則撐著下巴在一旁發著呆。

齊大小姐注意到她神遊天外，叫了她三聲，她才有點恍惚地「嗯」了一聲，齊大小姐皺著眉問她怎麼了，她心不在焉地答沒有什麼。沒一會兒梨響要將院子裡一盆尤其大的花樹搬進樓中，來請季世子幫忙。

在唯留下她二人的花廳裡，齊大小姐又問了一遍成玉怎麼了，這一回成玉沉默了半晌，遲疑道：「我有個朋友，她最近遇到了一點事……」

齊大小姐混江湖也不是一日兩日，很明白以「我有個朋友，她遇到了一點事」開場的故事，一般來說，都是發生在自己身上的事。

齊大小姐不動聲色地「哦」了一聲，佯作平靜道：「不知妳這個朋友遇到了什麼難事？」掩飾地咳了一聲，「說出來也許我們可以幫她分析分析。」

成玉垂著眼又沉默了半晌：「她、她也有個朋友，這個朋友……大她好些歲，」一手指彆扭地扣住琴弓，「那、那她一向將他當哥哥的嘛，但有一天，有一天、天……」說到這裡突然結巴了。也不知是因結巴還是怎麼，臉一下子變得通紅，大概是自己也察覺到了那紅熱，她像是很難堪，又因那難堪感到生氣似的，悶悶道了一聲：「算了，也沒有什麼。」就又要提起琴弓開始練琴。

齊大小姐雖在男女風月事上不甚靈光，但她畢竟不傻，聞言立刻就明白了成玉寥寥兩句其實說的是她和連三。

齊大小姐有些驚訝，正要再問，門口處傳來的男聲卻搶在了她前面：「有一天，發生了什麼？他怎麼妳了？」低沉的嗓音，含著慍怒。竟是去而復返的季明楓。

季明楓的去而復返顯然讓成玉也倍感吃驚，她呆了一會兒，皺眉咳了一聲：「不是我……是我朋友的故事。」不太自在地轉移話題道，「季世子不是幫梨響姐姐搬花盆去了嗎？」

季明楓劍眉緊蹙，並沒有回答她梨響突然又覺得應該讓那盆花經一經夜露，因此不需他幫忙了，只將方才那句話換個方式又重新問了一遍：「所以那一天怎麼了？他對妳朋友做了什麼？」

成玉垂頭撥弄著琴弓。那一天發生了什麼，和齊大小姐說兩句也就罷了，她不可能和一個男的聊這個。

「沒有什麼啊。」她慢吞吞地，試圖將這個話題終結，「不是什麼大事，季世子就不要再問了吧。」

季明楓靜了一靜，片刻的靜默後他走近了她一步：「妳不想說，那我斗膽一猜。」

他面無表情：「妳方才是要說，妳那位朋友，她一向將那個人當作哥哥，但有一天，那人卻罔顧她的意願唐突了她，對不對？」

她震驚的神色顯然給了他的猜測一個絕佳答案。並不需要她的回答，他再近了一步，垂目看著她，眸中暗沉沉的：「妳想問什麼？想問他究竟是如何看待妳那位朋友的，而妳那位朋友從此後又該如何待他，是嗎？」

成玉被那夜之事困擾了這麼些天，心中最為困惑的的確是這兩個問題。她沒想到季世子竟能猜出她的未竟之語，更沒想到他還能在這樁事上對自己的心事一擊即中，震驚之下不由得失口反問：「你怎麼知道？」

季世子臉色難看地抿了抿嘴唇，沒有回答她。

她等了一會兒，見季世子仍不答她，含含糊糊幫他找補了下：「哦，你是因為成過親，所以什麼都懂是嗎？」遲疑了一下，拋開顧忌誠懇地求問面前兩人：「那你們覺得，我這個朋友，往後該如何待她那位朋友呢？」

齊大小姐覺得迄今為止的信息量都實在是太過豐富了，正在好好消化，乍聽成玉說季明楓成過親，不禁又是一震，目光微妙地看向季世子：「世子成過親？」

季世子暗沉沉的眸色中現出一層驚怒，望向成玉：「我成過親？」眉心幾乎打了個結，「誰告訴妳我成過親？」

成玉愣了愣，去歲在麗川王府的最後幾日，她的確聽聞僕婢說什麼秦姑娘即將嫁進王府，而此次季明楓也的確將秦素眉帶入了京中，她記得幾個月前她同秦素眉在小李大夫的醫館再逢之時，她叫她季夫人，秦素眉也沒有說她叫得不對……成玉莫名其妙：「秦素眉秦姑娘去年不是嫁進了你們王府嗎？」

季明楓斬釘截鐵：「我沒有娶她。」

「哦，沒有娶，那就是納了當妾了。」她點了點頭，「那也挺好的。」本想就此結束這個話題，卻聽季明楓沉鬱道：「我沒有娶妻，也不曾納妾，若說王府去歲的喜事，只有一樁，是秦素眉的堂姐嫁給了季明椿。」

成玉愣了一下：「是嗎？原來是大公子娶親啊，那真是恭喜大公子了。」

季明楓深深看著她，沒有說話。

成玉直覺這不是季明楓想要聽到的回答，不過她只想快點結束這個莫名其妙的話題，三人趕緊說正事，因此也沒有再探究季明楓的反應，只是又問了一遍：「所以你們覺得，我那位朋友，她往後該如何對待她那個哥……她那個朋友啊？」

季明楓像是有些窒息，頭偏向一旁，冷冷道：「我不知道。」

齊大小姐瞭然地看了一眼季明楓，又瞭然地看了一眼成玉，但她在這種事上著實廢柴，也只能坦白：「這種事，我其實也不太懂，」但她提出了一個建議，「不如什麼時候妳問問小花？」

成玉大感失望，小花嘛，她是很瞭解的，小花稀里糊塗的，想找個真心人，還要請她做軍師，又能給她什麼好建議呢？

季世子突然開口問她：「妳呢？妳希望妳的朋友從此如何待那個男人？」

正是因為想不出來，很是混亂，因此才想要詢問別人，成玉捏著琴弓：「我不知道啊。」她想了會兒問季世子，「那一般來說，大家遇到這種事，會怎麼反應呢？」

季明楓看著她，緩緩道：「會厭惡。」嘴唇繃成了一條直線，「會對那個男人厭惡。」他補充道。

這個答案讓成玉有些怔然，好一會兒，她慢吞吞地回道：「也沒有必要厭惡吧……」

「不厭惡，那討厭呢？」

成玉想起來那一夜，她有過震驚、惶惑、懼怕，或許還有許多其他難言情緒，但的確是沒有想過要厭惡或是討厭的。但是一般來說，遇到這種事，第一反應是應該討厭嗎？她皺了皺眉：「那……一定要討厭嗎？」弱弱地反駁了一聲，「也沒有必要非得討厭吧……」

說著抬起頭來，卻看到季明楓神色冰冷地凝視著她，接觸到她的目光時，他突然閉上了眼睛，接著像是不能承受似地轉過了身。

她有些疑惑地問了一句：「季世子，你怎麼了？」就見他背對著她抬手揉了揉額角，良久，他的聲音有些嘶啞：「我有些不適，先告辭了。」

三元街是自十花樓回齊府的必經之路。三元街街角上有個小酒館，酒館老闆謝七娘小本經營，只招待熟客。齊大小姐便是這小酒館的熟客，曾帶季世子來此喝過一回酒。

黃昏時分齊大小姐離開十花樓，路過小酒館時，被當壚的謝七娘瞧見。謝七娘急匆匆跑出來迎住她，說上回她帶來的公子來此喝酒，要了她館中的烈酒一罈春，一喝就喝了六罈十八碗，看著不像打算停的樣子。那公子佩著劍，冷冰冰的他們也不敢勸，可再這樣喝下去說不定就要出人命了。她方才派了丫鬟去齊府找她，卻沒想到在街上能碰到她，懇請她將她這朋友帶回去。

齊大小姐熟門熟路踏上二樓，走進靠樓梯的一間閣子，果見季明楓靠著窗正執壺醉飲，身前一張榆木四方桌上的確已散倒了好幾個酒罈。

齊大小姐自然明白季明楓為何在此買醉，但這種事，她也不知該如何勸。看了一陣，齊大小姐嘆了口氣坐下來，在一旁一邊剝著花生米一邊喝著茶，想著多少陪這個失意人一會兒。

季世子靜靜喝了片刻，偏頭看了齊大小姐一眼，突然開口問她：「我走之後，阿玉同齊小姐妳閨中閒聊一些小女兒私話，應該不比我在時拘束，她有告訴妳一些別的事嗎？」

他走後她們的確閨中閒聊了一點別的，但應該算不上小女兒私話……

齊大小姐對自己的定位是個軍中女兒。她這個軍中女兒最近癡迷於火球改良不能自拔。成玉雖然在這上頭不及她癡迷，但這樣危險的東西她也很是喜愛。因此季明楓走後，為了讓成玉醒醒精神，齊大小姐就和她分享了下她最近新設計的竹火鷂，還在梨響設置的結界裡爆破了幾個火鷂給她看。

季世子問她，成玉有沒有告訴她什麼別的事，成玉倒是告訴過她把竹鷂子裡的卵石換成鐵渣，火藥爆破出的威力應該會更巨大……但她不太認為季世子想要聽的是這個……

她謹慎地問了季世子一句：「比如呢？世子認為阿玉應該會和我說什麼事？」

季世子目視窗外，淡淡道：「比如她也許會告訴妳，她終於發現了，她其實是喜歡連三的。」

齊大小姐卡了一會兒，看季世子一臉愁悶，實在不好說她們剛剛沒談別的，只談了談造火藥的事。同時她亦甚感驚訝，不知季明楓為何會如此悲觀，思索了一陣，她道：「我的確看不出來阿玉她喜歡世子。」這句話顯然很是扎心，季明楓神色複雜地看了她一眼。齊大小姐定了定神：「但也看不出來阿玉喜歡大將軍，她對你二人……一位當作她的友人，另一位則當作她的兄長，她待大將軍是有些特別吧，但……」

可見齊大小姐對自己的認知何其準確，這種事上她的確當不了解語花，顯見得季世子又被她切切實實扎了一刀，但齊大小姐並沒有察覺，只是真誠地提出了一個建議：「依我所見，阿玉她還不大開竅，因此你和大將軍機會其實是一樣的，我想你與其在此買醉，不如也趁這個機會，讓阿玉她知曉你的心意，你覺得呢？」

季世子淡淡道：「連妳也看出了她待連三的特別，那便沒有什麼可說了。」齊大小姐隱約覺得這句話不太對，自己是不是給看低了，但來不及細想，只聽季明楓繼續道：「連三唐突了她，她卻沒有生氣，只是有些困惑和煩惱，我說不上多麼知她懂她，卻也明白這對她來說意味著什麼。不明白的，或許只是她自己。」

季明楓一向話少，喝酒之後，話倒是能多一些。齊大小姐想了想，覺得他說的倒也有幾分道理。季明楓悶了半罈酒下去，再次開口道：「不是我不想讓她知道我的心意，只是如今，我沒有告訴她的資格，也沒有那個機會。」

齊大小姐見不得一個大男人這麼喪氣，忍不住鼓勵他：「或許，你試試？」

但季明楓卻像沒有聽見，只是提著酒罈屈膝坐在窗邊，遙望夜幕中剛剛出現的天邊月，彷彿有些發愣。半晌後他似又有了一些談興，低聲道：「去歲時有一陣，阿玉很是纏我，彼時我卻執意推開她，有個人告訴我，若我推開她，有一天我或許會後悔，我不以為意。」良久，他笑了一聲，「她說對了，我現在每天都在後悔，痛悔，悔不當初。」

齊大小姐抬頭看向他，見他閉上了眼，臉上沒有什麼傷痛的表情，聲音中卻含著許多痛意。

齊大小姐亦望向天邊月，心想季明楓竟同她說了這樣多的心事，可見是醉了。若是他清醒時，絕不會對她說這些話。季明楓從來不是個願意示弱的人，而這些話聽著太可憐。她嘆了口氣，感覺是時候將他領出去送回十王所了。

自將軍府那夜後，天步得以再次見到成玉，已是在九月二十八的乾寧節。

乾寧節是今上成筠的生日。是日，民間各家各戶要圍爐吃宴，夜裡還有煙花可看。朝中的規矩更大些，一大早，文官之首的右相和武官之首的大將軍便要率正七品以上的文武百官去大瑤台山的國寺敬神拜佛，為皇帝祈福；而後回宮中為皇帝上壽酒；接著還有禮部下頭的教坊司排演了一個月的歌舞雜耍可看，晚上則留在御園陪皇帝一起賞花燈。總之節目安排很是豐富。

天步見到成玉，是在國寺的藏經閣之外。前一陣國寺住持慧行大師自機緣中得了失傳近千年的《佛說三十七品經》，卻不知是真經還是偽經，一直想請連三幫忙辨一辨。故而趁今日祈福事畢，天步便伺候著連三，陪同慧行和尚在藏經閣中耽擱了一時半刻。結果步出藏經閣，一眼便看見了一身郡主冠服靜立在前頭那棵老銀杏樹下仰望樹冠的成玉。

國寺中這棵銀杏樹壽已近千，樹幹須以數人合圍，樹冠更是巨如鯤鵬，值此臨冬時節，葉墜紛紛，似在樹下鋪了一層黃金氈，的確有一觀的價值。藍的天，金的樹，青衣的少女，三種色彩皆純粹鮮活，加之古樹靜穆，少女絕色，便更是一道不可多得的美景。

連三顯然也瞧見了成玉。天步留意到他雖未止步，但在看見成玉的那一刻，腳步分明頓了頓。

慧行和尚在旁邊引著路，正是向著那棵銀杏樹而去，漸近的腳步聲令少女偏過頭來。待看清走來的是誰時，那難得盛妝的一張臉上竟流露出了驚嚇的表情，幾乎是立刻背過了身。她身旁的侍女有些不解地看了他們一眼，然後低頭和她說了一句什麼，卻見她搖了搖頭，與此同時竟有些倉皇地提著裙子跑了出去，跨出門檻時還絆了一步差點摔倒，就像是在逃離什麼洪水猛獸。

天步心中咯噔了一聲，立刻想起那夜她送成玉回十花樓後，曾詢問過連三，若郡主再上門來尋他，她當對郡主用什麼態度。那時候連三回她說成玉以後不會再來了。

雖然連宋這樣說，但天步其實是不相信的。自打入元極宮當差，肖想三殿下而一心想入元極宮的美人天步就見得多了，被三殿下看上卻想方設法拒絕的美人，天步從來沒見過。當然她也沒見過連三主動看上誰就是了。

可那之後，正如連三所說，那小郡主竟真的再沒來過將軍府。且照今日的情形，瞧著竟像是事情攤開之後，郡主不僅對三殿下的心意持拒絕態度，還十分恐懼厭憎。

他們這位出生在暉耀海底、完美而驕矜、不將世事放在眼中的水神殿下，從來只有他挑剔別人的分兒，何時有人敢挑剔他？又有誰有資格能挑剔他？

但是成玉居然敢。

這麼個凡人，她居然敢。

天步覺得自己真是長了見識，一時間簡直不敢去看連三的表情。

另一邊廂，因成玉長年跟著太皇太后來國寺禮佛的緣故，慧行和尚自是認得，眼見她倉皇離開，怕出什麼事，便同連三告了罪，要跟過去看看。

天步這時候才敢重新看向連三，見他面無表情地點了點頭，沒有說什麼，待慧行和尚離開後，繼續不急不緩地走了一陣，來到那棵銀杏樹下，卻停住了腳步。

他就站在方才成玉站過的地方，神色冷淡地抬頭打量了會兒那高而巨大的樹冠，看了一陣，一言不發地出了藏經閣的院門。

天步只感到自成玉出現後，連三整個人都極為疏冷，或許是成玉流露出的恐懼令他生了氣。天步本能地感到他並不喜歡成玉的恐懼，或許還對此非常失望，但一切都是她的猜測罷了。所知的只是，那一整天三殿下臉上都沒什麼笑意，偶爾皺眉，似乎在想什麼。天步卻不知他究竟在想些什麼。

畢竟是皇帝做壽，自打從國寺回來，宗室和百官今日都齊聚在宮中，平日不大碰得上面的人，在今日這種場合裡碰上面的機率都平添了許多，因此當夜在御園的花燈會上，他們又碰到了成玉。那時候天步正陪著連三穿過那條花燈鋪就的燈道，去前頭的八角亭中見國師粟及。

連三挑剔，等閒的侍者合不了他的意，因此出入從來只帶天步。但遇到需在宮中耽擱的場合，帶個侍女跟著顯然不像話，這種時候天步會根據情況扮成個侍從或者扮成個小廝近身伺候。天步入宮也不知入了多少次，朝中的官員她大半都識得，故而踏上燈道之時，便辨認出了站在前頭的一組仙鶴花燈前、正和成玉聊天的那位，乃翰林院修撰廖培英。

廖培英乃是個孤高才子，天步見過數次，印象中是個落落寡合、同人寒暄都寒暄得很敷衍的青年。但今日的廖修撰卻令天步刮目相看。雖然離得有些遠，卻也辨得出廖才子此時舌燦蓮花，那熱情洋溢、容光煥發的面容也和印象中的棺材臉很不相同。又見成玉面上帶笑，不知廖修撰說了什麼，她似乎有些吃驚，抬手輕輕掩住了嘴唇，手指纖細雪白，指尖卻染著緋紅的蔻丹。因是這樣一個人、這樣一隻手做出了那樣的動作，便讓那動作顯得有些天真又有些嬌氣，倒是很襯她。而她即便吃驚亦眉眼彎彎，笑意未減，顯然和廖培英聊得還挺高興。

大約感覺到有人向他們走過去，她漫不經意地抬了抬眼，瞧見來人是他們，一張臉立刻就白了。但這一次她居然沒有立刻逃走，只是白著一張臉手足無措地站在那兒，目光左顧右盼，隨著他們走近，終於凝在連三身上，卻帶著顯而易見的惶然和不知所措，像是很怕他走近，卻硬是撐著自己接受他的靠近。在彼此距離不過一丈遠時，天步聽到成玉極輕地叫了一聲連三哥哥，褪盡血色的一張臉也隨著這一聲低喚而慢慢染上了一點紅意。

雖然那聲低喚細若蚊蚋，但天步自然明白連三聽到了。可他卻並沒有停步，就像是沒有看到她，面無表情地自她身邊走了過去。廖修撰原本正要同他行禮招呼，見此情形有些發蒙，在後邊低聲問成玉：「將軍是有急事，沒有看到郡主同臣嗎？」天步亦難掩驚訝，躊躇了一下，見已被連三落在身後，只好趕緊跟上去。

天步沒忍住瞧了一眼連三，見他臉色冷肅，是近日來的一貫表情。她悄悄回頭，看了一眼成玉，卻見那方才因連三的突然靠近而臉色乍紅的小少女，一張臉復又慘白，眼中亦像是有些什麼氤氳。夜色中花影寂寞，燈影如是。她愣愣地站在花燈的光影中，廖培英又同她說了一句話，她卻像是沒聽到似的，只是呆呆望著他們的背影，似是根本不知道發生了什麼。

大約在乾寧節過去的十天後，花非霧從琳琅閣的鴇母徐媽媽處聽到了個令人震驚的消息。說玉小公子重出江湖，包了夢仙樓的紅牌陳姣娘。姣娘擅舞，小公子醒時耽溺於舞樂之樂，醉後臥倒於美人之膝，醒復醉醉復醒，在姣娘身上砸了大把的銀子，好不痛快。

須知外人看來，玉小公子自打十二歲那年在花非霧身上砸下九千銀子將自己在煙花地砸成了個傳奇之後，對捧姑娘這事就淡了心，反一門心思撲進了蹴鞠場中拔都拔不出來，只偶爾去琳琅閣尋花非霧一陪，因此他們覺得玉小公子已可算秦樓楚館中五陵少年裡的一個半隱退之人。

但琳琅閣的鴇母徐媽媽卻不這麼認為。徐媽媽一直對成玉寄予厚望，堅信著他還能在敗家子這條道路上越走越遠，因此每每囑咐花非霧須好好籠絡玉小公子，爭取能讓他天天都來琳琅閣砸銀子。

萬萬沒想到籠著玉小公子天天上青樓這件事，花非霧沒辦到，卻讓夢仙樓的陳姣娘給辦到了，徐媽媽內心的憤怒可想而知。

花非霧對此非常好奇，成玉從禁閉中解放出來了這事她知道，但她也聽說了她課業依然很繁重。有朱槿看著，還有繁重的課業壓著，成玉她竟還能撥冗包姑娘，花非霧不免對她心生敬意，但轉念一想，玉小公子其實是個姑娘，陳姣娘也是個姑娘，一個姑娘，就算包了另一個姑娘，她能幹點什麼呢？

花非霧決定親自去十花樓探一探。

結果來到十花樓，正趕上東窗事發。說朱槿聽聞成玉在青樓裡包了個姑娘這事，震驚之下氣了個半死。而朱槿深知對於成玉這樣一個十六年人生裡可能有一半時間都是在禁閉中度過的人才，罰禁閉顯然已經奈何不了她什麼了，心如死灰之下，揮了揮手直接將她關在了靜室中罰跪，說是膝蓋跪腫了，體膚有痛，也許能讓她長點記性。

花非霧入得靜室時，見成玉在冰涼的大理石地面上跪得筆直，心中不忍，去樓上給她偷了個軟墊下來。成玉從善如流地跪在了軟墊上，瞟一眼見外頭並沒有人看著，骨頭一懶便歪在了軟墊上同花非霧說話。

和齊大小姐不同，小花傻歸傻，卻是天底下一頂一會聊天的人，沒兩句就問到了陳姣娘之事。

「哦，」成玉皺著眉回她，「我就是想看看，一個人要是真心喜歡另一個人，是什麼樣的。」她頓了頓，突然有點滄桑地嘆了口氣，「之前我有點懷疑，有個人他是不是喜歡我。」她從前和小花在一起，主要話題也是聊閨中秘事，因此在小花面前說起最近發生在自己身上的事，比在齊大小姐跟前放得開多了。

小花滿面驚訝：「所以妳包了陳姣娘，是為了看那個人會不會吃醋？」不等成玉回答，小花習以為常地道，「哦，這個法子不錯的，一般我們要試探一個人喜不喜歡我們的時候，都是這麼幹的，被考驗的那個人要是喜歡我們，當然是要受刺激，要吃醋的……」分析到這裡小花終於感到了一絲不對勁。「不對啊，」小花說，「照理說，要讓對方吃醋，妳不該去包個男的才行嗎？」

不知想到了什麼，小花突然臉色發青，接著她震驚地捂住了自己的嘴：「妳、妳、妳是懷疑齊大小姐喜歡妳，妳、妳其實也有點喜歡她，所以才包了陳姣娘這麼個美人，想、想刺激一下齊大小姐是嗎？」

小花沒撐住自己，順著椅子滑倒在地，喃喃道：「我的天哪！」

成玉比她更加震驚：「……我和小齊是清白的！」想了想，緊張地補充，「我和姣娘也是清白的！」

成玉趕緊解釋：「姣娘同一個書生兩情相悅，最近正在籌銀子幫自己贖身，想同那書生雙宿雙飛，我去找姣娘時都會帶著那書生。」她的邏輯聽上去非常縝密，「那書生不是喜歡姣娘嗎？我就想看看他倆是如何相處的，比照一下我和連……咳，我和某個人的相處，不就知道他是不是喜歡我了嗎？我是這麼想的。」

一心擔憂成玉百合了的小花鬆了口氣，一時也沒覺著這個邏輯有什麼問題，重新扶著椅子坐上去，關心地問：「那妳花了這麼多銀子，觀察了這麼久，妳覺得那個人喜歡妳嗎？」

就見成玉突然有些失神，半晌，面色古怪地道：「妳知道嗎？姣娘含羞帶怯看那書生一眼，那書生就會臉紅，多和姣娘說兩句話，他居然還會害羞，還會結巴。」

小花結巴地道：「我、我也是這樣的啊，我見到喜歡的人，我也會這樣的！」

成玉一副見鬼了的表情，靜了片刻，悶悶道：「所以那個人他根本不喜歡我，因為他見到我既不會臉紅也不會害羞。」

所有的感情經驗都來自話本子的花非霧，她覺得臉紅是一件無比緊要的事，因此像個歷盡千帆的過來人一樣誇張地捂住了嘴，斬釘截鐵地告訴成玉：「是啊，要是真心喜歡一個人，見到他怎麼可能不臉紅啊！」她不可思議地看向成玉，「那個人他見妳都不臉紅的，妳怎麼就覺得他可能喜歡妳了呢？妳真傻，真的，」小花痛心疾首，「花主妳可真是個傻姑娘啊！」

成玉一時愣住了，默了許久，艱難地論證自己並不是個傻姑娘：「……可他親了我。」

但沉浮歡場多年的小花根本不為所動，她很不以為然地搖了搖頭，發表了一個經濟學和哲學意味都很濃厚的觀點：「妳聽過一句話沒有？說金銀天然不是貨幣，但貨幣天然是金銀。男人也是一樣，他喜歡妳，便天然地會親妳；但他親妳，卻並不是天然地喜歡妳。」說著說著臉上流露出了一線智慧的光芒。

成玉完全被震懾住了，乾巴巴道：「既然並不喜歡我，那他親我，是為了什麼？」

小花手一揮對答如流：「當然是因為妳好看啊！」

成玉想想竟然無法反駁，跪坐在軟墊子上傻了半晌，滿面頹廢，目光縹緲地落在虛空中。

說累了的小花自己給自己倒了杯茶，又給成玉倒了杯，終於想起來生氣，憤憤道：「不過這人也忒膽大了，連花主的便宜都敢占，真是欠教訓，」問成玉道，「朱槿可有代花主教訓過他了？」躍躍欲試道，「若還沒有，不如我代花主去教訓教訓他！」

成玉有氣無力地回了她一句：「不用了，」瞥了一眼她道，「妳打不過他。」

花非霧很不服氣：「是哪路神仙，我居然打不過？」

成玉沉默了一會兒：「連三。」

花非霧嗆了一口茶：「哦，那是打不過。」然後花非霧反應了一下，反應了兩下，手一抖，啪，茶杯摔了。神遊天外的成玉本能地往後跪了一步。花非霧震驚得蘭花指都翹了起來，指著成玉道：「花主的意思是，是連將軍他他他他親了妳是嗎？」

成玉小心地拿手帕揩拭濺到裙子上的茶水，悶悶道：「嗯，我知道的，妳說得對，金銀天然是貨幣，但貨幣天然不是金銀，所以他親我不是天然喜歡我，是我長得好看罷了。」她默了一默，「他經常逛青樓，琳琅閣快綠園戲春院都逛過，那應該是親過妳也親過戲春院的剪夢和快綠園的金三娘了，其實沒有什麼特別的含意，都是我想太多。」她點了點頭，頹廢道，「我懂的。」

花非霧忍不住糾正：「是金銀天然不是貨幣，但貨幣天然是金銀。還有連將軍他也沒有親過我。」花非霧被這個八卦砸得還有點沒反應過來，卻激動地握住了成玉的雙肩，「既然是連將軍親了花主，那花主妳是可以多想一點的，他必然是因為喜歡妳啊，信我，真的！」

成玉慢慢地看向她，微微瞇起眼睛來：「妳不是說就跟金銀天然不是貨幣，但貨幣天然是金銀似的，男人喜歡妳，便天然會親妳，但男人親妳，卻不是天然喜歡妳嗎？」

花非霧佩服成玉的記性，但此時也不是點讚的時刻，她比出一根手指，輕輕晃了晃：「對於普通男人是這樣，但對於有潔癖的男人，這個定理是不成立的，你要知道連將軍，」小花神秘地道，「他，是個潔癖，貨真價實的。」

連三愛潔，成玉是知道的。猶記他們初見時，連三明明是自泥濘荒野中踏進了她所在的小亭子，然一雙白靴卻一漬也無，她雖然不知道他是怎麼辦到的，但她也記得她當時是很佩服的。

後來有幸見過兩次連三幹架的風姿，尤其是在小瑤台山他手刃巨蟒那一次，整個山洞都被他搞得血穢不堪了，他居然還能纖塵不染地站到個乾淨地兒沉靜地挽袖子，這也給成玉留下了不可磨滅的印象。
因此她覺得可能連三的確是挑剔愛潔的，但要說到潔癖這個程度……成玉猛地想起來那夜大將軍府中，連三不由分說將她推倒在溫泉池畔就那麼壓了上來……
突如其來的回憶令成玉一張臉驀地通紅，但也正是這不受控制的回憶，令她對小花的話產生了懷疑。因為如果連三當真是個潔癖，他還能那麼不講究，直接將她壓在地上就亂來嗎？當然不能，他必然要在推倒她之前先認真地在地上鋪上一層乾淨的毯子才不愧對他潔癖的英名……
小花並沒有注意到成玉的思索，也沒有注意到她思索後懷疑的眼神，信誓旦旦道：「因為連將軍他是這樣一個潔癖，故而一向很厭惡他人的碰觸，不要說主動親一個女子了，主動靠近一個女子七尺之內都是不能夠的。」
成玉就更加懷疑了：「胡說的吧，據我所知，我、煙瀾，還有天步姐姐，我們都近過他七尺以內。」
小花的思維與眾不同，她點了點頭：「近身七尺，他卻沒有打妳們，這說明他對妳們很是不同。」
成玉打心底認為小花在胡說八道，揉著額頭道：「說連三哥哥厭惡他人碰觸這著實離譜了，我沒記錯的話，他是個青樓常客，」她提出了一個發人深省的問題，「他要是真那麼討厭姑娘們近身，那他逛青樓做什麼呢？」
這也是成玉將連三當作一個男人而非兄長看待後，第一次想起來，並且意識到，連三，他是個常逛青樓的花花公子。若他是她的兄長，這當然沒有什麼問題，但若他……這問題就有點太大了。

成玉呆住了。

小花並沒有注意到她的神色變化，不自然地回道：「連將軍逛青樓做什麼，這是一個好問題。」她躊躇了片刻，咳了一聲，「本來，我是不想告訴花主妳的，」她目視遠方，神色肅穆，「因為畢竟我們花魁，也是要面子的。」收回目光來瞄了瞄成玉，「但是花主妳畢竟是我的花主，既然是花主妳的姻緣，那我是要幫助妳的，」她決絕而堅定地道，「我是要撮合你們的！」

成玉聽得雲山霧罩。

下定決心的小花先是肯定了連三的確常逛青樓這個事實：「連將軍確然是我們煙花之地的一個常客，可以說在花主妳之後，連將軍便是琳琅閣中我們徐媽媽最為器重的客人了。」

成玉一時不知道該說什麼。

回憶往事，小花百感交集：「連將軍也的確是位一擲千金的豪客，沒有辜負媽媽們對他的期望。外頭說他曾連宿快綠園三夜，愛寵琵琶仙子金三娘；又說他為戲春院剪夢小娘的風姿所迷，曾贈過剪夢一枚岫巖玉蛇行結的劍穗定情；外頭還說連將軍慕我歌喉，有一日盤桓琳琅閣竟誤了早朝！」小花頓了一下，「連將軍也的確曾在金三娘處宿了三夜，贈過剪夢一枚劍穗，還因為我誤過早朝。」

「嘶——」身下的軟墊被成玉撕開了一個口子，她眯著眼平靜地看向小花：「……妳確定妳是來撮合我們的，而不是來給我的姻緣路使絆子的？」

小花大喘氣：「但是，」她給了成玉一個「妳不要如此著急」的眼神，「連將軍他宿在金三娘處那次，我花了大力氣打聽，聽說是那一陣將軍他閒，譜了支琵琶曲讓金三娘習會了奏給他聽。」

小花娓娓道來：「那曲子很難，三娘學會的那日開開心心派人去將軍府請他，將軍去了快綠園，聽完卻覺得這彈的是個什麼破玩意兒，一怒之下便留在了快綠園，監督金三娘照著他給的指導重新練了三日。三娘每日只睡兩個時辰，夜以繼日練了三日，十個指頭都是血，都是血啊！三日後終於神功大成，再次獻藝，將軍他才略略滿意，放過了可憐的金三娘。」

小花心有餘悸，凝重地總結：「這便是連將軍連宿快綠園三夜，愛寵金三娘的故事了。」

成玉：「……」

小花給了成玉一個安撫的表情：「不用怕，接下來剪夢的故事並沒有那麼血腥了。」「剪夢小娘，劍舞跳得好啊，當世才子有一半都為她的劍舞寫過詩。」小花比劃，「且說大將軍那一回上戲春院，點她跳劍舞，跳的是她的成名作〈驚鴻去〉。剪夢手持一柄輕塵軟劍，身穿一襲雪白紗裙，端的倩影婀娜，風姿亭亭。鼓點起，剪夢舞起小劍，似流風回雪，又似驚鴻照影。但沒舞個幾式，將軍他就叫了停，蹙眉說輕塵劍大紅色的劍穗子和鼓點的節奏不夠搭。」

小花神色木然：「將軍讓所有人都先停那兒，又讓身邊侍女現給編了十七個顏色不同、編法各異的劍穗，接著令樂師們奏起鼓樂讓剪夢一個劍穗一個劍穗挨著試，足足試了兩個時辰，最後終於選定了一個棕色的蛇行結劍穗令剪夢換上，才允許她重新登台，正式獻舞。」

小花看向成玉：「最講究的劍舞，也只是講究所選之劍的類型和所跳之舞的類型搭不搭，沒有聽說過劍穗子的顏色還要和鼓點的節奏搭一搭的。」小花一言難盡，「我雖然在上個春天裡也喜愛過連將軍，但有時候，我真的覺得他是不是有病。」

成玉覺得在上個春天裡還在喜愛著連將軍，這個秋天裡已經在喜愛著一個和尚的小花，其實並沒有資格評判連三是不是有病。而逛青樓就是為了找花魁涮火鍋的自己，也沒有資格評判連三是不是有病。

但她聽完這一切後，居然有點明白連三為何如此。連三，畢竟是個挑剔的連三，在什麼事情上他都挑剔。

成玉就歪在墊子上咳了一聲，試著為連三解釋：「畢竟平安城音樂和舞蹈藝術的最高成就都在妳們四大花樓裡了，連三哥哥他要求絕高，動不動就要求妳們重新表演，大概也只是為了能欣賞到符合他期望的歌舞罷了。」

她想起了連三曾問她會不會跳舞唱曲，再次確定了一個想法，肅然坐直了，抱著雙臂皺眉：「我想，他應該是真心熱愛歌舞藝術。」沉默了一下，她將頭偏向一邊，「見鬼了，這些我都不擅長，我最會的居然是馬頭琴。那我是不是應該去學一學？」

小花立刻恐嚇於她：「別，妳要是會了，他一定會像折磨我們一樣地折磨妳。」小花臉上露出劫後餘生的表情，她甚至打了個哆嗦，「我和連將軍一起待得最久的一次，是有天一大早他來點我唱曲，結果我有幾處沒唱好，他聽得皺眉，讓我一遍一遍改，我重唱了十五遍他才滿意，整整十五遍啊！」小花神色複雜，「他為我誤了早朝的傳言就是這樣產生的。」

聽小花將連三的風流之名澄清完畢，成玉心中一鬆，沒忍住翹了翹嘴角，她跪那兒低頭揉了揉鼻子，順勢用指關節將嘴角壓了下去，說了聲：「哦。」

花非霧還沉浸在自己的世界中，認真地囑咐成玉：「今天我和花主妳說的話，妳真的不可以告訴第二個人。」小花一臉苦澀，「要讓人知道連將軍這麼個大好男兒點了我們那麼多次，卻根本沒有碰過我們，我們是沒有辦法做人的，不用三尺白綾結果了自己，也是要跳白玉川的。」小花泫然欲泣，「妳可知，世人對我們花魁的要求，是非常嚴格的。」

成玉：「……嗯。」

小花走後，成玉回憶今日同小花的交談：她先時心情不大好，因此話不多，但就算如此，感覺同小花也聊得很熱鬧很開心。

小花她一個人，就是一台戲。

她可真是個小戲精。

小戲精雖然同往常一樣不靠譜，話說著說著就忘了初衷，臨走也沒想起來她今日一說三千字是為了幫助成玉解決她的感情問題。但就是如此沒有章法的一篇言談，卻讓煩躁不安了近二十多日的成玉乍然通透。成玉感覺自己，悟了。

連三，他的確是喜歡自己的。

頓悟的體驗，非常新鮮，就像是雲霧頓開，天地一片月亮光，照得人眼裡心底都明明白白；又像是窒悶氣浪裡，忽有傾盆雨落，澆得人從頭到腳都爽朗通泰。她覺得，困擾了自己這麼多天的這件事，眼下，她很明白了。

此前連三為何要躲她？

可能是因為他喜歡她，她卻一直將他當兄長，讓他生氣，故而他不願讓她知道吧。

既然不願讓她知道，為何那一夜他又親了她？

可能喜歡一個人，很難藏得住吧。

既然沒忍住親了她，那為何又叫她從此後都別再靠近他，離他遠一些？

可能當時她表現出的惶惑和懼怕，讓他認為她不能接受他，失望之下口不擇言了吧。

成玉自問自答了片刻，越想越有自信，越感覺應該就是這麼回事，忍不住嘴角再次翹了起來。

她喜歡這個解釋，喜歡這樣的邏輯，喜歡那些困擾她的疑惑裡藏著的是這樣的答案。因為在這二十多日對自我的窺測與探究之中，她一日比一日明白，她是喜歡連三的。

她不傻，她只是從來沒有喜歡過一個人，因此不知道喜歡一個人該是什麼樣。但那日季明楓告訴她，當姑娘們被男子貿然唐突，當然應該感到厭惡；可無論多少次她回想起同連宋那一夜，當最初的驚惶像迷霧一般退去，回憶中她一次又一次感知到的，卻只是慌張和羞怯時，她就依稀有些察覺，也有些明白自己在想什麼。

她包下陳姣娘，想弄清楚一個人真心喜歡另一個人是什麼樣，她想知道連宋對她的心意，卻也想知道她對連宋的那些執著和依賴，應該稱之為什麼。她告訴小花，姣娘心悅的那個小書生，每每見著姣娘便會害羞臉紅，那應該就是喜歡。她甚至無師自通地知道，當姣娘那雙含情目微微瞥過來時，臉紅的小書生必定心如擂鼓。因為乾寧節那夜的花燈會中，她瞧著連三時，她就是那樣的。

那一夜，花燈的光影中，她心如擂鼓，既無措於他的靠近，又期盼著他的靠近，自己也能感覺到臉頰因羞怯而一點一點變得緋紅。而當他目不斜視與她擦肩而過時，那種如墜冰窟之感，並非只出於失落。

而今她終於明白，她是喜歡連三的，她只是有點笨，又有點遲鈍。她早該知道，為何連三於她那樣特別，為何她想成為他的獨一無二，她根本就是喜歡他，想要獨占他。到底是多麼愚蠢，才能以為這是她和連三感情好，她和他兄妹情深？她和與自己有血緣關係的成筠也不見得就這樣情深了。

她和連三，他們本該是一對兩情相悅的男女，卻因她的愚蠢和遲鈍，而在彼此之間生出了這樣大的誤會。

成玉一邊穿鞋子一邊飛快衝出十花樓時梨響正好從正廳出來，見此情形本能地跟過去攔人：「郡主妳罰跪還沒罰完啊，這當口要去哪裡？」

她家靈巧的小郡主卻已拍馬遠去：「顧不上了，我要趕緊去告訴連三哥哥，我們其實是天造地設的一對佳侶！」

梨響：「？？？！！！」

第五章

終於開竅的成玉一腔深情漏夜趕往將軍府，爬牆翻進去，打算同連三表白，結果撲了個空。

連三不在將軍府。連天步都不在。

得虧房門上的小廝認得她這個爬牆的小仙女乃是當朝郡主，護院的侍衛才沒將她給扭送進官府。

小廝告訴成玉他們將軍出征了。

回十花樓找對國運啊打仗啊之類尤其關心且有研究的姚黃一打聽，才知大熙的屬國貴丹國幾日前遣使求援，道與之隔著一道天極山脈、多年來井水不犯河水的彌食國，趁著貴丹老王薨逝、幼主即位、朝堂不穩之時，竟跨越了天極山的屏障大舉南犯，意欲吞滅貴丹國。

屬國貴丹若為彌食所滅，大熙國威安在？面對彌食的囂張南犯，少年皇帝，也就是成玉她堂哥，一時震怒非常。本著這一仗定要打得彌食國起碼三十年不敢再撩大熙虎鬚的決心，皇帝派了身為帝國寶璧的連三出征。

因此五日前，連三便領了十五萬兵馬，東進馳援貴丹國去了。

聽聞姚黃道完此事，成玉對現實的陰差陽錯感到了一瞬間的茫然。剛想明白她其實喜歡連三，而連三也喜歡著她時，如同每一個情竇初開的花季少女，她歡喜又欣悅，滿含著對初戀未知的期待與好奇，心底雀躍得像是住了一百隻小鳥。但不到半天，心底的一百隻小鳥就全部飛走了，她覺得空落落的。

姚黃看她一臉怔然，咳嗽了一聲，問她怎麼了。她沒有回答，隔了一會兒，像是不滿自己眼下這種呆然似的，迅速抬手抹了把臉。姚黃疑惑地看著她，又問了一句妳還好吧？她點了點頭。

兩軍對陣是何等嚴重緊要的大事，有天大的事她也不能此時去煩擾連三，找去不行，寄信也不行。他同她的誤會，她對他的真心，這所有的一切，都只能待他得勝回朝後她再告訴他。此時，她在京中乖乖等著就好。

次日成玉主動入宮去向太皇太后請安，此後長住在了宮中，日日到太皇太后跟前盡孝。成筠心中，成玉就是隻小猴子，讓她在宮裡待上三天就能將她憋得只剩半口氣，他沒想通為什麼今次成玉要自投羅網，吩咐沈公公觀察了七日，得知她每日裡只是在太皇太后跟前讀書抄經，沒幹什麼壞事，也就罷了。

後來又聽沈公公來報，說成玉此次抄經，甚為虔誠，日夜不息，就這麼十日罷了已抄了五卷，一卷為太皇太后、太后和皇帝祈福，一卷為貴丹髃食之戰祈福，十分有心。沈公公心細，向成筠道：「但郡主抄的另三卷經文卻未寫迴向文，因此不知她是為何人何事所抄。」成筠並不認為這有什麼要緊，沒有再問。

戰報一封一封送進宮中。

大熙的援軍甫抵達貴丹邊界之時，貴丹王都以北的半個國家都已淪陷在彌食鐵騎之下，王都外城也被攻陷，徒留內城苦苦支撐，王都以南的幾個要城亦被圍攻，只在勉力保衛罷了。

彌食軍隊如一柄鋒利巨刃劃過貴丹版圖，刀刃所過之處，俱是鮮血、人頭與臣服。因所向披靡之故，彌食軍士氣極盛，而相比之下，整個貴丹國卻透著一股日暮西山的喪氣。

連宋沒有考慮太久，定下了四路馳援的戰略，將大部分兵力分給了增援王都周邊要城的三位大將，以保證三路大軍不僅能一舉扼住彌食國進攻的囂張巨刃，還能將這柄巨刃就地折斷，將彌食的銳氣挫個徹底。兩軍對戰，士氣很重要。而他自己只帶了兩萬步騎，借用佯攻彌食輜重所在地之法，令圍攻王都的彌食大將朱爾鍾不得不撤軍回防，又在朱爾鍾回防之路上設下伏擊，為這一場四城保衛戰做了一個漂亮的收尾。

有大熙寶璧之譽的連宋領著大熙的軍隊剛加入這場戰爭，便將彌食的屠宰收割之刃掉轉了方向，揮向了彌食自己，這對彌食軍的士氣可說是個致命打擊。二十五萬彌食軍自此節節敗退。

到初雪降臨平安城這一日，大將軍不僅將彌食軍趕出了貴丹，還領著大熙十五萬軍隊越過天極山堵到了彌食家門口的戰報，已送上了成筠的御案。

成玉下午時得到了消息，沒忍住跑去了御書房，想跟皇帝打聽幾句連三的近況。哪知道皇帝正同禮部的官員議事，讓她一邊待著去。她在外頭等了老半天，好不容易等禮部的兩個官員出來了，剛來不久的左右相和兵部尚書又進去了。她就知道今天是得不著皇帝召見了，想了想，冒雪回去了。

經過御花園時，被個小宮女福身攔了一攔，說她們公主在那邊亭子裡溫酒，看見郡主經過，想請郡主過去喝點暖酒說說話。

成玉抬眸，梅園中的亭子裡的確有個人影，看不清面目，只能分辨出是坐在一張輪椅上。是煙瀾無疑了。成玉同煙瀾不熟，兩人從未在私下說過什麼話，她有點好奇煙瀾要同她說什麼，沉吟了一下，跟著小宮女去了。

「坐。」煙瀾倚在輪椅中，裹在一張狐裘披風裡，捧著一個手爐。

成玉應了一聲，坐在對面。石桌上是個紅泥小火爐，上面溫著酒，侍女斟了一杯遞給成玉，她抿了一口便不再喝，只是捧著暖手。煙瀾將她邀來，除了一個「坐」字再無他言，也不知想幹什麼。成玉抿著唇，也不準備主動開口。

亭中一片靜寂，只能聽見異獸造型的溫酒器中有沸水咕嘟咕嘟冒泡，將氣氛襯得窒悶。成玉偏頭看著亭外的雪景。她知道煙瀾在打量她。

煙瀾的確在打量她。

這是煙瀾第一次這樣近、這樣仔細地看成玉。少女坐姿優雅，大紅的雲錦斗篷曳在地上，一雙細白的手握著同樣細白的瓷盞閒置於膝，風帽垂落，露出一張因雪中行路而被凍得泛紅的臉。那紅淡淡的，從雪白的肌膚底層透出，像是將胭脂埋入冰雪之中，由著它一點一點浸到冰面之上。

煙瀾有些失神。

宮中人人都說紅玉郡主容色傾城，其實過去，評說成玉「容色傾城」的這四個字，於煙瀾而言不過就是四個字罷了。她不在意，也不關心。美麗的皮囊她不是沒有見過，隨著她記起的事情一日比一日多，九重天那些仙姝們的面目偶爾也會入她夢中。她記得最深的，是連三那時候最為寵愛的和蕙神女，同和蕙神女相比，人間皆是庸脂俗粉。

可連和蕙那樣的美人，連三也不過寵了五個月便罷了。因此即便太皇太后曾賜婚成玉和連三，而成玉又是眾人口中一等一的美人，她其實從未將成玉看在眼中。

她著實從沒有好好看過她一眼。以至於那日御花園評畫，看到連三居然畫了成玉，得知他二人私下竟有許多交情，她才那樣震驚。

這些日子，她為連三待成玉的不同而痛苦，但她又隱約地自信，自信成玉也不過只是過客，如同和蕙神女，如同過往連三身邊來來去去的每一個美人；而在連三漫長的命途中，唯有長依，才是他獨一無二不可取代的那個人。

她知道她不該總想著要分開連三和成玉，因即便她不插手，他們也不可能長久，三殿下從不是什麼長性之人，何況成玉還是個凡人。可她沒忍住。見成玉步入御花園，她第一反應便是讓婢女攔住她。她也知道，有些話不應該說出口，可她同樣沒忍住。就像僧人犯戒，已犯了最重的殺戒，打妄語和行竊就都會變得很簡單。

那些不該說的話脫口而出時，她竟如釋重負。

「我知道妳住進宮中，是為了方便打探貴丹的軍情和我表哥的消息。我也知道妳喜歡我表哥，可你們不合適。他心中有人，卻不是妳，你們不可能有什麼結果。妳做的這些事、有的那些心思，最好都適可而止，以免事了時徒傷懷抱。」她說。

成玉聞言抬頭看了她一眼。

煙瀾留意到成玉挑了一下眉，像是有些訝異，但那表情只維持了一瞬，接著她將瓷盞放到桌上，想了一陣，問道：「這是一句忠告？」

煙瀾愣了愣，她以為成玉會更關心連三心中的人是誰，這樣她就能順其自然讓她知難而退，卻不想她只是問她，這是不是一句忠告。

這當然不是一句忠告。

少女雙眼澄澈，像是一眼就能看清，可只有煙瀾自己知道，她根本不知道成玉此時在想什麼。

她生硬地點頭：「我的確是為了妳好。」

少女看了她一陣，似乎在分辨她的回答是否出自真心：「但我有些好奇，十九皇姐是以什麼身分，站在何種立場，對我提出這句忠告呢？」明明是諷刺的話，卻因她沒什麼表情的臉，顯得像是一句貨真價實的疑問。

但這的確不是一個疑問，因為不等煙瀾回答，她接著道：「若只是連三哥哥的表妹，我覺得皇姐妳管得太多了些。這不是皇姐妳該管的事。」

雖然成玉說話時很冷漠，但她的態度其實並不如何咄咄逼人，可煙瀾卻立刻感到了被冒犯的不愉。她才想起來，即便成玉過去在她腦中心中都只是一個模糊的影子，她也記住了一些有關她的傳聞，傳聞裡她從不吃虧。

煙瀾按捺住了不悅，忽略了成玉冷靜的還擊，轉而道：「妳是不是覺得表哥他畫過妳，因此對妳很是不同？」她盡量讓自己顯得漫不經心，「其實那真的沒有什麼，妳可能不知道，他畫過很多人。妳也不是他所畫過的最美的那一位。」

成玉微微抬起眼簾，皺了皺眉。煙瀾不確定她有沒有被刺痛。少女目光落在她身上，突然冷不丁問她：「妳是不是也喜歡他？他是不是也畫過妳？」

煙瀾愣住：「我……」

成玉察覺了她的心思，讓她無所遁形，她覺得非常難堪，手指用力握住了暖爐。她沒有說話，默認了成玉的疑惑。她不知連三是否曾畫過長依，但連三從未畫過她，可她沒有辦法在成玉面前說「不」字，就像讓成玉誤以為連三畫過她，她才能在她面前保住自己岌岌可危的自尊似的。

少女仔細觀察著她的表情，好一會兒，點了點頭：「他畫過妳。」停了一會兒，又道，「我知道，你們關係很好。」她偏頭看向亭外的雪景，突然煩悶似地皺了皺眉，生硬道，「那他親過妳嗎？」

煙瀾愣住了。大熙雖然民風開放，但一個大家閨秀也不該隨意將這種輕佻言辭掛在嘴邊。可這十六歲的少女問出這句話時，並沒有任何的輕佻之態，那是一種純真的求知口吻，她像是根本沒意識到這話有什麼不妥。可無論是這話本身，還是它背後的含意，無不讓煙瀾心底發沉，甚而有頭暈目眩之感，她鎮定了一下方能發聲：「難道表哥他就……」她終究還是沒辦法將「親過妳嗎」四個字說出口。

成玉卻像是完全明白了她的意思，她大概還看出了一些別的，因為她的口吻立刻變得輕快：「那他不算喜歡妳。」她說，又力求精準地補充了一句，「起碼不是妳想要的那種喜歡。」她想了想，篤定道，「妳喜歡連三哥哥，他卻不喜歡妳。妳想讓我離開他，所以妳才會攔住我，和我說這些話。」她對她感到失望似地抿了抿唇，又有些憐憫似的，「皇姐妳這樣做，其實有些不太好看。」說完這些話她就要起身告辭。

煙瀾不可置信地直視著她，身體先於意識地攔住了她：「妳以為我是嫉妒妳嗎？」見成玉不置可否的模樣，她突然火大起來：「我方才就告訴過妳，表哥心中有人，但那人並不是妳！」她努力地想要表達對成玉的漠視，因此用了一個糟糕的方法，「也許妳感覺得沒錯，我是嫉妒著一個人，可我並不嫉妒妳。」她彎了彎嘴角，並不真心地笑了一下，「妳沒有聽說過吧？他藏在心底深處的那個人，長依。」

成玉不過是一個凡人，其實她不該在她面前提起長依，可看到成玉平靜的面目被愕然占據，緊接著露出空白和茫然的表情，煙瀾終於感到了一點居於上風的快意，也並不認為提及長依有什麼糟糕之處了。她的自尊不能允許成玉帶著得勝的驕矜和對她的憐憫離開。那憐憫狠狠刺痛了她：明明什麼都不懂的是成玉，她又有什麼資格憐憫她？

「表哥他是為了長依而來。」她看著她，一字一頓。

看到成玉的失神，她的心情乍然平靜：「妳知我封號太安，是因我甫一降生，便令平安城水患自退；而我自幼便能繪出天上宮闕，國師亦讚我身負仙緣；父皇卻可惜我天生雙腿不良於行，道若非如此，不知我能有多大造化。但可知我並不在意。因長依就是這樣的。」

看到成玉的震驚，她越加沉著：「水神愛憐她，故而她的出生便能平息水患。九重天是她的故鄉，所以她能繪出天上宮闕。為了救人而被縛魔石壓碎膝蓋，因此她天生便雙腿殘疾。」

少女臉上流露出的不可置信令煙瀾感到了滿足。她想，這才是她應該有的表情，一個凡人，一個十六歲的少女，什麼都不懂，什麼都不知道，她不該那樣平靜傲然，成竹在胸。她笑了笑，向成玉道：「妳聽出來了是嗎？」

她換了個姿勢，斜斜倚靠在輪椅中，像是同人分享秘密似地放低了聲音：「沒錯，長依是我的前世，而表哥他並非凡人，他是水神，他來到這世間，是為了尋找入凡的我。」

若尋常人聽到這樣的言辭，免不了以為是瘋言瘋語，但煙瀾知道成玉會相信，她並非那些視仙妖魔怪之事遙不可及的普通凡人。成玉靠著百花精氣供養才得以存活於這世間，身邊服侍的皆是得道之人，此事宗室皆知。

眼見著成玉一張雪染胭脂似的臉一點一點褪去血色，變得蒼白，再變得寡白，煙瀾明白，她們之間談話的局勢已全然扭轉了。但只讓成玉相信還不夠，要讓她十分確定，深信不疑，因為事實就是她所說的這樣。

她半托住腮：「水神風流，四海皆知。從前在天上，表哥他身邊也總圍繞著各色美貌仙子供他消遣。可再好看的仙子，他消遣幾個月也就罷了，所以妳說他喜歡妳……」煙瀾嘆了口氣，「妳若想那麼以為，也可以那麼以為吧。」她終於可以故作輕鬆地嘆息，不用再像在這場對話的前半場，總要提著一口氣，一點也不敢放鬆。

她看見成玉的眼睫很緩慢地眨了眨，像是一對受傷的蝴蝶，輕輕地、徒勞地揮動翅膀。

「至於他喜不喜歡我，」她接著道，「我不知道。但當年他為了救回我，曾散了半身修為。待救回我將我放到凡世休養，他又親自來到凡世作陪。為了護佑我一路成長，他才做了大熙的大將軍。」

那輕顫的眼睫凝住了，煙瀾覺得成玉此時的神情就像是一則預言，預言著一對受傷的蝴蝶將死在即將到來的秋天，帶著一點痛，一點悲傷。「聽起來，他最喜歡長依。」她聽到成玉得出這個結論，看到她愣了一會兒，然後聽到她追問了一句，「妳沒有騙我嗎？」

煙瀾不知道成玉為何會問自己這個問題，因這太像示弱了，如果是她，絕不會這樣貶低自己的自尊。可成玉卻像是並沒有意識到這樣的追問會讓自己在這場較著勁的交談中居於下風似的，也不擔心煙瀾會因此而看低她似的，看她沒有回答，她居然有些焦慮地又問了一句：「妳沒有騙我吧？」

煙瀾躺進輪椅中，用那種她極其熟練的冷淡而高傲的目光注視成玉：「我為什麼要騙妳？妳若不信，可以去問表哥。或者去問國師也可以。」

成玉沒有再說話。她臉色雪白，唇色也泛著白，像受了重創。她端正地坐在那裡，像個精緻易碎的冰雕，良久才出聲：「妳說妳就是長依，可若妳才是連三哥哥他心底所愛，那為什麼他要來……」她停了停，像是不知如何定義連三對她的態度，也無法描述連三對她的行為，最後，她道，「為什麼他要對我好呢？」

窒悶感突地襲上心頭，煙瀾不明白，為何被逼到這步田地，成玉依然能讓她感到難堪。她煩悶地緊握住手中的暖爐：「因為我不能完全想起前世，做不了他心底的長依，他對我非常失望。」

長久以來，她都真切地為這件事而感到痛苦，可看到成玉亦被她所言刺痛，身上的痛似乎也減輕了一些。她吁了一口氣，伸出一隻手來托著腮，突然發現了這樁事的有趣之處，她笑了笑：「可他越是對我失望，越是不能接受這樣的我，豈不是越說明，他心底的長依無可取代？」

她嘆了口氣，像很為成玉著想似的，安靜而溫和地勸慰她：「放手吧，妳和我們是不一樣的，妳只是一個凡人，和表哥的這場遊戲，妳玩不了，也玩不起。」

亭外飛雪簌簌，成玉的背影在漫天飛雪之中遠去，很快消失在梅林盡頭。煙瀾倚在輪椅中，看著眼前銀裝素裹空無一人的園林，靠著熏籠和暖爐發呆。

與成玉的這一場交鋒，她大獲全勝，她以為她該覺得高興，可心底卻並沒有多少愉悅，反而感到了一點冷意。她不知這是為何。莫名而突然地，她想到了長依。

關於長依的記憶凌亂而散漫，分布在煙瀾的識海中。她其實並不記得長依到底是個怎樣的人，但她有一種直覺，長依絕不會如此處心積慮去破壞連三同別人的感情。

她這樣做到底是對是錯？

她有一瞬間的恍惚，幾乎要感到自己卑劣。但她很快為這不夠光明磊落的行為找到了理由：她並沒有欺騙成玉。她說的每一句話都是真話。她是在提醒成玉避開可能遭遇的情傷，其實是一件功德，是一樁好事。九重天上的長依不會做這些事，而她做了，也並不能說明她和長依性子上的差異，只是因那時候的長依，她沒有像自己一樣喜歡連三罷了。

她是長依，是連三唯一的特別之人，她喜歡連三，她這樣做沒有任何不對。

煙瀾一杯接一杯地喝光了小火爐上的暖酒，感到了一點醉意。

夜至三更，萬籟俱寂的時刻，成玉臨窗而坐，一卷明黃的經本攤在膝頭，膝前放了只炭盆。窗戶半開著，廊簷上掛著只羊皮宮燈，昏光中可見夜雪飛舞，而院中的枯頹小景皆被冰雪裹覆，如玉妝成，不似人間之物。

成玉膝上攤開的是本小楷抄寫的《地藏菩薩本願經》。消災祈福就該抄這本經。自住進宮中，成玉已抄了十卷，頭三卷是她放了指血所抄，因聽說以血抄經，許願更靈驗些。但抄到第四卷，她就因失血而時常犯暈，只能換成尋常的金泥墨錠。但大熙與彌食在貴丹國土上的最後一戰前，她莫名感到心焦，就又開始以指血抄經，這一卷血經今晨才抄完，此時安放在她的膝頭。

成玉在窗邊發了一陣呆。靜夜中傳來積雪折枝之聲，令她回神。她開始低頭翻看膝上的經書，翻得很慢，饒有興致似的，翻到她因心神不寧寫壞了而重寫的那幾頁，還停了停，認真看了幾眼。但她沒有翻到最後就將整本經書重新合上了，伸手將它遞到了炭爐的火苗上。

這件事想想是有些可笑的。除了開先那兩卷幌子似地為太皇太后、太后、皇帝和貴丹之戰而抄的經，她住進宮裡來抄的所有經書，都是為連三的安危而向神靈祈福。但連三其實根本不需要這些。他是水神。他不是凡人。一場凡人之間的玩鬧般的戰爭，並沒有讓他放在眼中，亦不會讓他身涉險境，當然，他也不需要她為他抄經祈福。

煙瀾說的那些話，她沒有全信。她從來不是偏聽偏信之人。煙瀾說她不信的話，可以去問國師，的確，與連三走得最近的人便是國師了，因此她冒雪去拜訪了國師。

國師以為她是想借他的神通來探問貴丹𫓧食此時的軍情，如臨大敵，不及她開口，便斬釘截鐵地拒絕她，說人間國運自有天定，他們修道之人能順勢利之導之，卻不能以道法干涉之，千里之外攝取軍情這就叫以道法干涉了，要遭天譴的，勸成玉不要再想了。

到成玉道明真正來意，國師倒抽了一口涼氣，表示被天譴可能還要更容易一些，要嘛他還是選擇被天譴吧。看成玉繃著臉不作聲，國師沉默良久，嘆了口氣：「今夜將軍約了我談事，郡主這些疑問，或許可以親自問問將軍。」

連三當然沒有從𫓧食趕回來，他同國師談事，用的是國師府中的一方小池。

池水結了薄薄一層冰，國師在一旁提了盞應景的夜雪漫江浦燈籠，燈籠的微光裡，冰面上逐漸映出一方水瀑和一個人影。國師率先上前一步，成玉聽見國師喚了聲三殿下。從前國師當著她的面喚連宋時，一直稱的是大將軍。

殿下。並不是什麼人都可以被稱為殿下，何況是被國師稱作殿下。人間並沒有連姓的殿下。這其實已很能說明一些問題。又見國師讓了一步使她露出身影，口中勉強道：「傍晚時郡主……」

她開口替國師解釋：「我來問連三哥哥幾個問題。」

她著實許久沒有見過連三了。抬眼望向冰面時，她花了些時間，用了些勇氣。但也許因這夜色之故，也許因這夜雪之故，她並不能看清冰面上連三的面目。所見只是一個白衣的身影靜立在一方水瀑之前罷了。但那的確是連三。可他沉默著沒有回應她。

她今日來此，也並非是想從他身上追憶或者找尋過去的溫柔，因此她也沒有太在意，深吸了一口氣，開門見山問他：「你是水神，是嗎？」

片刻靜寂後，「為什麼這麼說？」他反問她。

他似乎沒有太多驚訝，像是他早做好了準備她總會知道他的身分，又像他覺得她只是一個無足輕重之人，因此她知不知曉他的身分都沒什麼所謂。

「你是的。」她自己給出了一個答案，而她知道這是真的。她恍惚了一下。

他沒有否認，也沒有解釋，只是道：「妳應該不止有這一個問題。」

「是啊，我還有問題。」她嘗試去彎一彎嘴角，好讓自己的表情顯得不那麼僵硬，但沒有成功。

「第二個問題是關於長依。」說出這個名字時，她自己先恍了恍神，然後她認真地看了一眼冰面，妄圖看到連宋的表情。卻依然只是朦朧，但她覺得她看到他持扇的手動了一動，像是忽然用力握了一下扇柄的樣子。

「有個叫長依的人，哦不，仙。你曾為了救她一命而散掉半身修為，是嗎？」

他們相隔千里，冰面中著實看不出他是何態度，只能分辨他的聲音。良久，他道：「是。」

成玉猛地咬了一下嘴唇，抿住的嘴唇擋住了牙齒的惡行，口腔裡有了一點血腥味。

「哦。」她無意識地應了一聲，想起來今日煙瀾還同自己說了什麼話。她打起精神繼續發問，「煙瀾是長依的轉世，你來到我們這裡，假裝自己是個凡人，是為了煙瀾是嗎？」

她不動聲色地舔了舔受傷的內唇，「你做大將軍，也是為了她，對嗎？」

或許是因這個問題比剛才那個問題容易一些，又或許是因它們其實是類似的問題，開初的那一題既有了答案，這一題就不用浪費時間了，他回答：「是。」

「是吧。」成玉無意義地喃喃，想了會兒，純然感到好奇似地又問他，「你過去在天上，是不是有過很多美人？」

靜了一會兒，他再次答：「是。」

她站在那兒，不知還有什麼可問的，一陣雪風吹過，她突然有點眩暈，有些像她今晨抄完那部血經的最後一個字，從圈椅中站起來時眼前驀然一黑的樣子。她想她今天可能是太辛苦了，又在雪中站了這麼久。

走神了片刻，她想起來她還有最後一個問題。「我是像她們一樣的存在嗎？」她問，「像你曾經有過的美人們那樣，我也是一個消遣嗎？」可幾乎是在問題剛出口時她便立刻叫了停，「算了你不要回答。」

「這個問題我收回。」她抬手抹了把臉，手指不經意擦過眼角，將淚意逼退，她表情平靜，「我沒有問題了。」抬眼時見國師擔憂地看著自己，她自然地搓了搓臉：「好冷，我回去了。」

冰面上始終沒有什麼動靜，她從國師手中接過燈籠，轉身時沒有再看那泉池一眼。她問出那樣自我輕賤的問題，只是問出那問題，便讓她感到疼痛，又很難堪，因此她讓連宋別回答她。若她不是一個消遣，他當然要否定她，要給她一點尊嚴的，可他什麼都沒有說。明明他回答她其他問題時都那樣乾脆俐落，偏偏這一個，他連一句似是而非都沒有。

她想，幸好她收回了那個問題，沒有讓他回答。

她又想，煙瀾說的居然都是真的，她居然一句話都沒有騙她。這位水神大人，他風流不羈，身邊曾有許多美人來來去去，如同過江之鯽。但那些人都不過消遣罷了，他心中至愛，是位叫作長依的仙子。

其實早在煙瀾告訴她之前，長依這個名字，她便是聽說過的。南冉古墓外的那棵古柏曾嫌棄她對花木一族的歷史一竅不通，故而前一陣機緣巧合之下，她找姚黃探問了一下那些過去，因此長依的生平，她全都知曉。

她一點都不懷疑連三對長依之情，畢竟在姚黃同她講起水神和長依的淵源過往時，連她都認為水神是深愛著長依的。彼時她還為那蘭多神發過愁，因在她和古柏的那一段交談中，她知道那蘭多神也認定了這位水神做夫婿。她還暗自感嘆過這段三角戀的複雜。

不想最終，她竟也在其中扮演了一個角色。

煙瀾說她只是一個凡人，和連三的這場遊戲，她玩不起。的確，她一個小小凡人，不過是個消遣，實在不夠格在水神的人生中占有一席之地。連三會有他的轟轟烈烈，或許他愛著長依，將來卻要被迫迎娶那蘭多，和長依不得善終；或許他無法違逆天道，終究還是移情了那蘭多，最終和那位古神成為眷屬。但這一切，和她這個凡人是不會有什麼關係的。同他們比起來，她這個凡人的存在，的確是輕若塵埃。

初雪的平安城的夜，真是太冷了。

雪夜冷寂，幸而房中地龍燒得暖，軒窗開了半夜，也不如何凍人。

火苗舔上手指時，成玉猛地顫了一下，從回憶中醒過神來。經書從手中滑落，長長的一卷，攤開了跌進炭盆中。血抄的經書，字跡凝乾後便不再是鮮紅的顏色，紅也是紅的，卻帶著一種暗沉的鐵鏽般的色澤，躺在火中，就像是一個鏽跡斑斑的老物件被火苗吞噬了，讓人無法心生可惜之感。

兩萬多字的長經，化灰不過須臾，封面和首頁因耷拉在炭盆外而逃過一劫。成玉彎腰將落在地上的殘頁撿起來，正要扔進炭盆中，目光無意中落在「如是我聞」幾個字上，一時停住了。

半晌，她愣愣地落下淚來。

喜歡一個人有什麼好呢？她想。

是夜，成玉五更方入眠。她睡得不太踏實。閉眼許久，漸漸昏沉，她不太清楚自己是不是睡著了，只是腦中次第回游了許多畫面，像是回憶，又像是在作夢。

一會兒是青銅鶴形燈的微光之下，連宋面色溫柔，拇指觸到她的眼睛，像對待一件寶物，細緻地為她拭淚。一會兒卻是懷墨山莊的高台，他站在煙瀾身旁，當她纏在韁繩裡被碧眼桃花拖行出去時，他別開了目光。一會兒又是楓林深處的溫泉中，他神色冰冷地告誡她：「以後別再靠近我。」最後是國師府上的泉池旁，冰面上他的面目清晰起來，當她問他「我也是一個消遣嗎」時，他皺了皺眉，有些涼薄地反問她：「不然呢？」其實他沒有說過那樣的話，她不知道她為何會想像出他說了這樣的話。

她像站在一處斷崖旁，猛地被人推下去，一瞬的失重之後，她飄在半空中，身周都是迷霧，身體空落落的，心也空落落的。她大概有些明白自己在作夢了。

迷霧中緊接著出現了坐著輪椅的煙瀾，微微垂著眼皮，有些憐憫地看著她：「妳只是一個凡人，妳和我們是不一樣的。」

然後她轟地墜落在地。想像中的痛感卻並沒有到來。她呆了一會兒，攢力從地上爬起來。眼前仍是一片白霧，腳下亦是一片白霧，腳底觸感柔軟，不似實地，像踩在棉花上，又像踩在泥潭裡。她深一腳淺一腳地向前走，只是一味地走，並不知道自己要去往哪裡。

就在這時候，霧散去，前方有光，光中出現了一雙人影，她聽到了說話聲。

「自墨淵封鎖若木之門迄今，已有七百年，他不願妳打開那道門，所以七百年來，妳想盡辦法也開不了那扇門。他是想留住妳。」說話之人距她數十丈，背對著她，一身明黃衣裙，個子高挑纖麗。她覺得那背影有些熟悉，聲音也有些熟悉。她感到了一絲怪異，卻難以分辨這熟悉和怪異從何而來，只是聽那人繼續道：「父神之子，他若不想爭，便能做到與世無爭，他若想爭，妳也看到了，不過七百年，他便結束了這亂世，一統四族，而若非因妳之故，五族皆已入他轂中。他想要留住妳，他便一定會留住妳，妳便是來找我，妳我合力，我們也無法打開那道門將人族送出去，不如就如此吧。」

那人之言成玉句句聽得清晰，卻全然不知她所言為何。而那人話畢，站在她對面的白衣女子方抬起頭來，容成玉看清她的容貌。她從沒見過那張臉，因那樣美的一張臉，若她見過，便必然會有印象，即便是在夢中。

她不由自主地近前，靠得那樣近了，交談的兩名女子卻並沒有發現她。

「妳已經許多年不再做出預言了。妳看到了那個結局，是嗎？」白衣女子開口，眼尾輕輕一彎，彎出一點笑意。她原本是極為美又極為疏冷的長相，彷彿一身骨肉皆由冰雪做成，兼之一身白衣，便是烏髮上的唯一飾物也是一支白寶石攢成的鳳羽，望之只令人想到冰魂雪魄、冰天雪地。可偏偏她的眼睛不是那種冷淡的長法，眼尾有些上挑，一笑，便勾魂攝魄地嫵媚。

「妳知道我找到了打開那道門的方法，可妳不想我死。」白衣嘆出一口氣，「但沒有人可以違抗天命。」像是無奈似的，「妳是光神，亦是真實之神，聰穎慧倫，可見天命。妳最知道了，天命注定如此，無人能改變它，妳不能，我不能，」她目視不可見的遠方，「墨淵，他也不能。」

然後她很快地轉變了話題：「我來找妳，是因我知道妳的使命是何，妳自己也知道吧。這十萬年來，妳隱在姑媱山中不問世事，不就是因為妳已看到了最後的終局，在心無旁騖地等待著我來找妳嗎？」她微微挑眉，眼尾亦挑起來，冷意裡纏著柔媚，卻又含著鋒銳，「為什麼這時候，妳又反悔了？」

天地間只聞風聲，良久，黃衣道：「我是不忍。」

白衣詫異似地笑了：「竟是不忍，有何不忍呢？」她忽然將手搭在對面之人的肩上，手指掠過黃衣鴉羽般的烏絲，靠近了笑道，「世間最無情便是妳了，自光中誕生的妳，不知七情為何，亦不知六欲為何，此時妳卻不捨我赴死嗎？」冰冷的眉眼間竟有風流意態，「八荒六合皆無人能得妳不捨二字，我能從妳這裡得到這兩個字，此生無憾了。」

黃衣無視她的調笑，拂開了她的手：「果真無憾？對墨淵呢？」

白衣臉上的笑容漸漸消失，良久，道：「他……我沒想過遺不遺憾。」她退後一步，坐在了一旁的石凳上，手指抵上額頭，沒什麼表情，這樣看起來倒有了十分的冷若冰霜之感。許久，她道：「我不能遺憾，也不敢。」

隨著白衣的一句不敢遺憾，濃霧再次鋪天蓋地而來，方才還在成玉近前交談的兩名女子倏然消逝於迷霧中，天地一片茫然。成玉亦感到有些茫然。但這一次她沒有再深一腳淺一腳於這迷霧之中亂行，她乾脆坐了下來。不多時，霧色再次破開，她看見了一個月夜。

一輪銀月之下，一處屋脊之上，亦是方才那兩名女子，正一坐一躺，對月醉飲。屈腿坐在屋脊上的是白衣女子，躺在屋頂上的是黃衣女子，因是側躺，成玉依然難以見到黃衣真容。

白衣單手執壺，遙望天邊月，聲似嘆息：「便是明日了。」

黃衣道：「聽說七日後墨淵將在九重天行封神之典重新封神，妳我明日開了若木之門，他的封神之典不知還能不能如期舉行。」

白衣托住腮，似是自言自語：「天地既換了新主，便該重新封神，這是不錯的。」卻沒有再發表更多的意見。半晌，百無聊賴似地用右手轉了轉酒壺：「我聽說籌備封神之典時，他曾邀過妳，想請妳兼任新神紀之後的花主？」

黃衣淡淡道：「我並沒有答應。」

白衣執著酒壺喝了幾口：「萬物自光中來，仰光而生，他考慮得沒錯，妳是最適合成為花主的神，八荒中再無神比妳更適合這個神位。」那酒應極烈，幾口下去，便將那張雪白的臉激出一點粉意，但她的目光卻極清明。她含著笑，垂頭看向黃衣：「雖然被妳拒絕了，可花主這個位置，他定然不會再封給他人。新神紀初創，易動盪，最好各位有其神，各神在其位，這樣他也好做些，妳幫幫他。」

黃衣依然淡淡：「我既擇了妳，又要如何幫他，花主也不是多麼重要的神位，即便不封，也動搖不了他對八荒的統治，」她突然翻身而起，「不，妳該不會是……」

白衣打斷了她的話：「妳最知道我了，我做事一向愛做得圓滿。」她將手中飲盡的酒壺拋起來又接住，「我沒記錯的話，這還是盤古和父神創世後，天地第一次大封神，總要所有神位上諸神都齊全才算圓滿。」她笑了笑，笑容很平靜，「妳也知明日起事後，我不可能再有什麼生機，沒有生機，留下仙身又有什麼用呢？」

突如其來的濃霧再次將一切掩去，明月不再，清風不再，青瓦高牆不再，醉飲閒談的二人亦不再。只是眨眼的一個瞬間，眼前又換了場景。仍是夜，天邊仍掛著月，卻是一盞絳紅色的月輪。紅月之下，荒火處處，天地似一個爐膛，目視之處寸草不生，皆為焦土，令人心驚。

令成玉奇怪的是，她卻並不感到驚心似的，也並不害怕。她身前似站著一個男子，而她在同他說話。

她聽見自己開口，說出她完全無法理解的言辭：「一位神祇死亡，便是油盡燈枯時，仙體中也自會保留一絲仙力用以修復和護持仙身，可少綰她以涅槃之火燒燬若木之門時，卻將己身之力全給了我，連那絲保她仙身的靈力也沒有留下，因此我獻祭混沌後，必然還有一口靈息可以留存。」她聽到自己的聲音有些啞，向著面前她看不清面目的男子，「那口靈息會化作一枚紅蓮子，昭曦，屆時你將那枚紅蓮子送回神界，交給墨淵上神。」停了一停，她道，「就告訴他，那是少綰神以灰飛的代價為他換來的他的新神紀的花主，將蓮子種下，以崑崙墟上的靈泉澆灌，便能使其早日化形，修得神位，勝任花主之職。望他……」她停頓許久。

被她喚作昭曦的男子低聲道：「望他……如何？」聽聲音是個少年。

她低聲一嘆：「望他珍之，重之吧。」

少年昭曦沉默片刻，問道：「那這口靈息是誰，又將化成誰？是尊上您，還是少綰君？」

她聽到自己淡聲回答：「她便是她，不是我，也不是少綰，她將修成她自己，成為新神紀的花主。」

同少年的每一句話都是她親口說出，成玉卻無比驚訝，那些言辭如泉水一般自她口中娓娓道來緩緩流出，可她不認識每一個她說出的人名，沒有去過任何一個她脫口而出的地方。她口中的每一個字她都無法理解。她心中困頓又急切，極想問站在她對面的少年這是為什麼，耳畔卻不經意傳來一陣吵鬧。

荒火、焦土、紅月連同面前的少年都猛地退去，成玉突然驚醒。

屏風外留了支蠟燭，蠟炬成淚，堆疊在燭台上，燃出豆大一點光。微光將帳內映得似暗非暗，成玉有一瞬間無法分辨這是夢是真，自己是否依然是個夢裡人。

宮女聞聲持燭而來，告訴她是附近的福臨宮走水了，宮人奔走呼救，故此方才有些吵嚷，但此時火勢已被制住了，不再蔓延，因此不算危險了。

成玉聞言起身，披衣來到院中，視線高過攔院紅牆，看見不遠處一片火光，便是走水的那座宮殿。瞧著火勢仍有些大，但因距離不算近，遙遙望著，只覺火勢雖盛，卻並不可怕，像一頭力竭的猛獸，只是在徒勞地掙扎。她隱約覺得這場景有些熟悉，像是方才的夢中也見到了這樣的火焰，細想卻又很模糊，想不出什麼。

她站在那裡，回憶了好一會兒，卻也只想起昨日同煙瀾喝了幾杯酒，說了幾句話，夜裡又見到了連三，問了幾個問題，知道了一些從前不知道的事。她覺得自己可笑，燒了那卷血經，然後就睡了。睡得可能不算好，也許作了夢，因她現在有點頭痛，可到底夢到了什麼，她並不記得了。但醒來後心中卻隱隱有一種過盡千帆歷盡千劫的滄桑之感。

她記得入睡時，她還有許多怔然和疼痛，可此時，心中卻並沒有太多悲歡，倒有些無悲無喜起來。

右手莫名地捂住胸口，她不知這是為什麼。

第六章

自入宮以來，成玉總是卯中就起床，梳洗後去太皇太后處候著，伺候祖母早膳。然次日卯末了，成玉還未起身。宮女撩帳探看，見郡主裹在被中發抖，口中糊塗著說冷，臉上卻燒得一片通紅。宮女惶恐，立刻稟了太皇太后。太皇太后急召了太醫院院判前來問診。

太醫院曾院判懸絲診脈，得出的結論是郡主昨夜著了風寒。然一服重藥灌下去，成玉卻依然高熱不退，人還越加糊塗。太皇太后憂急，想起她的命格，以為她這是在宮中住了太久，失了百花靈氣潤澤所致，念及她重病不好挪動，便下了懿旨召朱槿、梨響入宮，又令他們從十花樓裡多挑些有靈氣的花花草草搬進來，看能否為成玉驅病。

朱槿領旨，花花草草裡挑揀了一陣，挑了前幾天終於化了形能跟他聊天的姚黃和紫優曇。

成玉一病就是多半月，生病之初，她昏睡的時候多，清醒的時候少。梨響守在病榻之側，為成玉擦汗掖被鋪床單、遞水餵藥換衣衫，忙得不可開交。朱槿、姚黃和紫優曇三個男人坐在外間，也做了一點力所能及的事情：在成玉清醒的時候關懷了她要蓋好被子多喝熱水。

因為也找不到其他事情幹，朱槿做主去搞了面一人高的銅鏡安在外間，給銅鏡施了法。後來的情況就是梨響一個人在裡間照顧成玉，他們仨擠在外間，從銅鏡裡觀看千里之遙的貴丹之戰戰況實錄。看就看了，時不時還要發表一點意見，發表意見也就罷了，意見相左時還要吵起來。朱槿比較沉穩，也比較包容，但是姚黃和紫優曇不行，他們倆動不動就要辱罵對方。這種情況下，成玉十有八九會被吵醒，看成玉醒了，三個人會暫停片刻，安撫成玉，安撫的方式是吩咐梨響：「妳去給她倒點熱水來。」

梨響覺得他們三個人別說這輩子，下輩子下下輩子三生三世都不可能找得到老婆了。

大概第五天時，成玉從床上爬了起來。梨響本以為成玉爬起來第一件事就是把外面無所事事的三個花妖驅逐出去，但成玉沒有這樣做。她裹了一領厚實裘衣倚在門簾處，神色複雜地凝望外間銅鏡中的情景，認出那上面是什麼時，像是十分驚訝朱槿他們還有這樣的本事。站了片刻，她走過去加入了他們。

在成玉加入朱槿他們圍著銅鏡一起觀看貴彌之戰這一日，戰爭形勢發生了嚴峻的新變化。

皇帝當日會派素有帝國寶璧之稱的連宋率軍馳援一個小小貴丹，為的並非只是將貴丹從彌食鐵蹄之下救出，更是為了將彌食這一潛在勁敵狠狠彈壓於天極山之北。故而彌食全線潰敗退出貴丹之後，大熙並沒有善罷甘休，十五萬兵馬反而越過天極山侵入了彌食，一舉拿下了他們肥美的夏拉草灘。

而趁著大熙三分之一的兵力都在東南戰場同彌食作戰時，自四年前新主登基後一直被連宋壓著打的北衛感到一雪前恥的時機到來了。北衛舉傾國之力，集結了五十萬兵馬開往熙衛邊境。成玉坐在銅鏡前看到的第一個畫面，便是姚黃從礪食戰場上切過來的熙衛邊境的情景：北衛向大熙宣戰。

為了幫助軍事知識最為薄弱的紫優曇看懂當下局勢，朱槿還去搞來了輿圖。輿圖上可見，北衛同大熙交界處，西為難涉水澤，東為崎嶇山地，只縱跨大熙兩個郡的淇澤湖以北乃是一片平原。姚黃分析，北衛舉傾國戰力，趁著大熙兵力分散時南侵，打的便是以「投鞭足以斷流」的兵力優勢迅速突破淇澤湖的湖口防線，以打開大熙國門，向東南深入腹地，直取大熙國都的主意。

湖口乃是國門，連宋以十萬精兵於此布下重防，防線堅固，可稱鐵壁銅牆，然再是牢固，也難以抵擋北衛五十萬兵馬突然發難，全線壓上。

湖口郡連失重鎮，僅五日，淇澤湖以北全部失陷。

從地理上看，大湖以東乃是一片靴形平原，平原以東乃是山地，湖山之間正好鑲了靴形平原的那只靴筒。衛軍自湖口開進，與熙朝守軍在靴筒處來回爭奪了十日，最終以靴筒失陷、大熙兩萬殘兵退至大湖南部的巨桐縣為大戰的第一階段做了結。

湖口防線宣告崩潰。

五十萬軍隊對上十萬軍隊，這種潰敗其實也是必然。不過大熙邊關告急的軍情傳達得及時，平安城中皇帝的軍令亦下得果決，衛熙之戰爆發的第六日，大熙十七衛共二十萬兵馬已領軍令火速整裝，依託運河之利走水路奔赴淇澤湖馳援了。

守衛湖口的殘兵退到巨桐縣的次日，便有三萬軍隊先行抵達與其會合，五萬兵力迅速整合，組成一道新的防線，將北衛大軍阻於巨桐縣之外。而防線之後十里處，淇澤湖最南端的淼都縣開了一個大工程，二十萬民夫開始修建一道西起大湖東至高山的屏障般的防禦工事來。

千里之外戰火紛飛，平安城裡依然很平安。成玉在宮中養病養了大半月，太皇太后派嬤嬤來探病，嬤嬤回去一稟，說郡主大有起色。太皇太后深信這是被朱槿帶進宮來的那幾盆花花草草的功勞，看成玉能挪動了，就做主讓她回十花樓繼續養著去。成玉沒有什麼意見，姚黃和紫優曇卻很不捨，因十花樓裡找不著宮裡這樣大的銅鏡，這二十來日他們看慣了宮裡的大銅鏡，內心裡已經很看不上十花樓的小銅鏡了，離宮時不禁一步三回頭。

一人四妖回到十花樓的次日，大熙二十萬援軍陸續抵達了淇澤湖以南的淼都縣。姚黃足足嘆了十八口氣，神色晦暗地將身前半身高小銅鏡的畫面切回到久未關注的礪食戰場。由大將軍連宋親自督戰的東南戰場竟已止兵休戰，追溯過去，大家才發現援助貴丹的大熙軍隊主力十幾日前便從天極山以北撤回，借了貴丹海船，利用順風季穿越南海，自西南登陸回兵大熙，現在已在直達淇澤湖的運河上了。

紫優曇目瞪口呆，掰著手指算了好一會兒，問朱槿：「我見識淺薄，對於他們凡人來說，這回兵速度是不是太快了點兒？」又道，「我方才晃眼掠過貴丹，似乎看到了粟及，他們這是戰勢太複雜緊急，逼不得已將粟及派去貴丹給需要回撤的大熙軍隊施法了？」

姚黃立刻就想給紫優曇上一堂課，課名就叫「一個千年花妖入凡時必須知道的十件小事」。但朱槿還在跟前，不好和紫優曇較這個真，姚黃花了大力氣克制住了自己，聽朱槿好脾氣地回答紫優曇：「凡世的這些戰爭，無論大小，皆關乎國運，乃是上天注定，誰也不能以仙術道法之類干涉之，因哪怕用上一丁點法力，也會被反噬，嚴重的還會被天懲，別說一個小小國師了，便是九天之上戰神臨世，面對這場戰爭，也只能以凡人的辦法打一場硬仗。天罰不是鬧著玩的。」

紫優曇居然還似懂非懂，天真地問朱槿：「居然沒施法嗎？那他們怎麼做到這麼快的？」

姚黃感覺紫優曇他可真是太蠢了，聽不下去他那麼蠢，無法控制地趕在朱槿前面將這事掰碎了同他解釋：「貴丹戰場上這十來萬軍隊回兵是很快，但這和神通道法沒什麼關係，主要是靠他們大將軍決策果斷，安排得當，又懂天相，知道這個季節東風自南海上來，造海船借東風西下由水路回大熙，能比陸路行軍快一倍。」實在沒忍住白了紫優曇一眼，「什麼都不懂，你是怎麼當花妖的？」

紫優曇當場就要衝過去和姚黃幹起來，被坐在中間的朱槿攔住了。

成玉將凳子移了移，離他們三個都遠一點。此時銅鏡上的畫面又回到了熙衛戰場，是一個自高空俯瞰的視野：自淇澤湖南畔的淼都縣起，直至東部山地之間的那條大防線已構建完畢，似一道黑色的閘門，封住了整個靴形平原的靴筒拐彎處。淼都防線構建成功，守在前方十里處巨桐縣的五萬兵士便不再戀戰，且戰且退，退到後面新建成的防線，正好與新馳援來此的十七萬大軍匯合。

二十二萬大軍鎮守的第三道大防線似從天而降，又似拔地而起，橫亙於四十來萬衛軍之前，強勢地抵擋住了他們的攻勢。

兩軍呈對峙之狀。高空俯瞰，並不見戰火硝煙，一切都是靜止。霧色一擋，似一張有些朦朧的輿圖。

成玉皺眉看了好一會兒，手指輕點銅鏡，問出了一個比紫優曇專業多了的問題：「我們回軍雖快，兵士們急行軍趕來馳援，可輜重都壓在後面，少說還要十來日才能押送過來。這一條二十二萬人構建的新防線看似牢固，武器卻有限。我們調兵遣將如此迅捷大約令衛軍驚訝了一番，但他們定然也明白武器是我們的短板，這幾日怕是會強攻不斷。武器不足，即使有二十二萬兵士，我們也不一定守得住這道防線。」

朱槿還攔著一心要和姚黃拚命的紫優曇，一時難以分神回答成玉。

姚黃給朱槿面子，最主要可能也是因為打不過紫優曇，沒有再和他一般見識，悶悶地站在角落裡拿著個冰袋捂著額角上的一片烏青，幽幽回答成玉：「熙朝的這位大將軍不容小覷，淇澤湖的三道防線都是他親手設計，妳看，就算他不在，當北衛傾全國之力同熙朝宣戰後，淇澤湖的守軍們也沒有亂起來。無論是抵抗還是撤退，都能條理明晰，從容地等到十七衛的援軍到來，建起第三道固若金湯的防線與衛軍對峙。」姚黃抬了抬眼皮，「這樣嚴密謹慎且運籌帷幄的將領，如何會犯妳所擔心的那些低級錯誤。」說著輕輕撥拉了一下銅鏡，鏡面立刻被碧綠的淇澤湖所占據，數條大船點綴其上，士兵同民夫們分散於船頭船尾，正賣力地從湖中打撈起一捆又一捆包裹嚴實之物。姚黃指了指浩渺幽深的淇澤湖：「北衛估計死也想不到，湖底是個武器庫。」他帶著一點欣賞，「誰能想到我們這位熙朝的大將軍，早在數年之前，便秘密在湖底藏滿了弓箭和勁弩呢。」

朱槿終於制住了紫優曇，聽姚黃提及連宋，接話道：「從貴丹回軍的海船上，似乎沒有見到連將軍。」停了停，他面上現出疑惑，「貴丹十五萬精兵難道並沒有全然回到大熙增援淼都防線，還有什麼新的我們沒有注意到的戰略嗎？」他挑了挑眉，向姚黃道：「你試試看能不能找到連將軍現在人在何處？」

姚黃凝神試了半晌，又半晌，面對著仍是一片幽深湖面的銅鏡有些不解：「難道是粟及跟著他，因此我的法力難以使他在銅鏡中現身？」

朱槿騰出手幫了姚黃一把，兩人合力也沒有什麼效用。紫優曇個子小小，性情很真，看朱槿和姚黃在銅鏡跟前搗鼓半天，銅鏡卻不聽使喚，替他倆生氣，伸手打了鏡子兩下，結果把銅鏡給拍成了一個卷兒。

姚黃被紫優曇給驚呆了，反應過來後立刻火冒三丈，成玉看姚黃不長記性，又要去揍紫優曇，趕緊先撤了。剛替他們關上門，就聽見裡邊一陣乒乒乓乓。

梨響過來送茶，瞧見在外面透氣的成玉，有些欲言又止。連宋同成玉之事，三個男人不知道，她卻清楚。雖然跟著朱槿他們於銅鏡中觀看戰事的十來日裡，成玉從沒有主動提起過連宋，也沒有表現過對他的擔憂，但梨響一直記得那日成玉對她說起她和連三本應是天造地設的一對佳侶時，眉眼中那藏不住的靈動色彩。

有時候成玉的確會那樣，心中越是慌張，面上越是鎮定。梨響琢磨著，郡主這些時日裡鎮定如斯，內心中也不知如何憂懼不安。她一時為成玉感到難受，一時卻又隱隱有些害怕，害怕成玉有朝一日會難以克制，為助連宋一臂之力，而將銅鏡中看到的軍情傳給皇帝。

雖然郡主一向是知輕重之人，但不是說情愛之事慣會將姑娘們都變成傻子嗎？

梨響糾結了片刻，覺得她還是應該開這個口。她靠近了成玉，一邊觀察她的神色，一邊踟躕躕躕：「有件事朱槿忘了囑咐郡主……」

成玉轉過頭來看著她。

梨響吞吞吐吐：「鏡中那些軍情，郡主……看便看了吧，最好不要透露給凡人們啊，」說著定了定神，「因天機不可擾亂，若擾亂天機，後果非朱槿、姚黃他們三個區區花妖能承受，」看成玉愣了愣，立刻道，「當然我知道郡主向來是知輕重的，我只是……」

成玉明瞭似地笑了笑：「我知道，妳是怕我忍不住幫他。」

「妳不用擔心。」她說。

梨響看到她的嘴角勾出了一個嘲諷的弧度。成玉不常做出那樣的表情，因此一旦做出，便格外令人驚訝。那是個笑，卻是個嘲諷的笑：「他用不著我幫他什麼。」她淡淡道。

梨響狐疑地點了點頭，又疑心是自己看錯了，想了想，自顧自地安慰她：「連姚黃都說連將軍他厲害，那他就一定很厲害了。姚黃主天下國運，當世名將他也沒幾人能看得上。所以即便不用郡主擾亂天機幫連將軍，他也一定不會有事，郡主不用擔心。」

少女聽到她如此言語，微微偏頭，似乎失神了一會兒，良久，意味不明地笑了笑。「是啊。」她很贊同似的，然後有些意興闌珊地望向遠處街景，過了一會兒，她輕聲道，「他也用不著我幫他什麼，天下有什麼能難得住他呢。」她微垂了眼睫，又笑了笑，「我一個凡人，從前種種，不自量力罷了。」停在嘴角的那個笑有些輕軟，還有些嬌，是很好看的，但她的眼睛裡卻一片清明，沒有溫度。

梨響心中咯噔一聲，隱約覺得有什麼地方不太對，一時卻也不知道不對的是什麼。

正如成玉所料，面對熙朝二十二萬大軍固守的淼都防線，北衛打的是趁大熙的軍械補給到達之前密集強攻，以求快速攻破此道防線的主意。北衛信心十足，原以為大熙頂多能撐三日，卻不想第四日了也不見守衛防線的軍士們有彈盡糧絕之態，反倒是他們自己在第五日因後方補給不力而不得不停戰休整。而在次日，自貴丹戰場撤回的十萬兵馬也到達了淼都，讓北衛衝破淼都防線的算盤落了空，這一場大戰終於進入了雙方勢均力敵的對峙階段。

前線雙方對峙的第三日，平安城中成玉被皇帝召進了宮。

得知皇帝傳召成玉，紫優曇如遭雷擊，心都揪了起來，因為在將十花樓的銅鏡拍成個卷兒，被姚黃打了之後，他覺得這次的確是他沒理。他是個有想法的妖，反思之下覺得自己應該彌補，就跑去皇宮裡將那面大家都很喜愛的一人高的銅鏡給姚黃偷了回來。

宦侍來傳成玉，紫優曇第一反應是宮裡發現銅鏡失竊，皇帝將這事算在了成玉頭上，召她入宮是要罰她。他說什麼也不願讓成玉替他受過，非要跟著她一起去宮裡自首。姚黃看紫優曇傻得愁人，告訴他區區一面銅鏡，就算被發現失竊了，這事也不歸皇帝親自管，畢竟一個皇帝一天事也還挺多的。

紫優曇將信將疑，找朱槿求證，但朱槿卻像沒有聽到他的發問似的，只出神地看著換好衣裳出來的成玉，眉間有些憂慮。

直到成玉坐上馬車離開，朱槿依然蹙著眉，良久，他嘆息了一聲：「這一日終於還是來了。」

一旁的姚黃愣了愣：「你說的是……」

朱槿目視著消失在街道盡頭的馬車，苦笑道：「她的第三個劫數。」成玉的第三個劫數，是情劫，應的是遠嫁和親。

姚黃看著朱槿，慢慢皺起了眉頭：「我總覺得這一世，你心裡存了許多事。」

朱槿淡淡一笑：「你是說關於郡主的這三劫？」

姚黃沉默不語，忽然道：「其實從很早以前我就有些奇怪，你似乎一直在躲著一個人。」

朱槿挑眉，有些好奇似地看向姚黃：「哦？我在躲著誰？」

姚黃看著他：「連大將軍。」

便見朱槿愣了一愣。

「我說對了是嗎？」姚黃凝著眉頭沉吟，「說來這位大將軍和天君幼子同名，所以該不會他便是……」

朱槿笑了，那笑容有些感佩，又有些無奈似的：「你猜對了，他確實便是那位水神。這一世，這凡間很熱鬧對不對？」

姚黃一驚：「怪不得你一直躲著他。」卻又有些不解，「可你不是說過，尊上臨去之前加持過你，所以這世間除了洪荒之神，沒有誰能看透你的真身嗎？即便水神有心窺視你，你在他眼中，也不過一個得道的凡人罷了。而郡主身邊的侍從皆是有道之人這事，宗室幾乎全曉得，你又怕什麼呢？」

說到這裡，他微微思索了一下，彷彿乍然明晰，有些瞭然地看著朱槿：「我知道你在擔心什麼了，你擔心若然相逢，即便水神看不出你的真身，但萬一他懷疑你的來歷，以至於最後連累尊上，便不好了，是吧？」他不以為然地笑了笑，「可縱使水神他穎慧絕倫，又能舉一反三，懷疑了尊上非是等閒之人，然託第一代冥主之福，尊上如今肉體凡胎，無一絲一毫仙澤神性，的的確確就是個凡人，他又能懷疑什麼呢？若是神仙，即便仙澤被壓制，仙體終歸也是仙體，和凡體是不同的，但尊上今世既有這樣一副凡體護佑她，可謂萬無一失的，你又何需如此謹慎呢？」

對於他這一番難得的推心置腹之論，朱槿並沒有反對，甚至極為贊同地點了點頭：「你說得都沒錯。」他輕輕嘆了口氣，「但為何要如此謹慎……或許是因水神降生之後，我在南荒待過一段時日，不能確定那時候他是否見過我吧。」

姚黃啞然，萬萬沒想到是這個原因，想了想，那愁緒籠罩的一張臉上現出了一點光：「對了，我還有一個想法。」

朱槿表示願聞其詳。

姚黃思忖著道：「八荒之中這些後來的神祇雖不知曉，可我們卻明白，當然你也明白，水神和尊上是有命定之緣的，既然水神恰巧也在此世，也許我們並沒有必要一定要讓郡主去和親，興許水神可以化解……」

但話未完便被朱槿沉聲打斷。一貫穩重的青年此時竟有些疾言厲色，眉目間瀰漫了沉肅的冷色：「連你也糊塗了嗎？這劫，我們是不能插手的。」他靜靜望著遠天，「我的使命便是令她順利渡劫、順利歸位，將水神引入此事之中，勢必再生事端，我不能冒險。」

「可……」姚黃有心反駁，但看著青年那無比嚴峻認真的神色，一時竟也無語。

成玉坐在御書房裡捧著個茶杯慢吞吞地想，皇帝召她來要談的事，大約是和親。

其實來路上她就有些猜到。御書房中同皇帝行禮問安後，皇帝又給她賜了座，她就差不多確定了。因往常她來御書房聽訓，要嘛站著要嘛跪著，皇帝無處安放的兄妹愛幾乎全安放在了她身上，愛得深，管得嚴，給她賜座這種事，皇帝從來沒幹過。

前一陣熙衛之戰，局勢甚為緊張，大約在戰事上用了許多精神，皇帝瞧著瘦了些許。他先關懷了下成玉風寒可好了沒有，從頭到腳打量了她一遍，令沈公公去給她拿了個手爐，才進入了正題：「烏儺素的四王子前些日向朕求妳，說今夏曲水苑避暑時，他曾於鞠場見過一次妳的馬上英姿，自那以後便將妳記在了心中，傾心於妳，不能自已，希望能求娶妳做他的正妃，以結兩國之好。」

成玉知道，此時最合宜的表情便是驚訝，因此她做出了一個驚訝的表情。但她心中其實並無訝異。熙衛正是戰時，此時遣宗室女和親，和親之國必定是皇帝考量的於此戰最為有益的可結盟之國。烏儺素在大熙之北北衛之西，與兩國均有交界，正是結盟首選，故而若要她和親，遠嫁之地十有八九是烏儺素，她來路上便想過了。

烏儺素的四王子成玉沒有見過，至於成筠說這位四王子曾在曲水苑同自己有一面之緣，別後便情根深種，這些言語，她並沒有放進心中。

皇帝咳了一聲，沈公公適時遞過去一杯參茶，皇帝喝了兩口，將茶杯放在桌上，看了出神的成玉片刻，道：「四王子敏達乃是烏儺素王太子胞弟，自幼與太子感情極好，其人一表人才，清芷爽朗，文武兼全，他既向皇兄求了妳，皇兄左右考量，亦覺他乃良配，也有意將妳許他，」成筠停了停，撫著手中一柄鎮紙，目光凝在成玉臉上，語聲和緩，「但畢竟遠嫁，皇兄不願迫妳，因此召妳入宮，也想聽聽妳的意見。」

雖然皇帝將此事敘述得如同一場尋常議親，且還因是一位英俊皇子求娶一位美麗王女，而使這場議親帶了幾分浪漫，但事實當然並非如此。

實際上，成筠剛得到北衛宣戰邊境告急的消息，便飛信傳書與連宋商議，定下了同烏儺素結盟之計，挑選了使臣出使。但此非常時刻，談判交涉耗時越短越好，為使結盟萬無一失，成筠便召了今夏隨兄長出使大熙後並沒有隨使離開，而是留在平安城遊學的烏儺素四王子入宮密談。

這場密談是樁交易，成筠希望敏達能回國一趟，幫助大熙使臣遊說他的父王和長兄，盡快促成兩國結盟；而與之交換的是成筠亦可應敏達一事，允他所求。天子之諾，乃重諾。敏達若有野心，在此時提出要大熙將來助他奪嫡登大位，成筠都有可能答應，但這位四王子卻愛美人不愛權柄，用這一諾提出了求娶紅玉郡主成玉為妻。

這當然是不用考慮的事。成筠答應了。

敏達的確才能卓著，昨夜大熙使臣便有密信送至成筠的御案，解開密碼，信中說結盟已成，還說當此信送出之時，自礪食戰場上撤回的四萬軍隊已抵達烏儺素邊境，是夜便將秘密進入烏儺素國，執大將軍之令，於烏儺素和北衛的北部邊境發起進攻，在北衛國空虛的大後方點一把火。皇上收到信時，北衛應已分兵回防，救援失城去了，淼都防線的對峙局面當已被打破，戰勢自此將朝著大將軍所預估的局面順利過渡，請皇上不必掛心。

結盟既成，烏儺素國那邊新開闢的西戰線也進展順利，這固然是可喜之事，但也意味著將成玉送去烏儺素的時刻到了。

故而成筠才會召成玉入宮。

成筠早已答應敏達的求親，這已是一樁無可轉圜之事，今日同成玉提及這樁事時，他卻說不願迫她，要聽聽她的意見，不過是他不能擔一個強迫之名，要讓成玉自己點頭罷了。

他不大有把握他的大將軍對成玉到底是個什麼態度，固然從前他有心撮合他二人，但此一時彼一時。若連三亦心慕成玉，他卻強硬下令送她和親，說不便會令君臣生隙，但若是成玉自己答應，那便不一樣了。

他知他這位堂妹聰慧，不用他點撥，亦能明白這樁親事的重要，她一向胸懷大義，她會自己點頭。

他並不是不疼愛她，往日裡聽她自己顛顛倒倒說什麼「我們當公主郡主的姑娘，說不定哪一日就要去國離家，和親遠嫁，學什麼琴棋書畫啊，反正那些異邦人也欣賞不來，還不如學個他們當地的馬頭琴」時，他還氣過她總胡說八道，也曾想過他怎會讓她去國離家和親遠嫁。

那時未料到終有一日她所言成讖，而他竟沒有怎麼猶豫就選擇了犧牲她。可他一朝為君，撫四方，牧萬民，肩有重責，他只能如此選擇。

天子這條路，走得好的人，必要做孤寡之人。

成玉靜靜地坐在一張杌凳上，她聽懂了皇帝的態度，也聽懂了他雖然告訴她可以發表意見，但實際上他並不希望她有什麼意見。生在皇家，該懂的她都懂，且她行過千里路，也讀過千卷書，還起碼幫京城中不學無術的貴族少年們代寫過上百份時政課業，因此她也猜出了這樁親事背後的波瀾暗湧。

皇帝問她對和親有何意見，固然皇帝不喜歡她有什麼意見，不過她其實也真的沒有什麼意見。從前老道算出的那道病劫和那道命劫她都應過了，她不覺得這第三道劫數她還能有不應之理，她只是一直沒有去想它罷了。

老道說她一旦和親，小命休矣。她從前的確很抗拒這件事，這花花世界如此爛漫多姿，她是想要活著的，誰不想要活著呢。但捨她一人遠嫁，可使萬民早日脫離戰火，儘管和親說不定會令她殞命，她也無法說不。

她被大熙的黎民奉養長大，即便為他們而死，也是死得其所。這命運雖然殘酷，但或許是她早料到了有這麼一日的緣故，她並無自憐，也無哀傷。

她去過冥司，知道了人死後將有幽魂歸於地府，渡思不得泉，過斷生門，飲忘川水，上輪迴台，入往生樹，然後像一張白紙一樣投身到一個新的地方，做一個新的人。那似乎也沒有什麼可怕。

去往烏儺素，何嘗不是去往一個孤獨的新地方，斬斷前塵，做一個新的人，那同身死入冥司又有什麼大區別呢？

因此她並沒有告訴皇帝當年老道對她的讖語，她抱著手爐，想了一會兒，回答皇帝：

「皇兄既認為這是一樁好姻緣，那必定是一樁好姻緣了，臣妹但憑皇兄安排。」

回到十花樓，已是傍晚時分。午後下了一場雪，此時雪雖停了，天色卻仍不好。院中亮起燈籠，綵燈白雪，倒是別有一番風味。

穿過照壁，成玉一眼看到梨響坐在一棵雲松下掩面低泣，姚黃則站在一旁柔聲安慰。這個組合太過新鮮，讓成玉愣了一愣，好奇心驅使她過去問問。

按理說她一進門他們就該發現她，但因梨響沉浸在悲傷中，而姚黃剛化形不久，對身體的掌握還不夠熟練，以致成玉都走到附近的廊下了，兩人都沒發現，還在自顧自說著話。

梨響邊哭邊道：「我同朱槿說，我們找個沒人認識她的地方，陪著她安穩度過此生罷了，可沒想到朱槿他居然還是那樣冷心絕情，問我『妳可還記得，每一世，到了最後的時刻，妳總會如此求我，但我的答案始終如一』，」梨響恨得聲音都沙了起來，「我當然記得，過去的七世，每一世的最後都是他殺了她！」

姚黃拍著梨響的背幫她順氣：「妳這是氣話，」他道，「她原本無情無愛亦無欲，復生後入凡轉世，這一世又一世的，本就是為了習得凡人的喜怒哀樂愛惡欲癡。習得一種情感，那一世她的歷練也便結束了，再多待不僅毫無意義，實則還是在耽誤她，朱槿那麼做其實無可厚非。」

梨響絞緊拭淚的絲帕，滴滴垂淚：「可這一世她不一樣，這是最後一世，她帶著從前習得的所有情感來到這一世，有了喜怒哀樂，那樣靈動可愛，朱槿他怎麼捨得，怎麼能眼睜睜地……」

姚黃打斷了她的話：「朱槿亦是不捨，可這一世她來到這世間，就是為了完成這三道劫數。為了獲取一個完整人格，她已經歷了十六世修行，若是避了這道劫，完成不了今世的學習，她還需得再重來一世。可當年初代冥主只為她做了十七具凡軀，若這一世不能成功，以朱槿和我們之力，又去何處幫她尋一具不會被旁人看破身分的凡軀？下一世我們又怎能保得住她在人世平穩修行，不被人看出端倪，不被人爭奪覬覦？到時會生出多少事端，只怕我們根本無法掌控。」

梨響拭淚：「我也知道……我只是捨不得，這一世的她和修行完畢歸位列神的她還是一個人嗎？在我眼中不是啊，我也不奢求能陪她幾十年，哪怕讓我再多陪她幾年……」

姚黃輕聲一嘆：「前兩次劫數，應了，也化了，興許這一次亦能化解也未可知。別再埋怨朱槿了，若這第三道劫數亦能最終化解，而不必她以性命相付才能學得那些知識……」他邊轉身邊道，「那，待她習得凡人的背負為何、憂懼為何、愛為何、愛之甜蜜與苦痛又為何，完成這一世的修行，我保證朱槿絕不會再像前幾世那樣。妳要知道他非鐵石心腸，他也不忍，所以妳會有時間陪她……」姚黃突然噤聲，一雙銳目驀地睜大了，「……花主。」

不遠處的廊簷旁，雪光映照之下，少女一張臉慘白，凝視他們片刻，低啞道：「你們方才，說的是我？」

八個字似巨浪打來，牡丹姚帝見慣了世面，向來從容，此刻也禁不住慌亂起來，聲音失了鎮定：「花主聽岔了，我們……」一時卻不知該找個什麼藉口。

梨響趕緊幫忙，但她一向沒有什麼智慧，而這次她急智下的發揮也沒有超過平常水準。她編了一套匪夷所思的說辭：「我們是在談論紫優曇罷了，紫優曇他也同花主妳一樣，他也有三道劫數，但因為他情商不是很高，所以他要學習凡人們的……」

姚黃感到絕望。

正當他預感天可能要塌了時，朱槿無聲無息地出現在了成玉身後，手輕輕一撫，少女已倒在他懷中。朱槿沉著臉，面向梨響，沒好氣道：「妳覺得妳這套說辭她會相信嗎？」

姚黃沉默不語，梨響自知闖了禍，但擔心朱槿對成玉做什麼，鼓起勇氣抽抽噎噎：「你、你消除掉她方才的記憶就好，不要再做別的。」

朱槿正欲為成玉消除記憶的手頓了頓：「妳以為我會對她做什麼？」

梨響縮了縮。

朱槿將人事不知的成玉打橫抱起來，走了兩步，又折回來，叮囑他二人：「她必須作為凡人經歷此劫，那些事絕不可讓她知道，你們以後萬不可再如此大意。」

眼見朱槿將成玉抱回樓中，姚黃捂著額頭也想回了，不料紫優曇突然冒了出來，一臉震驚：「方才你們說的我都聽見了，」他先是不贊同地看了一眼編派他情商低的梨響，而後牢牢望定姚黃，發出了感嘆，「天哪，我們的花主，她居然並不是一個凡人嗎？她明明形魂體魄都和凡人一個樣啊！」

姚黃忍不住捏了捏眉心，他又想給紫優曇上課了，課名就叫「輔佐花主的每一個千年花妖都必須知道的十件小事」。他忍了又忍，沒忍住，問紫優曇：「你什麼都不知道，你到底是怎麼被朱槿選進十花樓的？」

紫優曇今天脾氣好了很多：「真的，我確實沒有問過朱槿這個問題，他到底是怎麼把我選進來的？」他回憶了一陣，皺著眉頭說。

姚黃不想再和他說話，感到太糟心了，就捏著眉心走了。

紅玉郡主即將和親至烏儺素國的消息，沒兩日傳遍了朝野。

齊大小姐很快上了門，卻被告知成玉不在十花樓中，而是去了冰燈節。冰燈節為迎冬至而辦，就辦在正東街旁的那一方碧湖畔。

天陰風大，且明日才是亞寒，後日才是冬至正日子，還不到共慶佳節的時刻，因此節會上人不多。齊大小姐沿著湖畔走了一個來回，穿過座座精美冰雕，遙遙望見前方一個小亭中坐著個白衣少女，像是成玉。少女身旁的侍女看身量也有些像是梨響。二人一坐一站，面前的石桌上放著個爐子，似乎是在行溫酒賞雪的雅事。

古詩有云「綠蟻新醅酒，紅泥小火爐」。陰雪天如此正是應景。齊大小姐想著走了過去，待走近時，亭中少女也正好抬起頭來，一眼看到她，有些驚訝，但立刻眉眼彎彎地招呼她：「小齊妳怎麼來了？」手中的玉箸還杵在小火爐上頭的銀鍋裡，「妳要和我們一起涮火鍋嗎？」轉頭吩咐梨響：「快給小齊添雙筷子。」

齊大小姐：「……」

成玉看齊大小姐一時沒有言語，想了起來：「哦，妳不太能吃紅鍋。」解釋道，「沒想到妳要來，所以沒準備鴛鴦鍋。」

梨響在一旁提議：「可以在鍋裡先涮一涮，然後過水吃，那樣就不太辣。」

成玉沉吟：「這種吃法，對火鍋不太尊重吧？」

梨響猶豫：「還好吧，過水吃紅鍋總比吃清湯鍋對火鍋更尊重？」

「那倒也是，」成玉點頭，轉頭問齊大小姐，「那就給妳倒碗白水，妳拿水過一過？」

齊大小姐心急如焚來此，本以為所見的將是一位因即將被遠嫁而憂慮無比的郡主，她們也將在一個嚴謹肅穆的氛圍中鄭重地商談如何挽回此事。若成玉是在對著淒涼湖景喝悶酒，那也罷了，萬萬沒想到兩主僕在這兒熱火朝天地涮火鍋。

齊大小姐一腔言語不知該從何說起，茫然坐下接了筷子，隨波逐流地涮了兩筷子，在成玉指著鍋中一味香料對梨響道「回頭去烏儺素，得多帶點兒這種調料，他們那兒八成沒有」時，齊大小姐終於回過神來：「所以去烏儺素和親之事，妳是自願的？」

成玉正涮著一片牛肉：「也說不上什麼自願不自願。」她慢吞吞道，將涮好的牛肉放在一旁的白瓷小碟中，「不過，我的確是同意了。」

齊大小姐聽出她話中之意：「妳是說，皇上並未迫妳，給了妳選擇，妳自己選擇了和親？」

成玉點了點頭，接著低著頭小口小口吃涮好的牛肉。

齊大小姐看著成玉的髮頂，感覺一口氣上不來，灌了半壺茶水，將心火澆熄，才能開口：「烏儺素確是西北重地，國亦不弱，但其國朝立於一片高寒之地，環境惡劣，氣候亦嚴酷，四季中有三季皆為隆冬，土地不沃，物資不豐，衣食住行遠比不得我大熙。且妳雖體健，但終歸不是在烏儺素長大，於彼高寒之地生活，別說似妳在大熙這般騎馬射箭蹴鞠了，多走幾步路便喘氣都難。這些妳想過嗎？」

想是都想過的，成玉煮了片蓮藕，盯著咕嘟咕嘟的濃湯，回齊大小姐：「這些都可以克服。」

齊大小姐窒了一窒：「好，就算這些妳不在意，」她蹙起眉頭，「烏儺素蠻夷之國，不習禮樂，不遵禮教，兄死，弟娶寡嫂，弟死，兄收弟媳。便是妳與那烏儺素四王子真能相依到兒女繞膝又如何呢？父若死，兒子還能娶除生母之外的諸母。妳若真嫁過去，這一生等待妳的將是無盡的磋磨，這些妳又想過嗎？」

這些成玉沒有想過，因為這些事都著實太遙遠了，她或許根本挨不到那種時候。

齊大小姐止住成玉手中的玉箸：「妳去陛下面前告訴他，妳後悔了，妳不想去，妳並非真心願意遠嫁去烏儺素。」

成玉靜了一會兒，收回筷子，置在一旁的白釉梅紋筷托上。她抬頭看向齊大小姐，目光明澈：「此事已定下了，是別無轉圜之事，妳便不要再費心了。這些時候我們倒可以多待一待，往後怕是也沒有機會了。」

定下了，只能是皇帝將此事定下了；別無轉圜，是說此事其實主要是皇帝的意思。齊大小姐立刻便聽明白了，因此也靜了片刻。

「不可能沒有轉圜的。」良久，齊大小姐道。

「我打聽過。」齊大小姐凝眉，一字一句，「當日烏儺素王太子率使臣出使我朝，陛下於曲水苑招待諸使臣，行宮之中，並非只四王子瞧上了妳，王太子亦看上了煙瀾。大約四王子亦知王太子心意，明白大熙絕無可能將兩位貴女遠嫁烏儺素，因此藏了心思。而王太子率使臣回國後，烏儺素王親自來信，為王太子求娶煙瀾，彼時皇上亦有心促成此事。」齊大小姐停了停，「若那時事成，烏儺素與大熙早已是姻親，此次根本無需將妳遠嫁。」

成玉愣了愣：「竟有此事。」端起茶杯，復又放下，「那也不必可惜煙瀾當日沒有嫁過去了。若送我和親是件不幸之事，那讓煙瀾去亦是一件不幸之事，讓誰去都是一件不幸之事。」

齊大小姐道：「我並非可惜當日煙瀾沒有嫁成，是聽聞彼時馳軍前去貴丹的大將軍臨走時將煙瀾託付給了國師照看，而烏儺素王求親之信送來之時，正是國師力勸了皇上，皇上聽從了國師的意見，方那樣乾脆地拒絕了烏儺素王的求親，所以我想……」

「妳想的，」成玉打斷了她的話，但說完那三個字後，她卻像有些失神似的，有一陣沒有開口，待齊大小姐喚了她一聲，她才回神似地道，「妳想的，恐怕不行。」

齊大小姐沉吟：「我知道如今是非常時刻，即便讓國師相幫，勸說陛下，也不會像上次煙瀾之事那樣好勸。大熙和烏儺素是必然需要一場聯姻的，但國師非一般人，勸動陛下在宗室中另擇一人送去聯姻，亦未可知。」

成玉問她：「那妳說，換誰去呢？」不待齊大小姐回答，她把玩著一個空杯子笑了笑，「怕是只能換煙瀾去，才能教烏儺素滿意。」

齊大小姐思索片刻：「若要在煙瀾和妳之間擇一人留下，陛下會擇妳。」

成玉依然在玩那個空杯子，微微偏著頭：「但連將軍不會擇我。將軍不會擇我，國師便不會擇我，皇兄便不會擇我。」

齊大小姐猶記得上回見成玉還是月前在宮中，彼時成玉還在虔誠地為出征的連三抄經祈福，眉眼彎彎又有幾分害羞地告訴她，說她覺得連三是喜歡自己的，她也喜歡連三，他們是兩情相悅。那之後，齊大小姐因外祖想念而去了一趟河西，再回京城，便聽聞成玉將和親遠嫁之事。直至今日，親耳聽聞成玉說連三不會選她，而她也再未叫連三一句連三哥哥，卻疏冷地稱他連將軍。

齊大小姐一時茫然，沉默了片刻，問成玉：「將軍不會擇妳……此話怎講？」

成玉托著腮，平靜地看向不遠處的冰湖：「煙瀾才是連將軍要保護的人，我不是。」

齊大小姐一時怔然：「是否……有什麼誤會？」

「有什麼誤會呢？」那白瓷杯終於不堪把玩，啪一聲摔在地上。成玉「啊」了一聲，似是感到可惜。梨響趕緊過來收拾。成玉微微往旁邊挪了挪，避開碎瓷，沒忘記繼續回答齊大小姐的問題：「我問過他，他是這樣說的。」

齊大小姐仍不能信，秀眉蹙起：「我知道連三待煙瀾向來不錯，但皆是出於兄妹之情，他對妳才是從一開始就……」

「我只是一個消遣。」成玉打斷了她的話。用這樣令人感到屈辱的言辭來形容自己，齊大小姐聽得難受，她卻並不在意似的，很是雲淡風輕地總結道：「所以妳想的法子行不通的。」

齊大小姐閉了閉眼，頹然地抬手撐住額頭，眼眶一紅：「再沒有別的辦法了嗎？」

梨響退去了一旁拭淚。

良久，齊大小姐感到一隻手覆蓋住了自己放在石桌上的那隻手的手背。那溫暖而柔軟的觸感令她顫了顫。她抬眸看向成玉。銀鍋之上升起一團熱霧輕煙，少女的神色隱在霧色後亦真亦幻。她難以分辨，也難以看懂她臉上表情，只聽到她輕聲對自己說：「天下沒有不散的筵席，小齊，我們總是要分別的，所幸今天不是分別之期，妳不要難過。」

面對這安撫和寬慰，齊大小姐一時啞然，喉嚨哽痛，久久不能成言。

小亭建在湖邊，她們背後蜿蜒著一道長長的湖岸，間雜著矮小的冰燈和積雪的枯樹。

是一片空茫而孤獨的銀白世界。

國師不在京中，皇帝命欽天監測算和親之期。欽天監副監正觀七政之星四餘之曜，測定臘月十七乃成玉離京的吉日。太皇太后不捨成玉，召她入宮陪伴，又聽聞齊大小姐乃成玉手帕交，格外開恩，將齊大小姐也宣來了慈寧宮小住。

宮中日月，並無什麼特別。太皇太后夜得一夢，這日閉門禮佛，無須成玉和齊大小姐侍於身側，兩人便領著梨響和一眾宮女在慈和殿前的小院裡堆雪人。不多時，院中就多了兩隻雪做的仙鶴。齊大小姐端詳一陣，領了梨響去御膳房，說去要幾粒黑豆為這一雙仙鶴點睛，讓成玉再修一修仙鶴的羽翼。

成玉正拿著把鑿子圍著雪鶴細鑿鶴羽時，煙瀾來慈寧宮給太皇太后請安。聽聞太皇太后今日禮佛，卻也沒有立刻離開，在廊下停留了會兒，目視著院中，片刻後讓伺候的宮女將她推去了成玉近旁。

成玉沒有招呼她。煙瀾又在旁邊看了會兒。「我那日，不該對妳說那些話。」她主動開口道，「前些時候我見皇兄，亦向皇兄提說了，烏儺素不似大熙文脈昌盛，藏書欠豐，妳又素喜讀書，當多備書冊陪嫁予妳，也方便妳閒暇時解憂解悶。」

聽起來是一段示好。話罷她凝視著面前的少女。

少女一襲碧霞雲紋衣裙，碧紗層層疊疊，做成裙尾，順著腰肢一路往上，即便冬衣，亦裹出了玲瓏體態。她微微躬身在仰天似嘯的雪鶴身前，執了玉鑿的纖白素手自衣袖中露出，彷彿全神貫注於手中工事，並沒有立即應答。煙瀾身前的宮女沉不住氣，欲要上前，被煙瀾一個眼神止住，不甘地低頭。

成玉鑿完了最後一筆鶴羽，將鑿子遞給了端著烏木托盤上前的侍女，又拿帕子擦了擦手，方轉身看向煙瀾：「皇姐其實從未後悔過當日之言，今日又何必來此對我說這些違心話呢？」

得知成玉將遠嫁至烏儺素，煙瀾不願面對的那些關於成玉的情緒立刻便少了大半，因此後來她的確出於好意同成筠建議過和親陪嫁禮單。直至今日，她心緒越加平和，故而忽然得見成玉，她斟酌片刻，才過來同她說了那些話。她們兩人之間其實原本便不該有恩怨，在成玉離京之前，能化干戈為玉帛，也是一樁好事。

她只是沒想到她溫言示好，成玉卻表現得這樣冷漠鋒銳，不禁嘆了口氣：「當日我的確是為了妳好，但說話的方式卻有欠穩妥，是我的錯，我少不得自省。」

成玉看了她好一會兒，突然意味深長地笑了笑：「皇姐今日這樣和善，是因為我將西去和親，此生再不得歸京了吧？」

事實雖然如此，但這番因果被成玉如此不加掩飾地直白道出，極令人難堪，煙瀾忍了忍，終是沒忍住：「我好意同妳道歉，妳不要不知好歹。」

成玉方才鑿著仙鶴，穿著斗篷不好活動，此時靜站在那兒同煙瀾說話，只一身碧裙顯是太過單薄。宮女送來了一件白狐毛鑲邊的雲錦斗篷伺候她穿上，她一邊穿著斗篷一邊漫不經心：「皇姐可知，這世上有許多人，明明是為了私欲而行不端之事，卻偏要給私欲冠上一個冠冕堂皇的藉口。譬如朝堂之上黨同伐異者，必要給敵人冠上一個不義之名，如此一來迫害他人便成了義舉；又譬如竊國者，口口聲聲自己是為天下蒼生謀利，如此一來竊國也就成了善行。」宮女已退到了一旁，她整理著袖子，語聲戲謔，「區別只在於有些人能承認自己的虛偽，有些人卻不能，皇姐，妳是哪一種人呢？」

煙瀾怒極：「妳什麼意思？」她並不是真的不懂成玉是什麼意思，她明白她是在嘲諷她虛偽。她真的虛偽嗎？她並不願深思，只是本能便想駁斥，但似乎又無話可說。她最不喜成玉便是這一點，她不明白為何她總能三言兩語便激起她的怒意，讓她失控，因此她冷聲道：「論口齒我比不上妳，妳口齒既如此伶俐，怎不去皇兄面前逞能，讓他打消送妳和親的意圖？」看成玉依然一副雲淡風輕的表情，惡意突然就關不住，自胸腔激湧而出，她笑了笑，「我好意想同妳消除誤會，妳卻如此敵視我，是因知曉烏儺素其實有意於我二人，最後被送去遠嫁的，卻只妳一人，是吧？」

便看到少女果真收斂了所有令她不悅的表情，面上一片空白。

煙瀾不明白為何每次和成玉的交談都像是一場戰爭，但敵人鳴金收兵，她便忍不住進攻：「所以，妳是嫉恨我。」她緩慢地、痛快地、惡意地道。

少女垂下了眼睫，像一張空白的紙，緩緩染上不同的色彩，她的唇抿了抿，就抿出一個笑來，但那笑極為短暫，掠過唇角，像一隻蜻蜓匆忙路過初夏的荷蕾，令人難辨意味。「是啊，我嫉妒皇姐有連將軍的保護和看顧，是他的掌中寶。」她還嘆息了一聲，像是很真誠似的，然後添了一句，「今日若我說的話讓皇姐不舒服了，妳便當我是嫉妒妳好了。」她看著煙瀾，消失的笑意又重回了她的唇角，卻分明帶著漫不經意的戲謔。

煙瀾心中一驚，面前的少女只有十六歲，她從前對她瞭解不多，但傳言中也常聽聞她的天真純稚。他們說她像是一隻稚嫩的雀鳥，在太皇太后的羽翼下無憂成長，養成純善和不解世事的性子，是宗室中最為幸運的少女。可眼前這唇角含著戲謔笑意的女子，哪裡是純稚而不解世事的？這已是一隻換了羽的成年鳥雀，擁有了華美的羽翼和鋒銳的爪子，優雅地棲息在高高的枝頭，教人難以看懂，也難以忽視。

好在，她要去和親了。

十日後，太皇太后才將成玉放出宮。回十花樓後，得知她要去國遠嫁的小李大夫來找她哭了兩場，花非霧來找她哭了兩場，她開解完小李，再開解完小花，然後將十花樓的花花草草收拾收拾，就到了臘月中。

臘月中，熙衛之戰以大熙大捷告終。朱槿、姚黃、紫優曇又先皇帝好幾步得知此消息。因是意料之中，也並沒有什麼驚喜。但姚黃貼心地將成玉因陪太皇太后和開解小李、小花而錯過了的後期經過給成玉補全了。

說當日他們未在貴丹回軍的海船上見到連大將軍，原是因大將軍並未一力寄望於大熙與烏儺素結盟以解淇澤湖之困。說安排大熙軍隊自貴丹撤離時，連宋並不曾隨行，而是留下了三千精兵，領著他們自彌食國翻越了橫亙在北衛和彌食之間、許多年從未有人成功翻越過的天極山主山脈。

就在淇澤湖熙衛兩軍進入對峙階段，而大熙和烏儺素的軍隊已集結在烏儺素與北衛邊境、意圖發起強攻時，連宋率領的三千精兵突然自天極山麓從天而降，令守備空虛的北衛猝不及防。

這一支精兵由主帥帶領，先克北衛東方重鎮，再據王都要津之河橋，北衛王都一時告急。同時西北邊境亦有烏儺素發起強攻，連占北衛數城。更可怕的是，淇澤湖以東，北衛與大熙以天極山一條東西餘脈劃山而治，而此時，大熙卻極有可能趁勢控制天極山的兩處隘口，長驅直入北衛腹地。

北衛三地告急，然如此情勢下，若從主戰場退兵圍救三地，淇澤湖畔，大熙三十萬軍隊鐵蹄所向，等待北衛的將是全線潰敗。

最終，北衛以四座城池數萬珍寶的代價，向大熙求和。

姚黃點評這場戰爭，用了「布局精采」四字，又將大將軍誇讚了一番。

梨響在一旁聽了半日，別的沒太聽懂，只聽懂了連宋打了勝仗，戰爭已經結束。她悶悶問了句：「那他快要回了嗎？」

姚黃不明就裡：「誰？」

梨響看了成玉一眼：「大將軍。」

姚黃沉吟：「按道理是的吧，走得快，還能先趕回來過春節。」

梨響又看了成玉一眼。成玉在一旁喝著茶，從始至終都在耐心地傾聽著他們的談話，但從始至終都沒有給出什麼反應。

她原想著無論如何，成玉喜歡過連宋，若兩人能見上最後一面，道個別，那也好。但突然又想起那日風雪亭中，成玉對齊大小姐說：「連將軍不會擇我。」

「我只是個消遣。」又感窒悶。

或許見不著也好，見不著，那也罷了吧。梨響在心中嘆息。

臘月十七，成玉離京的這一日，平安城又降大雪。風雪漫漫中，數十兵士執著灑掃用具在前開道，後面跟著長長的儀仗隊。明明是送親的隊伍，在這陰冷昏沉的雪天裡，卻令人感受不到絲毫喜慶。成玉坐在朱紅色的馬車中，當儀仗隊穿過城門時，她撩開繡簾，最後望了一眼身後的平安城。

她原以為她會流淚。但是她沒有。

城門旁有一棵半高的枯樹。她記得那是棵刺桐。她這才發現，她對這座城池其實很是熟悉。這是她的家，但她今生再不能回來。

有一隻藍色的鳥停在刺桐的枯枝上，被儀仗隊驚動，喳地叫了一聲，驚飛起來，消失在風雪之中。

身後的平安城亦消失在了風雪之中。

第七章

　　彌食國的夏拉草灘之西，臨近天極山主山脈之處，有一片密林。此林隱在迷霧之後，四季常青，凡人不可得見，便是當年祖媞神獻祭混沌時所列的通衢之陣的一處陣眼，名曰大淵之森。

　　林中有一中空巨木，其幹大若斗室，內中置一闊大寒冰榻，冰榻之上一人仰躺，一人趺坐。仰躺之人一身黃金盔甲，首掩黃金面具，似沉睡著，又似死去了；趺坐之人白衣素裳，雙目閉合，面極英俊，雙手結禪定印，氣度淵渟嶽峙。

　　如此場景，乃是三殿下正對人主阿布托施展禁術藏無。

　　而國師粟及則在冰榻之外護法。

　　月餘前，冥主謝孤栦閱盡冥司二十一萬年的浩繁文書，終於將人主阿布托，也就是帝昭曦的溯魂冊給搜了出來，親自來凡世交給了連三。

　　厚厚一本溯魂冊，載錄了人主入凡後的數萬次轉世，最後一頁，記的便是他的今世之名。沒料到人主今世竟是個熟人。溯魂冊最後一頁堪堪載了八個字：熙國麗川季氏明楓。

　　據溯魂冊的追載，季明楓正是人主阿布托在凡世的第七千七百二十四次轉世。

面對如此結果，國師十分驚訝，三殿下亦沉吟了片刻，卻並未說什麼。

當是時，北衛向大熙宣戰並強占了湖口諸縣的消息正好傳到連三的軍帳，身為主帥，他一時脫身不得。國師覺著，布兵打仗上，他除了升壇作法、燒燒符紙、求九重天上天君一家子多多賜福，他也幹不了別的什麼，然今次這場戰爭將由天君的小兒子親自掛帥督戰，試問他還升什麼壇作什麼法燒什麼符紙呢？他就想著做點別的為連三分憂。

聽聞國師有心將恢復季明楓記憶之事全部攬到自個兒身上時，連三是很驚訝的。雖然國師在他跟前當差當得還可以，但基本上都是被他逼的。像今日這樣主動提議要包攬一件危險又複雜的差事，從不是國師行事的風格。

送完溯魂冊後，在軍帳中一時也沒離開的謝孤栦乍聞國師所欲，對他刮目相看，一邊咳嗽，一邊指點他：「如此，你可先去醉曇山南冉古墓，那是人主之墓，他的仙身便存放在那裡。你入墓尋得人主仙身，將他帶去一個靈氣豐沛之處暫存，」他停了停，「需得注意，那古墓為守人主的仙身，墓中機關重重，你要倍加小心。」又緩聲，「而後你需來我冥司取憶川之水，縱然土伯和冥獸無需你再去馭伏，但守護憶川之水的蜪犬、獝狙二獸仍需你降服，它們乃本君年幼時自北號山所馴之獸，有些兇猛，你需小心。」

國師蒙了，因為他根本沒有料到這事是這麼複雜的，他看向連三：「這事……難道不是我將季世子他捆來，然後冥主送我點憶川水，我再給季世子他灌下去……這事就成了嗎？」

三殿下點頭：「步驟，是這麼個步驟。」

孤栦君恍然明白了國師今日緣何如此義勇，收回了對他的刮目相看，並且不由得就要教導他一些做神的基本常識：「季明楓如今乃一凡軀，豈能承受近萬世的記憶回歸？若將那許多憶川水灌入一凡軀，屆時他承受不住爆體而亡也未可知。你們既要尋他的第一世記憶，此事無有人主仙身，斷做不成。」

國師悔之不迭，暗恨：「可三殿下當初明明說……」

三殿下笑了笑，把玩著手中的一只軍令：「我當初說了什麼？難道告訴了你不同的做事步驟？」

國師驀然想起來當初三殿下是如何說的。三殿下說，這樁事其實很簡單，通過溯魂冊找出人主，給他灌上幾碗憶川水，紅蓮子去了何處便可得知。是了，步驟的確就是這麼個步驟……

國師想死，補救性質地同謝孤栦打商量：「人主之墓貧道或可一闖，但憶川之水……冥主既已將人主的溯魂冊借了我們，何不再做個人情將憶川之水也贈我們幾瓶？」

孤栦君半點不講情面：「無規矩不成方圓，冥司有冥司的規矩，此事本君卻做不得人情。」

國師求助地看向連三。

三殿下鼓勵地對他笑了笑：「我信你，你去吧。」

國師心如死灰。

孤栦君忽想起一事，找連三說話：「說起來，若讓人主之魂回歸他遺留下來的那副仙體，無異於是讓他自無盡輪迴中徹底甦醒。」他皺眉向連三，「雖然神族遺留下的史冊中並未記載當日凡人在凡世安居後，人主為何要捨棄仙身步入輪迴，但如今凡世已再不是當初的凡世，凡人們有了許多君王，他再不是人族之王，讓他甦醒，可會於凡世有什麼妨礙？」

三殿下並不以為患，神色如常道：「無妨，終歸他早晚會醒，這時候讓他甦醒，也不算太早。」

謝孤栦靜了一靜：「三公子心中有數便好。」

而後一個月，國師歷盡千辛萬苦，取回了人主仙體，拿到了憶川之水，還將季明楓本人藥昏了從平安城中擄了來，發掘了自身的無窮潛力。考慮到清醒著的季世子會有什麼疑問，國師日愁夜愁，最後他選擇了讓季世子一直昏下去醒不來。

一具仙屍，一位道士，一個昏睡之人，在大淵之森的樹洞裡待了十五日，等待著三殿下結束掉天下大事，來為人主換體凝魂。

連三在北衛求和的次日回到了大淵之森，用了七夜，將季明楓的魂魄自凡軀剝離，放入了那具金甲仙體之中，又以金丹催使魂魄與仙體相接，成功了。

次夜，國師盛來憶川之水，取下黃金面具，意欲灌入人主之口。

歷經歲月滄桑流變，不知過了多少萬年，其實黃金面具後就算是個骷髏國師也不會太吃驚，可偏偏面具揭開，那張臉卻年輕而鮮活；如玉雕成的一張臉，同季明楓一個模樣，像他從未逝去，只是睡著罷了。

國師大為震驚，三殿下倒不以為意，接過國師手中的憶川水，代他灌入了人主之口。三壺憶川水灌下去，三殿下決定趁人主未醒，先去他記憶中看看。

故而才有了大淵之森裡這樹洞之中，金甲勇士與白衣青年一躺倒一趺坐，一個凝眉定神專心施法，一個無知無識安然受之的情景。

卯時，閉眼趺坐的白衣青年重新睜開了雙眼，國師趕緊上前：「殿下，可看到什麼了？」

連三微微蹙眉：「被他發現了。」他瞥了冰榻上似在沉睡的青年一眼，揉了揉額角，「他應是快醒了。」他起身離開冰榻，立在一張玉桌之側，執壺為自己倒了杯水，卻只握著那水杯，半晌也沒有飲下。

國師在他身後遲疑著喚他：「殿下。」他亦恍若未聞，只是想起了方才在季明楓，不，帝昭曦，他想起了在帝昭曦內心中的所見。

大約因憶川之水喚醒了人主沉睡的記憶，但人主本人卻暫時未醒之故，潛入他的識海，無需三殿下操縱藏無突破他的心防，便自有久遠記憶似浪潮般襲打而來。

是個黃昏，陰沉的天幕似口鐵鍋，籠住下方的原野。原野之上的一個部族剛經歷了一場殘酷的屠戮，四處皆是血、屍塊和荒火。一個極小的人族孩子從那被荒火燎了一半的主帳中窸窸窣窣爬了出來。

孩子約莫三四歲，一臉髒污，抱著一把小小的彎刀。甫鑽出帳子，他便發現了不遠處有一頭孟極獸正埋頭啃咬新鮮血屍，孩子立刻僵住了。那靈敏的猛獸亦察覺了他，倏地抬起頭來，一人一獸隔著荒火和硝煙對視。小小的孩子緊張地抿著嘴唇，慢慢舉起了手中的彎刀，野獸似被激怒，嗷地吼叫一聲猛撲過來。眼看那孩子就要命喪於孟極獸之口，半空中倏然出現了一道光，撞進光裡的猛獸竟在剎那之間化作了灰飛。

一雙少年自光中走出，均是秀雅的好樣貌，白衣少年抬眼四望，嘆息道：「又一個被帶累的人族部落。」

青衣少年撇了撇嘴：「人族弱小，向來依附於神族，如今神魔妖鬼四族征戰不休，小小人族，又豈能獨善其身，被帶累是必然。不過照這樣下去，他們離滅族倒真是不遠了。」

白衣少年瞧著不遠處戒備地望著他們的孩子：「尊上說過，只要救下這孩子，人族便不會滅族。」

青衣少年也將目光投向那孩子，手撫著下頦揣摩：「真是他？尊上沒有算錯吧？對了，怎麼尊上還不來？」

白衣少年垂眸：「父神又來姑媱山邀她入水沼澤學宮，興許應付父神耽擱了。」

青衣少年仰頭望天：「父神怎麼還沒放棄呢，被拒絕了得有十來次了吧，尊上她不喜歡上學，他來苦勸一百次，她也不會去的。」又嘆息，「其實我覺得，她不如去上上學得好，也好轉移轉移她的注意力，畢竟將所有精力都花在收集八荒異花異草上，越幹越癡迷，這也不是個事，太過寵愛那些花木，容易讓他們騎到她頭頂上。」

白衣少年責備道：「成天胡說些什麼。」

青衣少年摸了摸鼻子：「我哪有胡說，莫不是你忘了尊上以玉罩覆其面、天下皆不識其顏的原因了？當初就是因她一心想將蓇蓉從她的嶓塚山老家移到我們姑媱山來，可蓇蓉她卻嫉她美貌，恨她長得比自己好看，非要她立誓今生不以真顏示人，才肯到姑媱，她竟然也答應了……」

白衣少年咳了一聲：「別那樣說菁蓉，她不過性子嬌了些。再說，尊上至今依然最喜愛她，你如此說她，若讓她知道了，怕要將整個姑媱都鬧得翻過來，尊上聽了亦會不喜。」

青衣少年踢著腳下的石子，鬱窒道：「所以我說尊上她不如聽父神的話去上上學，她在姑媱，滿山的刁蠻花草盡仗著她的喜愛在我頭上作威作福……」

忽而有風起，青衣少年立刻閉了嘴，女孩子清脆的嗓音響起，又兇又嬌：「臭霜和，你又在說我什麼壞話呢！」隨著那聲音落地，一身玄衣的美貌少女在半空現出真形。青衣少年退後一步，嘴硬道：「我和雪意閒聊兩句罷了，妳哪隻耳朵聽到我說妳壞話來著！」

被稱作雪意的白衣少年無奈地看了鬥嘴的二人一眼，目光轉向幾丈開外那孩子。孩子身前不知何時站了位黃衣人，那人背對著他們，黃衫寬袍大袖，籠住纖長身量，髮似鴉羽，未綰，亦未束，故而僅看背影，頗有些雌雄莫辨。雪意上前幾步喚了聲：「尊上。」

終於停止鬥嘴的青衣少年霜和與玄衣少女菁蓉亦隨之上前，那人自然聽到了，卻只是微抬右手向下按了按，是讓他們都退下的意思。流雲廣袖中露出一點指尖來，冰雪似地極白，極纖雅。絕不是成年男子的手。

那人在那孩子跟前蹲下身來，似乎在打量他，然後開了口：「小乖。」是少女的聲音。那聲音如同春水流淌進春山裡的一團濃霧，極軟，極動聽，卻又帶著一點霧色的縹緲，不真切似的。

孩子有些茫然地望著她，像是並不明白她口中的小乖指的是他。她卻似乎很喜歡這個稱呼，再一次喚他：「小乖，」伸手摸了摸那孩子的頭，「你願意跟我走嗎？」

興許嗓子被煙火燻傷了，小小的孩子，說起話來，童稚的嗓音竟有些啞：「我不，」他抱緊手中的小彎刀退後了一步，「我要去找我阿爹阿娘，我要和我阿爹阿娘在一起！」

「這好辦，」她回道，「你的部族已經亡了，你阿爹阿娘也去了，我們可以帶著你爹娘的骨灰一起走。」

孩子聽懂了她的話，這時候才知道部族已亡，雙親已逝，他驀地睜大了眼睛，有些不知所措，雙眼一紅，豆大的淚珠便順著髒兮兮的臉頰滾落下來。他抽泣了一聲，卻又立刻忍住了，彷徨地望著眼前的神祇，然而眼淚卻不停地往下滾落。

她有些驚訝似的：「為何哭成這樣？」

孩子年紀雖小，卻已曉事，悲傷得無法言語。她轉過身來，看向身後站成一列的少年少女。說是「看」，也不盡準確，因她臉上覆著一張極精美的青玉面具。面具擋住了她的面容，旁人自然也看不清她的目光所向，只是見她面向著三位隨從，仍舊好奇難解似的：「我也知人有七情，但從不知孺慕之情竟至如此。」又像是覺得那孩子哭得可憐，「你們有辦法讓小乖他不再傷懷嗎？」

離她最近的萕蓉一臉憤憤，神情中現出委屈：「小乖小乖，尊上何時喚過我小乖！」一跺腳轉身跑了。

霜和望著萕蓉的背影，一時倍感震驚：「這……她居然跟個小孩子爭風吃醋！」轉頭一看，尊上讓他們哄孩子，跑了一個萕蓉，只剩他和雪意，他被點名的機率太大了，趕緊先一步道，「尊上，我可不會哄孩子啊，我是朵蓮花，也不懂人族的七情，」試探著提了個建議，「興許我們讓他哭一會兒他就好了？」

黃衣少女轉臉向那孩子，回他道：「你不想哄小乖，那便去哄阿蓉吧，兩人中你總要哄一個。」

她這廂話剛落地，那廂霜和已不顧一切地奔到了孩子身邊，抱著他就開始和他玩舉高高。孩子只想一個人靜靜傷心，被少年折騰著在半空中忽上忽下，半點沒覺得趣味，伸手只想把少年撓得一臉花，可小胳膊小腿又搆不上，氣得眼淚流得更兇。

雪意陪著少女在一旁看著，兩人皆沒有出手阻止。半晌，雪意柔和道：「尊上初見殷臨、我和霜和時，便為我們賜了名，這孩子將會是您的第四位神使，照理說今日也當得您賜名，尊上想好給他起什麼名字了嗎？」

少女微微低了頭，一縷黑髮滑落至脖頸處，那一段纖長的脖頸被那鴉羽般的黑髮一襯，白得近乎透明，她想了想，而後輕聲道：「他是人族盼望了多年的光。昭曦是光的意思，從今以後就叫他昭曦吧，帝昭曦。」

那孩子正被霜和拋到半空，像是聽到了她的說話聲，費力地扭頭向她望來。

這一段記憶也正好於此時消弭。那遼闊的原野、原野之上快要被荒火焚盡的人族部落，以及蕭瑟煙塵裡一塵不緇的神祇們，皆似投在水中的影，水波一漾，那影便散了。

三殿下知道，他看到的是帝昭曦初遇祖媞神的情景。那黃衫少女既被霜和與雪意呼為尊上，必然便是祖媞。其實說來奇怪，大洪荒及遠古時代羽化的神眾們，幾乎都能在東華帝君的藏書閣中被尋到繪像，但唯有這位祖媞神，便是翻遍史冊，也難以尋得她一幅清晰繡像。唯一的一幅背影圖，還是來自兩萬年前。

彼時九重天重修史冊，因祖媞神獻祭混沌以使人族得以於凡世安居之事著實是樁大事，天君下令史官務必將此場景繪為畫卷收錄史冊。修史仙官們沿據過往仙莯寶冊的記載，窮盡想像繪出了彼時場景，然著實不敢冒犯祖媞神的神姿，故齊跪在東華帝君的太晨宮前，請與祖媞神同世代的帝君落筆繪出祖媞姿容。怎知帝君竟道他也從未見過祖媞的真容，讓他們隨便畫畫得了。史官們當然不敢隨便畫畫，據說是以三殿下的母后作為參考，揣摩描繪出了一個祖媞背影，大祭大拜後收入了史冊。

如今見之，當初史官們費盡心思繪出的背影，和本尊竟全然不同。其實照三殿下所想，他也認為那些史官們揣摩得沒錯，這位誕生於三十萬年前的光之神、真實之神，著實應如他母后一般大氣端然、莊重秀麗，且有些年紀了。他的確沒想過她會是位少女。雖見不到她的面容，但觀她的體態，聽她的聲音，若照凡人年紀來算，不過二八荳蔻年華。這多少令他有些驚異。

然不及他多想，帝昭曦的識海裡，先前那段記憶消弭之處，第二段記憶已接踵而至，在三殿下眼前徐徐鋪開。

是一處極高闊的洞府，洞中玄晶為頂，白玉為樑，明珠似星辰散布於樑頂之上，葳蕤生光。已長成半大少年的帝昭曦手捧一只天青色美人觚，緩步於青玉廊間。越往裡，珠光越暗淡。

在一副水晶簾前，少年停下了腳步，壓低聲音道：「菁蓉君，妳要的嶓塚之水我取來了。」言畢候了半晌，內中卻無人聲應答。

少年低垂著眼，再次出聲：「那我將它放進殿中了。」

他伸手撩開水晶簾，垂首跨進殿門，將玉瓶置於殿中一處珊瑚桌上，方抬起頭來，似想再說點什麼，然這一抬頭，卻整個人都愣住了。

數步開外，一道鮫紗隔出一方淨室。硨磲製成的浴池裡，有美人正浴於池中。鮫紗輕薄，美人靠坐於池壁，白緻的手臂裸於池沿之外，懶倦地撐著額頭，似在小憩。即便浴時，臉上面具亦未卸下，不難猜出她是誰。

然而，即便她戴著面具，也不損浴中美態。高綰的漆黑的髮，薄如蟬翼的雕著繁複花紋的詭麗面具，硨磲與明珠的柔光之下潔白如雪的脖頸、鎖骨和手臂，穿過大紅的鮫紗，透出一種朦朧的近似迷亂的妖異。

少年昭曦著魔一般向前走了幾步，步伐竟很凌亂，鮫紗之後小憩的少女終於醒了。「昭曦？」聲音裡既無尷尬也無驚慌，只是有些訝異，「找我有事？」她仍然保持著那個姿勢靠坐於池壁，微微轉過頭來，「你先出去等我片刻。」

那溫軟的嗓音像是立刻解除了少年頭頂的魔咒，他突然清醒過來，但這清醒卻帶給他慌亂和無措。少年趕緊轉過身去，在她再次疑惑地叫他昭曦時，面頰騰地緋紅，來不及回答她，已邁步落荒而逃。

逃出寢殿的少年只顧埋頭走路，不料迎頭正撞上往洞中來的菁蓉。菁蓉穩住他的身形，不客氣道：「有妖魔鬼怪在背後追趕你嗎？你走得這樣急。」又看向他手中，「我讓你幫我取的幡塚之水呢？」數落道，「你別以為我是在使喚你，我這是在歷練你，你一個人族，本來資質就不好了，不多歷練歷練，怎麼好意思做尊上的神使啊，你可上點心……」

少年蹙眉打斷她：「我已經將幡塚之水放進妳寢殿了。」

菁蓉愣了一愣，喃喃：「尊上的浴池最近引天水養著蛇含花，她此時應是正在我殿中沐浴……」她猛地伸手握住他的下頦，迫使他正臉看她，那一雙嬌俏的杏眼驀地噴出火來，森然道：「你看見了？」

少年反手將她的手打落，不卑不亢睨視著她，若那張清俊的臉未染紅暈，大約會更有氣勢，他反擊回去：「尊上不是妳的所有物。」

菁蓉看了他好一會兒，冷笑道：「你也喜歡她。」

少年臉上紅暈更甚，卻冷聲道：「不和妳相干。」

菁蓉徹底被他激怒，咬牙道：「我勸你收了這心思，這是為你好，她自光中來，注定了一生無情無欲，趁著尚未泥足深陷，你回頭還來得及。」

少年亦惱怒起來：「這話為何不對妳自己說？」

短短一句話竟像是觸到了菁蓉的痛肋，她臉上似笑似哭，纖細的手指直要點上他的鼻樑：「你！」她恨恨道，「不知好歹！」一跺腳跑了。

少年蹙眉看著她的背影，不知何時，雪意站到了他身旁。昔日的白衣少年如今已是穩重青年的模樣，說起話來依然淡雅和煦，雪意嘆了一聲，向他道：「別看菁蓉平日裡嬌蠻任性，你是她看著長大的，她心裡一向是待你好的，這一次，她也真的是為了你好。」

少年似乎沒有想過深埋心底之事竟會一下子被兩個人撞破，垂著頭極是尷尬。

雪意停了一陣，問他：「你可知，光神最初是沒有性別的？」

少年震驚地抬起頭來。

雪意接著道：「光神四萬歲成人，成年之時方可選擇性別。菁蓉遇上尊上時，尊上尚且沒有性別。菁蓉貌美，天上地下難得一見，尊上想將她從皤塚山遷至姑嫿山，菁蓉提了許多條件，尊上都一一答應了，包括從前霜和所說的一生不得以真顏示人這一條。」他嘆了口氣，「我們後來才知道，這是他們菁蓉一族的族規，丈夫在遇到妻子之後，一生只能讓妻子看到他的真容。所以菁蓉是將尊上當作丈夫看待的，初遇上她時，便一心想等她成年之後變作男子，好娶了自己。」他看向少年，「菁蓉她是在尊上化性之前就喜歡上了尊上，她從沒想過尊上會選擇當女子，但即便尊上成為女子，她也無法再抽身，早已泥足深陷，所以你方才斥她勸誡你的那些話不如留給她自己，這話，很傷她。」

少年有些無措：「我……」他微微垂了頭，「我並非故意，只是……」大約生來就不是能在人前低頭的性子，終歸沒有將那句話說完整，反有些踟躕地問雪意道，「尊上那時候，為什麼要選擇成為女子？她既無七情亦無六欲，想是成男或成女於她而言都沒什麼所謂。」終歸是介意，抿著唇，聲音極低，像是說給自己聽，「她那樣寵菁蓉，為了她而成為男子，又有什麼不可以呢？」

雪意沉默了片刻：「你說得其實沒錯，她生來無欲，心不在紅塵，故而成男或成女於她而言原本沒有什麼區分。但，」他緩聲道，「在她成人的前一年裡，有一晚，她作了一個夢。」沒有讓少年久等，他娓娓道來，「那是個預知夢。她在夢中看到了幾十萬年後，她將嫁給一位男神，為那位男神孕育後嗣，因此在她成人之日，她依遵天命，選擇了成為一位女神。」

少年似乎蒙了，一臉空白，血色漸漸自臉上褪去，他喃喃問：「那位男神……是誰？」

雪意搖了搖頭：「她沒有同我說，我只知道，那位神祇要在數萬年後才會降生。」

少年扶住一旁的洞壁，似痛非痛，似嘲非嘲：「我只知天命管的都是大事，何等可笑，天命竟還管神眾的姻緣嗎？」

雪意嘆了口氣：「天命不管姻緣，尊上的預知夢預知的也從不是小事。我猜，因天命需要她作為光神與那位男神結合，以誕下維繫這天道循環的重要後裔，故而才會在那時候給她預示，讓她成為女神，以待她命中注定的郎君。」

隨著雪意的話落，明光葳蕤的洞府遠去，洞府中的白衣青年與玄衣少年亦隨之遠去，第二段記憶也在此處結束。

三殿下進入帝昭曦的識海，並非為了打探他的私隱，看到此處，其實有些百無聊賴。大約是憶川之水正慢慢起作用的緣故，那些記憶碎片猶如夕陽映照於海面的粼光，片片浮於識海之上，頃刻之間升至半空，化作團團封凍的磷火。

三殿下試著解凍了其中一團火焰。

第三段記憶中，帝昭曦已是青年模樣，與現世的季明楓別無二致，可見已不知多少年過去了，但祖媞的身量和打扮竟依舊如初。

正是黃昏時候，二人立於一方山瀑之前，似已說了好一陣話，但這段記憶卻是從這場談話的半中部分起始。

山瀑淙淙之中，不知祖媞說了什麼，青年昭曦面色隱忍，垂在身側的手指緊握成拳，好歹聲線尚算平穩：「您想要瞭解人族的七情六欲，是因您曾夢到的那位神祇是嗎？雪意說您當初之所以選擇成為女子，是因作了有關他的預知夢。」俊秀的青年終於沒能忍住，上前一步，咬牙問道，「在那夢裡您究竟看到了什麼，竟讓您想要放棄這天生無所欲求的神格，反而想方設法要去追求一個人格？」

那看上去總是超然世外的光神像是愣了愣：「雪意話太多了。」但也不像是生氣的樣子，她似乎想了想，「我並沒有想要放棄神格，只是想再修得一個人格罷了。」她不緊不慢，「屆時人族安居，我也完成了使命，此後將如何修行，上天著實也管不到此處。少綰和謝冥都很靠得住，一切都會安排妥當，讓你從旁照看，只是希望這樁事能萬無一失罷了。但是，昭曦，」她轉過頭來面向青年，「我告訴你這些，你卻是這個反應，是想讓我後悔告訴你此事了，是嗎？」春水似的聲音裡並無質問之意，卻讓青年白了臉龐。

半晌，青年苦澀道：「我的心尊上從來就知道，特地告訴我您將為了別人而修習七情，不過是為了讓我死心吧。胥蓉君，還有我，我們在您身邊數萬年，您也不曾對我們……」他驀地憤然，「那人又何德何能，他甚至尚未降生，因了天命，尊上為他化為女身還不夠，難道還要為他染上人欲七情，徹底污了這無垢的光神之魂嗎？」

她面向著遠方，一時沒有說話，許久，她突然道：「你方才問我，在那段預知夢裡我看到了什麼，是嗎？」她停了停，「我看到宮室巍峨，長街繁華，也看到大漠戈壁，遐方絕域，而他為我踏遍山河，輾轉反側，心神皆鬱，愁腸百結。然後終於有一夜，他尋到了我，告訴我說，他喜歡我。這裡，」她抬起手來，依然是一身寬袍大袖，指尖自流雲紋的袖邊露出一點，輕輕點在胸前，「在他說出那句話時，很重地跳了一下，突然漾出五味，那滋味不可盡述，卻令我流了淚。我不知那是何意，但究竟那是何意，我卻極想弄清楚，否則夜復一夜，不能安眠。」

她的聲音一向便有些縹緲，此時更是如同一個幻夢，但對青年來說卻真實得可怖似的，像長刺的蒺藜，扎得他疼。他喃喃道：「我……」

她卻將手向下按了按，制住了他想要出口的言辭，繼續道：「所謂無所欲求，說的是不執著，那一晚之前的四萬年，我的確稱得上無欲無求，我對萬事都不看重，不執著，可那一刻我卻有了執著心。雖是天定的命數，可日復一日，直至今日，我內心裡，卻是期待著數萬年後和他相逢，也期待著弄清楚那一夜那心動是何意，我所流的那些淚又是什麼意思。所謂光神的無垢之魂，自那一刻起，便已染了塵埃了，為何不是為你或者為菁蓉而染，偏是為一個夢中人而染，你拿此題來問我，我卻也無解，你明白嗎？」

青年臉色煞白，用力地閉上了眼睛，良久，他慘然道：「我竟無話可說。」

而就在此時，二人面前的山瀑忽化作一個巨大的浪頭，瞬息之間，兩人已消逝於浪頭之中。

帝昭曦的識海之上，忽有玄晶高牆拔地而起，將記憶的磷火隔擋於高牆之內。高牆之上頃刻架起了萬千弓矢，三殿下反應極快，一個閃身，在箭矢奔襲而來之前退出了人主的意識，徒留下身後箭矢浩浩蕩蕩，將人主的識海攪動得水暗天昏。

而寒冰榻上，早在第一滴憶川之水入喉之時，昭曦便醒了，只是所有的精力都用來看顧那些被憶川之水潤澤後、似春筍一般破土復甦的記憶之籽了，故而雖察覺到了連三潛入了他的意識，一時卻也無力築起心牆，將他阻擋於識海之外。

眼看更多的秘密就要暴露於人前，他終於蓄足精力奪回了自己意識的自主權，在那一剎那，進入輪迴前的數萬年記憶、輪迴以來的這十八萬年的記憶，以及此世今生作為季明楓的記憶，這所有一切破土而出成為磷火的舊日光陰，忽地化作了一片宏大的光，回歸並凝合在了黃金盔甲所覆蓋的這具軀體裡。

昭曦想起了一切。

在連宋不曾看到的他的記憶中，他曾覷見過祖媞的真容，那世間難見的美貌使他震動傾倒，令他越加深陷進這段沒有結果的愛戀。

後來，在臨近若木之門開啟的時日裡，他再次聽祖媞提及了那位令她動了塵心的神祇，她說他會是新神紀的水神。可少綰涅槃，若木門開，人族徙居，祖媞獻祭，九天之巔墨淵封神，新神紀開啟，他等了三萬年，帶著嘲弄和不甘，想看看她一心等待的水神將何等不凡，但水神之位卻空待了三萬年。

再後來，在沒有她存在的這個世間，他待得煩了，甚至開始懷疑她是否會真的再化光復生，他難以挨受寂寞的枯等，於是將仙體留在了他為她修建的墓塚裡，轉身去了冥司，入了輪迴。

再再後來，便是渾渾噩噩的、無終的輪迴。那為八荒期盼了數萬年的水神也終於在這期間得以降生。而在他不知第多少次作為凡物輪迴的旅途中，他同彼時尚且年少的水神是有過一面之緣的。那時他卻無知無覺，竟忘了曾想要同少年一較高下的不甘，那一小段記憶，也只作為一枚小小的碎片，散落於他數千世的輪迴之旅中罷了。若非憶川之水，怕是此生再也難以重拾。

如今，一切都很明白了。成玉便是祖媞。而水神，是連宋。

其實，自己和尊上終歸是有緣的，他想，否則他二人怎能在這茫茫輪迴裡於千萬億凡人之中相逢相識呢？

七千七百二十四次轉世，他在這輪迴中混混沌沌飄蕩了這樣長的光陰，如今，終於等到了她的復生。

但，既然是他和她有緣在先，上天卻又為何在此時讓水神臨世？回憶過往，他確定連三絕不知成玉的身分。那麼這位水神將他自輪迴之中喚醒，且趁他不能反抗之時進入到他的識海之中探看他的過往記憶，究竟是想要知道什麼呢？

他慢慢睜開了眼睛。

「水神。」興許數萬年不曾使用過這具身體之故，嗓子鏽住似的，嗓音有些啞。他動了動關節，國師欲上前攙他，被他抬手擋開，自個兒撐身坐了起來：「我著實沒有想到，」他看向幾步開外坐在一張玉桌旁的白衣青年，「新神紀之後，讓天地等待了數萬年的水神，竟是你。」

作為季明楓時，他便極不喜他，而今往日記憶復歸，情敵相見，更是眼紅，他冷然道：「當日若木門開，人族徙居至凡世，祖媞神和你們的墨淵神曾重新確立天地的秩序，嚴令八荒之神無有天命不得入凡與人族相交，而今水神閣下竟在凡世如此肆意妄為，不知卻是遵了何等天命？」

他先發制人，說的並非只是連宋入凡與凡人相交之事，更有連宋喚醒他這樁事，他一概地將它們定義為肆意妄為，因他知曉連宋喚醒自己必然有所圖謀。而他要讓這位水神明白，即便是他費了心思使他回復了正身，他也不承他的情，非但如此，他還可以問他的罪。

因此，若他足夠聰明，便不要妄圖以此人情相脅，從他這裡交換什麼了。

年輕的水神目光中透出瞭然，顯然是聽明白了他話中之意，卻淡然道：「人主已有數萬年不曾監管過人族之事，那便是不再稱君於人族，既然如此，那天地或凡世，乃至本君之事，尊者還是不當過問得好。」

昭曦蹙眉，作為季明楓時，他多少領略過連三的脾氣：傲然自我，不好相與。可此次是連三有求於他，按照常理，不說向他低頭，待他客氣一些才是應循之道。「閣下有些狂妄了。」他斥道。

青年唇角抿起了一點笑，不以為意似的：「尊者嗓子不好，就不必再同本君繞圈子了。」他漫不經意扣著桌上的茶托，並沒有什麼尊老愛幼的意思，偏他氣質平靜疏冷，倒將一身鋒芒都掩去了，看起來居然是個講道理的樣子，「喚醒尊者並非是為了幫你，故而你不必多慮，本君也不覺你欠了本君什麼情。喚醒你，」茶托嗒的一聲，「是為了同你做一筆交易。」

昭曦忽有不妙預感，他試著運了運力，果然感到靈脈不通，四體凝滯。這才明白面前這人在為他凝魂換體之時封印了他的法力。空有人主之魂和不滅仙軀，卻無絲毫法力保護它們，這是一樁不可想像之事。連三的確可以同他做交易，他的籌碼很足。

做了數萬年受人尊崇的姑嫋山神使，無須說人族，便是神魔妖鬼四族，也從沒有人敢觸他的霉頭，今日竟在連三身上栽了這樣的跟頭，昭曦第一反應是愣住了。他再次運力，身體卻依然無所回應，雙肩一下子傾頹，他倍感狼狽，再好的修養也忍不住憤慨：「新神紀的神族們可知，他們盼望了多年的水神卻是這樣一個乘人之危的卑劣人物？」

被他斥作卑劣，青年也沒有什麼喜怒：「八荒皆知，本君是不太好打交道。」他微抬了抬眼皮，「可喜的是，有一樁尊者必然知曉之事，本君亦想知道，只要尊者將此事告知本君，從今往後便再不需同本君打交道了。」

這算什麼可喜之事，昭曦按捺住心中怒意：「你方才用藏無探過我的記憶。」他明白過來，蹙眉疑惑，「你究竟想要知道什麼？」

青年的手指依然扣著茶托：「祖媞神的下落。」

六字入耳，昭曦腦中驀地嗡了一下：這人竟發現了尊上復生之事；他果然不知成玉的身分；但他為何要尋找尊上，難道他已得知了尊上和他那段命定之緣？

許久，昭曦開口，嗓音發寒：「你和她……你知道了……」他猛地打住，「你，如此處心積慮尋覓尊上下落，目的何在？」

青年看了他好一會兒，若有所思：「看來尊者不欲讓本君知曉的事還挺多。」但他也並不對此感興趣似的，不再就此多言，只道，「祖媞神雖復生了，但未歸正位之前形魂皆弱，無須本君言明，尊者作為她的神使，自該知道天地間有多少人覬覦她吧？本君如今，不過是想做一樁好事罷了。」

都是聰明人，話不用說得太過寡白，彼此便都能瞭解對方之意。確然，天地間對祖媞心懷不軌者眾，可如何確保眼前的青年不是其中之一？目下有殷臨守在尊上身邊，她其實不會有事，但倘若讓這位水神知曉了她的身分，又會生出多少枝蔓……念及此，昭曦微微肅神：「尊上乃無垢之光神，世間打她主意的不良之徒的確甚多，對此尊上也早有預料，因此才會點化我們四位神使常侍在她左右。保護尊上是我們神使之職，便不勞水神費心了。」

「尊者怕是理解錯了本君的意思，」玉桌旁的青年勾了勾唇角，似乎是個笑，但因面色淡然，只是唇角微動，那笑便顯得有些怠慢，「關於護佑祖媞神這件事，本君並不是在徵詢尊者的意見，本君是在同尊者做交易，」言辭不疾不徐，話中威壓卻深，半點不給人面子，「交易的意思是，只有讓本君幫上這個忙，尊者才能拿回你被本君封印的法力，尊者並沒有選擇的餘地。」

昭曦並非容易被人激怒的脾性，奈何青年氣人的本事高超。「你這黃毛小兒，」昭曦寒聲相斥，「安敢迫我辱我至此?!」

青年根本不當回事：「本君對尊者，已算很禮貌了。」他似突然有了一點額外的談興，「平日裡當本君想要強迫人的時候，喜歡將人用捆仙鎖鎖在石柱之上用刑。」食指不置可否地敲著手中玄扇，「九重天上處罰犯錯的神眾，並不只有粗蠻的天火和雷刑，也有一些複雜精緻的刑罰，刑司沒人掌管的時候，本君兼過幾十年主事，對每一項刑罰都有研究。」

這是個威脅。

「你……」昭曦捂住胸口，被氣得仰倒，如果法力在身，勢必立刻要和他廝打起來，然形勢如此，只能強行忍住，「無知豎子，」鬱氣終是難嚥，他冷笑，「你就沒有聽你的前輩神尊們同你提起過，人主帝昭曦是個軟硬不吃的硬骨頭？若是認為酷刑加身，我便能對你言聽計從，你盡可試試！」

青年考慮了片刻，笑了笑：「本君方才想了一下，也沒有試的必要，尊者同本君，其實不必走到那一步。」他淡然道，「天道所限，本君不能無故誅仙，尊者既不懼酷刑，用刑到最後，本君其實只能將你放了。但若你我走到那步田地，尊者身上的封印，本君是絕不會動手幫你解了，你便只能等到祖媞神歸位那日讓她幫你解印。」他看著他，目光沉靜，「但沒有法力護持仙魂仙體，你能不能活著等到那日，會是一個問題。」

昭曦心中發沉，他緩緩道：「我不信這世間只你和尊上二人能解開此印。」

「你說得對，」青年淡淡回答，「其實洪荒上神們皆可解此封印，但此印乃我所下，他們不會惹這個麻煩。」似看出了他心中所想，青年補充，「你的那些同僚神使們，譬如殷臨，便不用指望了，他解不開。」

懸在半空的心直直墜下去，昭曦整個人都震了震，這一刻方明白，面前這嘔人本事已臻化境的白衣青年，不僅是傲慢難搞而已，無論是心性、手段還是修為，都不可小覷。是他方才輕了敵。

因祖媞之故，他的確對連三不滿，但他內心深處其實是倨傲的，從沒有將這位新神紀之後才降生的年輕水神看在眼中。他有時會控制不住嫉恨他，但也不過嫉恨他的天運罷了，他從不認為這年輕的神祇能在神力之上勝過自己。雖是天地同盼的水神，天資或許極高，但天資再高，年歲擺在那裡，修為能有幾何？

然而，就是這樣一個在他看來如同黃毛小兒的年輕孩子，在他身體裡種下的封印，竟然唯有洪荒上神可解。他生生給他製造出了一個軟肋，而他竟的確不得不受制於此。

他壓下胸中的浮躁和鬱怒，抬首打量面前的青年，第一次生出了忌憚之心。

許久，趺坐於榻上的昭曦認命似地閉上了雙眼，萬般念想飄過心海，他終於選擇了讓步：「今次是我技不如人，我認了。」他才甦醒不久，精力本就不濟，與連宋對峙到此時，選擇認輸的一刻，心中繃緊的那根弦猛地斷裂，面色便顯得頹然疲憊。他停了一會兒：「既然你說這是一樁交易，那應該還有商議的餘地，對吧？」

青年頷首：「自然。」

他靜坐了許久：「我有兩個條件，若你答應這兩個條件，我如你所願。」

青年滿意於他的屈服，大約也意料到了他會另有要求，抬了抬手，示意他講。

他緩言：「第一條，你需立下噬骨真言，永生不會傷害尊上。」噬骨真言乃大洪荒時代的一種咒誓，立下誓約之人若違背誓言，將受天火焚骨之痛，一日被燒上一次，直至仙骨被天火焚盡，懲戒才算止息，是令人聞之膽寒的毒誓。

青年沒有立刻對這立下惡誓的條件表達態度，只道：「第二條呢？」

「第二條，」昭曦頓了頓，「是我的一點私事。」他遲疑了下，是不慣將心事宣之於口的躊躇，但那躊躇只是一瞬，他坦言道，「今生我在這塵世之中還有一段緣分未了，需要你成全，」話既開了頭，也沒有那麼不容易道出，他流利地繼續，「你一心執著於護佑我姑媱之主，此間凡世塵緣，應該不太在意。但我身為人族，天生便比神族更重七情，斷然無法捨棄已在此間結下的緣分。」他看向青年，直言相告，「我心悅紅玉郡主，作為季明楓時如此，如今雖復歸為人主，悅她之心亦然。我欲求娶她，但阿玉對你顯然很是親近依賴，因此我需要你立誓，在阿玉有生之年，絕不再出現在她的面前。」

洞中靜極，青年許久沒有說話，這情形與他們方才很是不同。適才無論他說什麼，青年總能立刻有所反應，游刃有餘地將他逼至下風。漂亮的年輕人，生得萬事都不在眼中似地傲然淡漠，又極有城府，話不多，卻句句戳人肺腑。他真是討厭他。此時見他面色空白，似僵住了似的，昭曦心中竟有些痛快。從甦醒到目下，在這青年面前他一路狼狽，此時，才終於找到了一點居於上風的從容之感。

他凝視青年片刻：「據我所知，你原本便在躲著阿玉，我只是希望你今後也能一如既往，這對你而言，應該不難。」

洞府中原是以巨燭照明，有風拂過林中，樹葉沙啦作響，那風幽幽蕩進洞裡，纏繞上燭火，一股至死方休的勁頭。燭光不耐纏綿，倏然熄滅，洞中一時暗極。青年開口：「即使我再也不出現在她面前，她也不會喜歡你。」沒有再故意惹人生氣地自稱本君，但嗓音中也聽不出什麼格外的態度和情緒。

這句話自然令昭曦不愉，但不知為何，青年語聲雖淡，他卻能感覺他也未必好過似的，因此壓下了反唇相駁的欲望，只淡聲道：「她喜歡不喜歡我並不重要，她心腸軟，我以精誠待她，終有一日令她金石為開亦未可知。水神不是一向不愛兜圈子嗎？此時為何糾纏這些不相干的事，我只想知道你會否答應我的要求。」

一直站在角落裡沒什麼存在感的國師點燃了靠近寒冰榻的一支白燭，洞中終於有了光。國師掂量著火摺準備點下一支時，不知看到了什麼，怔然收了手，重新立回了角落。

洞中此時僅有一支燭火照明，遠離床榻的玉桌和玉桌之旁的青年被籠在了一片陰影中。看不見暗影裡青年的表情，只聽他忽地開口：「過去的數十萬年中，尊者不是都思慕著祖媞神嗎？為何此生便非成玉不可了？」

昭曦一窒，他對祖媞之心從未變過，不僅未變，數十萬年的執念還使得渴慕她成了一種本能，讓他即便忘懷一切轉世重生，亦會對她動心生情。但當然不能將這一切坦白給青年，因此他只是微諷地抿了抿唇角：「你不是從我的記憶中看到了嗎？她不可能接受我。當然，」他淡淡道，「也有更多你並未看到的事，所以你不知道，我早已明白我與她之間有天塹鴻溝，我生於人族，是個凡人，其實本該匹配一個凡人。」

「匹配一個凡人。」青年重複了一遍這六個字，聲音裡有了情緒，冰似的冷，「但你可知你雖生於人族，卻並非普通凡人，你擁有漫長的壽命，與神無異。」語聲自陰影中來，便也像覆著一層陰影似的，「而你竟然說你要精誠所至，讓她金石為開。若她果真愛上了你，然後，你要怎麼辦呢？」

昭曦從不認為自己是個糊塗人，此刻卻也不太懂青年是何意，他皺眉道：「然後，我自然是要娶她，與她相守。」

聽聞他的答案，青年像是覺得他極為幼稚可笑似的：「尊者是因輪迴得久了，故而連目光也變得短淺了是嗎？讓我來告訴你，然後會怎樣。然後，」他語聲森寒，「不出二十年，她會發現自己日漸衰老，你卻青春仍在。於是終有一天，她明白了你是神，壽命無終，她根本無法與你長相廝守。屆時你猜她會如何？」

昭曦沒有立刻回答，青年所做的一切假設，都建立在成玉是個凡人的基礎上。但她並非凡人，若他果真能讓她愛上他，何愁二人無法相守，他需要擔心的只是待她回歸正位後將依然選擇天命，但即便如此，那又如何呢？他有些走神。

「她會很痛苦，」青年不在意他的走神，也不在意他是否回答，「她不會接受只能與你有一世之緣，故而待她百年後進入冥司，她會拒絕喝忘川水，會選擇帶著記憶掙扎在輪迴中。然後，在反覆的輪迴裡，於她而言，永遠有三分之一的時光在成長，三分之一的時光在衰老，每一段人生，她都有三分之二的時光沉浸在和你不般配的痛苦中，為此受盡折磨。」那冰寒的語聲中更添了一層陰鬱，「你覺得她能為你堅持幾世，你，又能眼看著她痛苦幾世？」

這原本是不需要思考的問題，因這一切根本不可能發生，但若成玉果真只是一介凡人……昭曦蹙眉：「為何要讓她輪迴，為何不助她成仙？」

「好問題。」青年笑了一聲，「尊者不是很熟悉新神紀後天地的秩序嗎？難道不知人族修仙，歷盡磨難鑄得仙體後，需斷絕七情滅絕六欲方可得證仙籍？」他顯得極厭憎又極不耐煩，「你難不成還夢想著能與她在九天之上共結良緣？」

昭曦沒有說話，雙目凝向青年靜坐之處，然後他站了起來，手扶著半人高的燭台，將唯一的燭光移到了洞府正中。

明光終於夠到青年所在之處，於瞬息之間驅散了籠罩著他的暗影，昭曦終於看到了青年的臉。其實同先前並沒有什麼區別，依然當得上「古井無波」四個字，只是此時古井之上有瀟瀟雪下，青年的眉目之間含著冰。

昭曦一瞬不瞬地盯著他：「我其實有些好奇，這些話，你是說給我聽還是說給你自己聽，這些問題，你問的是我，還是你自己？」然後他看到青年執扇的右手猛地一握，帶得扇柄向下一壓。

有光，果然很好，昭曦想，這囂猾青年的內心似乎也不再那麼難以揣測了。他了然道：「你喜歡她。」可得出這個結論，他自己都不太相信似的，不可思議地重複了一遍，

「你居然也喜歡她。」

連宋如何待成玉，作為季明楓時，昭曦一直看在眼中。的確，有一陣子連宋很寵成玉，對她幾乎有求必應。大約也正是因此，成玉才那樣黏他。那時從冥司歸來，一度，昭曦覺得自己無論如何也再不能贏回成玉的心意了。但令他沒有想到的是，連宋會開始疏遠成玉。

他比成玉更明白這世間之事。知曉世間有那種風流紈褲的男子，女人於他們而言不過玩物調劑，他們易為貌美的容顏動念，但著實沒有長性。他深深以為，連宋亦如是。成玉生得那樣，即便是連宋，為她的容貌所吸引也很說得過去。但薄倖的紈褲們歷來如此，再美的容顏，也不過能讓他們新鮮片刻、駐足一時罷了。

平安城中早就流傳著連宋的風流之名，他新鮮夠了，膩了她，故而疏遠了她，這其實說得過去。在成玉為此糾結和痛苦的那些時日裡，昭曦一方面恨連宋欺騙玩弄於她，另一方面卻又隱密地為此而感到慶幸。

但所有這些關於青年的不堪設想，居然不過是他滿含偏見的揣測，被他視作紈褲的水神，竟真心地喜歡著成玉，那些疏遠躲避她的行為也並非是膩煩她後的伎倆，而是因仙凡有別，這才是水神的真心。

昭曦卻無法接受這樣的真相。若連宋果然愛著成玉，自己便不該欺瞞他成玉的身分，且為了成玉好，他還該竭力促成他二人的緣分。但，他又如何甘心呢？他揉著額角，嘗試著說服連宋，也說服自己：「不對，你並非真正地喜歡她，真正喜歡一個人不是……」

青年卻打斷了他：「我們已經說了太多的題外話。」像是有些厭倦似的，「這些話說得再多也不會有意義。」那涼薄的唇綳成了一條直線，燭光之下，唇色極淡，因此顯得分外無情，「你的要求我全都應允，我可以永遠不出現在她面前，不過你最好也不要再去招惹她。」他抬起眼簾，「現在你可以告訴我祖媞神的下落了嗎？」

昭曦重重按了一下太陽穴：「你不是確信就算沒有你，阿玉也不會喜歡我？此時又何必多此一言，讓我別再去招惹她？」

青年勉強忍耐似地冷聲：「隨你。」

昭曦放下手指，目不轉睛地看向青年。他的確並非真正地喜歡成玉，他想，否則怎會答應與她永不再見，如此輕易地向自己妥協。既然如此，那即便選擇瞞騙於他，也不算因一己之私，阻礙一段良緣了。

他停了一會兒：「當日尊上獻祭混沌後，曾留下一口靈息，靈息化為了一枚紅蓮子。她曾說過，以崑崙墟中的靈泉澆灌蓮子，只要澆灌得法，蓮子將會很快長成，再世化神。「因此我將蓮子送去崑崙墟交給了墨淵上神。墨淵上神將它種在了南荒，至我入輪迴之時，未曾聽說那枚蓮子是否長成，而今它如何了，我卻不知。」

每一句話都是真話，便是連宋有意挑錯也挑不出什麼，這的確也可算是祖媞的一種下落。

但若是青年不滿意，逼問他祖媞的現世蹤跡，他該如何回答？昭曦在心中飛快地盤算，無論如何是不能告訴他真相的……

「原來如此。」在他尚且猶豫不決之時，青年卻開了口，也聽不出來是信了還是沒信，但像是知曉這已是能從他口中得到的最好答案似的，他並沒有嘗試再多問什麼，而是壓了壓扇端，為這一番長談做了個了結，「此林中有一口靈泉，靈泉中泡三個時辰能滌盡濁息，尊者且去，三個時辰後本君來為尊者解印。」

直到被國師送到洞口，昭曦還有些不真實之感，他本已做好了準備，將會同這巧詐機變而又城府極深的青年再交鋒數個來回，不想這事竟這樣就了結了。他在洞口停了停，國師垂目看了眼他手中握著的那份地圖。那是國師方才親手呈遞給他的靈泉地圖。國師微咳，跟著連宋稱呼他為尊者：「尊者可是看不大懂這份地圖？」他慚愧道，「貧道畫得是簡略了些，」又熱心道，「要嘛貧道親自領尊者前去吧！」

昭曦抬手止住了國師，轉身面向洞中，看到青年仍保持著方才的坐姿，垂眼不知在想著什麼，微光之下，那表情竟似冬季湖面的薄冰，寒冷、堅硬，本質卻很脆弱似的。昭曦一時有些恍惚，他突然想起了曾在輪迴中所見的連三。

那一夜是凡世的上元節，遠處有熱鬧燈市，他所在之處是一個寂寞孤塘。他是一尾鯉魚。連三是在後半夜出現在荷塘邊的，與他同行的還有一位可人的青衣少女。

那少女嬌聲抱怨：「青鶴明明說上元節時凡界做燈會，必然會展示那種極美的冰燈，可我們已去了五處凡世，都沒見著那種燈，殿下，是青鶴在胡說還是我們走錯路了呀？」

少年答非所問：「的確，已走了五處了，妳不累？」

少女嘟嘴：「是有些累，可我就是想看那種燈嘛……」

少年瞥了一眼身旁的孤塘，忽地抬了抬手中玄扇，池水一震，一隻鳳驀地破水而出。那鳳竟是以池水結成，內中嵌了七彩明珠。水鳳繞塘而翔，極是綺麗華美。少女驚喜地啊了一聲，旋身化作一隻青鳥，一鳥一鳳相互追逐，在子時的夜空中嬉鬧不休。

然不及少女盡興，水鳳突然化作一片急雨，颯颯墜入土中。青鳥可惜地叫了一聲，重化為少女飄落在少年身旁，抱住少年的手臂撒嬌：「殿下不愧為水神，做出的水鳳真是有趣極了，可也太不禁耍了呀，殿下再化一隻給我，我還沒有玩夠哪……」她大膽地將唇印在少年執扇的手背上，而後臉紅地偏頭看他，嬌蠻又嫵媚地小聲央求，「好不好嘛殿下……」

少年微微垂眼：「再有趣也不過是個剎那就會消失的玩物，再化一隻出來依然只能存於剎那，何必執著呢？」

少女緊緊挨著他，愛嬌地將臉貼住他的手臂，細聲細氣：「可知剎那也有長短，有長的剎那，也有短的剎那。」突然有些感傷似的，用臉蹭了蹭他的手背，輕聲道，「就如我和殿下在一起，明知難以永恆，這一段緣分於殿下而言可能也只是剎那，但我也要抓住這剎那，還要想方設法讓它長一些，因這剎那多長一尺，於我便多一尺的歡愉，多長一寸，於我便多一寸的歡愉。」她低頭再次親了親他的手背，「即便你我之緣只有剎那，卻也阻擋不了我對殿下的執著心，殿下可愛我這樣嗎？」

如此深情表白，又是出自如此一位貌美佳人，本應格外惹人動容，但少年卻皺了皺眉頭，片刻，他將手自少女懷中抽出，淡淡道：「明日便回妳的朝陽谷吧，妳不應該待在我身邊了。」

少女愣住了：「殿、殿下，我、我是說錯什麼了嗎？」方才還嫣紅得彷似薔薇花苞一般的一張臉忽地煞白，「才、才三個月……」她喃喃道，眼淚忽然落了下來，「他們說殿下無情，我本不信，殿下明明那樣溫柔，可今日為什麼突然……」她試著去抓少年的手，泣不成聲，「殿下你告訴我，若是我、我說錯了或者做錯了什麼，我會改……」

少年並沒有躲開，任由哭泣的少女拽住那素紗袍袖：「妳不用改，妳也沒有錯。」他的神態很平靜，看著她時甚至很溫和，「只是『剎那』二字於妳而言有許多不同，於我卻沒什麼不同，極為短暫的存在罷了，不能恆常，也毫無意義。」他遞給了她一塊拭淚的絹帕，是妥貼而又有風度的動作，但言辭卻透著不自知的涼薄，「妳墜入這夢幻泡影霧雨雷電之中太深了，卻又不自知，我及早讓妳解脫，是為妳好。」

昭曦緊握了一下右手，自回憶之中抽身。他有些疑惑為何已過去這許多年，此時回憶，少年那時候的言辭和神態竟悉數在耳歷歷在目。

他凝目洞內，藉著白燭的光，仔細分辨連宋的面容，那曾經端莊而含著少許青澀的眉眼如今已全然長成，如詩如畫，俊美奪目。年輕的水神，雖氣質淡漠，但生得便是一副風流薄倖的模樣，合該不將情字放在眼中，一晌貪歡後，所有的纏綿和柔情都風過無痕，自萬花叢中蹚過，翩翩然一葉不沾，這才該是他。他對成玉，怎會有什麼真心呢？昭曦皺了皺眉。

國師見昭曦靜立於洞口不進亦不退，低聲提醒道：「尊者這是……」

昭曦回過神來，握著地圖轉身離開，走了幾步，卻又退了回來，站在洞口向內道：「我曾經在輪迴中見過你一次。」洞中的青年抬起頭來，露出微訝的表情。

昭曦道：「你為了逗一隻青鳥開心，在上元節的夜裡陪著她去了五處不同的凡世，只為尋到那少女想要看到的一種冰燈。」他眉頭微蹙，唇線抿直，「你不想同我談起阿玉，認為她是一則題外話，卻表現得又像是極喜歡她。但我還是想同你說一句，你其實並沒有自己想像中那麼喜歡她。」像是問他又像是自問，「你待她好，甚至為了解開她的心結帶她去冥司，同當年你為了讓那隻青鳥開心而帶她來凡世，有什麼不同呢？」

青年似乎被他問得愣住了，表情空白了一瞬，但很快便變得晦暗，像是江海之上，風雨欲來：「本君的私事，不勞尊者費心。」

這一回，卻是昭曦不將青年的拒絕之語放在心上，兩人的位置像是突然間打了個顛倒。昭曦淡淡道：「包括你為了尊上，答應我將永不再出現在阿玉面前這樁事。我知道你的意思，你覺得這是為了阿玉好，是讓她沒有機會去愛上一個神，防患於未然。」他不禁冷哼，「真是冷靜理智又無私的想法，可這只能說明你的確沒有那麼喜歡她罷了。因真正喜歡一個人，很難那樣冷靜理智，也絕不會願意與她一生不見，那太難了。」

昭曦停了停，冷然地、執著地，卻又探究地注視著青年：「但我有些好奇，倘若她已經愛上了你，倘若這已經不是一件可以防患於未然的事，你會怎麼辦呢？以仙凡有別之名，勸她收回真心是嗎？」他嘲諷地彎了彎嘴角，「畢竟你冷靜理智，又很無私。」

青年緊緊抿著唇，半晌方道：「你自以為是夠了嗎？」

昭曦轉移了目光，看向洞中明光未及處的陰影：「我是不是自以為是，你自當明白。」他靜了一瞬，突然勸誘似的，「你還記得你那時候對那隻青鳥說過什麼嗎？你說世間所有的剎那對你而言都沒有意義。」他重新將目光移向青年，像是想要說服他，「其實，阿玉的一生於你而言也不過只是剎那，所以你同她也是沒有意義的，你說對嗎？」

連宋笑了，俊美面容上一個隱含戾氣的笑，使得那自來平靜的一張臉顯得有些扭曲，卻又因此而含著許多生動，竟有一種暴虐的、肆意的美。此刻的他，同那游刃有餘地逼迫昭曦做交易的他，同那厭倦地同昭曦說著「本君已同尊者說了太多題外話」的他，全然不同。他敲了敲手指，面色冷酷而暴戾：「一再地提醒本君那隻青鳥，尊者是想要告訴本君，因本君過去曾有過許多女人，所以根本不配喜歡成玉，也不堪為她良人，是嗎？」

昭曦微愣，他本意並非如此，一時無法理解連三為何會想到此處去，然他捫心自問，發現他的確也是這樣認為的，他巴不得有更多證據證明他的見解：連三並無真心，連三並非良配。

他靜了片刻：「對，你沒有資格喜歡她。所以及早從這夢幻泡影霧雨雷電之中抽身吧，」他認真地看了他好一會兒，「這也是你一意想要做到的，不是嗎？」

即便站在洞外，國師也感到了洞中陡然而生的寒意，本以為是錯覺，抬眼而望，蠟炬明明滅滅中，卻見冰凌貼地而生，似一種優雅卻冷酷的病菌，感染一切可觸及之物。連那掙扎的燭火，也在瞬剎之內凍成了一柱冰焰，而在冰焰冷淡光芒下的連三一臉陰沉，神色中藏著他從未見過的怒意。

國師打了個哆嗦，匆忙之間拽住昭曦向後退了四五步：「殿下您冷靜，這、這，」他靈機一動，一邊推搡著昭曦向後退，一邊朝洞內胡說八道，「這眼看著要下雨了，月色將隱，我先領尊者去靈泉，否則待會兒找不著路。殿下今夜原本已耗費了許多法力精力，不如趁此時小憩片刻。」

那冰凌已蔓至洞口，裹覆住了就近的一株懸鈴木，堅冰吞沒了樹幹，樹冠恐懼地在夜風中顫抖，昭曦深鎖眉頭，還要說話：「你……」被國師反手捂住了口。仗著人主初醒，法力和體力均未恢復，國師近乎是攔腰拖著昭曦向密林深處狂奔。

跑了一陣，看向後方，月光之下，只有洞口兩株懸鈴木被封凍住了，那冰凌沒有再繼續肆虐，國師鬆了口氣。

國師雖然從前對季世子不是很客氣，但自季世子復甦為人主，一想到眼前這人幾十萬高齡，且是人族之君，國師就忍不住對他尊敬有加。然此時此境，國師不禁也有些怨言了：「三殿下和郡主之事，貧道也算旁觀了許久，」他嘆了一聲，「郡主可憐，三殿下卻也是有苦衷，尊者又何必如此怪責殿下，還非要將殿下激怒到如此地步呢？」他語重心長，「尊者此時尚未恢復法力，而貧道同三殿下相比，法力堪稱低微，倘若果真惹得殿下失控，最後如何了局？」最後他總結，「尊者就算對殿下有再多不滿，且忍忍吧。」

昭曦聞言，轉頭看向國師：「我說錯或做錯什麼了嗎？」他撫了撫眉心，「我只是讓他認清自己到底是個什麼樣的人罷了。」

國師暫時將一個好道士的自我修養拋到了腦後，忍不住參與這個情感話題，嘆息道：「可貧道以為，殿下是真心喜歡郡主的。」

昭曦淡淡道：「我沒說他不喜歡，」他笑了一下，笑中透出涼意，「但若你果真同他相熟，就該知道，他的喜歡不值錢。至於真心，」他嘲諷地問，「依你的真知灼見，你覺得，你家殿下能對阿玉有幾分真心？」

國師默了一默。他其實也看不懂這事。他想起冥司中成玉同連宋的擁抱，以及今日連宋為成玉的失態；可他也想起了那夜成玉知曉連宋身分後，來到他府中與連宋那場近似決裂的告別。

那一夜，成玉曾問連宋他是否曾為一名叫長依的女仙散了半身修為，來此凡世是否也是為長依，連宋均回答了是。彼時成玉傷心欲絕卻強自忍耐的表情，國師到現在都還記得。

國師不懂情，不知道一個人若真心喜愛另一個人，是否能眼睜睜看著她傷心。因此好半晌，國師都沒有說話。

見國師良久不語，昭曦自己回答了他方才提出的那個問題，他遠望密林深處，淡淡道：「他對阿玉，大約有三分真心吧，不能更多了。」

將昭曦帶至靈泉後，國師坐立不安了片刻，最後還是決定回洞中瞧瞧連三如何了。甫至洞口，朦朧月輝之下，見兩株懸鈴木樹幹上的堅冰皆已化去，兩樹相依相伴地發著抖，似對半個時辰前那場突如其來的劫難心有餘悸。

能抖得如此生動，說明還挺生機勃勃的，國師心下稍安。朝洞中探身，見一片漆黑，他心裡忽又有些沒底，咳了一聲，未聽到什麼回應，他猶豫了片刻，燃起了火摺子。

火光覆開，國師愣了一下。連宋仍坐在原來的位置，右手扶著額頭撐在玉椅的扶臂上，微微閉著眼，寂然而平靜的模樣，倒的確像是在小憩。然周遭一切卻像是剛經歷了一場雷電過境，燭台傾倒，玉桌碎裂，壺杯四散，那座寒冰床更是化作了齏粉。

洞頂之上竟似在落雨，雨聲滴答，打在國師臉上，有一種化冰的冷。國師攏著火光看向洞頂，的確是冰凌化冰。國師禁不住走近了幾步，再瞧連三，才發現他衣衫皆濕。

未再感受到水神那帶著強烈威壓的怒氣，國師也不再覺著緊張心慌了，一腔驚訝滿腹疑慮接踵而至，他試探著喚了一聲：「殿下，」問道，「您這是怎麼了？」

國師畢竟伺候過先帝那麼些年，察言觀色是把好手，決意若是連宋毫無反應，他就給他做個避雨的結界然後默然退出，如此也算周到了。他數了十五下，正欲捏印造界，卻聽連三突然開口：「我在想，他說的或許是真的。」

國師捏印的手勢停住了。這個「他」自然指的是昭曦，可昭曦今日說了太多話，三殿下他是覺得昭曦說的哪一部分有道理？國師躊躇了一下，問道：「殿下指的是……」

連三沒有睜開眼睛，仍撐著額，所以看起來像是夢語，可他的聲音卻十分清醒：「當年九天之上有位仙子叫作長依，愛上了我二哥。但長依乃妖族，以妖身成仙，所以同我二哥斷無可能。可即便知道兩人沒有將來，她也一定要待在我二哥身邊。我有時候會想，這有什麼意義呢？」

國師雖不懂男女之情，但也知人之常情，思索了片刻，回道：「大約時常能見到二殿下，對於這位長依仙子，便是一種意義吧。」

便聽到連三突兀地笑了一聲：「是了。」他說。半晌，他繼續道：「我是很想她，卻也能忍住不見她。所以我可能真的沒有那麼喜歡她。」

國師思索了好一會兒，才終於弄明白了三殿下的意思。「她」指的是成玉。他說的是成玉。

國師一時不知該回什麼，火摺子眼看要燒盡，他將倒在地上的燭台扶了起來，重新點燃了燭焰。這倒霉的白燭今夜三番五次遭劫，此時即便飲火而燃，得以殘喘，也氣息奄奄，彷彿立刻又要熄滅了似的。

那脆弱的模樣，有些像連宋和成玉的姻緣。

國師突然想起了那夜成玉自他府中離去的背影。天上一輪荒寒的月，她打著他借給她的夜雪漫江浦燈籠，明明穿著厚實的狐裘披風，背影看上去卻依然纖細，有些搖搖欲墜的況味。與她一道離去的只有伴她而生的、那同樣纖細蕭瑟的她的影子。雪光燈影，皆是孤寂，雪地上留下了一串細小的腳印。

國師一直記得那時自己的心情，他覺得那樣的成玉有些可憐。今日聽到三殿下說他可能真的沒有那麼喜歡她，當日對成玉的那種心情再次漫捲心頭，善良的國師再次覺得，那傾城麗色卻單薄纖細的女孩子，是有些可憐的。

第八章

熙朝的大軍於正月初七還朝，國師隨三殿下提前兩日匯入軍中，率大軍凱旋，回到了平安城。

十來日前，連三便於靈泉解開了帝昭曦的封印，昭曦恢復法力後便立刻離開了。昭曦將前往何處，他們都很明白，但連三並未阻止，也不曾過問。國師猜不透三殿下在想什麼，自個兒追著昭曦到了密林邊緣，告誡了他一句：「你和郡主真的不合適，你不要亂來。」昭曦卻只是譏誚地朝他笑了一笑，像是覺得他一個方外之人同他談這事很是滑稽似的，不等他再說什麼，已掠風而去。

昭曦離去後，連三在密林中待了三日，其間謝孤栦來了一趟。因林中洞府被三殿下給毀了之故，沒有待客的地方，二人只能在洞外談話。國師聽下來，覺得這場對話的主要內容是三殿下讓謝孤栦去九重天給太晨宮帶個話，請東華帝君閉關結束後來凡世見一見他。

國師琢磨了一陣，覺得三殿下應該是想將祖媞神的事移交給東華帝君。國師這人，做事講究善始善終，沒有試過做到一半的事中途交給別人，不禁心生不捨。待謝孤栦離開後，國師試探著問連三：「殿下這是不打算再繼續尋找祖媞神了嗎？」問出這話後想起來，「帝昭曦說當日祖媞神化為了紅蓮子，被墨淵神種去了南荒，」他方才恍然，「殿下如今不能上界，自然不便尋訪，的確該將此事移給他人才是。」

他自問自答了半天，三殿下泡在靈泉中，只微微抬了抬眼皮，糾正他道：「是祖媞的一口靈息化作了紅蓮子，而非祖媞化作了紅蓮子。」

國師有些糊塗，但他自認為自己此前聽懂了昭曦的話，搞清了兩者的關係：「既是祖媞神的靈息所化，祖媞神化光後在這世間又再未留下旁的什麼，那祖媞神復生的所有希望，照理來說，的確只能寄託在那枚紅蓮子上了。紅蓮子便是祖媞神，祖媞神便是紅蓮子，似乎並無不妥。」

三殿下不置可否：「昭曦也想讓我這麼認為，」他一隻手靠在池壁上，面無表情道，「正因他想讓我這麼以為，我反而覺得，靈息是靈息，祖媞是祖媞，紅蓮子此時不在南荒，祖媞此時亦不在南荒，祖媞即便復生，也是從光中復生，同紅蓮子並無干係。」

國師喃喃：「既然通過紅蓮子並不能尋到祖媞神的蹤跡，那殿下又一直追尋紅蓮子的下落……」

三殿下淡淡道：「不尋紅蓮子，未喚醒帝昭曦，我也不知祖媞的下落竟同紅蓮子並無干係。」

國師窒了窒，將他們一路行來之事在腦中過了一遍，發現果然如此，然連三此時對於祖媞真身的推測已經超出了國師的智識範圍。須知當國師同凡人在一起時，通常是他讓凡人覺得他說的話超出他們的智識範圍。國師感到了一種風水輪流轉的痛苦，他半捂著臉問道：「殿下的意思是，帝昭曦騙了我們，其實什麼有用的都沒有告訴我們是嗎？」

「也並非什麼都沒有告訴我們。」連三看了他一眼，「至少看他的態度，祖媞神應該很安全，用不著我多此一舉施加援手。」

國師想想也是，又憶起數月前，連三按照謝孤栦送來的冥司筆記前去通衢之陣的陣點尋找祖媞線索，重返京城後，曾和他有過一次談話，那時連三曾揣測祖媞就復生在此處凡世。

「殿下依然覺得祖媞神是復生在我們這處凡世是嗎？」國師有些不確定，「那用不用我去跟著帝昭曦？他雖刁滑，口齒嚴密，但難保哪一日行止上不露出什麼蛛絲馬跡來。」

「不用，」三殿下仰頭望著頂上那一片古樹，神色中泛出一絲興味索然之意，「我並不是非要知道祖媞在何處。」他揉了揉額角，「此事複雜，且原本不該我管，做到這個程度已足夠了，後續自有帝君處置。」

三殿下不愛攬事上身，國師其實也沒有那麼喜歡做事情，雖然對半途而廢感到遺憾，但總的來說他還是同意了連三的觀點，覺得此事到此打住罷了。正要退下，聽到靈泉的水霧之中，三殿下忽然向他道：「回京後，你多看著煙瀾一點。」

連三這個吩咐乍聽來得有些突兀，國師往深裡一想，驚了一跳，啞然半晌：「殿下的意思是，祖媞神的那口靈息，被墨淵神種在南荒的紅蓮子，有可能是長依仙子，呃不，煙瀾公主？」

「十有八九。」三殿下語氣平平回他，像是敘說一件極尋常之事，「南荒，紅蓮，還有一副輕易便能修成仙身的好根骨，除了她，也沒有別人了。」

國師倒吸了一口冷氣：「既然煙瀾公主便是當年那口靈息，」他沒能控制住自己的想像力，「那祖媞神若是再次從光中復生，會否就復生在煙瀾公主身上，或者，」他無法平靜地道，「如今的煙瀾公主，其實正是尚未覺醒歸位的祖媞神？」

三殿下沒有正面回答他的揣測，只道了「或許」二字，像是因已打算不再管此事了，故而便真的不再關心，也不在意，對驗證煙瀾是否是祖媞也全然失去了興趣，能記住吩咐一聲國師好好保護她已是他能盡到的最後責任。

國師只能就此告退，但心中卻有巨浪翻湧，久久難以平靜。

此次與北衛礪食之戰，意義著實重大，可保大熙西部與北部邊境數十年安穩，即便天子垂拱而治，盛世亦是指日可待，故而大軍回朝之日，皇帝悅極，親自出城相迎，並於是夜在宮內丹暉樓設宴，大饗功臣。

宴至子夜方罷，臣工們三兩結伴離開丹暉樓。國師今夜多飲了幾杯，腦筋不大清楚。彼時正值翰林院修撰廖培英自他和三殿下身旁經過，小廖恭謹地同他和連三打了個招呼，國師想起這廖修撰也是認識成玉的，稀里糊塗地就同小廖寒暄了一句：「上次見你還是給眾位公主評畫時，你向紅玉郡主求了幅字帖，可求到了嗎？那字帖可合你的意？」不待小廖作答，又添了句，「對了，郡主她小人家近日可好嗎？」

原本正欲作答的小廖聽聞國師問成玉可好，默了一瞬，面上神情有些奇特：「國師大人難道不知……郡主她已前往烏儺素和親去了嗎？」

「和親？」國師一愣，酒驀地醒了，立刻看向了身旁的連三。國師看不出三殿下的表情有什麼變化，只見他靜了會兒，方淡聲問廖培英：「和親，怎麼回事？」

廖培英有些愣愣的：「大將軍也不知道嗎？」神色落寞道，「熙衛之戰，為使烏儺素能與我大熙順利結盟，郡主自願和親烏儺素，嫁給他們的四王子敏達，和親隊伍臘月十七離的京，已去了二十日了。」說完這篇話，廖培英停了停，補了句，「郡主大義，乃宗室子弟之楷模。」雖是稱讚成玉，語聲中卻難掩鬱色和失落。國師聽得出來，那是廖修撰對成玉的心。

三殿下的表情像是空白了一瞬，國師也沒看得太真切。廖修撰拱手向二人告辭，國師頷首回了禮，偏頭再看連三時，只見他一切如常，只是沉默地望著遠處，不知在想著什麼。國師順著他的視線望過去，遠處是一片梅林。

次日皇帝召見了連三，國師亦在座。御書房中，君臣寒暄了幾句，皇帝主動提及了成玉和親之事。成筠言說自己的無奈，稱四王子敏達主動求娶，先時已拒絕了烏儺素王太子求娶煙瀾，若再拒絕敏達，恐不僅不能同烏儺素結盟，還要交惡，故而只得應允婚事。

國師這才知道成玉和親的內情。國師兩朝重臣，深得皇帝敬愛，故而同皇帝說話一向俐落不繞彎子。國師蹙眉：「臣原本以為，以陛下對紅玉郡主的疼愛，此情形之下，會再遣十九公主前去烏儺素和親，而不是捨郡主遠嫁。」

成筠沉吟了一下：「大將軍馳援貴丹時，令國師好好看顧煙瀾，將軍在前線拚死作戰，朕自然不能令將軍有後顧之憂。」頓了頓，「再則紅玉她很懂事，知道了朕的為難之處，主動答應了這門婚事，以解國之危難。」

涓滴不漏的一席話，令國師啞口無言。的確，烏儺素只看上了成玉和煙瀾，熙烏結親，只能這二女前去。連三要看顧煙瀾，站在皇帝的立場，彼時做此種二選一的選擇時，令成玉前去和親，反是賣了連三極大的情面。皇帝在這樁事裡的處置，確無不妥。可，這真的是三殿下的選擇，是他想要看到的結果嗎？

不待國師想出個所以然來，連三開口了。三殿下回皇帝的聲音很穩：「謝陛下對煙瀾的照看，陛下隆恩，臣不勝感激。」關於成玉，他沒有提說一個字。

二人步出皇帝的書房，國師斟酌了又斟酌，終歸沒忍住，問連三：「我也知殿下來此世，原本便是要保煙瀾公主重回九天，再登神位，所以不能令身體不好的公主前去那苦寒之地，可殿下就放心郡主前去嗎？郡主自幼長在京城，身體底子雖然不錯，但也恐受不住煎熬，不如我們再想想還有沒有什麼辦法能讓郡主……」

連三打斷了他的話，淡然道：「那一夜我既已做出了選擇，從此後便和她再不相干，她嫁給季明楓也好，嫁給敏達也好，是她作為一個凡人的命數。凡人自有凡人的命數，我不便相擾。」

國師愣住了。道理，的確是這個道理。這番話冷靜又理智。正如三殿下所言，他既已做了選擇，就該俐落地同成玉劃清界限。可真正喜歡一個人，果然能夠如此平靜如此淡然地面對心上人的遠嫁嗎？國師突然想起了那夜在大淵之森的山洞口帝昭曦的所言。昭曦對他說，「若你果真同他相熟，就該知道，他的喜歡不值錢。至於真心，他對阿玉，大約有三分真心吧，不能更多了。」他又想起了那夜連三的那句話：「我可能真的沒有那麼喜歡她。」

國師看著連三離開的背影，一時不能言語。他第一次有些明白，為什麼許多人說連三風流無情，他也是第一次真切地感受到了，三殿下的心，其實有些狠。

成玉在作夢。夢中，她正前往烏儺素和親。

和親隊伍自臘月十七離京，一路疾行，十來日後，到了熙朝的西邊國門疊木關。西出疊木關，便是綠月沙漠。沙漠貧瘠，人煙寥寥，因此朝廷未設官署，只大體將這片沙漠併入了薊郡，由薊郡郡守代天子牧。馬匹難渡沙海，因此送親隊伍在疊木關換好了薊郡郡守為他們備好的駝隊。

出疊木關，入沙漠，所見俱是連綿的沙丘，走了三四日後，始見綠洲。有些小綠洲中紮了村寨，可供駝隊補給，但更多的綠洲中，只是零散著一些廢墟，隱約可辨出城邑的模樣。

護送成玉前去和親的將軍姓李，從前戍過邊，對綠月沙漠算瞭解。李將軍告訴成玉，沙漠之中有許多故事，潛伏著許多危機，也孕育著許多生機。一場流沙就能讓一個部落滅亡，一處水源又可以令一個族群復生。

成玉遠目莽莽黃沙，問李將軍，水既然代表著生機，那沙漠之中，大家應該都很喜歡水了？

李將軍卻搖了搖頭：「也不盡然。郡主可知，從前這片沙漠也是很繁榮的，位於沙漠中心的鹽澤湖三角洲地區，更是富庶豐饒的所在。開朝之初，高祖還曾在那裡設過郡。然有一年綠月之夜，沙漠裡卻突然發了洪水，整個綠月沙漠一夜之間為洪濤所據，滔滔洪流之下，所有繁華一夕成空，朝廷自此方知其無力掌控開拓這片沙漠，那之後才任它荒棄了。」

成玉聽著這段兩百多年前的舊事，彷彿在聽一個遙遠的傳說，彼時她並沒有將它當回事。可誰能料到，就在這段對話結束後的第三天夜裡，兩百年難遇一次的絳月沙漠的洪水，便被他們給遇上了。

沙地震顫，駝鈴慌亂，絳月之下，不知從何處生起的洪流攜著黃沙向送親的駝隊湧來，像一匹惡劣而狡猾的獸，踩著優雅的步伐，不緊不慢地吞食身旁的一座又一座山丘，以此震懾嚇唬目光盡處的獵物。

四面都是洪濤，送親隊近千人就像是被獸群包圍的羊羔，成玉在絕望奔逃的人群中急惶地尋找朱槿、梨響、姚黃和紫優曇，腦中昏昏然想著，在這天罰一般的困境前，僅靠人力他們絕無可能獲救，靠花妖們的力量，或許還能解此危難。可她跑得腿都要斷掉，叫得聲音都要啞掉，卻四處都尋不見花妖們的蹤跡。

就在她滿心絕望之際，有兩名侍衛找到了她，將她拖抱著帶去了最高的沙丘。侍衛們扶著她在那高丘之上站穩，她轉身回望，見急湧而來的洪流驀地便吞掉了丘下的駝隊，前幾天還和她玩鬧的駝隊嚮導的小女兒哭著向她求救：「郡主姐姐救我！」她立刻便要衝下沙丘，卻不料一個浪頭打來，那小女孩轉瞬便消失在濁流之中。她無法自控地大叫：「不！」

然後她喘著粗氣醒過來了。

有人握著她的手，在她耳旁一迭迭柔聲安慰：「沒事了，阿玉，沒事了。」

成玉睜開眼睛，朦朧火光中，看見了近旁的白衣身影，她本能地低喚了聲：「連三哥哥。」

那人垂下頭來定定看著她，良久，語聲有些啞：「妳竟還在想著他。」

成玉一愣，努力睜了睜眼，這才看清，坐在她身旁握住她的手安撫她的人，並非連宋，而是季明楓。

記憶在一瞬間回籠。

回過神來的成玉方憶起，適才那夢，是夢也非夢，夢中發生的一切，俱是真實。不祥的絳月，噬人的洪峰，兵荒馬亂，人仰駝翻，人間煉獄。當她立在高丘之上，眼睜睜看著那六歲的小女孩被洪流吞噬之時，一直顫巍巍懸在心中用以支撐最後一絲理智的那條線，突然就斷了。她驀地崩潰，大力甩開侍衛相攔的手，就要跳進洪流中去救那小孩子。

就在她不管不顧的一瞬間，絳月之下，洪流綿延的遠方，忽有白衣青年踏浪而來。青年單手結蓮花印，銀光自指間漫出，於瞬剎裡覆蓋整個大地，銀光所過之處，這片由沙洪築成的地獄一寸一寸靜止。青年微一抬手，葬身洪流的駝隊和小女孩似被什麼大力裹挾，猛地自泥沙之中躍出，墜落在小丘之上，不住地喘氣咳嗽。

成玉見諸人得救，高高懸起的一顆心砰地墜下，情緒大起大落間，來不及真正看清青年的容色，便昏了過去。

而今醒來方知，千鈞一髮裡，救他們於將死之境的人，竟是季明楓。

季世子在那句有如控訴的「妳竟還在想著他」之後，彷似意識到了自己的失態，也沒再繼續那個話題，只溫聲告訴緩緩坐起來的成玉，此時他們安身之處乃附近沙山上的一個石窟。洪水已退，朱槿、梨響他們全都無事，其餘隨行之人，能救的他也都救下了，但畢竟來得晚了些，還是任流沙帶走了幾十兵丁和十來匹駱駝。

聽聞有兵丁罹難，成玉愣了會兒，而後雙手合十以大禮謝了季明楓，道能將大部分人保下來，已經是她不敢想的好結果。季明楓擋了她的禮，扶著臉色蒼白的她重新靠倚在石床上，她才想起似的，又問季明楓緣何能這樣及時地趕到，又能使出那樣強大的術法，竟能在如此天災之前救下他們。季明楓潦草地回答她是因他前些日子有一段奇遇，她也沒有再多問，只點了點頭，就那樣接受了這個說法。

洞中很快安靜下來，唯餘架在洞口前那堆篝火裡燃著的柴枝，偶爾發出畢剝聲，擾亂夜的清靜。

成玉目光空洞地看著那堆篝火。劫後餘生，本該是感性時刻，後怕也好，慶幸也好，終歸不該似她此時這般心如止水。她同季明楓也該很有話聊，送親隊伍此時紮營在何處，物資損失幾何，明日能否出發，是否需要調整路線，她需要關心的事其實有很多。但連成玉自己也無法理解，此時為何沒有半點關心他事他物的欲望，心中唯餘一片空蕩。

在成玉空洞地望著那堆篝火之時，季明楓也在一瞬不瞬地看著她。良久，季世子開口，打破了二人間的沉寂，他問她：「妳是在失望嗎？阿玉。」

「失望？」成玉有些茫然地轉頭看向季明楓，不理解似地重複了一遍，「你是說失望？」然後她飛快地否認了，「我沒有啊。」口中雖是這樣回答，胸中那先時還如鏡湖一般毫無漣漪的一顆心，卻突然咚咚、咚咚，漸漸跳得激烈起來。

季明楓又看了她一陣，唇角微抿了一下，極細微的一個動作，含著一點不易讓人察覺的苦澀：「妳的確是在失望。」他一字一句，眸光清澈，彷若看透她心底，「妳失望的是，在妳危難之際，趕來救妳的是我，不是連三。」

就在季明楓說出這話的一瞬間，成玉的心失重似地猛跳了一下，她愣住了，方才知曉，劫難之後她為何如此反常，原來是因為這個。這是正確的答案，卻是她不能、不願、無法承認，也無顏面對的答案。

「我說對了嗎？」季明楓蹙眉看著她。

他說對了，但她無法回答他。

她的沉默已是最好的答案，她說不清季明楓有沒有生氣，他只是不再看她了。他轉過頭去，目光停留在洞外的暗夜中，像是在思索什麼，良久，重新轉回頭來，像是下定了什麼決心，抬手揚了一揚。隨著那簡單的動作，半空中出現了一面巨大的水鏡，幾乎占據了半個石洞。

季明楓看著她，仍舊蹙著眉，聲音卻是溫和的，含著循循善誘的意味：「我知道，對他死心很難，但他已不將妳放在心上，妳卻不能斷情，苦的只會是妳自己。阿玉，妳若還不能清醒，我幫一幫妳。」

說完這話，季明楓站起身來，抬指輕輕碰觸了一下半空的水鏡，便見鏡中迷霧散開，出現了一片雪林。成玉認得，那是大將軍府。如今冰雪滿枝秋色不復的雪林正是此前她曾闖過的楓葉林。隆冬時節，退去紅葉掛枝的璀璨，唯餘嶙峋的枝幹被冰雪裹覆住，蔓生出一種幽玄之感。

便在這片處處透著幽玄之意的冰天雪地中，成玉看見了久違的連宋，還有國師和煙瀾。

成玉定定地望著那鏡面。

是日雪霽，是個晴天，雪林中有一白玉桌，連三同國師正對坐弈棋。煙瀾身著一襲白狐狸毛鑲邊的鵝黃纏枝蓮披風，陪坐在連宋一側。鵝黃色襯得她皮膚白潤，精氣神也好。煙瀾右側搭了個臨時的小石台，方便她煮茶。石台上茶煙裊裊，煙瀾提壺分茶，分好茶後，小心地端起一只盛滿茶湯的白釉盞遞給連宋。連宋接過一飲，將空杯重放回煙瀾手中。他的目光一直凝在棋桌之上，未曾抬頭，但一人還杯，一人接杯，還杯的動作熟練，接杯的動作流暢，就像煙瀾為他遞茶已遞了千百次，而他還杯也還了千百次，才能有這樣的默契。

不多時，天步出現在了鏡面中，打破了這一幕無聲的靜畫。天步凝眉上前，輕聲相稟，說琳琅閣的花非霧前來求見，道有關郡主之事想同殿下商議。

水鏡之前，成玉用力地握了一下自己的右手，一瞬不瞬地緊盯著連三，似乎想要看透他的每一絲表情變化。

但三殿下臉上的表情沒有任何變化，手中拈著一粒白子，似在思考著棋路，口中淡然地吩咐天步：「不見，讓她回吧。」

煙瀾淋壺的動作一頓，唇邊勾起了一抹淺淡的笑意。

天步恭敬道是，退了下去。連宋手中的白子在此時落下，將國師的大龍一步斬殺。棋桌之上，黑子頹勢如山傾，國師將手中的棋子一扔，直抱怨：「不下了不下了，今日運道不好，總輸給殿下，再下也沒意思，還是等改日運道好了再來同殿下討教。」說著便要起身。

煙瀾含笑相留：「不下棋，國師也可在此賞賞雪景，方才我在小廚房燉了湯，正讓婢子們守著，再一刻鐘便能喝了。」

國師挑了挑眉：「公主這湯可不是燉給臣喝的，豈知公主此時是真心留人還是假意留人，臣若果真留下來喝了湯，說不定公主倒要氣臣沒眼色了，臣便不討這個嫌了。」

煙瀾紅了臉，佯惱：「國師大人何必打趣煙瀾。」眼風含羞地瞟向了身旁的連三。

成玉不願再看。原來他真的不在意她，她的離開在他的心湖裡連一絲漣漪也沒有激起。她猛地閉上了眼睛，四肢冰涼生寒。可偏又忍不住，即便如此，也想要知道更多，終於，她還是睜開了眼，水鏡中已變換了場景，卻是在將軍府外。

鏡中，國師正踱步自將軍府出來，一眼看到等在門口的花非霧，躊躇了片刻後，主動上前詢問：「妳便是那琳琅閣的花非霧？」得小花點頭，國師嘆息了一聲看著她，「將軍說了不見妳，妳怎麼還在這裡呢？」

小花手上拎著一個小包裹，將一身道袍的國師打量了片刻，有些踟躕地問：「尊駕便是將軍的好友國師大人嗎？」小花這一輩子的謹慎都用在了此刻，見國師頷首，方卸下戒備，但仍是斟酌了又斟酌，斟酌出一篇話來：「奴是郡主的一個朋友，郡主前去烏儺素和親，奴實在不放心，想著將軍同郡主交情不錯，想求將軍幫忙想想辦法，看能否讓郡主回來。可奴在此等了許久，將軍也不見奴，不知……」

國師打斷了她的話：「看來郡主和大將軍之間的事，妳也知道。」

小花這一輩子的敏銳也都用在了此刻，只呆了一瞬，便立刻反應了過來，她輕輕地「啊」了一聲，半掩檀口：「原來國師大人也知道嗎？」

國師「嗯」了一聲：「我同郡主亦是朋友。」抬眼向小花，好言相勸道，「不過妳不必等在這裡空耗辰光了，回去吧，將軍他不會見妳的。他已經做了選擇，從此和郡主便是橋歸橋路歸路了，郡主的事，他不會插手的。」

小花愣住，喃喃道：「為什麼？可他……他不是喜歡我們郡主的嗎？」

國師嘆了口氣：「我曾親自問過將軍這事，他說……」

小花急道：「他說什麼？」

國師沉默了片刻：「將軍他說，」口吻有些憐憫，「他說他也許並沒有那麼喜歡郡主。郡主嫁給敏達也好，嫁給誰都好，是她的命數，他不便相擾。」

小花不可置信地愣在那裡，手裡的小包裹摔在了地上，包裹散開，露出一個香囊、幾頁經書。國師俯身將散開的包裹收拾好，撿起來，重新遞給小花，而後搖了搖頭，嘆著氣離開了。

迷霧緩緩聚攏，遮擋住鏡中畫面，一片銀光閃過，水鏡漸漸隱去。

成玉愣愣地坐在石床上。

季明楓收了水鏡，回到她的身邊。「我沒有騙妳。」他說。

沒頭沒尾的五個字，但季明楓說的是什麼，成玉卻立刻就明白了，他的意思是，水鏡裡的一切，都是千里之外平安城中真實發生過的事，並非他做出來誆騙糊弄她的幻影。

「我知道你沒有騙我。你不會騙人。」她回答他，聲音啞得厲害。話剛出口，便有兩滴淚沿著眼尾落下。她察覺到了，像是覺得丟臉，立刻伸手抹掉了那兩滴淚。但淚水卻不受控制，抹之不盡。雙手盡是淚澤，她皺了皺眉，放棄了。抬眼時瞧見季明楓擔憂的目光，她靜了一瞬，而後，主動開了口。

「其實我一直不甘心。」她輕聲，「那時候，皇兄欲令我和親，我那樣痛快就答應了，也是想看看他的反應。在心底最深處，我始終不相信他只是將我當作一個消遣，一直固執地認為，我於他是不同的。」淚水不斷地自她眼角溢出，那樣多的淚水，是傷心欲絕才會有的模樣，但她的聲音卻十分平靜，「我想看到他得知我將遠嫁後的反應，我希望他難過、後悔，」像拿著一把刀，插進靈魂最深處，她冷靜地剖析自我，哪怕這剖析帶著削骨剜肉之痛，「煙瀾說他沒有那麼喜歡我，我很難受，我就想要幹點什麼，讓他也難受。可是，原來我真的很可笑啊。」說到自己可笑時，她的嘴角微微揚了一下，像是果真覺得自己可笑，忍不住自嘲。

季明楓看著她故作平靜的臉，想要拭掉她的淚，想要抹平她唇角上揚的那一點弧，還想要告訴她，她並不可笑。可在他有所動作之前，她已閉上了眼，將臉偏向了石床裡側。

「原來，」她繼續道，「他真的沒有那麼喜歡我。我嫁給誰都好，他都不在乎，可以輕鬆地說出，那都是我的命數。」聲音終於不復平靜，染上了一點哭腔，只是一點點，像是拚命壓抑了，卻壓抑不住，因此不得已漏出一點傷心來。「今天我終於明白了，這世間，唯一於他不同的女子，是長依。為她，他可以散修為，可以來凡世。他捨不得長依受一點委屈，半點傷害，那才是對心上人的樣子。我，真的只是個消遣。」眼角的淚益發洶湧，她抬起右手徒勞地遮住流淚的眼，「我終於明白了這一點，可以死心了。」

洞中靜極。季明楓看著無聲而哭的成玉，看著眼淚自她纖柔的掌下溢出，滑過臉頰，匯聚在她小巧精緻的下頦，然後承受不住地墜下來，染濕衣襟。

今夜，是他逼著她面對現實，她的死心正是他想要的結果，可看著這些眼淚，他卻開始後悔。那些淚墜落在她的衣襟上，就像墜落在他的心頭，一點一滴，亦讓他疼痛。良久，他動了動，扳過了她向內而泣的身子，拿開了她覆在眼上的手。他認真地看著她，輕聲給她支撐和安撫：「這裡只有我和妳，沒有人會笑話妳，阿玉，別壓抑自己，哭出來會好受一些。」

她靜了會兒，睜開了眼，她看著他，平靜落淚的雙眼漸漸泛紅，睫毛也開始輕顫起來，而後，喉嚨裡終於發出了小小的抽泣聲。他試探著伸出手，輕拍她的背：「哭吧，哭出來就沒事了。」

也許是聽信了他的蠱惑，抽泣聲漸大，她終於忍不住大哭起來。那哭聲悲鬱，傷人肺腑，響在這絳月的夜裡，有一種難言的痛。

季明楓聽得難受，沒能忍住，握著她瘦弱的肩，輕而緩地將她摟進了懷中。她哭得傷心且專心，沒有拒絕。

第九章

今冬常下雪，並不常下雨。這還是天步隨三殿下回到平安城後遇到的第一場夜雨。

長夜飛雪，自有它的靜美，然冬夜的雨，淅淅瀝瀝，落地生寒，卻無所謂美不美，只令人覺得煩憂罷了。

天步候在外間，透過茶色的水晶簾朝裡看，見三殿下靠坐在一張曲足案旁，那案上已橫七豎八排布了七八只空酒壺，天步不禁更憂慮了。

今晨，照慣例，三殿下領著煙瀾公主去小江東樓喝茶。趁著三殿下有事下樓，煙瀾找她說了會兒話。煙瀾問她，這些時日，私下裡三殿下可曾再提起過紅玉郡主？天步自然搖頭。煙瀾有些歡欣，但興許也知道此時歡欣不合時宜，唇一抿，壓平了微勾的嘴角，細思一番後，又試探地同她道：「先時見殿下畫紅玉的那幅畫，我還道殿下或許對紅玉……可如今殿下歸京，知紅玉去國遠嫁，卻並沒有什麼反應，可見我之前是想岔了。不管紅玉如何想殿下，」說到這裡，語聲略帶嘲意，「可殿下對她卻是沒什麼心思的，從前與她那些，也只是消遣時光罷了，妳說對嗎？」

天步自幼服侍連宋，能在挑剔且難搞的三殿下跟前一聽用就是兩萬年，說明她不是個一般的仙，論知進退和懂分寸，唯太晨宮中東華帝君跟前的重霖仙官能將天步壓一頭。這樣的天步，自然明白煙瀾的那些小小心機和小小試探，故而只是溫和地笑了笑：「公主問奴婢殿下的心思，殿下的心思，奴婢並不敢妄自揣測。」

未從她這裡得到連三確然對成玉無意的保證，煙瀾有些失望，靜了一瞬後，輕聲自語：「烏儺素苦寒艱辛，早前去往彼地和親的公主們俱是芳年早逝，踏上西去之路，基本上已等於送了半條命。紅玉西去，殿下若想將她換回來，自會有辦法。想當年長依身死鎖妖塔，殿下散掉半身修為，也要保她一命，可如今，卻任紅玉去和親了，說明紅玉還是沒有辦法和長依相比。」說完這篇話，她還想了會兒，大約覺得自己分析得很有道理，面上容色重又好轉回來。

可當真是如此嗎？

此刻站在外間守著扶案醉飲的三殿下的天步，卻不這麼認為。

她沒有騙煙瀾，私下裡，連三的確從沒提起過成玉。初回平安城的那一段時日，甚至連她都以為，三殿下從前待郡主的不同，都是她的幻覺。但半月之前，一個偶然的機緣下，她才發現自回京後，三殿下竟然夜夜都無法安睡，幾乎每一夜，都是在房中枯坐到天明。當然她無法肯定三殿下夜夜失眠一定是為了成玉，可若不是為了成玉，她也想不出他還能是為了誰。

失眠的夜裡，三殿下並沒有主動要過酒，酒是天步自作主張送過去的。酒能解憂。她的初衷是希望三殿下能以酒釋憂，憂愁釋了，便能入眠了。可誰知道一開了飲酒的口子，三殿下便一發不可收拾，夜夜十壺酒，直要喝到大醉才算完。醉了他也不睡，反要出門，且不讓人跟著。天步也不知道三殿下每夜都去了何處，料想應該不遠，因為第二日一大早他總能回來。似乎太陽升起時，他就正常了，便又是那個淡然的、疏冷的、似乎並不將成玉的離京放在心上的三殿下了。

子夜已過。天步又覷了眼室內，見那曲足案上又多了兩只空酒壺，料想時間差不多了。下一刻，果見三殿下撩簾而出，天步趕緊將手裡的油紙傘遞過去：「殿下帶把傘吧，今夜有雨，恐淋著您。」

三殿下卻似沒聽到般，也沒接傘，逕直從她身邊走了過去。天步試著跟上去再次遞傘，卻分明聽三殿下冷冷道：「不准跟來。」

天步抱著傘站在廊簷下，看著步入雨中的三殿下的背影，長長地嘆了口氣。

五更。

連三自睡夢中醒來，只聞窗外冷雨聲聲。房中一片漆黑，他在黑暗之中茫然了一陣，微一抬手，房中便有光亮起。妝台梨鏡，青燈玉屏，芙蓉繡帳，次第入眼。是女子的閨房。十花樓中成玉的閨房。他又來到了這裡。

三殿下失神了片刻。

喝醉的人是沒有辦法欺騙自己的，無論白日裡如何壓抑自己，一旦入夜，萬籟俱寂之時，所有關於成玉的情思便無所遁形。自第一夜大醉後在十花樓中她的繡床上醒來，他便明白了一件事，他其實比他想像的還要喜歡她得多，否則夜夜失眠的他，怎會只在躺於十花樓中她的繡床上時方能得到片刻安眠？

但這又如何呢？

他探索過她的魂體多次，得出的結論都一樣：她只是個凡人。就因了他對她的喜愛，他便要誘一個凡人愛上自己，然後讓彼此都走上萬劫不復的前路嗎？他不能。不是不敢，不想，不願，而是不能。

就讓她做一個凡人好了。做一個世世輪迴的凡人，固然也會有種種磨難，但比起仙凡相戀她需要承受的苦痛和劫難，為凡人的磨難，著實算不得什麼。他們就當從沒有認識過好了。

三殿下緩緩地坐起來，揉了揉額角，覺著是時候離開了。然，就在他起身的一剎那，方才於安眠中偶得的一夢忽然自腦海中掠過。他又停下了腳步。

其實是個沒什麼邏輯，也沒什麼道理的夢境。

夢裡，他和成玉並沒有鬧到現今這地步。她依然很是依賴他。大敗北衛率軍還朝後，他第一時間趕來十花樓看她，侍女卻不知為何將他帶到了她的閨房中。他便站在她的繡床前等她，就如此時他站在此處。

彼時，他站在這裡，很快便聽到了她的腳步聲，噌噌噌地落在木地板上，像是一頭小鹿輕靈地奔在山間。接著，門被一把推開了，她亭亭地立在門口，大約是跑得急了，還在輕輕地喘著氣。

他望進她的眼中，看到她的眼裡彷似落了星星。下一刻，她已經撲進了他的懷裡，像一頭小老虎似的。他因毫無準備，被她撲得倒退兩步，坐在了繡床邊沿。她一點都沒有覺得不好意思，反倒咯咯地笑了兩聲。

然後，她停了笑，雙臂愛嬌地圈住他的脖子，頭埋在他的右肩上，聲音軟軟地朝他撒嬌：「連三哥哥你怎麼去了那麼久，而且也沒有書信回來，我因為擔心，特地住進了宮裡，就為了從皇兄那裡打探一點你的消息。住在宮裡真的好悶，我又好想你。」

言語幼稚，然一字一句，飽含眷戀，令他的心軟作一團。他柔聲回她：「是我不好，下次出遠門，一定日日給阿玉書信。」

但即便他這樣保證了，她也並不滿足，離開他一點，站直了，低頭看著他，不高興地抿著嘴。

他圈住她的腰，將她拉近：「怎麼了？」

她微揚起小下巴，大約是想做個傲慢的姿態，卻又想看到他的臉，就垂了眼睫。表情矛盾，卻顯得很是可愛。

她抱怨：「我都說了很想你了，你為什麼不回答你也很想我？」她狐疑地蹙眉，「難道連三哥哥出門這麼久，竟一點都不想我嗎？」三分刁，七分嬌。

他被她逗樂，捏了下她的鼻子：「妳說呢？」

她一本正經：「要你說出來才可以。」嬌嬌地催促他，「你快說啊。」

「嗯，很想阿玉。」他回答她。

她有些滿意了，唇角勾了勾：「那我們很要好對不對？」

他當然點頭：「嗯。」

她終於徹底滿意了，又高興起來，重新圈住了他的脖子，還愛嬌地蹭了蹭他的臉：「那我們既然這麼要好，我要告訴你一個秘密。」

「秘密？」

她的頭仍擱在他的右肩上，嘴唇貼住了他的右耳，如蘭的氣息將他的耳郭熏得燥熱。「那夜，連三哥哥在溫泉池裡親了我，是因為喜歡我吧？」低軟的嗓音響在他的耳畔，他整個人立刻僵了。她卻軟得像是一株藤蔓，抑或一泓細流，更緊更密地貼在了他的身上。她的嗓子越發低，越發軟，簡直是氣音了，撩撥著他的耳：「我也喜歡連三哥哥，好喜歡好喜歡。」

那一剎那，他的腦中似有煙花炸開，控制不住力道，猛地摟緊了她：「妳說什麼？」她沒有掙扎，輕輕地笑了聲，在他的耳畔再次低語：「我說我喜歡連三哥哥，想做你的新娘。」語聲天真調皮，語意飽含引誘。

「阿玉，」他靜了許久，才能艱澀地回她，「這種事，不能開玩笑的。」他極力地控制住了那一瞬間的情緒，將她鬆開了一點，想要看清她的表情，弄明白她到底是認真的，抑或只是在戲弄人。

就在那個時候，他醒了。

一個簡單的夢境，扯掉了最後一塊遮羞布，其下被掩住的，是他對她的愛念和欲念，是他在內心深處對她最真實的想望。

理智上他十分明白，她最好永遠也不要喜歡上自己。可當醉後、夢中，這種理智不在的蠻荒時刻，他卻沒有一瞬不在渴望著她能喜歡他，能愛上他。他對她有極為隱密的渴望，他渴望她能和自己永世糾纏，哪怕萬劫不復。驕矜的水神，其實從來都很自我，想要什麼總要得到，也總能得到，從沒有嘗試過這樣地去壓抑、克制本心所求。他不能再想她了，否則，他不知道自己的理智還能支撐得了多久。

雨停了。啟明星遙遙在望。

國師站在十花樓的第九層，肅色叩響了面前的門扉。過了會兒，房中方有動靜，門吱呀一聲打開，現出白衣青年頎長的身影來。國師蒙了一下：「三殿下?!」

連三看著攏了一身寒氣的國師，不明顯地皺了皺眉：「你在這裡做什麼？」

國師吃驚了一瞬，也顧不得琢磨連三為何會在此處，上前一步，急急相告：「殿下，郡主失蹤了！」

三殿下愣了愣，而後像是沒聽清似的，凝眉問了句：「你說什麼？」

成玉失蹤的消息是入夜傳至皇宮的。

戌時末刻，來自薊郡郡守的一封八百里加急奏疏呈上了皇帝的案頭。奏疏呈報，說半月前絳月沙漠突發洪水，千里大漠一夕盡覆於洪流之下。沙洪來時，郡主一行已出疊木關六日，應正行至沙漠中。洪退後，薊郡郡守立刻派人入漠中尋找郡主，卻一無所獲，郡主不知所蹤。

皇帝得此消息，龍顏失色，立刻召了國師入宮，請國師起卦，占成玉吉凶。國師聽聞這消息亦是震驚，立刻以銅錢起卦，不料卦象竟是大凶，好在凶象中尚有一線生機。國師使出吃奶的勁兒參悟了整整一個時辰，方斷出這卦約莫說的是成玉此時已為人所救，應是沒什麼生命危險的，懸的是接下來的西去之路必定險象環生，不時便有血光之災殃及性命，需有貴人相助，方能得保平安，否則走不走得到烏儺素都是兩說。

國師參得此卦，頓覺茲事體大，不敢在皇宮久留，胡亂安慰了皇帝兩句便匆匆跑出來找連三了。他冒著夜雨尋了三殿下整半宿，一無所得，筋疲力盡之下正要打道回府，掠風經過平安城上空時，忽見十花樓中有燈亮起。國師一個激靈，以為是樓中那個會法術的小花妖梨響救了成玉將她帶回了京城，興沖沖地飛身下來查看，沒想到門一打開，沒見著郡主，他尋了一夜的三殿下倒是站在門後頭。

國師與連三一外一內，立於門扉處。

國師三言兩語道完了郡主失蹤的始末，又細述了一遍他給成玉起的那則卦象。他一邊說一邊觀察連三的表情，見三殿下微微垂眼，倒是在認真聽他說話，但臉上的表情卻依然淡漠。

國師琢磨著三殿下這個反應，這個神情，心底有了數，但為著和成玉的那點交情，還是硬著頭皮試探了一句：「卦中既然說，郡主需得由貴人相護才能平安抵達烏儺素，且這貴人還非同一般，我琢磨著，這貴人所指的彷彿正是三殿下。既然郡主命中其實有殿下這麼一個貴人，那麼殿下就算插手幫一幫郡主，也算不得亂了她的命數吧。」

三殿下沉默了許久。「她的貴人不是我。」許久後他終於開了口，抬手一揮，半空中出現了一團迷霧。

國師不明所以地望向連三。

三殿下微微抬頭，看著那團迷霧：「追影術下，她此時身在何處，本該明明白白顯現在這裡，但此時你我面前卻是一團霧色，那必然是有人自沙流之中救了她，並以術法隱了她的蹤跡。」他停了停，語氣聽不出什麼，「若她命中注定有一個貴人，那人才是她的貴人。」

能在三殿下眼皮子底下隱去郡主的蹤跡，必定是法力非凡之輩。國師驀然想起來一人：「殿下說的是……」

三殿下仍看著那團霧色：「不錯，我說的是他，帝昭曦。」

國師喃喃：「這麼說，半月前的沙洪之中，是帝昭曦救下了郡主……」話到此處，國師突然想起了昭曦對成玉的執念，不禁悚然，「可依照帝昭曦對郡主的心思和占有欲，若是他救了郡主，還有可能再將她送去烏儺素嫁給敏達王子嗎？」國師越想越是驚心，「若他還是季明楓，為著天下安定之故，自然不至於劫走和親的郡主。可他如今是人主了，我瞧著他那邪性的脾氣，說不定並不會將這人世的興衰更替和家國氣運放在眼中，」思維一旦放飛，國師就有點收不住，「最怕，便是他雖救了郡主，卻罔顧郡主的意願劫了她或是囚了她……對，這太有可能了，否則他何必施術隱去郡主的蹤跡讓我們無處尋她。」國師憂慮得不行，「殿下，你說……」

卻不待他把話說完，三殿下便打斷了他：「夠了。」

國師閉上了嘴，眼睜睜看著連三轉過身去收了半空那團迷霧，恰此時，琉璃燈碗裡的燈花啪地爆了一聲，三殿下提了剪子俯身去剪那燈花。

國師想不通，連三既這樣無情，成玉無論是死是活似乎都不再同他相干，那為何今夜他又會來這十花樓呢？這些日子，三殿下一直都冷冷的，脾氣也不大好，國師本不想觸他的霉頭，可此時竟有些沒忍住，嘆了一聲道：「我自然知道郡主即便被昭曦所禁所囚，那也是她的命數，只是我私心不忍罷了。殿下不願施以援手，其實也是應當。不過我有些疑惑，既然殿下對郡主已沒有半分憐憫了，為何今夜還會出現在此樓中呢？」這話其實有些不敬，脫口後國師便覺不妥，敲了敲自個兒的額頭懊惱道，「我今晚也是糊塗了，問的淨是些糊塗話，殿下當沒聽到吧。」

但三殿下卻回了他，他不疾不徐地剪著燈芯：「我的確還有些放不下她，人之常情罷了，這同我選擇不干涉她的命數，有矛盾嗎？」

放不下的確是放不下，但也只是有一些放不下罷了。國師聽懂了這話，一時也不知該說什麼。他今夜四處尋連三，目的原本就只有一個，便是將成玉的命卦告知給他，就是否幫一幫成玉這問題尋他一個示下。既然三殿下表明了態度，他的事也了結了，可以回了。

雨雖已停，風卻淒淒，國師打了個噴嚏，正打算告辭離去，卻忽逢一人從他身後躥出來，閃電一般擦過他身側，撲通一聲就跪進了內室。

女子的淒楚之聲和著窗外淒風一同響起：「郡主既有如此磨難，還求國師大人和將軍大人救救我們郡主！」

國師瞪大眼睛看著跪在地上的女子：「花娘子？」

來人正是花非霧。

今夜雖是淒風寒雨，卻擋不了青樓做生意，直至寅時，琳琅閣中歡宴方罷。小花卻一時半會兒睡不著，輾轉反側後拎著那個裝著殘經和香包的小包裹來到了十花樓。既然她見不著連三，這經頁和香包也就沒了用途，放在琳琅閣中徒令人生愁，她便打算今夜將它們還回去。然現身於樓中時，卻碰到國師也剛飛身而下，她本能地躲進了轉角，沒想到連三也在郡主房中，更沒想到的是國師竟帶來了那樣的消息。

小花以頭觸地，長跪不起，求人的姿態很虔誠。這小花妖如此講義氣，令國師心生敬意，不由上前一步提點並規勸她：「非是我們不想救郡主，妳也是個花妖，應該知道凡人有凡人的命數，貿然相擾，恐有後患。」

但國師其實高估了花非霧，小花還真不知道這事，有些懵懂地抬起頭來。

國師一看小花這樣，懂了。他一邊納悶小花一個花妖，這種基本常識都不明白她是怎麼長這麼大的，一邊嘆著氣說了一番掏心窩子的話：「讓貧道相幫郡主，這很簡單，但貧道不是郡主的貴人，貿然干擾了她的命數，後患如何，貧道著實無力預測，也無力把控，更無力承受，不如就讓郡主順命而活罷了。」

小花凝眉做思索狀，國師其實有些懷疑，這花娘子一看就糊里糊塗的不聰明，難道那漂亮的小腦袋瓜還真能思索出點兒什麼有用的東西來不成？

就見花娘子看了自己一眼，又看了轉過身來的三殿下一眼，然後將目光定在了三殿下身上：「此前，我以為將軍不過就是國朝的將軍罷了，但今夜聽聞國師與將軍之言，方知將軍並非此世中人，便連國師大人亦對將軍尊敬有加，那麼我猜想，干擾郡主命數的後果，國師雖無法承受，但將軍應該是可以承受的吧？」

國師訝然，這傻傻的花娘子居然誤打誤撞抓住了重點。的確如此，天君的小兒子，便是違了天庭重法，刑司處大約也能通融通融，與自己這等白身證道之人自然不同。

冷風自門口灌進來，吹得那琉璃燈碗裡的燭火搖搖欲滅。

連三找了個配套的燈罩，將那燭火護在燈罩之下，然後在桌旁坐了下來，方看向仍跪在地上的花非霧：「國師誇大其詞了，」他蹙了蹙眉，「帝昭曦的品行並不至於那樣，有他在阿玉……」他停了停，繞過了那個名字，改口，「有他在她身邊，她會平安無事，無需我插手什麼。」

這一番令人定心的話卻並沒有安慰到花非霧，小花擰緊了眉頭：「可我不信他，我只信將軍！」

連三笑了笑，是有些不耐煩的意思了：「妳不信他，卻信我，但我和他，實際上並沒有什麼不同。」語聲裡含著一點不易讓人察覺的譏嘲。

難得小花竟聽出了那譏嘲，急急辯駁：「你和他當然不一樣，我信將軍，是因為郡主她喜歡將軍，將軍是郡主唯一所愛之人，郡主信任將軍，我自然也信任將軍！」

一語落地，房中一片死寂，那颯颯拂動樹葉的風聲，刻漏的滴水聲，都像被寒冰封凍住了似的，在這一瞬間戛然靜止。

好半天，連三的聲音在一片死寂中響起：「妳……在開什麼玩笑？」他臉上那冷淡的笑意隱去了，雙眉緊蹙，因此顯得眉眼有些陰沉，但那眸光卻並不凌厲，倒像是含著懷疑和無措。

小花振聲：「我沒有開玩笑！對了，有這個，」她手忙腳亂地打開手邊那個小包裹，取出兩頁殘經和一只香囊，「這是前一陣將軍你出師北衛時，郡主以指血為墨，抄來為你祈福的經卷，而這個是她特地為你做的香囊……」小花驀然想起，又從衣袖裡掏出一面小鏡子，急急道，「對了，還有，郡主離京前，我因捨不得她，故而每次見她都將和她相處的畫面收進了這面小鏡中。郡主喜歡你是她親口所訴，將軍若不信，親眼看看就知道了！」

小鏡中銀光乍起，投映到半空，隨著那銀光淡去，半空有畫面浮現。

小花輕聲：「這是郡主在平安城中的最後一夜。」

臘月十六夜是成玉留在平安城的最後一夜。

是夜月如冰輪，圓圓的一盞，半懸於天。

因次日成玉便要離京，花非霧著實不捨，故而冒著寒凍，漏夜前來十花樓，想再見她一面。

小花找到成玉，是在十花樓第十層的樓頂上。成玉裹在一領毛披風裡，盤腿坐在屋脊上，拎著個酒壺正在那兒喝酒，腳邊放了只小巧的炭爐，應是被打發走的梨響不放心留在那裡的。

雪雖停了有幾日了，然陳雪積得厚，只化了皮毛，這外頭仍是天寒地凍，一只小炭爐其實也起不了多大作用。小花擔心成玉被凍著，上前第一句就是勸她下去。成玉醉眼迷離地看了眼小花，語聲卻很是清醒：「妳別擔心，我就是上來，最後再看看這城。」微有悵似的，「終歸在這裡生活了十六年，想想其實有些捨不得。」

成玉喝醉了才會爬高，小花在這屋頂上找到她，原以為她必是醉了，但此刻聽她說話如此清明，又有些不確定。同時，情感豐富的小花還被成玉兩句話說得傷感起來，想了一瞬，自告奮勇道：「往後要是妳想念故土，就召喚我，我帶妳回來探親！」

成玉就笑了，笑了會兒卻垂下了眼，將那笑意斂住：「不用，妳若是修煉精進，可日行萬里了，那偶爾帶小齊和小李來烏儺素看看我就行了。」她輕輕嘆了口氣，「這平安城裡，其實也沒有幾個我惦念的人。」邊說著這話，未拎酒壺的那隻手裡邊把玩著一個東西。

今夜成玉說話，一句一句，皆是雲淡風輕，但句句都令人難過。小花傻是傻了點，情商還是可以，不欲表現得悲傷更增離愁，轉移話題地看向成玉手中，故作輕鬆地：「咦，妳手裡那是個香包嗎？」

發問令成玉愣了一下，不自覺地鬆開了左手，像是自己也不知道一直捏在手中無意識把玩的是個什麼物什一樣，低頭看了一眼。小花也就看清了，那的確是只香包，藕荷色錦緞做底，以五色絲線繡了盞千瓣蓮。此蓮名若其實，花瓣繁複，最是難繡，但那香包上的蓮盞重瓣錦簇，白瓣粉邊的色彩如同暈染上去，栩栩宛在眼前，一看便是成玉的手筆。小花心中一動，脫口而出：「這香包，應該不是繡來自用的吧？」

成玉的神色驀然一僵，一時沒有回答。

小花目光一頓，又注意到了炭爐爐腳邊散著的幾頁經書，撿起來一看，吃驚道：「這是血經啊！」小花掏出一顆明珠來，藉著明珠亮光，認真地翻看手上的殘頁，喃喃，「這字……這是妳抄給……」小花陡然領悟，住了嘴，抬眼看向成玉，然終歸沒忍住，「這……這怎麼有些像是被燒過似的呢？」

成玉垂眸半晌，再抬眸時意味不明地笑了笑，重將那香包握住了：「沒什麼，原本也是要將它們燒了的，喝著酒就忘了。」小花還沒反應過來，她已將那香包投進了炭爐中。

小花腦子雖然轉得慢，手卻挺快，一把將那香包自燃著零碎火星的銀骨炭上救了回來。小花拍撫著香包上被火星舔出來的一小點焦斑，一臉心疼：「我沒猜錯的話，這香包是專門做給連將軍的，這血經也是特地為他抄來祈平安的吧？」

聽得小花此言，成玉有些發愣，過了會兒，像是反應了過來，容色就那樣冷了下去：

「是或者不是，又還有什麼意義呢？」

小花訥訥：「一看就是用了心的東西，這麼燒了，不覺得挺可惜嗎？」

似乎覺得小花言語可笑，一絲涼淡的笑意浮上成玉的唇角：「有什麼可惜呢？」她輕聲道。看著小花懷裡的殘經和手裡的香包，「反而它們的存在，讓我顯得既荒唐又可笑，這樣的東西，難道不該燒掉嗎？」

小花心裡是不贊同的，不禁試探：「我始終覺得，妳和連將軍之間，是不是有什麼誤會？」小花對自己那套邏輯深信不疑，「因為照妳此前同我所說，將軍他不是親過妳嗎？那他肯定……」

成玉打斷了她的話：「他只是見色起意罷了。」見色起意，這是多大的羞辱？這句話出口，像是難以忍受這種羞辱似的，她抬起右手，又灌了自己幾口酒。

小花看著成玉冷若冰霜的面容，不知該說什麼好，生平第一回感到了自己的口笨舌拙。這種時候，好像什麼都不可說，也不該說。她嘆了口氣。

但小花確實也是個人才，嘆氣的當口還能趁著成玉不注意將那殘經和香包藏進袖中。其實她也不知道自己為什麼要將它們藏起來，本能地便藏了。

三更已過，這銀裝素裹的夜，連月光都凍人。酒壺裡最後一滴酒液入口，成玉將那空壺放在腳邊，平靜地坐那兒眺望了會兒遠處。

當小花再次鼓起勇氣想將成玉勸下去時，卻瞧見靜坐的成玉毫無徵兆地落了淚。兩滴淚珠自她眼角滾落，很快滑過臉頰，跌進衣襟，徒在面龐上留下兩道細細的水痕。成玉並不愛哭，幾年來小花從未見成玉哭過，就算失意這一段時日少女心事沉重，她看上去也是淡淡的，讓小花一度覺得可能連三傷她也不算深。此時卻見成玉落淚，小花內心之震撼可想而知，不禁喃喃：「郡主……」

成玉彷彿並不知道自己落了淚，輕聲開口：「香包贈情郎，鞋帽贈兄長。那時候他一定要讓我給他繡一個香包，彼時我不懂，只以為他是逗著我玩。後來自以為懂了他的意思，想著他原來是想做我的情郎嗎？開開心心地繡了那香包，邊繡邊想，待他得勝回朝，我將它送給他，他會有多驚喜呢。」她停了停，臉上猶有淚痕，唇角卻浮出了一個笑，那笑便顯得分外自嘲，「原來，一切都是我自作多情罷了，他的確從頭到尾只是逗著我玩。」

小花聽到此處，心疼不已，但也不知該如何安慰，見成玉側身又去拿酒，忙勸道：「酒雖也算好物，卻不宜多飲……」奈何小花此人，心一軟，聲音也便跟著軟，軟軟的勸止根本沒有被成玉聽入耳中。

成玉開了另一壺酒，喝了一半，再次愣愣地看向遠方，良久，用執壺的那隻手抵住了額頭。她閉上了眼睛，有些疲憊地喃喃：「他讓我明白了喜歡一個人是什麼樣，那會有多開心，卻又那麼快將那些東西都收了回去。他騙了我。」她輕聲地對面前唯一的聽眾傾訴，「小花，喜歡一個人有什麼好呢？我多希望我從來不懂。」

小花心口一窒，終於想出了一句安慰的話：「若是這麼傷心，那不如忘掉也好吧。」

成玉靜了良久，然後輕輕點了點頭：「嗯。」

「時候不早了。」她搖搖晃晃地站了起來。聲音仍很清明，像是沒有喝醉。但小花這時候才知道，原來成玉真的是喝醉了，所以她才會在自己面前哭，才會說那些話。她趕緊站起來，想要扶一扶成玉，卻被她推開了。

月色荒寒，夜色亦然，成玉搖搖晃晃地走在屋脊上，背影孤獨幽靜，透著一絲不祥的悲涼。

菱花鏡中的畫面在此時消失。

國師一直注意著連三，見今夜一直波瀾不驚的三殿下，在成玉的身影出現在菱花鏡投射出的幕景中時，那淡然完美的表情終於出現了裂痕。而當成玉毫不猶豫地將手中的香包投入炭爐，自嘲地說它們的存在反而讓她顯得荒唐又可笑時，三殿下的面容一點一點變得煞白。

三殿下反應這樣大，讓國師感到吃驚且不解。他不能明白，聽到郡主遠嫁、乃至失蹤的消息，在消化完後都能疏淡以對的三殿下，為何看到成玉的一個側影、聽到她半明不白地承認對他的喜歡，便會如此震動。

他當然不明白。

於連三而言，所有理智的安排、清醒的決斷，以及基於此的那些疏遠和所謂的一刀兩斷，都建立在成玉並不喜歡他的基礎上。他從來沒有想過，成玉竟對他有情，她是喜歡他的。

她喜歡他，可他卻對她做了什麼？

其實早在那夜她前往國師府隔著鏡池執著地問他是否曾有過許多美人時，他就應該察覺到的，否則她為何要在意他過去是否有過女人？可他是怎麼回答她的？他說是，沒有任何解釋。而當她顫聲問他她是否也是一個消遣時，為了使她死心，他居然沒有否認。在那之後，他還自顧自做出同她一刀兩斷的決定，任她遠嫁，不聞不問亦不曾管。今夜國師前來告知他關於她失蹤的消息，他甚至自以為客觀冷靜地將她推給了帝昭曦……

腦海中那本就岌岌可危的理智的線，啪的一聲，斷得徹底。

他的身體微微發抖，他控制不住，不禁扶住了一旁的桌角。

她一邊落淚一邊對花非霧說：「喜歡一個人有什麼好呢？我多希望我從來不懂。」

淚水細細一線，掛在她緋紅的眼尾，飛掠而出，擰成一把無形的絲，細細密密勒住他的心臟，令他痛不可抑。

喜歡一個人有什麼好呢？我多希望我從來不懂。

她酒醉的哭訴雖傷心，卻很平靜，但他從那平靜的語聲裡聽出了血淚的味道。聲聲泣血，一字一字，是在剜他的心。

國師瞧見三殿下蒼白著一張臉一言不發，轉身踏出了房門，在踏出門檻之時，竟不穩地絆了一下，扶了門框一把才沒有摔倒。

國師在後面擔心地喚了一聲：「殿下。」

門外已無三殿下的人影。

第十章

自那夜大洪水後，絳月沙漠的天氣便詭譎難定，時而炎陽烈日，時而暴風驟雨，近幾日又是大雪紛飛。

駝隊尋到了一片小綠洲紮寨。成玉裹著一領鵝黃緞繡連枝花紋的狐狸毛大氅，站在附近的一座沙山上遠望。

昭曦則立在不遠處凝望著成玉。從前他也總是這樣悄然凝視祖媞的背影。

這場景和二十多萬年前那樣相似，讓他一時竟不知今夕何夕。

季明楓所愛的紅玉郡主，和昭曦珍藏在心底二十餘萬年的祖媞神，在性子上，其實有很大的不同。成玉活潑嬌憐，祖媞肅穆疏冷，她們唯一的相似之處，是眉宇間那一抹即便生於紅塵亦不為紅塵所染的純真。可此刻，遠處沙山上那抹亭亭而立、清靜孤寂的背影，竟與腦海中祖媞神立於淨土的神姿毫無違和地重合在了一起，令昭曦的心一震。

正在他怔然之時，身邊忽有人聲響起：「郡主她越來越像尊上了，對吧？」

昭曦轉過頭，看清來人，微微蹙眉。來人是從來和他不對付的殷臨，入凡後化名為朱槿。

朱槿的目光在他臉上略一停留，淡淡道：「你在想什麼，我其實都知道。」

聽得此言，昭曦不置可否地笑了笑：「哦？」

朱槿看向遠方，良久：「你苦戀尊上多年，一心想將她據為己有，可一旦尊上歸位，你便毫無機會了。你當然不希望她歸位，是吧？」

昭曦僵了一下，但他很快反應過來，不動聲色地回答：「若你是怪我在洪水中救了郡主，那時我並不知洪水乃是天道為尊上所造的劫，可助她悟道歸位。」他停了停，「我並非故意破壞這劫。同為神使，我為尊上之心，同你是一樣的，歸位既為尊上所願，我自然會肝腦塗地助她達成此願。」

然朱槿畢竟不是天真遲鈍的霜和，也不是溫和寬容的雪意，他一向犀利靈敏，難以糊弄。果然這一番話並未將朱槿糊弄過去，他面上浮現出了一個瞭然的神情，唇角微勾，便顯嘲弄：「可知何謂神使？神使存身於世的唯一使命便是侍奉神主，神主之所願，便是神使之所向。尊上當年令你在凡世耐心等候，待她重臨世間，你便能同我一起好好照看她。可你才等了三萬年，便因私而自入輪迴，」話到此處，他淡淡一笑，「所幸沒有你，我也順利輔助尊上轉世了十六世。昭曦，你在我這裡，早已沒有任何信用可言了。說什麼會幫尊上達成心願，這些鬼話，我一個字也不會信。」

昭曦靜默了片刻，聲音冷下來：「既不信，尊駕所為何來？」

朱槿收斂了那嘲弄的笑意，視線落在數丈外成玉的背影上，半晌，沉聲道：「這是最後一世，也是尊上的最後一劫，完成這一劫，她便能順利歸位。郡主必要嫁去烏儺素，必要嘗遍這世間苦楚，完成這最後一世的修行，這一劫，我不允許它出任何岔子，若有人膽敢破壞，我神擋殺神，佛擋殺佛！」他回頭定定注視昭曦的眼睛，神情凌厲，瞳眸中含著森然的冷意，「你聽明白了嗎？」

朱槿離開後不久，成玉也從沙山上下來了，昭曦卻在那兒又站了會兒。

朱槿揣測他的那些話和最後那句恫嚇，他齊齊生受了，並非朱槿的言語太過強勢令他無力招架，他只是懶得作戲去反駁。畢竟，朱槿都猜對了。

可他來威脅他，卻是威脅錯了人，昭曦想，他應當還不知道，這些日子，連宋一直在尋找成玉吧。也對，朱槿畢竟不如自己那樣清楚他二人之間的糾葛，不如自己那樣關注水神的動向，因此棋差一著了。

將要破壞此劫的人不是他，而是水神，或者應該說不全是他，還有水神。

於洪水中救下成玉後，昭曦其實是想帶著她立刻離開的，為避免被追蹤，他還隱了蹤跡，且囚了絳月沙漠的四方土地，以幫他保守秘密。哪知朱槿就在近旁，很快便現身，他著實無法在朱槿眼皮子底下將人帶走，本想一路跟著尋找時機，孰料無意中從水鏡中得知，連宋竟也開始尋找成玉了。細思良久後，他覺得，這可以是個機遇。

昭曦並非時刻窺視著水神，因此連宋為何會違了誓言千里萬里地尋找成玉，他亦不甚清楚，預想中應是得知了她因洪水而失蹤的消息，終究不忍。不忍，這是最合理的解釋。

風雪簌簌，昭曦微微垂眸，手中化出一鏡，鏡中見到白衣的水神冒著風雪於大漠戈壁一寸一寸翻找成玉的匆忙身影，他突然想起了許多年前的一個黃昏，祖媞神在一方山瀑前對他訴說她的預知夢境。

他第一次聽到她的嗓音含情，卻不是為他而含情，她說：「我看到宮室巍峨，長街繁華，也看到大漠戈壁，遐方絕域，而他為我踏遍山河，輾轉反側，心神皆鬱，愁腸百結。然後終於有一夜，他尋到了我，告訴我說，他喜歡我。」

那個夢，指的就是目下吧。昭曦冷冷地想。無法尋到土地指引的水神，於每一個白日黑夜，疲憊地行走在這片剛被洪水洗禮不久的、沒有任何生靈存在的沙海中，徒勞而焦慮地尋找失蹤郡主的蹤跡。彼時無情無欲的祖媞神在夢中見到這一幕時不禁落淚，那時她是不知前因，如今知道了前因，明白連宋尋她為的不過是「不忍」二字，她可還會落淚？昭曦抿了抿唇角，不會了，他想。

他垂目繼續凝視著水鏡，在幾乎將絳月沙漠翻過來的搜尋中，連三已很是接近他們了，鏡中此時連宋所站之地，正是他們前日所經的路徑。但昭曦並不打算提醒朱槿。據姚黃說，連宋或許認識朱槿，那一旦水神到來，為了不暴露成玉的身分，朱槿定會選擇避其鋒芒暫時離開。而那，正是他將成玉帶走的絕佳時機。

昭曦面無表情地將水鏡收入袖中，垂眸之時，看到了沙山下那抹向小綠洲踽踽獨行的鵝黃色身影，他靜了片刻，突然伸出五指，藉著視野上一點錯位的親近，將那虛影籠入了掌中，然後小心地、緊緊地拽住了。

昭曦估算得沒錯，連宋果然很快便追上了他們，就在次日黃昏，比他所料的還要更快一些。

雪已停了，落日只是一個圓的虛影，遙遙掛於天邊，靜照在這片為薄雪覆蓋的無涯孤漠上。被洪水蹂躪的巨木殘根自雪野裡嶙峋地突起，為這片廣漠平增了幾分蒼涼。

天是白的，地也是白的，成玉騎著一隻白駝，側坐在兩隻駝峰之間，正在駝鈴聲中昏昏欲睡。

駝隊卻突然停了下來。

她睜開眼，抬手將遮住眼睫的兜帽撩起，然後，手便停在了那裡，雪白的面容上呈現出驚訝之色。那訝色似一朵花，在她精緻的臉龐上緩緩盛開，開到極盛之時，卻唯留一片空白。

她將手放了下來，保持著空白的表情，目光落在立於駝隊前的白衣青年身上，淡淡一瞟，然後便移開了目光。

他出現在此，必是因了皇命，有什麼事需交付給送親隊，總不會是為了她。她沉靜地想，重放下了兜帽，蓋住了半邊面容。

冰天雪地中，整個送親隊都著裝厚重，唯有這突然出現的青年突兀地穿著不合時令的白單衣。青年身上有櫛風沐雨的痕跡，面上略顯疲憊之色，但這無損他高徹的神姿，依然令人覺得他形如玉樹，姿態風雅，卻又內含威儀。

負責送親的李將軍率先認出了面前這位被尊為帝國寶璧的大將軍，立刻攜眾叩拜。

連宋卻並未看他們，目光定在不遠處端坐在駝峰間的成玉身上，靜了好一會兒，方低聲吩咐：「你們先行迴避吧，我有事同郡主說。」

眾人循令退去遠處，連宋方抬步，緩緩走到了成玉的白駝前。

白駝靈性，感受到這高大青年內斂的威壓，立刻馴服地跪臥下來。

連三方才吩咐人下去時，成玉並未聽見，此時還陷在眾人為何突然退下的茫然中，白駝一動，她回過神來，才發現手被來人握住了，一拉一拽之間，竟已被青年抱了起來。白駝溫馴地跪於一旁，她被青年攬在懷中，擁抱的力度幾乎令她感到了疼痛。但她沒有掙扎。她在思考：他這是在做什麼呢？

「我找了妳很久，阿玉。」青年終於開口，在她耳邊低聲道。那聲音有些啞，含著一點疲頓之感，卻很溫柔。溫柔得令她感到困惑。

大約是在冰天雪地中待得太久了，青年的懷抱是冷的。成玉的心也是冷的，並不能因一個久違的擁抱就溫暖起來。她一直沒有吭聲。

直到青年察覺出了她的反常，主動鬆開她，她才順勢離開了他的懷抱，微垂著眼，平靜開口：「將軍來此，是因皇兄聽說了沙洪之事，不放心我，故而派您前來尋我，是嗎？」他為何突然出現在此地，這是她能想出的最合理的解釋了，「如將軍所見，」她無動於衷地繼續，「我很好，送親隊也正按照原計畫向烏儺素趕路，不會耽誤國之大事。煩勞將軍向國朝陳明，且代我向皇兄報個平安吧。」

天邊那冰輪似的冷陽像要掛不住了，緩緩西沉，天地間籠上了一層朦朧的暮色。

聽聞成玉平靜冷淡的言辭，連宋並沒有立刻回答，待她等得不耐，重抬起下垂的眉眼，淡淡看向他時，他才輕聲：「我來尋妳，與皇命無關，是我自己非要找到妳不可罷了。」趁著她發愣，他上前一步，握住了她的手，「想要問我為什麼，對嗎？」但不等她點頭或搖頭，他已凝視著她的眼眸說出了答案，「因為我喜歡妳，不能容許妳嫁去烏儺素。」

成玉愣住了，片刻之後，緩緩睜大了眼睛。

連三瞭解成玉。

成玉是那樣的，受傷後慣會以棘刺包裹自己，但無論她表現得多麼拒人千里，她的心卻比誰都軟，都真，所以她一直是很好哄的。

四處尋她之時，他已將他們的重逢在腦中模擬過千遍。他預料過她見到他時或許會很冷漠，他知道他該怎麼做。只要讓她知道他的真心，她便會收起周身小刺，雖不至於像夢中那樣立刻撲進他的懷中，但她必定會諒解他，或許會再鬧一會兒小脾氣，但此後就會軟軟地依靠上來同他和好。他是這麼想的。

驕矜的水神，被這世間優待太多，自負刻進了骨子裡，從未懷疑過或許這一次他對他的心上人判斷有誤。

直到此時，分辨出成玉的臉上並未出現哪怕一絲欣悅的表情，他才終於意識到了這個問題。一種事態或許會脫離掌控的慌亂悄然自心底生起，令他的心猛地一沉。

便在此時，成玉終於給出了回應。她像是聽進了他的話，自言自語：「喜歡我嗎？」停下來想了會兒，面上浮起了一個不經心的笑意，她搖了搖頭，「你或許的確有些喜歡我，但只是一些罷了。」這麼點評了一句之後，她抬起頭來望住他，那笑便不見了，清澈如水的眼眸中無悲無喜，「因為將軍曾親口說過，我嫁給敏達也好，嫁給誰都好，那是我的命數，你不便相擾，難道不是嗎？」

連宋一震。

成玉繼續道：「所以我有些困惑，明明將軍初回平安城，聽聞我遠嫁的消息時，並沒有任何觸動，此時卻為何會來尋我，且還說出不能容我遠嫁的話呢？」她用那杏子般的眼眸望住他，那眸子仍是可喜的水潤，像時刻含著汪清泉，此時卻是清泉無紋。

為何如此，這是一時半刻無法解釋清楚的一樁事，可為何她會知曉他那些言不由衷之語，而後更深地誤會他，瞬息之間他便明白了：「那些話，是季明楓告訴妳的，是嗎？」

她移開了視線。夜幕已臨，是該安營的時候了，幸而附近便有一小片綠洲。李將軍正指揮著兵丁紮寨生火，季明楓亦站在那一處，卻游離於忙碌的眾人外，面向他們這一處，似乎正在看著她。

成玉再次收回了視線，她搖了搖頭：「與他人無關，是我親眼所見。那時得知我和親，將軍其實並無不捨，小花不欲我遠嫁，想請將軍幫忙，將軍卻連一面也不願見她。」說到此處，她停了一停，忽地斂眸，自嘲一笑，「也是，若要將我換回，只能派十九皇姐前去，才能遂烏儺素之願。十九皇姐乃將軍的掌中寶，將軍自不會令她遠嫁。既然沒有換回我的辦法，不見小花也是應該。」

若兩人再無相見之機，這些話她一輩子都不會說出來。他的狠心令她生痛、生怨，一月不到的時間，著實不足以令那些傷痕痊癒。她拚盡全力想平靜地面對他，可心中痛未滅，言語間難免怨懟。似是察覺了自己言語中的怨憤之意，她立刻住了口，聲音重變得古井般枯寂沉靜：「在我和十九皇姐之間，將軍早已做出了選擇，此時卻又來尋我，將軍是什麼意思，我很糊塗。」

這些話，她說得越是平靜，越是刺心。話罷她便斂了眸，因此沒有看到青年臉上的痛意，只聽到良久之後，青年出聲道：「妳說我做了選擇，的確，我曾做過一個如今令我後悔萬分的選擇，但這選擇卻與煙瀾無關。阿玉，妳不必如此在意煙瀾，我們之間的事，和她沒有關係……」

「是的，我們之間的事同十九皇姐沒有關係。」少女突然抬起頭來打斷了他，嘴唇顫了顫，像要勾出一個笑，卻終究失敗了，她就含著那個失敗的笑，輕聲道，「我很明白，所以你放心，我必不會因此而記恨皇姐。」她頓了頓，「如將軍所言，和親是我的命數，我已接受了這命數，將軍請回吧。」

連宋直覺成玉是又誤解了什麼。向來穎悟絕倫的水神，這一刻，面對眼前將真心深深藏起的心上人，卻驟然失去了抽絲剝繭分析的能力。他不知道她在想什麼，唯一能確定的是，他今日對她說的話，她一句都不曾相信。

他看著她，直看到她不能承受地移開了目光，才疲憊地開口：「為什麼就不能相信我呢？」連他自己都沒有意識到，那微啞的語聲裡竟含了一絲委屈。

成玉靜了許久。「我是不能相信你。」她輕聲，「教我怎麼相信你呢。」停了一會兒，她又道。這像是個問句，但顯然她並不需要他的回答。

她注視著不遠處裊裊升起的炊煙：「你喜歡長依，為救她不惜散掉半身修為，為了她而入凡，連做大將軍，都是為了保護她的轉世，付出這樣多的心血，這才是喜歡吧。」一有風吹過，拂起她的髮絲，她抬手將髮絲拂至耳後，眼眸中流露出了一絲看透一切的厭倦，「將軍說喜歡我，可為了我，你又做過什麼呢？無論我是生是死，是遠嫁還是失蹤，將軍都不關心的，這，怎麼能說是喜歡呢？」

連宋愣住了。「妳原來，是這麼想的。」良久，他說。

他是真的從來沒想過，在她內心深處，竟是這樣定義他，這樣定義長依，這樣定義她自己。飽覽宇內經綸的水神，參透十億娑婆人世，卻參不透意中人的思緒。

他自認對長依無情可言，折半身修為救她，只為驗證「非空」的存在。他也從不覺得自己的半身修為值個什麼。折修為，救長依，證非空，都不過是漫漫仙途中幾件尚可算作有趣且有意義的事罷了。做，就做了，不做，也無所謂。唯有對成玉，他是思之不得，輾轉反側，執著在心，無法紓解。

在他看來，為成玉而起的貪欲和嗔癡心，比半身修為難得太多，可在凡人看來，他對成玉所做的，的確不及對長依千萬分之一。

「我對長依，不是妳想的那樣。」

到最後，他竟只能說出這句話，他自己也知道這句話有多無力。但她厭世般的面容和他內心無法忽視的鬱窒之感卻堵得他喉頭生疼，無法說出更多的言語。

然後，他就看到她流淚了。那淚來得突然，就在他那句蒼白的解釋之後。

她依然是不信他的，他無力地想。

「我其實有些恨你。」她安靜地開口。

她在他面前哭過很多次，她的淚，他是很熟悉的。她傷心得狠了會大哭，但傷心得狠了卻不知如何是好時，她的淚從來是很平靜的。

「我自己也知道，其實我沒有理由恨你。你曾經告誡過我，讓我離你遠些，是我不願聽，所以落到這個地步，是我的錯。但我卻忍不住恨你。」她嘆息了一聲，說著恨他的決絕話語，但轉過頭來看著他時，卻眼尾緋紅，分明是一副柔軟可欺的模樣，但她的拒絕又是那樣堅定，「將軍，我這一生，其實都不想再見到你。」她說。

似有一盆雪水當頭潑下，涼意直入心底。連宋僵在了那裡。

她令他憐，亦令他痛。

從前總以為她只是個嬌嬌小兒，不識情字，因此當用那些風刀霜劍般冰冷殘酷的言語斬斷二人緣線時，他並不覺會傷她多深，只以為她懂得什麼呢，痛的人唯有他而已。可如今才知，他究竟傷她多深。他不能怪她受傷後築起利甲保護自己，不能怪她不信他，更不能怪她一生都不想再見到自己。

在說完了那些話之後，成玉便轉身背對了他，再次出口：「所以，將軍，請回吧。」天地都靜，連宋只感到渾身冰冷。那冷意極尖銳，迫得他無力以對，如同置身於北海海底那懲罰罪人的萬里冰域。

送親的駝隊一路向西而去，按照輿圖，再行兩日便能到達被譽為沙漠之心的翡翠泊。翡翠泊後坐落著一片廣袤的戈壁。靜謐的桑柔河自高原而下，繞流過沉默的戈壁灘，而在桑柔河的盡頭，便是大熙與烏儺素的國界所在。

國師一手牽著駱駝一手拎著張地圖看了半天，不解地同走在他身旁的天步搭話：「天步姑娘妳伺候殿下多年，應該對殿下很是瞭解吧？」

天步謙虛道：「不敢當。」

國師沒有理會天步到底敢當不敢當，自顧自繼續：「依妳看，殿下如今這到底是個什麼情況啊？」國師嘆了口氣，「既然終歸是捨不得郡主，那上天入地好不容易把人給找著了，難道不該立刻將她給帶回去嗎？可殿下倒好，只這麼一路跟著，再跟個七八日，咱們就能親自把郡主送嫁到那敏達王子手中了。」話到此處，國師突發奇想，「該不會……殿下是真這麼打算的吧。想著既然他與郡主無緣，那不如讓他親手把她交託到一個可信靠的人手中，她下半輩子穩妥了，他也就心安了什麼的……」

連、成二人情緣糾結難解，國師方外之人，不識情字，但他講義氣，也渴望有足夠的情感知識儲備，可以助他在關鍵時刻開解友人，因此這些時日埋頭苦讀了不少情天孽海的話本子。看他現在思考事情的腦迴路，就知道神功已有小成。

天步正兒八經考慮了一下國師這個推論的可能性，嚴謹地搖了搖頭：「不，我覺得不至於。」她給出了一個很理性的論據，「殿下並不是這樣捨己為人的神。」

這個論據太有分量，國師一時也不知道該說什麼。

天步沉吟了一番，又道：「郡主還在生殿下的氣，這種情況下，直接將郡主帶回去，實乃火上澆油，我估計，殿下可能是在等著郡主消氣吧。」

國師想了想，點頭：「也是。」

天步當然不知成玉並非是在賭氣，也不知郡主和她家殿下那場分別了近四月之後的再次相見並不從容。非但不從容，還飽含著近乎決裂的悲苦和沉重。畢竟，在連宋尋到成玉後的第三日，她同國師才領著一個拖油瓶一樣的煙瀾一路找過來。她根本不知二人之間發生了什麼。

是了，他們將煙瀾也帶了過來，此舉著實不明智。但無意中從國師處聽到連宋拆天揭地地尋找成玉的消息後，煙瀾震驚之餘，以死相脅，非跟來不可。國師受不住她那種一哭二鬧三上吊的鬧法，只好從之。

此時煙瀾便坐在國師所牽的那頭駱駝上，巴掌大的臉陷在防風的兜帽中，神色晦暗，忍不住插進國師和天步的交談：「紅玉她差點在洪水中失蹤，殿下尋她，應是為了確定她平安吧。終歸也是有幾分交情的，殿下不忍，乃人之常情。至於國師大人所說的什麼有緣無緣，捨得不捨得，」她輕輕咬了咬唇，「我看卻都是沒影蹤的事，國師大人自己胡亂想的罷了。」

國師不以為然，卻也沒有反駁，他這一陣也是被煙瀾折騰怕了，本著多一事不如少一事的心淺淺一笑：「公主說得是。公主說是如此，那便是如此吧。」

天步側頭看了煙瀾一眼。

天步的動作很微小，因此煙瀾沒有發現，她大概也聽出了國師的敷衍，面色有些尷尬，沒有再嘗試說什麼，唯那雙水潤的眼，牢牢注視著前面連三的背影。

天步偶爾會有點疑惑，明明長依是那樣有趣的人，看長依永遠如同霧裡看花似地難以看清。但長依轉世的煙瀾，偏這樣簡單。她也不像是白紙那樣純淨，或許更像是一汪活水，也算不上多麼澄澈，但好的壞的，卻都能讓人一覽無餘。譬如此番她不顧一切也要跟來這裡，善解人意的天步就很能領悟她的意思，不過是因她害怕連三果真對成玉動了真情，一心想要阻止連三將成玉帶回平安城罷了。

天步不太看得上煙瀾這些小心思，覺得她這樣既無用，也沒意思。

兩日後，到了翡翠泊。送親隊在湖口的三角洲處安下了營寨，天步他們則在營地數丈之外安頓了下來。

國師最近話本子看多了，入戲甚深，悲憐世間有太多癡情兒女緣慳命蹇，連帶著也很同情連宋和成玉。加之見三殿下似乎也想開了，一副世間規則皆不在我心的無悔模樣，國師更誓要撮合二人，覺得人神相戀，雖然困難重重且為天地不容，但正因如此才淒美動人嘛，是很值得相幫的一件事了，就挺興沖沖地天天給天步出主意，手把手教她如何當一個三殿下感情路上的好助攻。

國師是這麼和天步分享心得的：「有個話本叫《西廂記》的，不知道天步姑娘妳有沒有看過。《西廂記》裡的秀才張生和小姐崔鶯鶯鬧矛盾了，就是靠崔鶯鶯身邊的丫鬟紅娘從中說合。為今之計，我看天步姑娘妳也不妨倣法那紅娘一二……」

天步當然沒有看過《西廂記》，她也不認識什麼張生和崔鶯鶯。她對國師的話半信半疑，但天步從來是個急主人所急的忠僕，看連三因和成玉鬧僵了，整日鬱窒不樂，自然也想幫主人解憂。她就謹慎地把《西廂記》找出來認真地研讀了一遍，看完之後，驚覺國師的鬼話居然有幾分道理，她倣法紅娘去說合說不定還的確是個令連、成二人破冰的好法子。

天步沉吟一番，逕直去了成玉的營帳。

天步本以為成玉既惱了連宋，那必然也惱她，求見成玉應該不大容易。沒想到並未遇到什麼刁難，很快就被她身邊那個梨妖侍女領進了帳中。

大漠飛雪不斷，帳中卻很暖。少女像是剛浴過身，水紅色中衣外，一件白底織金貂毛大氅斜披於肩。她側靠著一張紅木憑几，倚坐於雪白的羊毛毯上，螓首低垂，親自給天步斟了一碗酪漿茶。

跪坐在一旁的梨響將茶捧給天步。

天步喝了一口，味道很怪，她不太明顯地皺了皺眉，正琢磨著如何同成玉提起連宋，少女倒先開了口：「聽說疊木關以西的住民沒有飲茶的習慣，大家都是飲酪漿，我不太喜歡酪漿，前幾天趁著他們煮漿時，偷偷添了濃茶進去。這種以茶改良後的漿我喝著覺得還可以，倒是沒有純漿那麼難以下嚥了，天步姐姐覺著怎麼樣？」

成玉仍稱她為姐姐，態度自然地同她閒談，就像她們還在平安城。但天步立刻就辨出了差別。平安城中的玉小公子純稚可親，同誰都能相處得好，可此時坐在她面前的紅玉郡主，卻自帶一股拒人千里的疏冷之意，猶如瑤池之花，不可攀折。

終歸是物非人也非了。

天步斟酌了一下，答非所問地向成玉道：「郡主既不喜酪漿，又何必勉強自己。雖說添了茶味，但酪漿便是酪漿，終究不如茶湯可口。」

成玉不置可否地笑了一下：「入鄉便要隨俗，總是要習慣的。」

天步靜了靜：「不知道郡主想過沒有，或許您可以不用入鄉的。不入鄉，自然就不需要隨俗。」她佯作自然地將話題引向正軌，輕咳了一聲，「關於郡主和親之事，我想公子處必定已有了一個萬全之策……」

成玉打斷了她：「天步姐姐。」她出聲，聲音稍顯突兀，但因輕柔平靜，因此並不令人感到不自在。她溫和地向著天步笑了一下：「許久不見，我們還是聊點更有意思的事吧。」

天步愣了一下，她想過成玉可能不太願意同她聊起連宋，但沒想過她會這樣直白地制止自己，那些在心中揣摩了許久的話就這樣被堵在口中。然她二人從前的交情，皆是因連宋而起，此時要繞開她家殿下聊點別的，天步一時也不知從何聊起。

成玉替她解了圍：「說說長依吧。」憑几上擱著一只銀壺，鏤空的壺柄上以紅線繫了串銀鈴，「長依，她是怎麼樣的？」成玉低頭撥弄著那串銀鈴，在銀鈴的輕響中出聲。

那聲音很輕，因此顯得縹緲，天步有些疑心自己聽岔了：「什麼？」

就見成玉抬起頭來，若有所思地看了她一眼，過了片刻，她像是突然明白過來似的，很淺淡地笑了一下：「哦，妳應該還不知道。」她柔聲解釋，「我從煙瀾處聽說了。大將軍的真實身分也好，煙瀾同長依的關係也好，還有大將軍同長依的淵源，我大概都知道了。」

眼見天步臉上浮出震驚，她覺得有趣似的，再次笑了一下。「那時候長依，」她以手支頤，純然感到好奇似的：「她為什麼沒有和你們的殿下在一起？」

天步終於有些明白，為何從來心軟又好哄的成玉，如今面對連宋會是這個態度。原來二人之間隔著長依。成玉既是從煙瀾處得知了長依的存在，那天步大概能料到煙瀾都在成玉面前說了什麼，她不禁有些氣惱，心念電轉間，定神向成玉道：「我不知十九公主曾對郡主說了什麼，但郡主心裡應該知道吧，殿下喜歡您，十九公主她一直看在眼中，因此而嫉恨您也是有的。若她的話令您感到不快了，您大可不必當真，她不過是想離間您和殿下的關係罷了。」

成玉微垂著眼，暖燈映照之下，她的側面柔和靜美，沒什麼表情，看不出在想什麼。

天步也不知成玉有沒有將她的話聽進去，心裡這樣疑惑著，面上卻不顯，只繼續道：「至於殿下為何沒有和長依在一起，自然是因為殿下並不喜歡長依，而長依也不喜歡我們殿下。」停了停，她又補充了句，「九天之神皆知，長依喜歡的是三殿下的兄長二殿下桑籍。」

成玉靜了片刻。「哦，他果然是愛而不得啊。」她依然托腮靠著憑几，眼睫微垂，說這話時表情沒有任何變化，語氣也很平直，聽不出來是在意還是不在意。

天步卻蒙了，她完全沒搞懂自己到底是哪句話說得欠妥，以至於讓成玉得出了這樣荒謬的結論。「不，」天步覺得自己還可以再補救一下，「郡主您真的誤會我們殿下了，殿下他對長依著實沒有男女之情。所謂助她成仙、照看她，乃至後來救她之類，不過是殿下他……」

但她沒能將解釋的話說完整，成玉突然打斷了她：「妳又怎麼知道呢？」是個反問，語氣並不強烈，因此並不顯得迫人。

在這個問句之後，成玉托腮的手放了下來，一直凝於虛空的視線落到了天步臉上。她看了天步好一會兒，然後將視線移開了：「喜歡一個人，其實是很自我的一件事，若有心遮掩，旁人便更難以看透，到底如何，唯有自知罷了。或許有時候，因對那人好已成了一種本能，所以連自己也不知道。」她的聲音和婉，像只是在就事論事，「譬如我從前就並不知道我喜歡你們殿下，很久之後才明白，原來那竟是喜歡。」話罷她再次撥了一下那繫在銀壺手柄上的銀鈴。

天步愣住了，她沒想過記憶中那總是快樂無憂、孩子般純真的半大少女，有一日想事也會這樣深。半晌，她喃喃：「郡主您……是這樣想的嗎……」

連宋和長依之事，她其實從來沒有細思過，她只是盲信了自己對連三的瞭解，先入為主地認定了自己的判斷罷了。但就如成玉所說，連宋到底對長依是如何想的，她又怎麼能知道呢？三殿下是真的不喜歡長依嗎？天步不禁也有些恍惚了。

就在天步恍惚發呆之際，成玉再次主動開了口：「或許有些事，的確是煙瀾騙了我，但她是長依的轉世，這總是沒錯的。」她微微抿唇，含著一點不認同，淡聲，「不過我不相信得你們殿下如此高看的長依會是煙瀾那樣。」她停了一下，「長依是怎麼樣的，妳和我說說看吧。」

這已是今晚成玉第二次開口讓她談長依，天步想，看來她對長依真的很好奇。

天步其實有些掙扎，不知道該不該和成玉聊長依，但轉念想很多事既然成玉已知道了，那她在她面前追憶幾句故人應該也無傷大雅，一味迴避反倒容易又起誤會。

「長依，她和煙瀾公主長得很不同，比煙瀾公主要更貌美一些。」她想了一會兒，開口道。一邊觀察著成玉的表情，一邊斟酌著言辭：「長依是花主，人也像是一朵霧中花，總是朦朦朧朧的，讓人看不真切；你以為她是這樣，但她其實又是那樣，彷彿有一千面，是莊肅的九重天上難得趣致的一位女仙。」

看成玉托著腮，彷似聽得很專注，天步娓娓繼續：「長依也聰明，那時候殿下代理花主之職，將她安置在座下。您也知道殿下的，逍遙無羈，許多事都懶得管，因此花主這個職位上的差事，大多都交給了長依擔著。長依能幹，每一樁差事都完成得極出色，所以沒多久，殿下就同掌管仙籍的東華帝君打了招呼，讓出了花主之職，將長依推了上去。長依心好，人也玲瓏，兼之又有才幹，因此當年雖是被破格擢升為花主，但她座下的花神花仙們都很擁戴她。」

回憶到此，天步默了一下：「長依在花主這個職位上兢兢業業了七百二十年，諸神皆對其讚譽有加。」她有些沉重地頓了頓，「原本她是會前途無量的，奈何為情所礙，最後為了成全心上人，不幸魂喪鎖妖塔。」她輕輕嘆了口氣，「再之後的事，郡主您便知道了。」

她簡單述完長依的生平，等了一會兒，見成玉沒有回應，不禁抬頭看去。

成玉垂眸沉默著。這是今晚她常有的一個動作，但此刻，那沒有表情的臉卻不像是在思考，而像是走神。帳外寒風呼號，即使以毛氈做門簾也嫌不夠厚實，風循著縫隙撲進來，燈苗搖搖欲墜，劈啪一聲，爆了個燈花。

成玉的眼睛很緩慢地眨了一下，這時候，她才像是終於回過神來：「聽起來，長依不錯。」她對天步說。想了想，又道：「是個很難得的女仙，配得上他，這很好。」說完這句話後，她笑了一下，笑容沒有持續太久，很快便消失了，面容空白，妝點著一縷倦色。

天步皺了皺眉。她注意到成玉今日笑了很多，就像她依然還是過去那個溫和的少女，一切都沒有改變。但那些笑都很輕、很淡，且轉瞬即逝，再也尋不出過去的爛漫赤誠。更像是一種保護自己的偽裝。

天步的內心有些複雜。但不等她有更多的感慨，便聽成玉又道：「長依是這樣，才不會讓人意難平。」這句話有些莫可名狀，但天步卻隱約覺得，自己懂了成玉的意思。果然聽她又補充了一句：「復歸的長依，應該不會再那麼死腦筋，希望大將軍能得償所願吧。」

天步抬眼望過去，看著少女那淡漠而美麗的側影，突然記不起曾經的成玉是什麼樣了。依稀記得是活潑勇敢的少女，總是很有朝氣，不怕碰壁，無論在連宋那裡吃了多少次閉門羹，也有執著的勇氣。有時候聰明，有時候又很笨，看不穿連宋是在故意躲她，聽自己說公子不在府中，會有點害羞，又有點赧然地對她說「沒關係我明天繼續來找他」，還會切切地、好好地囑咐她一旦連宋回府一定要派人通傳她。

可那個少女，她那些天真熱切的神色，她的一顰一笑，天步卻忽然記不清了。眼前唯有她如今這副淡漠沉靜的模樣，彷彿很懂事，很通透，又善解人意。

天步覺得有點心酸，又有點可惜。她不知道自己還能再說什麼，喝完了一整碗酪漿茶，躊躇了片刻後便告辭離去了。成玉沒有挽留。

回去的途中，天步隱約覺得這次對成玉的拜訪非但沒能幫到三殿下，反而將這樁事搞得更複雜了。她揉了揉額角，想著得立刻去找三殿下請罪。但回到他們那片小營地時，卻並沒有尋到三殿下。

營地裡只有煙瀾那個叫作青蘿的婢女惶惶地守在帳篷中。婢女顛三倒四稟了半日，天步才知道，就在她前去成玉的營帳時，發生了一件大事。

煙瀾失蹤了。

第十一章

濃茶醒神，以濃茶入酪漿，因此而製出的酪漿茶在提神醒腦上亦有大用。成玉睡前飲了半杯，半宿不得安眠，因此當昭曦趁夜潛入漆黑的郡主帳時，見到的是一個因失眠而圓睜著雙眼極為清明的成玉。

雙方都愣了一下，還是昭曦率先反應過來，抬手便向成玉的頸側壓去。

成玉擋了一擋：「世子這是做什麼？」語聲中並無驚懼，也無怒意，只是像很疑惑。

昭曦頓了一下，一邊安撫她：「別怕，帶妳去個地方。」一邊趁著成玉不備，右手快速地再次壓上了她的頸側，在耳畔輕輕一碰。成玉來不及說什麼，只感到耳後一麻，人便暈了過去。

成玉覺得自己應該睡了很久，恢復意識時，她感到有人在有一搭沒一搭地輕觸她的鬢髮，手法溫柔，並不令人感到不適，但她心中對這樣親密的接觸感到抗拒，因此強抵住了困頓之感，費力地睜開了眼睛。入眼便是那隻修長勁瘦的手再次落下來，這次撫在了她的額頭上，掌心溫熱，微有粗糲之感。

成玉一驚，猛地推開了那手坐起身來，定了定神，方看清手的主人原來是季明楓，而方才她竟然躺在季明楓的懷中。昏睡前季明楓將她帶走的一幕驀入腦海，成玉快速地看了一眼他們如今所處之地，低聲：「明月，空山，松下，溪邊，」八個字概括完周遭之境，她不太明顯地皺了皺眉，「這是什麼地方？」又問，「你……」

她原本是想問你為什麼將我帶來這裡，但腦子裡突然撞進了一個看上去很荒謬但又似乎極有可能的想法，讓她一時噤了聲。不會吧，她神色複雜地看著季明楓，有些猶疑地想。

月色澹蕩，古松臥於溪畔，樹冠如同一蓬綠雲，老根之側設了一席。季世子一身玄衣，一膝微曲，坐於席上，神色沉靜，並且從頭到尾，他的神色都那樣沉靜。彷彿成玉突然醒來，發現他對她私自的、隱密的，而又逾越的親密，皆是在他的計畫之中，他就是在等著她發現。並且，他很清楚成玉想要問他什麼。

所以，他先回答了成玉的第一個問題：「這是自妳所在的那處凡世誕生出，卻又獨立於那處凡世的一個小世界，是一個任誰也無法找到的地方。任誰的意思是即使朱槿或者連宋，也沒有辦法找到這裡。」

在成玉面露震驚之時，他的手指輕輕叩了叩膝：「還想問我為什麼將妳帶來這裡，對吧？」他語氣平直地繼續為她解惑，回答她並未問出口他卻已知的第二個問題，「妳爺爺睿宗皇帝曾訓示先帝，道成氏王朝南面天下，不結盟，不納貢，若國有危，將軍當亡於沙場，君主應死於社稷；熙朝的國土之上，王子可以埋骨，公主不可和親。」

話到此處，語聲染上了一絲嘲諷：「睿宗才崩了多少年，成筠便忘了祖訓。如今國也不算有危，將軍並未亡於沙場，君主也還沒有死於社稷，卻已派了郡主前去蠻族和親，滿朝文武居然也沒什麼意見。靠著女人的裙帶安天下，諸位君子倒都很好意思。」

成玉愣了片刻，她方才還以為季明楓將她帶來這裡，該不會是因喜歡上她而終於忍不住搶了親吧。此時方知是誤會了季世子，不由愧怍：「原來世子是急公好義，欲救我出苦海，」季世子適才臧否今上和群臣之語，是有其道理，但她也理解成筠如此選擇的無奈，不禁為其辯駁，「皇兄一向待我不薄，送我和親，並非是皇兄無能，選擇了用女子的裙帶安天下。當日熙衛之爭，君王並未懶政，將軍也並未怠戰，著實是因在那樣複雜的情勢下，結盟烏儺素是最……」

但季明楓卻像很不耐煩聽到她為皇帝說話：「又何必為他們找藉口，」他打斷了她，雙眉蹙起，像是並不明白似地看著她，「和親嫁去烏儺素，嫁給那敏達，也並非妳所欲，不是嗎？」

季明楓一語罷，兩人間靜了片刻。

遠處傳來山鳥的夜鳴，松風自身畔過，成玉撩起被風吹散的鬢髮，而後開了口：「我很感激世子你為我考慮這樣多。」她不明顯地笑了一下，「和親……原本的確並非我所欲。誰願意去國離家，遠嫁去一個未知之地呢？」遠望天盡頭濃黑的夜色，「但，彼時皇兄問我意願，我親口答應了。既答應了，這便是我的責任。」

她平和地揣測：「世子將我帶到此處來，李將軍他們無法尋到我，勢必會上報朝廷，而後，皇兄會換上別的公主替代我遠嫁。」很輕地嘆了口氣，「世子當知，和親這樁事本身，是無法阻止的。皇宮裡的百來位公主，大都是可憐之人，犧牲她們之中的任何一位來承擔本應由我承擔的命運和責任，我都難以心安。」她看向季明楓，容色安然，「所以世子還是將我送回去吧。」

溪中流水潺潺，清音堪聽。季明楓仍保持著屈膝坐於席上的姿勢，但他抬起了靜在身側的右手置於膝上，徒手把玩著掌中之物，一時沒有言語。手心偶爾透出一點藍光，成玉定睛，才驀然發現，季明楓所把玩的是原本插在她頭上的一支藍寶白玉掩鬢。

她恍了一下神。

季明楓便在此時抬起了頭，他面無表情地看著她：「其實將妳帶來此處，並非因道義，也並非全為了妳，所以將妳送回去，是不行的。」

成玉還在恍惚中，剛從此境中醒來時那荒謬的念頭再一次劃過她的腦海。「什麼？」她問。

季明楓顯然注意到了她的表情，他定定看了她一陣：「妳其實一開始就猜到了吧，阿玉，將妳帶來這裡，是因為我喜歡妳，不願妳去烏儺素和親罷了。說什麼道義，為了妳好，不過是因我以為那樣更能說服妳。」

他目視著成玉，目光審慎，審慎中含著希冀，很微弱，但也不是完全不會讓人察覺。如此矛盾的目光，就像他雖然料到了成玉早已猜到了他的真實所想，卻還是希望自己料錯了，她其實並不知道，而當她終於明白他的心意時，會動容，會想要回應。

哪怕只有一絲動容，一剎那想要回應。

他給了她不可謂不長的一段時間，但最後他還是失望了。

她看上去絲毫不吃驚，微微垂了眉眼，像是不知該說什麼，或者不想要說什麼。但兩種反應也沒什麼差別，同樣都是對他的表白毫不期待的意思。

「沒有什麼話好說，是嗎？」季明楓笑了一下，那笑很淡，只在嘴角短暫停留，像是很無謂，「那我繼續說了。」他淡淡，「既然妳和親的心如此堅決，那些冠冕的話妳也聽不進去，那我只好讓妳看清現實。」

他的聲音徹底冷了下去，說出的話像是刻意想要使人生懼：「我早就預謀好了這一切，趁著朱槿和連宋不在的時機，將妳帶來了此地。這就是我的打算：將妳囚在此處，同我共度餘生。自將妳成功帶來這裡，我就沒有過哪怕一絲一毫的念頭，要再放妳回去。」

月光幽涼，林下只餘水聲風聲。兩人間著實靜了一陣。

終於，成玉蹙著眉開了口：「你……」似有些躊躇，但看不出害怕，像有什麼重要的話將要出口，在斟酌著言辭。

他料到了她想要說什麼，眉眼不自禁地一沉，自席上站起，幾乎可稱粗暴地打斷了她的斟酌：「妳也不必多說什麼。」他生硬道，「我知道妳一時半刻無法接受，但很快妳就會想通的。」他居高臨下，看似隨意地向她，「既然連敏達都可以嫁，收繼婚那樣的惡習也可以接受，那嫁給我，當然也是可以的，對吧？」

既然從那樣遙遠的過去直到現在，他從來沒有那樣的好運氣能同她以真心換真心，那麼扮演一個純粹的掠奪者，也不是不可以。

果然不出他所料，在聽到這一番言辭後，她的臉色瞬間變得蒼白。

他終歸還是不忍，閉了閉眼，轉身背對著她：「時候不早了，我先去前面的竹樓休息，妳若睏了，也去那樓中休息便可。」話罷便要抬步而去。

這一次，她很快叫住了他：「你等等。」聲音並不高。

他頓了一頓，但沒有停步。

她抬高了音量：「世子哥哥，你等等。」

這久違的稱呼令他一震，他沒能再邁動步伐。「妳許久沒有這樣叫過我了，」良久，他低聲道，「但是，」他像是有些自嘲地輕笑了一聲，語聲很快恢復了冷漠，「想要以此討好麻痺我，從而說服我，大概是沒用的。」

成玉沒有理會他的嘲諷，「我並不相信，」她自顧自言道，「你像你所說的那樣，不管我怎麼想，也鐵了心要將我囚在此處。若是如此，你那樣聰明而有耐心，完全可以用其他藉口欺騙我在這裡住下來，溫水煮青蛙地使我失去想要出去的意願。你完全不用這樣著急地向我道出你的真實想法，便可以達到目的，不是嗎？」

他沒有否認，但也沒有承認，仍背對著她，笑了一聲：「那妳說我是為了什麼？」

她輕聲：「從前，你我之間雖有許多誤會，但我卻沒有一刻不曾認為麗川王世子是個光明磊落的大丈夫。你的行為如此矛盾，是因為你從心底裡不願欺騙我。」她停了停，「其實早晚會想通、會被說服的不是我，而是你。」她定定望住他的背影，「我的意願對你，其實很重要，對吧？」

他像是僵住了，沒有說話。

她的眼神清明而篤定，雖未曾得到他的回應，亦繼續道：「也許答應和親時，我有過意氣用事，但越是靠近烏儺素，我便越明白了我所肩負的責任的重大。其實很早以前，我便知道了自己的宿命，喜歡上……」她頓了一下，繞過了那個名字，「那時候，是我最想要從這段既定的命數中掙扎出來的時刻。但最後發現不行，其實也沒有太大的遺憾。」她神色肅然，「如今，想到捨我一人遠嫁，大戰可止，而我在烏儺素一日，大熙的邊境便能安妥一日，我之餘生，竟重要至斯，思之令我心得慰藉，我願意為大熙如此。」她跪了下來，以首觸地，「所以，我求世子哥哥你將我送回去。」

季明楓僵了許久，最後還是轉過了身。他深深看著成玉伏地的倩影，嗓音微啞：「的確，妳的意願對我很重要，但我的意願對妳，卻不值一提。無論過去還是現在，妳真的，從未將我放在心上啊。」

成玉抬起頭來，有些怔然地看著季明楓。他的聲音那樣悲鬱，面容又是那樣蒼涼，她有些模糊地感覺到，他口中的過去和現在，似乎並不止是兩年前他們在麗川結緣至今，而是更廣闊、更蒼茫，也更孤寂的時間，所以他才會是這樣的語聲和表情。

季明楓蹲下了身，與她平視，那張臉英俊淡漠，眼眶卻紅了：「妳真的很無情，妳知道嗎？」

成玉感到心酸，她被那盤繞於心的酸楚之感所攫住，看著他失望的臉、泛紅的眼眶、緊抿的嘴唇，不自禁地伸手拉住了他的一點衣袖：「我……」她覺得他是傷心了，想要說出一點安慰的話，一時卻不知該說什麼。似乎這個時候，不遂他的意，那就說什麼都顯得無情，可她是無法遂他之意的。

季明楓垂眸看著握住他衣袖的她的手，片刻之後，伸手握住了她的手。

她沒有反抗。

他凝視著她的手，眼睛一眨，眼尾忽然滑下了一滴淚。然後他將她的手背抬起來，放在唇邊，輕輕印了一吻。那淚便落在了她的手背上。

伴著那淚和那吻，他輕聲道：「妳說得很對，我從來沒有辦法真正地違背妳。」

他溫熱的氣息亦拂在她的手背上。

成玉有些哀傷地看著季明楓，默許了他的動作。愛而不得的痛，她比誰都懂，她對他的痛苦感同身受。透過眼前的季明楓，她就像看到了自己，酸楚之餘，又覺悲憫。

季明楓最終還是答應了成玉將她送回去，似乎正如他所說，他從來沒有辦法真正地違背她。但成玉後來想起他說那句話時，卻隱約有些覺得，那話語中包含了太過深沉的悲哀，不是區區兩年時光可以承載。她甚至有些荒謬地覺得，季明楓既得了仙緣，再非尋常凡人，是否得知了前世，而在前世她同他是有過什麼淵源的。然再往深處探尋，只是徒增煩惱，她其實也並沒有那樣好奇，因此作罷。

季明楓希望能同她在此境再待上幾日，他的原話說，回想過去，他們之間好像就沒有過什麼好好相處的時候，他希望他們能有三日尋常相處，給他留下一點回憶，也算了卻他一個心願，使他不至於在她離開之後終生抱憾難平。

這話著實傷感，祈求也並不過分，成玉不忍拒絕。

但兩人卻沒有在此境中待夠三日。

第二日，連三殿下便找來了。

此境中乃春日，惠風和煦，微雲點空。

成玉同季明楓坐於溪畔垂釣。有魚咬鉤，季世子眼明手快揚起釣竿，一尾肥鯉懸於鉤上，猶自掙扎。成玉發出一聲驚嘆，臉上露出久違的歡欣的笑，忙取竹簍來接。

正此時，一道迫人的銀光突然迎面而來，季明楓率先反應過來，欲攬成玉後退，但手還沒環上成玉的腰，白衣身影似疾風掠過，人已被來者搶去。

成玉只聞到一陣白奇楠的冷香，微甜而涼，被攬住後又被一推一放，只在瞬息之間。她回過神來時發現自己倚在遠離溪畔的一棵梨樹旁，而溪水之畔，白衣青年與玄衣青年已打得不可開交。長劍和玉笛鬥在一處，玉笛雖非殺器，然一招一式，威勢迫人，而長劍雖格擋防守居多，亦不相讓，劍氣森然。眨眼之間，溪畔小景已被二人毀得不成樣子。

成玉用了一瞬反應過來這是個什麼狀況，不假思索地提著裙子小跑過去，到達接近戰局卻又不至於被傷到之地，微微焦急地揚聲制止二人：「住手，別打了！」

聽得成玉的阻止聲，季明楓眉頭一動，率先收了劍，而攜怒而來的三殿下卻並未能及時收手，手中玉笛所衍生出的銀光在季明楓毫無防備的一剎那直擊向他的胸肋。季明楓被震得後退數步，猛地吐了口血。

這一招傷季明楓，是在他撤下所有防備之時，可說是傷之不武了，並不符合三殿下的打鬥美學，他立刻停了手，隔著數丈遠看著季明楓，冰冷沉肅的面容上雙眉緊蹙。

成玉眼見季明楓受傷，心中驚跳，奔過去檢查了他的傷勢後，看他雖以衣袖揩拭了嘴唇，唇邊仍有殘血，想了想，從袖中取出了一條絲帕遞過去。

待季明楓處理好唇邊血跡，成玉方回頭看向連三，遲疑了一會兒，她開口：「將軍一來便動武，是否有什麼誤會？」

連宋看著站得極近的二人，握著玉笛的手緊了緊，嘴唇抿成了一道平直的線，良久，才生硬地回答她：「膽敢劫持妳，難道不該讓他付出點代價？」像是仍含著無法抒發的怒意，拚命地克制了自己，才能還算平靜地回答她的問題。

成玉啞然。

在成玉和連宋短暫的一問一答之間，季明楓終於緩了過來。「少綰的無聲笛。」他注視著連宋手中通體雪白的玉笛，「我還道就算你尋到了此地，也進不來，沒想到少綰君將無聲笛留給了你。有了這支笛子，的確，和她相關的任何異界，你都是可以進的。」他由衷地低嘆，「連三，我真是羨慕你這一直以來無往不利的好運氣。」

如季明楓曾向成玉所言，此處的確是基於此凡世而衍生出的一個小世界，但他沒有告訴成玉的是，這是由魔族的始祖女神少綰君所創造出的小世界。

二十一萬年前，少綰以鳳凰的涅槃之力打開了分隔八荒與十億凡世的若木之門，使得人族能夠徙居於凡世。而在那之前，在協助父神創世的過程中，少綰在許多處凡世都創造了一個小世界，以此作為凡世的人族在遭遇滅族之禍時的避難所。

這些小世界被命名為小桫欏境。

在少綰涅槃祖媞獻祭之後，這些小桫欏境皆由人主帝昭曦掌領，世間只有人主悉知入境之法。

季明楓，確切地說是昭曦，於沙洪中救出成玉後，他一直在尋找將成玉帶走的時機。連宋尋來後，朱槿果真如他所願避走了，只留了姚黃、紫優曇和梨響從旁照看成玉。對昭曦來說，這三隻妖並不足為懼，麻煩的是如何引走時時刻刻注視著成玉的連宋。

好在沒兩日，粟及竟帶著煙瀾趕到了。他便順理成章地藏了煙瀾，引走了連宋，爭分奪秒地將成玉帶到了麗川的南冉古墓來。

是了，這處凡世的小紗羅境入口，正是在南冉古墓裡曾盛放他仙身的那口古棺中。昭曦預料過，待發現他帶走了成玉，以連宋之能，應該有很大機率能找到南冉古墓來。但那又怎麼樣呢？屆時他已將成玉帶到小紗羅境之中了。

他從沒想過連宋能進入這小紗羅境。

但水神，他真的是上天的寵兒，命這樣好，無論何時都有好運氣。而自己輸給他，似乎總是輸在命數或運數這種天定之物上。

這種認知讓昭曦心底氣血翻湧，一時沒忍住，又吐了一口血出來。

成玉立刻扶住了他，面帶擔憂地詢問：「你沒事吧？」她憂慮的神情和關懷的語聲都並不逾矩，但這卻已足以讓靜立在對面的水神一張俊面更添怒意。

看著這樣的水神，昭曦忽覺有趣，前一刻還猶自怨艾憤懣著的內心忽然鬆泛了許多，他挑了挑眉，哪壺不開提哪壺地向連三：「既然三殿下此時出現在了這裡，那看來是已找到了失蹤的煙瀾公主，終於放心了，才有這種閒情逸致順道來尋阿玉吧？」

「閉嘴。」青年直視著他，聲音似淬了冰。

昭曦猶記得在大淵之森時，自己被這囂猾傲慢的青年氣成了什麼樣，如今能引得青年先行按捺不住在自己面前失態，他當然捨不得閉嘴。像突然想起來似的，昭曦用食指輕輕敲了敲額角：「對了，我差點忘了，一個多月前在大淵之森時，你不是答應過我，只要我告訴了你尊上的下落，你便永遠不見阿玉了嗎？說起來，你似乎是食言了啊。」

聽得昭曦的挑撥之語，青年神色微變，握著玉笛的手向下一壓，原本如羊脂白玉的一隻手，手背上青筋畢現：「昭曦，你不要太過分。」他沉聲，嗓音中含著陰鬱，怒意有如實質，周圍的和煦春風也驟然降了溫，「當日你所言對我有多少價值，你心中自清楚，今日又怎敢怪我食言。」

昭曦微驚，神色變換間，沒什麼溫度地笑了笑：「果然不能小看你。」

但青年已不再理會他，側身面對著成玉，目光全然凝在她身上，伸出那隻未拿玉笛的手向她，聲音比之方才不知溫和了多少：「跟我走。」他道，往日從不耐煩解釋的人，今日卻破天荒又補充了一句，「他口中那些事，等出了這異界，我會和妳說清楚。」

昭曦冷笑，嘲弄地哼了一聲。

成玉卻沒有什麼反應，她一言不發地站在那兒，微微垂著頭，像是在走神。

青年向前走了一步，又喚了一聲：「阿玉。」

被他這一喚，少女才像是回了神。微風拂過，有一瓣梨花隨風而至，她的目光隨著飄飛的梨瓣停駐在自己的裙角。默了一會兒之後，方輕聲地，卻又執意地向連宋道：「將軍，我們聊聊吧。」

昭曦迴避了。

成玉提議希望昭曦迴避時，他倒是痛快答應了，但故意又咳嗽了兩聲，咳出兩口血來。成玉沒看出來他的故意，有些擔憂，讓連宋先等等，攙扶著昭曦一路將他送回了竹樓，才又重新回到了溪畔。

昭曦作戲之時，連宋冷眼瞧著他一番作態，倒也沒有阻止，然看著成玉和昭曦相攜而去，臉色卻不由變得晦暗難明，待成玉折返後，極生硬地開口問她：「妳其實是自願和他離開的，是嗎？」

成玉剛站定在連宋面前幾步遠，聞言有些驚訝地抬頭，她的目光閃爍了一下，反問他：「是自願如何，不是自願，又如何呢？」

連宋今日一直在生氣，成玉是知道的，但她能察覺，他此前生的只是季明楓的氣罷了，惱怒季明楓帶走了她。可此時，他卻像是也很生她的氣似的。聽聞他的問題，她大概也明白了為何他會如此，但她覺得他沒有理由，因此並沒有好好回答。

她模稜兩可的回答像是讓他更生氣了，但他仍是克制的，皺著眉頭看了她好一會兒，他上前一步，像是不太懂地詢問她：「可妳不是喜歡我嗎？為什麼要跟他走？」

成玉愣住，接著她沉默了片刻。「你都知道了啊。」片刻後她敷衍地回他。

她並不吃驚連宋知曉了此事，畢竟她從未在任何人面前隱瞞過，小花知道，季明楓知道，連天步都知道。只是他這樣說出來，讓她有點措手不及，但也並沒有感到羞赧或者尷尬。

青年不滿她的敷衍：「妳沒有回答我的問題，阿玉。」說著又向她走近了一步。

這個距離就太近了，成玉不動聲色地往後退了一步，忽視了青年在發現她後退時緊鎖的眉頭。她不打算回答他的問題，因為她很明白被他牽著走的後果。而她今日卻是真的很想冷靜地和他聊聊正事。

「我們先說說別的事吧。」她靜了一會兒，道，「天步姐姐那夜來尋我，說關於如何順利帶我離開而不被朝廷追究，你已有了萬全之策。」她抬起眸子，「可以讓我聽聽你的辦法嗎？」

青年面上浮過一絲驚訝，像是不明白為何她會突然問起這個，但他很快便斂住了那絲驚訝，以及隨之而來的對她提出此問的探究。他沉默了片刻，選擇了如實回答她：「絳月沙漠會再次迎來一場大洪水。」

成玉立刻便懂了：「這一次，我便不會那麼幸運了，對嗎？」

不等青年回答，已一句一句條理清晰地道出了他的安排：「我葬身在沙洪中的消息會很快傳回朝廷。和親的郡主不幸於和親途中罹難，國朝上下自然很是悲痛。烏儺素要維繫和大熙的關係，便不會趁火打劫，提出將和親之人換成腿腳不便的十九皇姐。屆時，要指派哪一位公主替代我前去烏儺素和敏達王子完婚，便全憑皇兄之意了。」

她輕聲讚嘆：「這法子的確不錯。」

讚完之後，她輕嘆了一聲：「原來，將軍是真的有辦法在保全十九皇姐之餘，也將我保下的。」

連宋削薄的嘴唇動了動，然終究，他什麼也沒說，只是眼中彷彿暗藏隱痛。

但成玉疑心是自己看錯。她天馬行空地想，因為她說的都是真的，所以他無法也無力反駁。但是提起這些並非是為了同他翻舊帳，她如今也並不想要看到他愧疚或是痛悔，她就低低解釋了一句：「我並不是在抱怨開初之時你不願對我施以援手。」然後又很輕地、沒有什麼含意地笑了一下，「因為即便那時候你這樣打算了，我也不會接受你的安排。既親口答應了皇兄和親，我沒有那個臉安然地讓別的人去代我受苦。問你這些，只是我有些好奇罷了。」

青年注視著她：「好奇嗎？」那琥珀色的瞳仁似暮色下退潮的海，先前的所有情緒皆隨著退去的海潮泯然於大海，唯剩下一點哀傷浮於寧靜海面。

「人神相戀，為九天律法所不容。」青年突然道，聲音有些啞，含著一絲輕微的自嘲，「當然，我並不是個端直板肅的神，因此一向也並不太遵守所謂律法之類。但關於妳我之間，我卻的確不得不多考慮一些。」

成玉抬頭看向青年，有些茫然，她不知道他在說什麼。

「我有無盡漫長的壽命，」青年看著她茫然的臉，像是覺得她懵懂得有些可愛似地笑了笑，「可妳是個凡人，即便再長壽，也不過能在這世間度過須臾百年。而一百年，對我來說，太短暫了。

「我想要的，並非須臾之歡，而是與妳長相廝守。但若要如此，我們只有兩條路。要嘛我助妳成仙，而後帶妳叛出天庭，四海流浪；或者妳仍做一個凡人，但死後去冥司不可飲忘川水，每一世，都等著我去尋妳。」

成玉杏子般的眼緩緩睜大了。

青年的目光有些空地放在這小桫欏境的盡頭：「這兩種選擇於我而言，並沒有什麼，我都可以，但卻會讓妳受極大的苦。凡人成仙之苦，妳無法想像。而不喝忘川水，逆天改命，將每一世的因緣都交託到我手上，到我無法護妳之時，妳所需遭受的天罰，妳亦無法想像。這兩條路，都很難走。」

說完這些話，他像是感到分外疲憊似的，抬手揉了揉額角：「那時候我以為妳只是將我當作哥哥，對我來說，妳既對我無意，我便不能自私地將妳拐上這條必然會受苦的路，所以我做出了選擇，從妳的人生中離開，不干擾妳的命數。」

「原來是這樣……」成玉喃喃。

「原本是該這樣的，」青年閉了閉眼，「我到如今，依然認為那是很理智的考量。可花非霧告訴我妳其實喜歡我，想到妳也喜歡我，」他看著她，嗓音乾澀低啞，像是愉悅又像是痛惜地笑了一下，「我便什麼都顧不得了。」

他再次走近了一步，很深地看著她：「妳也喜歡我，所以我才有了奢望，希望妳能為我成仙。」

成玉印象中，連宋從沒有在自己面前說過這樣長的話，有過這樣徹底的自白，她一時有些失神。無數種思緒充斥在她的腦海，令她整個人一片混沌。最後，是無處安放的欣悅脫穎而出，一點一點，聚成了一個巨大泡沫，充滿了她的心房。那泡沫有七種色彩，華美可愛，但她同時又明白，這泡沫越是巨大可愛，就越易破滅。然後在她不知所措卻又潛意識感到悲觀的一瞬，小李大夫的幾句話突然闖進了她的腦海，令她驀地冷靜了下來，也清醒了過來。

「我對情愛之事，沒有什麼研究。只是從前為了幫小花，看過一些話本。」她聽到自己答非所問地向連宋。

「有個話本裡有個故事，說一個秀才在踏青時對一個官家小姐一見鍾情，為她衣帶漸寬，憔悴不已。但小姐乃朱門所出，秀才家境卻貧寒，兩家門庭著實相差太過。

「秀才自知這樁事成不了，為此大病一場，病癒後，放下了那位官家小姐，娶了同村一個教書匠的女兒。女孩子叫阿秀，雖是村姑，但也識字，且甚賢慧，嫁給秀才後夫唱婦隨，兩人也過得很是相得，且和樂。

「我的朋友小李大夫乃是風月常客，點評這個故事，說秀才對那官家小姐是喜歡，但不過是見色起意罷了，因只是見色起意的喜歡，所以才能理智地考慮許多，最後選了教書匠的女兒。倘若他真心愛著那小姐，便是行仲子踰牆之舉，也是要試試同那小姐能不能有一個將來的。因為愛一個人，就是會那樣不顧一切。」

講這個故事時，她沒有看他，目光一直落在溪對岸那棵梨樹上，講完這個故事，才重新將目光移向面前的青年：「我聽說過連三哥哥不顧一切的事蹟。」

她終於重新喚他連三哥哥。但此時她這樣喚他，卻並沒有讓他的心情好一點。他知道她講這個故事是何意。果然聽到她繼續：「當初鎖妖塔之殤，明知神仙並無輪迴，連三哥哥仍義無反顧捨了半身修為，誓要為長依求得一個來生。但對於我，如你方才所說，你其實是能自控的。」

是一些如同含怨的話，但她的口吻平和，語聲中並沒有含怨的意思。她自己大概也察覺到了這些話容易引起誤會，就抿了抿唇，認真地解釋了一下：「我並非是在抱怨，也並非不甘心，連三哥哥能告訴我你心底的真實所想，知道你曾為我考慮了那樣多，我其實已經釋然了。」

隨著她換回「連三哥哥」這個稱呼，他們之間的距離也像是重新拉近了，她終於不再疏離淡漠地看他，又恢復了從前那種近乎純真的誠摯。她抬眸看向他：「我這樣說，只是想讓你明白你真正的心意。你真的喜歡我，但你愛的人是長依。所以，我不能為你而成仙。」一話罷，她清澈的眼眸裡掠過了一些東西，像是感傷，又或許不是。因為她的語聲那樣篤定，不像是會為此而感傷。

連宋凝視著成玉那雙重新變得親和溫柔的眼眸。他喜愛她的親和溫柔，可此時，他卻寧願她像此前那樣，是用負氣冷漠的語聲對他說出那些言辭，因為負氣之言絕不會是真心。

他心口生疼，眉頭緊鎖地看著成玉，許久，很慢地問她：「妳覺得，妳會比我自己更懂得我真正的心意，是嗎？」

她笑了笑：「因為當局者迷，旁觀者清啊。」

那平靜的笑意如同一把利刃，再次扎得他心臟一陣刺痛。他沒有反駁，只是道：「是嗎？」

成玉點了點頭。想了一會兒，又再次開口：「我承認上次見到你時，還心懷怨憤，所以也說了很多不理智的、情緒化的話。但如今，我是真的釋懷了。我不是連三哥哥愛的人，且我們在一起相處，不過數月罷了，於你漫長的命途而言，不過瞬剎，你我之間……著實沒有執著的必要。」她淡淡笑了一下，「即使我們喜歡彼此，那也不是多深的情感，你忘了我吧。」又補充了一句，「你很快就會忘記我的，那不會太難。」

「妳呢？」他問她。

「什麼？」

他今日的問題格外多，像是認真同她討教：「妳認為我們的感情很淺，而且，妳覺得妳也會很快忘記我，是嗎？」

「我……」成玉滯了片刻，最終，她沒有否認他的話，飛快地繞過了這個話題，看了眼遠處的竹樓，低低道，「季世子會很快將我送回去的，他將我送回去後，連三哥哥你就盡快回朝廷去覆命吧，我們都應該回到各自的命途中去，這才是最正確的做法。」

兩人之間極靜，唯有一旁溪水叮咚。

她理了理額髮，同他確認：「你會答應我的，對吧？」

他看了她許久：「好，我答應妳。」

得到了他確定的答覆，她點了點頭：「那我……」

她想說那我先回去了，以此結束掉這段漫長的、頗耗費精力的，又有些令人傷感的對話，卻被他打斷了。「等等。」他說。

她停住了，有些疑惑地看著他。

他輕輕一抬手，一陣風吹過，溪對岸的那樹梨花如雪紛落，漫天花雨中，春風似知人意，帶著一朵梨花停在他的手心。

那堪與羊脂白玉媲美的一隻手微一翻覆，梨花不在，唯餘一枚白玉掩鬢臥於掌心。

他再次靠近，以近乎貼住她的姿勢，左手搭著她的肩，右手將那新得的掩鬢插入了她的髮中。他低沉微涼的聲音響在她耳畔：「妳的掩鬢丟了一支。」

她的心怦然而跳，這天下，論風雅風流者，果真無人能出他之右，簡單一個動作、一句話，就能讓人輕易喜歡上。她想她方才是說了謊，他會很快忘掉她，但是她卻不能。她到死也不會忘記他，只是他們之間，真的無緣，也無分。

他的手在她的髮鬢上停了一瞬，然後沿著她的額際，來到了她的眼角。

他像是想最後為她拭一次淚，但這次她表現得太好，即使是最後一次道別，也沒有落下淚來，只是眼尾有些泛紅。他的手指滑過那泛紅的眼尾，停了一停。然後他退後了一步，輕聲道：「我走了。」

她按壓住盤桓在心底的那一絲隱痛，面色如常地點了點頭：「嗯。」

成玉目送著連宋離開的背影，想著這次離別之後，大約真的一生都不能再見了。但這是最好的結局，這樣的安排對誰都好。

她閉了閉眼，轉過了身，毫無猶疑地向著前方的竹樓走去。

第十二章

昭曦將成玉送回和親隊是在三日後，此前一直綴在駝隊後的連宋一行已離開了。昭曦見成玉面色怔忪，問她是否在失望，成玉搖了搖頭：「沒有，我只是在想，連三他的確是守約之人。」

昭曦看不出她說的是真話還是假話。

送嫁隊伍裡，李志李將軍和陳元陳侍郎分別是武官和文官裡的老大，這兩位大人隨嫁以來目睹了許多怪力亂神之事，正在重塑世界觀，人也就變得比較好騙。成玉主動解釋，說她當夜難眠，沿著翡翠泊散步，不料掉入了一個神秘的地宮，季世子隨後趕來救她，結果兩人一起被困在地宮裡，幸好季世子通習奇門遁甲之術，方使二人尋得了出口順利獲救……她胡說八道得有模有樣，李將軍和陳侍郎不疑有他，郡主失蹤這事就算揭過了。

紫優曇傻乎乎的，也很信成玉的胡說八道，因成玉對地宮的描述太過逼真，搞得他很神往，立刻就要前去探索一番，姚黃和梨響聯手都攔不住他，幸而朱槿及時趕到，拿縛妖索將他給捆住了。

朱槿不是李將軍和陳大人，也不是紫優曇，成玉的忽然失蹤到底是怎麼回事，朱槿心裡門兒清，收拾完紫優曇後，手中化出長劍，當著成玉的面就要把昭曦給宰了。幸好成玉反應快，擋了一擋，逼得朱槿半途止劍，加之很會做和事佬的姚黃也趕緊上來好勸歹勸，方將一齣兇殺案止於無形。

誰也沒想到的是，這件事鬧到最後，最倒霉的居然會是紫優曇。因為朱槿這幾天一看就火氣很大，大家都不敢觸霉頭找他說話，而他自己也忘了他的縛妖索還捆著紫優曇，等想起來時，倒霉的紫優曇已經被捆了五天，整個妖都不好了。

奄奄一息的紫優曇被放出來的那一天，送親隊距熙烏兩國邊界僅還有十數里地。

先行的傳信官在夜幕降臨之時趕回來稟報，說四王子敏達已親率禮官們前來迎接，就等候在作為兩國邊界的彩石河北岸。

陳侍郎和李將軍商議，覺得敏達王子如此有禮固然是好，然天已入夜，雖只有十幾里地，但讓郡主夜奔去見未婚夫畢竟不莊重，他們還是應該讓烏儺素感受一下大熙作為一個禮儀大國的風範，因此決定就地紮寨，讓敏達王子等上一宿。

因次日便要同敏達的迎親隊伍會合，這夜在營地裡，送親的官員們或規整著儀仗隊的典制，或清點著送親的嫁妝，這一小片胡楊林看上去肅穆而忙碌。但再忙碌也沒成玉什麼事，故她早早便入了帳。正在燈下翻閱著一冊花鳥畫集子時，忽聞遠方傳來一陣轟響，似驚雷動，成玉剛把頭從冊子中抬起來，便見梨響匆匆而入，拉著她就往外跑，一驚一乍地：

「郡主，您來看！」

二人來到帳外，又是「砰」的一聲。成玉抬目，漫天煙火猶如一場荼蘼花事，爭先恐後擠入她的眼中。她愣了一瞬。

戈壁的天壓得沉，野曠天低，給人伸手便可摘星之感，而此時這些盛放於濃黑天幕的煙花也像是近在眼前伸手可觸似的，盛大雖不及她在平安城中所見的那兩場，卻自有一種華美生動。

梨響仰望著天空，陶醉道：「郡主，是不是很美？」

成玉沒有回答。

梨響又道：「這煙花像是從彩石河畔燃放起來的，我猜是敏達王子送給郡主的見面禮，郡主覺得呢？」

成玉仍沒有回答。半空中忽響起一陣嘹亮哨音，砰砰砰砰，十六顆煙花次第炸裂，這一次，散開的光點並未結成花盞，而是凝成了十六個漢字和一行烏儺素文鋪陳於半空。

「相思萬千難寄魚雁，火樹銀花付於卿言。」梨響凝望著那兩行漢文，低唸出聲，唸完後一愣，半掩了嘴唇向成玉，「這果然是敏達王子送給郡主的禮物，」又看了眼天上隱隱欲滅的文字，小聲道，「這十六個字，是說他對郡主有許多思念，書信難以表達，故而他鼓起勇氣，借這火樹銀花傳遞對郡主的思慕之情，希望郡主能夠知曉，是……這個意思嗎？」雖然用了疑問的語氣，但說出口時梨響就覺得那十六個煙花字多半是這個意思了，想了想，有點感嘆，「朱槿說那敏達王子對郡主有意，原來是真的啊。」

成玉依然沒有說話，臉上也沒什麼表情，只是靜靜注視著半空的煙花。她有點走神，半空中那光點凝成的十六字，讓她想起了成筠曾對她說過的話。

為了勸動她和親，成筠曾說烏儺素四王子敏達一表人才，清芷爽朗，在曲水苑避暑時對她一見傾心，求娶她乃出於一片真心，別無雜念，這一段姻緣乃是大好良緣。彼時她因對連宋失望，整個人心灰意懶，也沒太將成筠這席話放在心中。此時想起，才知成筠或許並沒有騙她。

倘若她此生不曾遇到過連宋，這段緣也的確能算作是佳緣吧。

或許她此時看這場煙花的心，會同那夜曲水河畔與連宋一起看那場煙花一般，她會十分喜悅，喜悅中又生出一點哀傷來，然後在見到敏達之時，她會告訴敏達她喜愛煙花是因為她的母親。若敏達真的愛慕她，那他應該也願意聽她說這些事。

那樣她的人生就會是另外一個模樣。

但這世間從沒有倘若和如果。眼前的煙花如此美麗，煙花所代表的四王子的心意也熱情而真摯，可成玉的心底卻如同一方乾涸的海，再難起波瀾。或許以後這片因乾涸而平靜的心海會再注入水源，卻也不是現在。

梨響看到成玉仰頭望著天空，最後一朵焰火在她眼中熄滅，想了一會兒，有些躑躅地再次開口：「郡主，敏達王子喜歡您，您不高興嗎？」

成玉靜了許久，搖了搖頭：「沒有。」她說。過了一會兒，又道：「我只是在想，原來烏儺素也有煙花。」待天空中一片靜謐，她又補充了一句，「很好看。」

梨響覺得自己像是聽懂了成玉的話，又像是沒有聽懂。

這夜成玉很晚才睡著，睡著後她作了個夢。

她夢到了小桫欏境中她同連宋道別的那一幕。

在他們分別的最後，連宋曾撫觸過她的眉眼。她當然記得那時候她其實沒有哭，但在夢裡，她卻哭了。他修長的手指放在她的眼角，沾上了她的淚，淚滴溫熱，使他皺起了好看的眉，讓他琥珀色的瞳仁裡透出了憐惜，令他撫觸她的手輕輕地顫了顫。於是他沒能再退後一步拉開距離對她說出「我走了」，而是輕輕嘆息了一聲，將哭泣著的她摟進了懷裡。

她不知道她為何會哭，也不知道她為何會順從於他的擁抱，醒來後她唯一記得的是她主動將淚濕的臉深深埋進了他的胸口，而當被微甜而涼的白奇楠香包圍時，她空落的心才終於安定。

他們親密地相擁，像兩株絞纏在一起共生的樹，直到夢境結束，也沒有分開。

成玉坐在床頭，愣愣地想著夢境的預示，最後不得不承認，那夢境才是她心底最真實欲望的展現，它在幫她正視自我。

她喜歡連宋，他是她的情竇初開，給了她許多美好，卻偏又讓她痛，以至於那喜歡就像一根刺，扎進心中，與血肉共生，若她不願將它拔除，便誰也無法將它拔除。她的確是不願將它拔除的，所以很有可能她這一生都不會再喜歡上別的人了。

那時候在冥司，是他告訴她：「人的一生總有種種憾事，因妳而生的憾事，這一生妳還會遭遇許多。接受這遺憾，妳才能真正長大。」她想他是對的，他之於她，也是一個遺憾，她必須接受這遺憾，因為凡人，就是這樣成長的。

離天亮還早，她抬手擦掉了臉上的淚痕，在帳中坐了一會兒，然後點了燈，從箱篋中取出了和親的禮服。

夜燈朦朧，她將那新嫁娘的禮服一層一層披上了身，然後靜坐在了帳中的羊毛毯上，側身靠著憑几，微微閉上了眼睛。

似乎換上了這一身嫁衣，過往的一切便真的可以放下，而她也做好了準備，打算勇敢地去面對人生裡的另一段經歷，和另一個不知結局吉凶的開始了。

太白星升起之時，梨響步入了成玉的錦帳，欲為郡主著衣梳妝，不料明燈之側，成玉已嚴妝肅服，靜坐於臥舖旁。

梨響驚訝：「郡主怎起得這樣早？」

成玉淡淡一笑，自她帶進來的托盤裡端起醒神的熱茶喝了一口：「讓敏達王子率迎親的禮官們在彩石河靜等一夜乃不得已之事，再讓他們多等就不夠禮數了，陳大人必是想趕在天亮之時到達彩石河與迎親隊會合，我起來早些，免得誤了趕路的時辰。」

成玉臉色平靜，話也說得在理。

梨響愣了愣，小郡主若認真起來，的確是個通透又周全的人。

她想起了去歲初，太皇太后以賜婚之名將成玉自麗川召回時，回京的馬車裡，小郡主安安靜靜給自己繡嫁衣的模樣。

彼時小姑娘不懂情，嫁衣繡得無心，如今她懂了情，有了心，為自己所做的嚴妝裡帶了憂鬱，但此時她的平靜和彼時的平靜卻並沒有兩樣。

身世所致，其實小郡主一直是個隨遇而安的、認命的人。她一直都知道的。可這一刻，梨響卻突然從成玉那看似超脫的既來之則安之裡品出了一絲苦澀，心驀地有些疼。

梨響陪著成玉出帳時，東天有星，中天有月，難得星月同輝。

駝隊換了紅裝，數百峰駱駝背披大紅金絲氈墊，馱著裝滿了佛像、珍寶、書籍的箱篋，跟在郡主出嫁的儀仗隊後，馴服地向著彩石河行去。

清月之下，天地為白雪裹覆，蒼茫且冷，戈壁中生三千年死三千年的胡楊樹亦著了銀裝，彷彿唯有那雪色方是這寂寞的戈壁灘在深冬應有的色彩，行走於其間以正紅色妝點出的送親儀仗反倒顯得突兀了——同李將軍一起護持在郡主所騎的白駝之側的陳侍郎皺著眉頭如是想。

陳侍郎大人當年以探花入仕，也曾是個傷春悲秋的風流才子，有這種想法很自然。且風一程雪一程走了半個時辰，他不僅覺得他親自打理出的華光耀目的儀仗隊同這窮兮兮的戈壁不搭，他還覺得乃是朵人間富貴花的郡主同這一切也很不搭。然不搭又如何，大熙宗室中最美麗的貴女還是要便宜給烏儺素了，陳侍郎大人不禁越想越虧，還後知後覺地感到有點惱火。

不過這股鬱氣也並沒有持續多久，因為陳大人一面行著路一面發現了一個邪門的問題：他們寅中出發，照他的計畫，駝隊行到彩石河畔正好天明。可他們已走了近一個時辰即將到達彩石河了，那盞冰輪似的圓月仍掛在中天，頭上濃黑的天幕也沒有半點放亮之態，彷彿自他們啟程那一刻，時間就停止了流逝，天明永遠也不可能到來。

但陳侍郎也不太確定是不是這一路上見多了邪祟之事自己想多了，或許這只是高原的一種自然天象？然終歸有些後背發涼。

陳侍郎一介凡人稀里糊塗的，但朱槿他們卻是幾隻明白妖，從月移的位置就看了出來，的確是有誰將天象給定住了。

昭曦冷冷瞟了眼中天的月輪，看向身旁戴著一只銀質面具的朱槿，冷淡嗓音裡微含譏諷：「我和連三雖收手了，但看上去想要破壞這樁婚事的人並不只我們兩個，你見天地盯著我、防著他，似乎並沒有什麼作用。」

朱槿沒有回答，只是定定地注視著不遠處的成玉。帶著胡地風味的禮樂聲中，少女身著大紅衣裙，外罩紅底金絲鸞鳥披風，已踏上了彩石河上那座專為迎親而修砌的寬闊石橋，在細雪傾蓋的橋面上緩緩而行，如同一枝柔美而易被摧折的紅梅。

朱槿抬目看了眼頭頂奇詭的天象，而後蹙著眉大踏步去到了成玉身旁。此種情勢下，他當然不能放心將郡主的安危盡付於她身旁那十六個侍衛，儘管他們之中已被他安置了易裝的紫優曇和姚黃坐鎮。

四王子敏達迎立在石橋中央，身後跟著禮官與數名隨從。

不同於大多數烏儺素男子的粗獷健壯，這位王子身量頎長，雖也是高鼻深目的胡人長相，但五官精緻，眉目間淺含笑意時更是清俊非常。

敏達上前兩步，一雙碧藍的眼睛深深凝望住成玉：「郡主。」

成玉頷首，施了一禮。

敏達又上前一步，同時伸出右手來，手指有些緊張地在半空停了停，終於下定決心般地落在了成玉的腕側，握住了她的手掌。

成玉愣了愣，似乎本能地想要掙開，但不知為何卻在半途停止了那個打算，任敏達握住了她。但她沒有再看敏達，微微低了頭，視線不知停留在何處。

敏達握著她的手，目光落在她鴉羽般的髮頂上：「前些時日聽聞郡主半途遭遇洪水，小王急壞了。」四王子的漢語很流暢，聲音也很溫和。

片刻靜默後，成玉低聲回道：「多謝王子關心。」

敏達微微一笑：「郡主不必如此客氣。宮中已備好婚宴，明夜婚宴之後，郡主便是小王的妻，理應習慣小王對妳的關懷了。」說完這些話，像是體諒成玉會害羞，沒有等待她的回答，便另啟了話題，向著一旁的陳侍郎和李將軍點頭，「二位大人千里迢迢護送郡主來此，一路辛苦了。」

陳侍郎和李將軍上前同敏達見禮，三人沿依著禮制一陣寒暄。尋著這個時機，成玉將手從敏達掌中抽了出去。而就在此時，眾人忽聽得近處一聲暴喝：「小心！」

一直跟在成玉身側的梨響愕然抬頭，她立刻就反應過來那是朱槿的提醒，身體本能地向成玉撲了過去。

與此同時，長河之上忽起狂風。

梨響將成玉緊緊攬抱在懷中，心底不禁凜然，想昨夜朱槿叮囑他們不到最後一刻不可掉以輕心，果然不可掉以輕心。

梨響離成玉最近，雖能第一時間相護，但畢竟法力低微，幸而朱槿應對沉著，立刻催生出了護體結界將她倆護住。

朱槿就在身邊，他們身周還浮動著金光流轉的護體結界，這令梨響微感心安，然結界雖能抵擋外來的傷害，卻擋不住風霜雪雨這等自然天象。

怒風逼得人睜不開眼，梨響空出一隻手來擋了一擋，忽覺懷中一空，慌忙低頭，哪裡還有成玉的身影，不禁大駭：「郡主……郡主不見了，怎麼回事？」卻見朱槿仰頭，怒瞪著高空中一團刺目的銀光，右手緊握成拳，一副憤怒至極卻隱而不發的模樣。

狂風漸漸停了下來，那渾圓的光團亦收束了周身刺目的光暈，猶如第二輪月亮，懸掛於中天之上。

隨著那光輪逐漸下移，梨響看到其間似乎藏了人影。待那光輪最後定於半空時，梨響終於看清，光輪正中竟浮著一把攤開的摺扇，側身躺臥於扇面之上人事不知的美人，正是前一刻還被自己護在懷中的郡主。跪在扇子邊緣照顧著成玉的麗妝女子梨響也認得，是連宋的侍女，曾來十花樓給成玉送過畫，而站在摺扇旁一身灰緞道袍的青年梨響更是熟得很，那是一向同連宋交好的國師。梨響心中一咯噔。

朱槿說話了。因他此時戴著面具，梨響無法看到他的表情，但從聲音的冰冷程度，不難推斷他此時有多憤怒：「你一個凡人，」他面向靜立於半空的國師，「竟能進入我的護身結界，還能在我的眼皮子底下帶走郡主，」冷笑了一聲，「你很不錯。」

國師垂眸，目光掃過長河之畔被這突如其來的變故震得愣住了的眾人，最後落到朱槿身上，微微含笑：「這位施主像是看不大上凡人，那應該也是有來頭的了。貧道尚未證得仙骨，的確入不了你的結界，但擋不住貧道人緣好，借到了這去任何結界都如同前往無人之境的無聲笛。」說著右手裡果然化出一支通體雪白的白玉笛來，朱槿眸光微凝。

國師控著玉笛在手心輕輕一轉，不再理會朱槿，饒有興致地看向了方自震驚中回過神來的敏達王子。許是顧慮凡人耳力，那光輪再次下移了些許。

「你就是敏達王子？」國師同敏達寒暄，「方才貧道好像聽到王子同郡主說起明夜，王子看上去像是很期待明夜的樣子，」他一臉遺憾地搖了搖頭，「貧道倒不是故意潑你冷水，但貧道掐指一算，卻覺得王子你所期待的那個明夜，應該永遠不可能到來了。」

烏儺素人崇信天神，於光輪中乍見國師，本來以為是天神顯靈前來祝福熙烏結親，還在一邊震驚一邊榮幸，聽到這一番話，才反應過來是遇到了個妖人前來搶親。但此次迎親大巫師並沒有跟著來，他們也不懂妖法，一時不知道該如何應對，大家不禁面面相覷。

敏達王子素來沉穩，是個對陣中不摸清對方來路便絕不貿然出手之人，國師幾句話雖然咄咄逼人拉足了仇恨，敏達還是忍住了怒氣，淡聲問道：「不知閣下所說的永遠不可能到來，是什麼意思？」

國師奉連三之命前來拖時間，估摸著三殿下也該到了，因此對下面這些人也不是很上心，不鹹不淡地回敏達：「就是字面……」一句話還未說完，忽感身後風動。國師一驚，本能地向右一躲，躲避之間抬手將摺扇一推，玄扇似有靈，帶著天步與成玉急退，在那堪比流矢的急速後退中，扇面忽然爆發出冷冽的玄光，將扇上二人籠罩其中。

國師一邊應付著自他身後聯袂襲來的昭曦和朱槿，一邊分神關注著玄扇動向，見扇上玄光氤氳，勉強鬆了口氣。

在國師同帝昭曦及那戴著銀面具的蒙面人正面交手時，天步注意到橋中央立著的那個蒙面人突然化光消失，方明白對方應是在粟及同敏達寒暄時，趁粟及不備使了障眼法。這障眼法如此精緻，竟將他倆都騙過去了，看來果真如粟及所說，對方的來頭不小，不知他能否抵擋得住。

然不待天步為國師多考慮，她這一處也很快迎來了攻擊。姚黃、紫優曇和梨響三隻妖飛快追上了她們，就立在幾步開外，各自分據一方，全力圍攻著將她和成玉嚴密保護起來的玄光結界。隨連三下界的天步雖無法力傍身，然此時棲於玄扇之上，倒也並不如何擔心。

九重天上有鎖妖塔，暉耀海底亦有鎮厄淵，鎖妖塔鎖八荒惡妖，而那些生於四海海底的惡妖，則全被鎮壓在鎮厄淵的淵底。三殿下時常把玩於手中的玄扇與那深淵同名，亦名鎮厄，乃三殿下兩萬歲成年之時，親自前往鎮厄淵取來淵底寒鐵所造，扇成之時，東華帝君還為其加持了一部分鎮厄淵淵靈。可以說八荒排得上號的護體法器中，此扇僅次於東華帝君的天罡罩和墨淵上神的度生印，是極為厲害的存在。

且三殿下生來掌管四海，彼時東華帝君怕年幼的水神鎮不住四海的惡妖，特地閉關了六十年加固鎮厄淵：惡妖們若欲以術法闖淵，施了幾分法力，便要受幾分反噬。鎮厄扇同鎮厄淵源出一脈，自然也有此特性。

天步眼見得在姚黃一行的奮力圍攻之下，結界周身忽然爆發出一陣刺目的紅光，紅光過後，三隻花妖滿身是血從高空跌落，不由生出幾分憐憫。

在玄光結界的護持之下，天步毫髮無損，但國師就沒那麼幸運了。國師雖在全國朝的道士裡頭排第一，但此時對上的卻是朱槿和昭曦。這二位乃是洪荒尊神的神使，雖然因祖媞未歸位之故，朱槿和昭曦的法力有限，但對付國師也算綽綽有餘了。更別提審時度勢的敏達王子見國師有失利之相，亦令侍衛們架起了箭陣，箭雨簌簌直向粟及。

國師腹背受敵，深悔方才沒跳上玄扇也躲進那堅固的護體結界裡頭，雖然扇面不大，結界挺小的，可他把自己縮起來在上頭擠一擠，應該也是擠得下的吧？國師一分心，局面更不樂觀，眼見昭曦的劍招從身後襲來，他閃身急躲，躲過了昭曦的劍鋒，然銀光一閃，卻被朱槿的劍氣挑翻在地。

國師急欲起身，朱槿已近身向前狠狠壓制住他，鋒利的劍刃就比在他脆弱的脖頸之側。這是國師有生以來和人打架敗得最快的一次，其實挺沒有自尊，但轉念一想敗得快有敗得快的好處，起碼沒有受多少皮肉傷，那就也行吧。

青年戴著銀面具的臉離他不過數寸，令國師感到威壓，不禁仰脖後退。

青年冷笑了一聲：「我不知大將軍他為何出爾反爾前來劫親，也不關心。解開結界將郡主還我，否則，」劍鋒威脅地又往前抵了半寸，國師的脖頸間立刻現出了一條血痕，青年狠厲道，「大將軍便只能去冥司尋你了！」

國師嘶了聲：「施主，莫要衝動，」抬手試探著將劍身往外推了推，訕笑道，「你將劍收一收，我將郡主還你便是了。」

大概是沒想到他如此好說話，朱槿反倒愣了愣，但依然雙眼如炬地盯著國師。國師抬手向半空中的天步做了個手勢，天步會意，垂首觸摸至扇緣，指間一動，扇周玄光驀地消失。同一時刻，黑扇忽地翻轉，成玉自扇尾滑落，候在一旁的昭曦趕緊向前，將墜落的少女攬入了懷中。

見成玉安全歸入己方陣營，朱槿方收了劍，但右手收劍的同時，左手一翻，化出一副銀鎖來將國師鎖了個結實。提著被縛的國師站起來時，聽到國師幽幽嘆了口氣：「你真的覺得這樣有用嗎？」

朱槿不語。

國師聳了聳肩：「我沒猜錯的話，你是覺得綁了我做人質，便能威脅住三殿下讓他放郡主順利和親是吧？」彷彿很可惜似地搖了搖頭，「我在殿下心中固然是有那麼點兒分量，不過你可能不太瞭解他，他最不喜歡人威脅他，也從來沒人成功脅迫過他，你這樣做其實一點意義都沒有。」

朱槿沉聲：「你什麼意思？」

明月白光之下，國師遠望天邊忽然出現的層層烏雲，眼底湧起了一絲笑意：「啊，他來了。」

那懸掛於中天紋絲不動的月輪不知何時變得尤為皎潔，在這尤為皎潔的月光的映照下，即便凡人也可以目視到極遙遠之地，因此幾乎所有人都發現了那怒潮一般自天之彼襲來的滾滾濃雲，望見了滾滾濃雲之中以利爪撕開雲層邊緣、現出真身來的光華璀璨的巨大銀龍。

驚雷一聲悶似一聲，彷彿有力大無窮的天神舉著一雙重錘誓要敲破天頂。無休止的雷鳴之中，黑雲越加洶湧，翻滾奔騰著如同深海中那些貪心而壞脾氣的渦流，急切而露骨地想要吞噬所有。然巨龍遊走於其間，卻絲毫不為其所擾，身姿優雅矯健，一身銀鱗在雲層之中若現若隱。龍鱗的光極美，清冷流離，連月光亦無法與之匹敵。

地上大熙的送親隊和烏儺素的迎親隊全都驚呆了。

陳侍郎率先回過神來，驚呼出聲：「神……神龍，是神龍臨世！」

驚呼聲使得人群清醒過來，震撼之餘紛紛伏地跪拜。

銀龍很快來到了彩石河的上空，巨大的身軀遮擋住月輪，周身的銀光使月輝星光齊失色。巨龍垂首看著長河之畔跪拜的凡眾，平平淡淡的一個掃視便威勢迫人，令人不禁戰慄。

不過成玉並不懼怕同這巨龍對視。

當東天第一聲驚雷響起之時，她便自昭曦的臂彎中清醒了過來，眼見銀龍自天邊飛速游來，她心中震驚，有一個推測。那推測有些荒唐，可當她仰頭直視那英姿不凡的巨龍，當他們的目光在半空之中相接，那一瞬間，她明白了她的推測沒有錯。

她清楚地認出了他是誰。

巨龍安靜地盤踞在半空，身後的濃雲翻滾不歇，彷似為了與這天象相合，長河之上也再起狂風。

成玉忍不住向前走了一步，有些失神地望著那銀龍自語：「為什麼還要來呢？」她的聲音很低，本不應該有任何人聽到，但半空的巨龍卻突然動了一下，接著飛速傾身，向下而來。

巨龍在接近地面之時化形，大盛的銀光後，銀龍化成的青年一襲白衣，身如玉樹，端靜地立於長河之北。懸在不遠處的鎮厄扇發出一聲清冷嗡鳴，啪地收扇，認主似地飛向青年。青年伸出右手，玄扇徑直落在他掌心。

敏達王子膝下有黃金，即便天降神龍也未曾跪拜，且對眼前的異象一直帶著猶疑和審視，然此時看清青年的面容，敏達卻不禁變了臉色：「熙朝的……大將軍，怎麼可能……」

敏達認出了連宋，熙朝的凡人卻沒人認出他們的大將軍，因為大家都比較虔誠，正認真地伏地跪拜，並沒有餘暇去開小差。

國師的目光在連宋身上繞了一圈，又重回到方才銀龍盤踞的半空，彷彿還在回味三殿下原身的英姿。

他身旁站著的已不是朱槿，而是天步。方才順著他的目光發現連三的銀龍之身時，朱槿便立刻化光避走了，這一舉動雖令國師詫異，但他也並不是很關心。

此時國師一邊凝望著那依然濃雲滾滾的半空，一邊同天步感嘆：「我還是頭回看到三殿下的真身，不愧是世間唯一的一尾銀龍，果然威武不凡！」

天步也凝望著天上的濃雲：「國師可知天神有本相，亦有化相？」

這個知識點國師作為一個修道之人還是知道的，笑答天步：「本相乃神祇的初生之相，而化相乃神祇於成長和修行過程中能得之相，對否？」

天步點頭：「神族理論上有三十二化相，但其實並不是每個神都能修得三十二種化相。不過三殿下於此道極有天賦，在東華帝君的點撥之下，剛剛成年便習得了所有化相。」

國師不解天步突然和他討論這個知識點的用意：「妳的意思是……」

天步眉心微蹙，似有憂慮：「殿下最愛用的相是人相，有時候開玩笑，會以獅子相、麒麟相、朱雀相戲弄人。我服侍殿下多年，極少見他現出神龍本相。據以往經驗，殿下若現出神龍相，定是有大事將要發生。」

國師不以為意：「這次只是搶個親吧，能有什麼大事發生……」可說到這裡，國師突然想起了三殿下素來的行事作風……他沉默了一會兒，試探地問天步：「以往三殿下現出本相，都有什麼大事發生啊？」

天步沉重：「殿下上一次露出本相，是九重天上鎖妖塔倒塌，萬妖亂行於二十七天之時。彼時天上有分量的仙者皆在閉關，其餘諸仙拿亂行的萬妖無法，只好以地煞罩勉強將其困住，但地煞罩能堅持多久不好說，所以殿下化出了神龍本相，以制伏萬妖，淨化妖氣，使二十七天重回清明。」她頓了頓，「殿下他現出神龍相，一般來說，會處理的都是這樣的大事。」

國師倒抽了一口冷氣：「照妳這麼說，這次殿下要幹的，的確不該是只將郡主帶走那麼簡單。」國師瞬間憂愁得不行，「妳說殿下他這次又要帶著我們闖什麼禍啊？」

天步沒有回答，只是凝重地望向不遠處青年孤立的背影。

狂風捲起雪末，風雪凜冽，遮天蔽月。

青年抬步，向一河之隔的紅衣少女而去，像是並不覺那長河是什麼阻攔之物似的，姿儀雅正，逕直邁入了湍急的長流之中。

在青年的錦靴接觸河面之時，河水突然怒漲，與地面相平，肆虐的流水驀然馴服下來，凝出巨大而平滑的冰面，承接住他的步履。

隨著青年信步於冰面之上，周圍的狂風也逐漸止息，唯留下潔白的雪末飄浮於半空，點綴在月光中，雪月相映，織成一幅朦朧的鮫綃籠住這戈壁一隅，讓身在其間的一切顯得空靈、綺麗，而不實。

看著那突然靜謐下來變得美麗無匹的長河，以及河中向自己緩步行來的青年，成玉像是被蠱惑了，不自覺地亦向前走了一步，然後她立刻被昭曦給止住了。昭曦飛快地伸手相攔，攬住她的腰警惕地帶著她向後退了數步，在她耳邊告誡：「別去。」

青年同他們其實還隔著一段很遙遠的距離，但他應該看到了昭曦的動作。

他停下了腳步，望了相依的兩人片刻，淡淡開口：「阿玉，過來。」

青年的聲音並不高，但清楚地傳到了南岸每一個人耳中。

那熟悉的聲音入耳，令成玉的心猛地震了一下，她抬手按壓住胸口，靜了片刻，垂下了頭，彷似要避開青年的目光，也並不打算如青年所言去到他身邊。

她是何選擇，再清楚不過。

天地一片安謐，昭曦看向靜立在河中央的青年，嘲諷地勾了勾唇。

卻在昭曦諷笑之時，突然有一線紅光自成玉鞋邊生起，似一尾靈蛇，不動聲色地攀緣至她的腰際。那一線光同成玉的披風同色，幾乎沒人留意到。紅光化作巴掌寬的紅絲帶，忽地發力一拽，少女輕呼了一聲，驚魂甫定時已被絲帶拉拽至河中冰面之上。

昭曦的反應不算慢，在變故陡生之時便立刻出手相抗，可一切發生得太快，在成玉被絲帶所擄同他分開的間隙，立刻有一堵冰牆拔地而起擋在了二人之間，昭曦抬劍便砍，然冰牆雖薄，卻是刀槍不入，將昭曦以及眾人牢牢擋在外面。

長河正中，雪霧茫茫，眾人的視線亦被遮擋在外。

冰牆之內，紅光纏縛著少女，彈指間已將她送到連宋面前。

當青年俊美的容顏映入眼簾，成玉努力構建的心防之牆瞬間倒塌，喉頭一哽，眼尾驀地泛起紅意，無助和悲傷充斥了她的心房，又被她拚命壓制住。

她想他這時候出現或許是因為心有不甘，可無論他如何想，這是她早就決定好的路，她不會，也不能去改變，因此她率先開了口，盡量把聲音放得很低、很平，像是她並沒有因他的出現而動容：「為什麼要來呢？那時候我不是說得很清楚嗎？我不會跟你走。」目光凝向北岸烏儺素的迎親隊，「凡人們無力，也不敢同神龍相爭，你要帶走我，他們不會相攔。」話到此處，她深吸了口氣，像是必得如此她才有力氣再次決絕地拒絕他，「可和親本身是一樁無法改變的事，不是我，便會是他人，事到如今，我無法背棄自己的責任，連三哥哥，」她輕聲喚他，重將目光落回他的臉上，「求你不要逼我。」

她自以為一言一行皆冷靜無匹，但眼角的水光卻出賣了她的悲傷。

青年安靜地聽她說完了最後一個字方才開口：「妳不是不想選擇我，而是妳覺得妳不能選擇我。」他停了一下，「且不能選擇我這件事，讓妳傷心了，對嗎？」

成玉震驚地抬眼，嘴唇動了動，卻沒有回答。

青年靠近了她，反應過來兩人之間幾乎毫無間隙時，成玉立刻便要後退，卻被青年執扇的左手控住了後腰。她無法掙開，仰頭看他，眼神錯愕，帶著迷茫。

青年半抱著她，低頭看著她的眼。那浸了薄淚的雙眸中像是下了一場霧，看著他時，那眸光便也如煙似霧。他抬起了手，手指撫上她的臉，掌心溫柔地貼住她的頰，輕輕皺眉：

「這麼冰。」纖長的手指來回摩挲過她的臉頰，輕柔和緩，像是要給她一點暖。

她終於繃不住，抬手握住了他的手，像是要將他推開，但不知為何卻無法做出推拒的動作，只能淒淒地哀求他：「你不要這樣。」

青年的動作停了下來，但並沒有將手放下。他安靜地看著她，那目光極為專注，就像是要將傷心又無措的她刻進腦海的最深處；就像是他在享受著她因他而失措，為他而傷心。就在她快要忍受不了他的注視時，青年終於說話了：「如果和親並非如妳所說，是一件不可改變之事，阿玉，妳是不是就願意和我一起走了？」

成玉的心驀地一疼。這次她終於將他的手推開了，將臉轉向一邊避開了他的目光，苦笑著道：「那怎麼可能呢？我們都知道它的確無法改變……」

「如果可以改變呢？」他執著地問她。

「如果可以改變……」她喃喃重複，眼中漫出一片水光。她絕望地閉上了眼睛，收鎖住那快要克制不住的淚意，「我們之間並不是只有這一個問題，連三哥哥，你應該明白，你愛的人……」

青年打斷了她：「好了，別說會讓我生氣的話。」

她輕輕顫了顫，如他所願，沒將那句話說下去。

許是擔憂嚇到了她，就著半抱住她的姿勢，青年微微俯身，用額頭貼住了她的額頭，安撫似地輕聲：「別害怕。」又道，「我認真想過了。」

成玉無望地想，她應該將他推開的，他們不應該再這樣糾纏下去，更不該再這樣親密。她也明白，若她果真用力掙扎，他絕不會禁錮她。他也知道她並不是真的想掙開他。

她不想推開他，所以無法推開他。

她對這樣的自己感到失望透頂，可她也沒有辦法，只好在心底悄悄對自己說，這是最後一次，就讓她再最後感受一次他懷抱的溫度。她很快說服了自己，不再同自己較勁，馴服地任他貼住了她的額頭，在她耳邊呢喃似地低語。

青年並不知她曲折的思緒，低聲同她說著話：「那時候妳說，我愛的人其實是長依，還說什麼當局者迷，旁觀者清。」唇角輕抿，流露出嘲諷之意，但說話的語聲仍是溫柔的，像她是個什麼易碎的珍寶，必得用最柔軟的心和最體貼的言辭對待，「但我回去之後，認真想過了，我還是不覺得我愛的人是她。」

成玉愣愣抬頭：「你……」

因了她的動作，他們的面頰幾乎貼在一起，呼吸相聞。

「我愛的人是妳。」說這話時青年閉著眼睛，氣息低沉。

她僵了一瞬，沒有回答。

「我知道妳不願相信。」他仍閉著眼睛，像是早已預料到她的反應，因此也並沒有感到失望。空著的那隻手攬住了她的肩背，他將她整個擁在了懷中，嘴唇自她的額角游移到她的耳郭。

她不知道自己可以做什麼，只是本能地順著他的舉動微微仰著脖子，近乎獻祭地任他施為，心中麻木地想，最後一次，這是最後一次。

然後她聽到他在她耳邊輕輕道：「不相信也沒關係，我證明給妳看。」削薄的唇在她的耳邊印下一吻，「妳說我曾為長依不顧一切，」不以為意地輕笑了一聲，「那算是什麼不顧一切。這世間能讓我不顧一切的，只有妳。」

不祥的預感驀然籠住了成玉，她猛地睜開了眼睛，想問他這樣說是何意，可沒等這句話出口，胸口忽然傳來一股大力。

紅光閃過，待雙眼能夠視物之時，她發現自己已離開青年老遠，身在了北岸天步的懷裡。

成玉心中急跳，立刻要掙脫天步再向河中央而去，卻見茫茫霧色裡陡起怒風，鎮厄扇乘風而上，到達半空之時驀地打開，玄光由扇面漫射而出，在天頂結出一個巨大的雙鹿金輪。

金輪驅厄，玄金色的光籠罩下來，形成結界，照耀護持整片戈壁，唯獨將連宋所在的彩石河排除在外。

明明為迷霧所擋，連青年的身影都無法辨清，更無法推測他要做什麼，成玉心中的不祥之感卻愈演愈烈，總覺有什麼她極不願看到的事將要發生。她一把推開相攔的天步，跌跌撞撞向前奔去，接近河堤之時，被河畔矗立的玄金光幕擋住。

國師和天步追隨而至，握住成玉拚命捶打光幕的手臂，欲將她拖抱回去，少女卻掙扎得厲害。國師無奈，覷見成玉已然青紫的手背，為防她繼續傷害自己，乾脆化出丈長的光綾將她纏縛住。少女無法相抗，像是預感到了什麼，一雙淚眼望向二人，口中發出無望的悲鳴：「阻止他，無論他要做什麼，求你們幫我阻止他……」

國師同天步對視了一眼，國師凝眉不語，天步緩緩搖頭：「我們也不知殿下要做什麼，但這光幕乃是鎮厄淵的衍生，誰也無法穿透它，所以，誰也無法阻止殿下。」

在天步凝重的語聲之中，怒風將雪霧吹得破碎，視野清晰起來，他們終於能夠看清長河中央青年的身影。

白衣的水神昂立於天地之間，雙手結轉金輪印，銀光自印中而生，直達天頂，天頂的雙鹿金輪轟然而動，旋轉之間增大數倍，似日輪懸於天際。青年解印，驀地振袖，金輪發出一聲嗡鳴，玄金的光芒瞬間充斥天地。光芒所達之處，便是結界守護之地。玄光延至天際，似將除了彩石河的整個人間都護持在內了，廣闊浩瀚，無可比擬。

青年看了一眼面前之景，伸出右手，銀色的長槍現於掌心，正是那以北海寒鐵所鍛鑄的戟越槍。神兵現世，風雷大作，青年平舉長槍，單手結印，將印中所蓄之力盡數灌入槍身。銀槍飲足了仙力，發出一聲震徹雲霄的嘯鳴。

青年控住長槍，猛地向下一刺。

長河破開，巨浪陡起，閃電劃破長空，雷鳴響徹天際，大地震顫不已。

河岸旁的眾人只看到青年以長槍刺破河流，下一刻怒流已滾滾而來，拍打在岸邊的玄光結界上，掀起十來丈高的浪，如同一頭想要破開囚籠的獸，威懾他們，恫嚇他們，也完全地遮擋住了他們想要對河心一探究竟的視線。

不過巨浪雖能阻擋得了凡人的視線，卻阻擋不了南岸的花妖們和北岸的國師。花妖們躍身懸於半空，神情凝重地望向巨浪之後；國師一向好奇心切，不甘落後，抬手化出一片雲架，攜著天步、成玉亦一同來到高空之上。

自高空俯瞰，國師震驚不已。

戟越槍之下，彩石河的河底沿著東西走向深深裂開，裂口已達百丈之巨。水流還算馴服，自裂開的巨口湧出，與退至岸堤的接天水浪相匯，使得一條原本只有數百尺寬的戈壁長河，在不到半炷香的時間，已變得猶如一條大江那樣浩大廣闊。

但居中的青年似乎對眼前這一切猶自不滿，冷肅地站在水浪之上，左手再次結印，加持仙力於銀槍槍身，而後右手重重一摜，將周身泛著耀目銀光的長槍更深地探入地底。

更為刺目的銀光自槍頭爆出，在被裂出的巨隙之間橫衝直撞，不過五個彈指，地底猝然傳來一聲巨響，河底的裂隙在那一瞬間延綿至不可望的盡頭處。原本緊緊相連的整片戈壁以裂隙為界，竟分成了兩半，一向北移，一向南移。地心之水被困多年，一朝自由，似脫韁野馬，噴薄而出。

風起，雲動，地裂，海生。

驚雷乍響，猶如九天摧崩。

天步愣愣地看著這一切，恍悟：「原來是這樣，原來殿下他……是要裂地生海。」

國師也看明白了，同時他驚呆了，看向天步，話都有點說不清楚：「的、的確，在烏、烏儺素、北衛、大、大熙之間……」

天步打斷了他：「你緩一下，你緩一下，你這麼結巴著說話，我聽得難受。」

國師從善如流地緩了一下，終於不結巴了：「我是說在這三國之間生造出一片大海來將它們分開，徹底改變彼此的地緣關係，的確也就改變了它們的政治關係，大熙自然不用再同烏儺素結親了，郡主也就自由了。」

對三殿下的這一通操作，無論是從想法層面還是從技術層面，國師都無法不感到欽佩：「三殿下，的確是個敢想敢幹的神啊，令人敬仰。」但他還是忍不住發出了一個靈魂疑問，「可這是平地生海啊，施主，這是平地生海！你們做神仙的，是可以這麼隨心所欲的嗎?!」

天步嘆了口氣，心道當然不能，她的目光再次落在了幾步開外的成玉身上。

片刻前還掙扎著央求他們阻止連三的情緒激烈的少女，此刻卻只是靜靜地跪坐在雲架邊緣，凝視著於風雷湧動之中從容不迫調伏著四方巨浪的青年。

天步一直注意著成玉，她發現自成玉被國師綁上這雲架見到了三殿下，臉上便再沒出現過什麼大起大落的表情。她像是很快就接受了任何人都無法阻止這一切的現實，眉眼通紅，含著悲傷和愁鬱，卻也沒有再流露出更多情緒了。只是在某些極為驚心的時刻，她會驚嚇似地閉上眼睛，將臉頰貼在面前的光幕之上，像是那樣做便能使她感到安心。

國師沒有得到天步的回答，偏頭看她，見她正注視著成玉，也順勢看去，見郡主此時安靜且順服，想了想，一抬手解去了成玉身上的束縛，光綾重回到他手中。

束縛被解，成玉也沒有給出什麼反應，像綁著她也好鬆開她也好，都沒有什麼所謂。

國師心大，又是一介直男，沒覺得成玉這樣有什麼問題。天步見此卻有些憂慮，但也沒有什麼辦法，只在心底更深地嘆了口氣。

國師靠過去，堅持不懈地要同天步繼續剛才的話題，又問了她一遍：「妳說三殿下這樣，真的沒有什麼問題嗎？」

天步苦笑：「怎麼會沒有問題。世間之事皆有天運，凡世國運亦屬天運，裂地生海，牽連甚廣，改變的不只是三國的國運。這是極嚴重的逆天之舉，天君定會降下極大的懲戒。」

國師心頭一跳：「譬如說，怎樣的懲戒？」

問出這個問題後國師不由得看向了成玉，因這一刻他突然想起了適才成玉央求他們阻止連三的瘋狂模樣，心中突然有了一個揣測：難道小郡主那時便明白了殿下意欲為何，並猜到了他行事的後果，所以才那樣激動？

他記起了彼時成玉目光中的絕望與恐懼，心中雖有些驚異，卻也相信了一半。雲絮並不寬大，他們相隔不遠，他想，他與天步的對話小郡主應是盡數聽入了耳中吧。他看到她彷彿顫了顫，但是他也不確定。

對於國師方才所問，天步不知如何回答，靜了片刻後喃喃：「怎樣的懲戒我也不知，畢竟過去沒有神仙犯過這樣的重法。」

話剛落地，四方天空忽然響起虎嘯龍騰之聲。

國師正自沉重，但耳聞此聲，眼見天邊一片紫光掠過，一時也凝重不起來了，驚問天步：「那是什麼？」

天步也是一震：「仙典有載，每一處凡世都有其法則，乃新神紀創建之後諸神共議而定，凡世的山川海河如何分布，也是凡世法則的一部分，這些法則由四頭瑞獸所守護，所以沒猜錯的話，」天步遙望天邊，「應是守護凡世法則的四瑞獸來了。」

像是為了證實天步之言，隨著一聲貫徹長空的雀鳴，下一刻，四方而來的代表瑞氣的紫光便在天頂相聚，耀目的光暈退去，紫光中驀然現出青龍、白虎、朱雀、玄武四瑞獸龐大的真形。

大海正中，白衣的水神尚未百分百完成對於腳下肆虐無羈的地湧之水的調伏，但在四頭瑞獸聚首之時，他便立刻做出了決斷，猛地拔出了摜入地底的長槍，半挽槍花，使槍身橫亙於海面之上，輕輕一推，將仙力注入槍體，留戟越槍暫行鎮壓這片新成汪洋中那些野性難馴的巨浪，而後旋身飛至半空，銀光一閃，已再次化龍。

電閃雷鳴中，龍吟虎嘯，朱雀清鳴，龜蛇長嘶，銀龍穿梭於雷電濃雲之間，以一敵四，與四獸相搏。

雖是以一敵四，初時也是銀龍占據著上風，但無論是水攻、火燒抑或是雷擊，都只能暫困這由凡世靈運所化，並無血肉實身的四獸罷了，並不能真正地傷害它們。

許是裂地之時使用了太多法力，且還分了大半修為來鎮壓身下的新海，面對四獸的糾纏，巨龍漸有不支之相。就在這至為緊要的時刻，趁著青龍、白虎、朱雀三獸與銀龍正面相鬥，居鎮北天的玄武覷到時機，猛地將身體纏上了龍尾。巨龍震怒，猛地擺尾，玄武那柔軟的蛇體卻將龍尾纏得死緊，一口利齒也趁機向龍身咬去。巨龍怒嘯一聲，不再執著於將那討厭的龜蛇甩下去，而是拖著玄武飛快地潛入了濃雲之中，三獸不知就裡，亦緊追而去。

濃雲遮天蔽月，天地一片晦暗，唯聽得雲層背後陣陣瑞獸的咆哮。

天步和國師正自著急，不料下一刻天頂忽起狂風，怒風吹散暗雲，明月輝映之下，銀龍與四獸再現，卻是巨龍利爪之間一隻朱雀一隻玄武，巨大的龍身纏縛住掙扎的白虎，口中已吞食了半頭青龍。不消半刻，四瑞獸皆入龍腹，而後巨龍一聲清嘯，周身忽然爆發出炫目紫光。緊接著巨龍似感到痛苦，在雲層之間翻滾不休，周身忽而銀光流轉，忽而紫光耀目，紫銀二光像是在龍體之內較勁。

國師緊張，聲音發顫：「殿、殿下這是……」

天步一瞬不瞬地緊盯著於天頂翻騰的巨龍：「四聖獸本就是一種守護之力罷了，殿下更改了這世間的法則，促使了祖媞神當初所留下的守護此世的守護之力現形。它們是想要將殿下的更改修正回去。守護之力原本便沒有真身，唯有化形，傷害不了，亦消滅不了，殿下將它們吞入腹中，應該是打算同化這種力量，使它們重新認主。若是成功，這四獸便能為殿下所用，替他鎮守他所更改的、新規定的這凡世的法制。」她停了停，聲音亦有些發顫，「但殿下方才裂地生海，已損了許多修為，調伏新成之海，又耗了不少修為，此時還想收服這四獸，實在太過勉強……」

不及天步話畢，中天驀然一聲龍嘯，龍體爆發出強烈的銀光，貼覆著龍身的那層紫光雖猶自掙扎，卻終於被吞噬殆盡。那耀目的銀龍遨遊於天，似一把泛著冷光的巨刃，刺破中頂，割碎流雲，天雨傾盆落下。

雷電暴雨之中，巨龍忽然張口，方才為其所吞的四瑞獸自龍口依次而出，周身泛著流離的銀光。隨著四瑞獸離體，神龍周身的光輝卻暗淡下來，就像是所有力量都給了那四頭被馴服的瑞獸。而隨著四瑞獸的新生，這強大的巨龍也終於力竭，最後一次擺尾之後，從中天直墜而落。

與此同時，失了仙力支撐，半空的鎮厄扇驟然收扇，橫於海岸之側的玄光結界亦隨之消失，結界消失的瞬間，鎮守這新成之海的戟越槍也化光而去，不見蹤跡。眼看海水又要鬧騰，一聲嘹亮的雀鳴之後，以朱雀為首，新生的四瑞獸次第奔向海底，在瑞獸們入海的瞬間，銀光平鋪了整個海面，激盪的海水重新平復下來。

半天之上，墜天的神龍已化為人形，國師不敢怠慢，御劍而上，正正接住面色蒼白的青年。見三殿下人還清醒著，國師一顆提至喉頭的心才放了下來，結果回身時發現成玉站在浮於半空的雲絮邊緣愣愣地望著他們，忽然抬腳向前，幸好被天步一把抓住，才沒有跌落雲頭摔個粉身碎骨。國師驚出一頭冷汗，趕緊分神使那雲絮飄落地面。

雷鳴漸停，天雨止歇，碧色的海在穹廬似的天幕下緩緩搖蕩。

中天那靜止的月輪也終於恢復了原本的軌跡。圓月沉落，天有放亮之相。

國師扶著因力竭而顯得分外虛弱的三殿下，在海岸旁一棵巨大的胡楊樹下坐穩，抬眼時，見不遠處成玉正從雲絮上下來，愣愣地向著他們所在之處走了幾步。

小郡主的步伐緩慢，神情也很空洞；又走了幾步，臉上的表情方漸漸復甦，巴掌大的一張臉，被恐懼、憂慮和疼痛占滿，眼睛一眨，便是霧濛濛一片。她突然提著裙子跌跌撞撞地奔跑了過來，到得二人面前數步遠，卻又停下了腳步，像是想近卻又不敢近。

三殿下屈膝坐在樹下，背靠著樹幹，仰頭看著微微喘氣的小郡主。兩人都沒有說話，小小一方荒灘，一時靜得可怕。

縱然國師心大，也感到了自己的多餘，悄然退後，將這一方天地留給了默然相視的二人。

成玉不知道自己是怎麼來到青年面前的，她的內心被膽怯和傷悲占滿，意識到自己在做什麼時，她已跪到了青年的身邊，一隻手無意識地握住了青年的右手腕，另一隻手撫上了他的臉。

無論是左手還是右手，所觸及的青年的肌膚皆是冰雪似地冷，她止不住顫抖起來；同時，聽到自己的聲音也在打著顫，那麼輕，又那麼恐懼地問他：「連三哥哥，你還好嗎？」

青年沒有回答，看了她一會兒，忽然偏了偏頭，將左頰埋入她的掌心，依戀似地閉上了眼：「現在，該相信我愛的人是妳了吧？」

不相信也沒關係，我證明給妳看。

裂地之前青年於她耳邊呢喃出的那句話忽地掠過成玉腦海，在被僅剩的一絲理智抓住之時化作一把鐵石巨錘，重重敲擊在她心間，令她的胸口鈍痛不已。她終於忍受不住，眼淚奪眶而出，說不出是生氣更多還是絕望更多：「為什麼要這樣證明，我根本不需要你向我證明！」

青年一愣，笑了笑，順著她：「好，阿玉不需要，只是我想向阿玉證明，讓阿玉明瞭我的心。」

其實不是這樣的，成玉明白，長依是她心中難以解開之結，若不是連三今日如此大張旗鼓地來搶親，如此為她孤注一擲，她恐怕終此一生也無法相信他對她的情意。

在成玉那些隱密的深夢裡，她的確渴望連三也能為她不顧一切一次，但她從來沒有想過讓這夢想變為現實。因她並不想要傷害他。她從不想他為她大耗修為，也從不想他因她而受到懲戒。

悔恨和無可言說的痛攫住了成玉，在青年溫柔的安撫中，她反而哭得上氣不接下氣：「為什麼要順著我說，你不要順著我說。」她將貼著青年的手收了回來，放在自己的膝上，像做錯事的小孩，緊緊揪著膝上的裙襬，悔痛萬分，「其實都是我的錯，是我說了不該說的話，才逼得你做這樣不理智的事……」

青年反握住了她的手，用著安撫的力道揉了揉她緊握的拳頭，待它們放鬆下來，他牽起她的右手放到唇邊，在手背上印下一吻：「別亂想，不是妳的錯，也不是妳逼的我。」他頓了頓，「但妳的確有不該說的話。」他看著她緋紅的眼，熟練地伸手去為她拭淚，「妳不該說很快就會忘記我。」他認真地看著她，認真地問她，「如今，妳還能很快就忘記我嗎？」

成玉愣了片刻，然後她想了起來，是那次在小桫欏境他們告別之時，她同他說，即使我們喜歡彼此，那也不是多深的感情，你忘了我吧。當他反問她是不是也會很快忘記他時，雖然心中並不那樣想，但她卻沒有否認他的話。

她不知道他會將那句話記得這樣深。

淚水再次滂沱而出，她不想這樣，但也沒有辦法，她疼他所疼，痛他所痛，又覺得這樣的自己丟臉，不禁單手摀住眼，傷心地搖頭，誠實地同青年坦白：「我、我不可能忘得了你，就算小桫欏境告別那一日就是我們的最後一面，我也不可能忘得了你的。」

青年容色微動。

她繼續絮絮叨叨地陳情：「那時候我的確想著，並且相信著連三哥哥會很快忘記我，但我知道我是不會忘記你的，我也決定了絕不忘記你，可我不能告訴你，因為我想這是有點丟臉的一件事，我也不想讓你覺得我說一套做一套黏糊不清。」

青年拿開了她捣住雙眼的手掌，強迫她面對自己：「是這樣嗎？」他問。

看著青年帶笑的眼，她感到有點茫然，又感到有點難堪，但是卻很乖地點了點頭：「嗯。」

「妳決定絕不忘記我，是打算一時半刻絕不忘記我，經年累月絕不忘記我，還是……」她泣不成聲：「是打算一輩子，一輩子也絕不忘記連三哥哥。」

青年伸出手來，忽地將她拽入了懷中，緊緊地擁抱住，良久，在她頭頂輕輕嘆息了一聲：「一輩子也不夠，要生生世世才行。」

她其實也不知道他如今再來糾纏她此前一個微不足道的決定有何意義，但向他坦承了心意，說出會記住他一輩子這樣的話，卻讓她傷感又滿足。他想要要求更多，她也願意答應他，因此她伸手握住了他的衣襟，將整個臉頰都埋入了他的胸膛，很輕地點了點頭。想起來他可能看不到，又很輕地「嗯」了一聲，帶著一點很乖的鼻音。

那鼻音讓青年的心變得很軟，微微低頭，在她的髮鬢上印下了一吻。

碧海微波，海風輕柔。

二人在胡楊樹下久久相擁，紅衣白袍纏繞在一處，像這天地雖大，卻再沒有什麼能讓他們分離。

敏達王子站在不遠處看著胡楊樹下相擁的二人。

經歷了這一場奇遇的禮官和隨從們無不恍恍惚惚，如在夢中，敏達最先醒過神來，望著眼前陡生的巨海，看著銀白的古木下少女乖順地伏在青年懷中，敏達震駭不已的心中，夾雜了一絲刺痛。

他是真心地喜歡著那紅衣的小郡主。

敏達自幼崇仰漢學，教他的老師是位倜儻的漢人文士。這位老師曾教他八個字：宜動宜靜，宜喜宜嗔。說是所有形容漢家女美好的漢文字詞裡，最妙便是這八字。敏達從前尚且不懂，直到去歲曲水苑中的那個黃昏。

那個黃昏，他為了尋找丟失的玉珮而返回明月殿前的鞠場。經過鞠場東面的矮牆時，抬目間便見一位白衣少女提著鞠杖策馬飛奔而過，竟打出了「五杖飛五銅錢」的格局。彼時他並未特別在意，只覺漢女中原來亦有如此擊鞠高手，老師說漢女柔弱，也不盡如是。他繼續沿著東牆向觀戰台而去，少女身下的駿馬也停了下來，沿著東牆緩緩而行。那時候他們相隔不過數丈，他感到一陣香風拂過身旁，不禁抬頭，正瞧見少女抬起袖子輕拭香汗的模樣。女子容貌麗得驚人，紅唇微勾，看著不遠處的友人似笑非笑，不知是得意還是愉悅。

敏達當場便愣住了，老師曾提及的八個字驀然撞入心口，他面上聲色不動，心中卻若擂鼓。而後他悄悄打探，才知她是大熙的郡主，他打聽了許多她的事，知她聰慧無人能及，知她愛動愛笑，知她最會惹禍，知她不擅琴畫……

今日迎親，他本以為自己夙願得償，她會成為他的妻子，孰料……

他早該明白，這樣的姑娘，非等閒人可消受。他身為烏儺素王子，本以為自己可以有這個資格。可若同天神相比，他又何德何能呢？一介凡人，怎可與神祇爭奪新娘。

敏達心中不是沒有遺憾，卻只能將遺憾壓在心底。他是富有柔情，但他也富有理智。最後望了一眼胡楊樹下纏綿相擁的一對身影，敏達轉身牽馬，並沒有招呼禮官和隨從，獨自向著來時的雪路行去。

第十三章

小桫欏境並非什麼成熟穩定的世界，其間四時不定，諸景亦不定，故而前幾日成玉被昭曦劫來之時，境中還是空山暖春，此番再入，此間卻已是深秋戈壁。

三殿下為神強悍，在裂地生海、調伏巨浪、馴服四獸後，居然還有力氣同郡主說那麼老長時間的話，關於這一點，國師是深感敬佩的。但國師在數丈外瞧著殿下的神色，總覺得他是在強撐精神，不知道什麼時候就會暈過去。

這個預感滿準確，和成玉釐清誤會解除心結後，三殿下在陪著小郡主靜坐於胡楊樹下等日出之時，不負國師所望地昏了過去。場面一度十分混亂，幸虧天步是個見過大世面的小仙娥，很是堅定地判說殿下他只是耗損了太多修為，又累極了，找個地方讓他安靜地休養調息一陣便可，郡主和國師才勉強心定。

三人一合計，覺得小桫欏境是個不會被人打擾的好地方，便利用無聲笛來到了此處。

天步的意思是，三殿下以神龍相現世，裂地生海，逆天妄為，此事必然已經震動了九天。鬧這麼大，上頭為什麼沒有立刻派天將下來拿他們呢？那是因為九重天畢竟也是個很講規矩的地方嘛，拿人也不是天君一句話的事，總要開個會，各路神仙湊在一起合計合計，定一下由哪路神仙擔此重任下界拿人。然後人選定下來，天君還得簽一道諭令，發給擔此重任的神仙，由他拿著諭令下界，方是有據可憑。這一套程序沒有一兩個時辰一般下不來，而九重天上一日，此凡世一年，換算一下，就是一兩個月後才會有天神下來找他們的麻煩。那就算三殿下在這小桫欏境中靜息個半月一月的醒不來，大家也不用太心慌的了，畢竟有賴於九重天上平易近人的民主議政會議制度，他們的時間非常充足。

天步有理有據，國師甚是信服，且見天步從始至終如此沉著，國師終於明白了這位仙子為何年紀輕輕便能成為元極宮的掌事仙娥，原來真的不只靠她長得好啊，不禁對其大加讚賞。

天步也是個很自信的小仙子，微微一笑：「不瞞國師，九重天的掌事仙者中，我若排第二，確實也只有太晨宮中伺候在東華帝君案前的重霖仙官敢排第一了。」

當是時正是夤夜中，中天一輪冰月，地上一片金林，三殿下在林中的小屋中安睡，郡主守在他的身旁。

此地除了昭曦能闖進來也沒別人進得來，據天步判斷，既然他們進來好半天了昭曦也沒跟上來阻止，那說明昭曦應該是不會來了。

雖然天步說得很有道理，但國師是個謹慎人，還是意思意思在小木屋十丈開外生了堆篝火，做出了個護法的樣子。說是護法，其實也不需要他們勞心勞力，因此兩人有一搭沒一搭地閒聊著。

此時二人已聊到了天君會派誰下界來將三殿下給拘回去這檔子事上。

國師對九天之事一無所知，天步耐心地給他科普：「九重天之上，天君固然是天族之主，但九天之神，也並非每一位天君都能差遣得動。就不提曾為天地共主的東華帝君了，便是幾位九天真皇，天君也一向不太拿天族之事去攪擾他們。」

國師感到慈正帝這個天君當得很沒勁：「我還以為當上了天君就可以為所欲為。」

天步沉默了一下：「如果想要為所欲為，那不能當天君，應該去當東華帝君。」咳了一聲，「不過我們扯遠了。」天步回到了正題，「與三殿下同輩的神君中，唯有二殿下桑籍能勉強與他打個平手，所以我推測，天君可能會將被貶謫去北海的二殿下召回來擔當此事。」

國師好奇：「那妳說殿下他會乖乖跟著他哥哥回去嗎？」

天步提著撥火棍撥了撥柴火：「若殿下不曾損耗修為，那他認真起來時，別說是一個二殿下了，就算一雙二殿下也奈何不了他。可此番他又是裂地生海又是調伏瑞獸……尤其調伏瑞獸，那是極耗心神之事，我估摸殿下此時至多只剩三成修為了。」天步頓了頓，「所以這不是殿下會不會乖乖跟著他哥哥回去的問題，是殿下他只能乖乖跟著他哥哥回去的問題。」

國師反應良久，震驚不已：「妳是說損耗七成修為？這、這麼嚴重的？」

「這便是逆天的代價。」天步繼續撥弄著柴火，「龍族的修為雖珍貴，但殿下天分高，將損耗的修為重修回來也不太難，心無旁鶩地閉個關，沉睡個兩三千年應該也就行了，你也不必特別擔心。」

國師不知說什麼好，半晌慨嘆：「我雖一向知道殿下很會亂來，但沒料到他這次會這樣亂來……」

天步搖了搖頭：「那是因為你不瞭解殿下。天族生而為神，修行之時無須戒除七情六欲，因此許多天族的仙者皆是有欲亦有情的，於他們而言，修為、階品、權勢、地位，皆十分重要，值得他們畢生求索，就如同許多凡人亦認為權柄和財富至為重要，一世都為其汲汲營營一般。」說到此處，天步停了片刻，遙望天邊，「不過三殿下卻是和他們不一樣的，他什麼都不放在眼中，修為、階品、權勢、地位，於他而言從不是什麼珍稀之物，他一樣都不在乎。」

看國師若有所思，天步微微一笑：「當然，如今殿下已有了在乎之事，他很在乎郡主對他的情意。那用他毫不在意的修為，去換他所在意的郡主的情意，從殿下的角度看，難道不是一樁極划得來的買賣嗎？」

國師聽天步娓娓道來，一方面覺得自己的價值觀受到了挑戰，一方面又覺得她說得也還是有點道理。

「妳說得也還是有點道理。」國師悶悶地肯定了天步，但他同時又生出了另一個疑問，「殿下和郡主如今兩情相悅固然是好，可之後呢，殿下是注定要被拘回九重天的，那郡主也跟著去嗎？」

之後會如何，天步也不知。

「我畢竟也不是個萬事通。」她沉默了片刻道。

兩人齊齊嘆了口氣。

三殿下醒來之時，感到了冥識之中無聲笛的輕微震動，立刻意識到了此時他們是身在小桫欏境中，然後他察覺到了身旁那專注的視線，偏過頭來，便看到成玉側躺在他身旁，杏子般的眼微微睜大，眸子裡亦驚亦喜，不可置信似的。

許多畫面湧入腦海，三殿下那絕頂聰慧的腦子幾乎是在瞬間就釐清了在他暈倒之後發生了什麼，想必是天步做主將他們帶來了此處，而成玉因擔心他，所以一直守在他身邊。

這簡陋的木屋中，僅數步遠的小木桌上燃著一盞昏燈，光線其實有些暗。三殿下側過身來，面對著將雙手放在腮邊靜靜躺著、一瞬不瞬看著自己的少女，正要開口，女孩突然伸出手來，帶著花香氣息的掌心貼住了他的眼睛。

眼前一黑，他眨了眨眼，那手倏地收了回去。

他微微挑眉：「怎麼了？」

成玉抱住剛收回的手，掌心無意識地貼在胸口，有些愣愣的：「你醒了。」看著青年的眼，依然愣愣的，「我是在作夢嗎？」

青年也望著她：「妳說呢？」

她微微皺眉，像是在思索，目光裡流露出一點求真的迷惘：「應該不是夢吧，你眨眼睛了，而且，你的睫毛好長，撓得我手心有點癢。」

的確像是她會說的傻話。

青年失笑，牽過她的手，親了親她的掌心：「嗯，阿玉沒有作夢，我真的醒了。」

那輕吻令成玉很輕地顫了一下，在那輕微的戰慄中，她才終於有了青年醒來的實感，眼睛逐漸亮起來：「啊，」她輕呼，用一種慶幸的口吻很輕很軟地嘆，「天步姐姐說你要睡好些天的，讓我自行去休息，還好我沒有聽她的。」嘆完之後擔憂又上心頭，眼睛雖還亮著，眉卻微微皺了，動了動被他握在掌心的手，「連三哥哥，你感覺怎麼樣，有沒有哪裡很難受?」

青年搖了搖頭，鬆開她的手刮了刮她的鼻子：「我沒事，先時耗了些力氣，有點累罷了，休息了一陣已經好了很多。」這也不算騙她，休息一日，損耗的七成修為當然不可能回得來，但精神和力氣的確已恢復許多了。

她看了他一陣，依然皺著眉，然後垂頭抱住了他的手臂，大半張臉都埋在了他的臂彎中。他看不見她的臉，只能看到她散開的髮柔順地披在身後，青絲旖旎，如同一汪化不開的墨，又如同一匹漆黑的緞。

他向來聰敏，擅測人心，立刻便感到了她的憂鬱，不禁放低了聲音問她：「知道我很好也這麼不開心?怎麼了?」

她輕輕地搖了搖頭，沒有立刻說話，靜了好一會兒，才開口回答他的問題：「連三哥哥昏睡的時候，我想了很多，」她柔軟的頰隔著白綢衣袖緊緊貼住他的臂彎，嗓音朦朧，「裂地生海……上天一定會降下懲罰的對不對?那我們以後該怎麼辦?」她抬起頭來，瞳眸中含著一汪清泉似的，澄澈得要命，眼睛一眨，泉上隨之生起一層薄薄的霧，顯得那張臉迷惘又憂慮，憐人得很，「你會離開我嗎?」

連三殿下為神四萬餘年，身為天君最寵愛的小兒子，隨心所欲慣了，九重天上數得出名頭的破格之事，差不多都是他幹的。好不容易近些年他二哥桑籍憑借擅闖鎖妖塔一事將他的風頭蓋過了，沒想到不過幾十年，他又雲淡風輕地拿回了屬於自己的寶座。

不過，雖都是行破格之事，二殿下和三殿下在行事風格上還是有很大的區別。二殿下為愛一意孤行，不給自己留後路，故而頭回犯禁便被貶謫，但三殿下做事，卻從不會不計後果。譬如此次裂地生海，乍看是他「不顧一切」，然骨子裡的謹慎令他早在做出這個選擇時，便本能地構思出了應對之策。

之後他和成玉會如何，三殿下早有安排，並不似成玉這樣覺得前路一片無望，因此看她如此擔憂，還能同她玩笑：「之後怎麼辦，」他捏了捏她的臉，眼睛裡帶著笑意，「第一件該辦之事，當然是讓阿玉成為我的新娘。」

「什麼？」她一下子僵住了。

他的確以玩笑的口吻說出了那句話，但那其實並非玩笑，是他心中真實所想，如今看她僵住，也不禁頓住了。「不願意嗎？」良久，他開口問她，語聲裡含著一點難見的忐忑。

「我……」唇齒間蹦出這個字來，成玉卻不知接下來該說什麼，只感到一陣熱意上湧。紅潮自她耳尖漫開，很快遍布了整張臉。小小的一張臉，像是一朵盛開的琴葉珊瑚，那麼天真，偏又那麼豔。她咬著嘴唇，像是害羞，又像是著惱：「你、你不要開玩笑！」但說完這句話，還不等他回答，她立刻就繃不住了，輕輕地拉了拉他的衣袖，又有些期待似地對他說，「連三哥哥，你……你不是開玩笑的吧？」

微暗的燈光中，她仰頭看著他，眼波極軟，似桃花落入春水，漾起一點漣漪，那漣漪一圈一圈的，蕩進他心底，讓他忍不住想要伸手握住。

她真是可愛、嫵豔，又惑人，這樣想著時，他忍不住將手移到了她的腮邊。「從北衛回來之後，有天晚上，我作了個夢。」他輕聲對她說。

這完全是答非所問，她卻聽得很認真。

「我夢到妳說喜歡我，想要做我的新娘。」他輕撫著她的臉，在說這話時，面頰靠近了她些許，聲音低下來，終於回到了她的問題上來，「妳問我是不是開玩笑，我沒有開玩笑。」他們幾乎是額頭挨著額頭、鼻樑觸著鼻樑了，他的聲音越發低，「妳呢？在夢裡，妳是騙我的嗎？」含在唇齒間的曖昧話語，呢喃似地響在她耳畔，像是一陣微風、一片幽雲，又像是一根潔白的帶絨的羽毛，撫觸在她心底，令她忍不住戰慄。

成玉感覺自己要呼吸不過來了，本能地便往後躲，可三殿下的手突然握住了她的後腰，她只能將頭向後仰了仰，略微拉開兩人的距離。「怎麼能說我在夢裡騙你，夢裡的我又不是真的我……」臉紅得更加厲害，她實在是受不了此刻的處境了，既然無法躲避，乾脆俯身趴在了床榻上，將整張臉都埋在了身下雪白的綢緞裡。她很不好意思，但是她一向又是那樣誠實：「本、本來，那時候你要是沒有氣我，我就會……」揪著白緞的指尖都害羞得紅了起來。

大約是沒想到她會這樣說，一路撩撥著她游刃有餘的三殿下一時也有些發愣：「妳就會……就會怎樣？」

她靜了片刻，重新側身抬起臉來，有些著惱似的，聲音微微拔高：「你是不是明知故問！」雖然惱他明知故問，卻依然紅著臉回了他，「如果你不氣我，我、我說不定就是會說出那樣的話。」

他一時沒了言語，也沒了動作，看著她緋紅的頰、低垂的眼睫，忽然感到有一隻手很輕地握住了他的心。

她這個樣子，又像是回到了半年前他們在一起最好的那個時候，彼時她還沒有被他傷過心，眼眸裡沒有那麼深的悲傷和疼痛，不用那麼懂事，也不曾以冷漠和疏離武裝自己。

十六歲的嬌嬌少女，天真明豔，熱烈純摯，就像是山裡的小鹿，輕靈又乖巧，還會很軟地同他撒嬌。如今她又回到了那個時候的樣子，讓他動心的最初的樣子。

他專注地看著她，而她在他的視線裡失了聲。

在他突然探身過來時，她顫了顫。他的唇輕輕挨了一下她的嘴唇，和她額頭貼著額頭：「阿玉對我這樣誠實，我很喜歡，我也會對阿玉誠實。」

她沒有說話，整副心神都被那個吻牽扯住，抬起手指輕輕碰了碰他觸過的唇角，又立刻反應過來這動作有點傻氣，手指不自然地捏了捏，就要慣性地收回去貼近胸口，卻被他牽住了。

他將她的手牽到了唇邊，微一偏頭，吻便又落在了她的手背，貼了一貼，低聲繼續同她說話：「如妳所說，我逆天行事，上天的確會有懲戒，大約再過一月，便會有仙者奉命下界拿我，在那之前，阿玉，我會將妳送回京城。」

成玉眨了眨眼睛，慢慢反應著他的話。然後很快地，便從幻夢一般的曖昧氛圍中清醒了過來，眼緩緩睜大了。她不自覺地攀扯住連三的衣袖，聲音裡透出倉皇來：「送我回去是什麼意思，我們要分開嗎？」

像是預料到了她的不安，他安撫地握住她的手：「我需回九重天接受懲罰。雖說天上一日，此世一年，但我會請東華帝君幫忙，將對我的懲罰限在七日內，那之後，我就回來找妳。」

她呆呆地看著他，紅意自她的雙頰褪下，輾轉爬上雙眼，很快浸染了眉目。她張了張口，沒有說出話來，又張了張口，發出了有點可憐的聲音：「你……不能將我也帶回天上嗎？」

他的確不能。不管多麼想，他都不能，前車之鑑歷歷在目，他不會允許自己犯下和他二哥相同的錯誤。和天君硬碰硬，不會有什麼好處。

「帶妳上天並不安全，我將國師和天步留下來照顧妳，妳就在這裡等我。」他也捨不得她，可唯有如此計畫才能使彼此都周全。他的手挨上她的臉，拇指擦過唇角，在丹靨處輕輕點了點，像是想使她重新展露笑顏：「結束刑罰後我立刻回來找妳，到時候我就帶著妳離開，好不好？」

她靜了許久，大約也想了許久，最後，懂事地點了點頭：「我聽你的話，可是，」聲音裡隱約帶了點哭腔，這一次她沒有掩飾那哭腔，像是故意要使他心疼似的，「可是對連三哥哥而言，我們分開只是七日，對我而言，我們卻會分開七年。七年，很長的。」

他雖然一向是隨意不拘的性子，但對待在意的事卻從來審慎穩重。於成玉而言可能會變得難熬的那七年他當然也早就考慮過。「老君的煉丹房中有一味叫作寂塵的丹藥，服下便能使人陷入沉睡之中。」他看著她的眼睛，緩緩道。

畢竟是聰慧的少女，立刻就聽懂了他的意思：「你是說你離開的時候，會留給我一丸寂塵，對嗎？」

他沉默了一瞬：「那藥雖可以讓妳沉睡七年，但凡人服用，卻會不太好受。」

她毫無猶疑：「我不怕。」眉骨和眼尾都還滲著紅意，脆弱的，而又可憐的，是仍在為即將到來的離別而難過的意思，可臉上卻又分明流露出了堅定和無所畏懼。

脆弱也好，堅定也好，可憐也好，無畏也好，都是她，都是這美麗的、對他情根深種的少女，矛盾而又鮮活，令他著迷。他將她攬入懷中，緊緊地擁住：「妳和我在一起，從這一刻開始，便會吃很多苦，可我又很自私，希望妳為我吃苦。」

她也伸出手來抱住了他，用很輕的聲音回應他：「我願意為連三哥哥吃苦。」又難得地輕笑了一下，「那你要怎麼彌補我？」

他靜了片刻，在她耳畔輕聲：「那送妳一句詩，好不好？」

小木屋外，國師和天步坐在篝火堆旁面面相覷。

木屋中連、成二人的動靜其實並不大，但火堆就燃在小木屋十丈外，天步與國師又都是靈醒人，如何聽不出三殿下已醒來了，此時正同郡主私話。

兩人都明白殿下此時應該也並不需要他們立刻奔到他床前問安，因此都不動如松地坐在那裡，選擇盯著跳動的火苗發呆。

發呆了半晌，國師沒忍住，挑起話頭詢問天步：「妳不是說殿下修為損耗過甚，至少得睡上十天半月才醒得來嗎？」

天步也是很感慨：「看來殿下為了早日向郡主求親將她變成自己人，也是拚了啊。」

國師不明所以：「求親？」

天步平靜地點了點頭：「龍有逆鱗，觸之必怒，逆鱗是龍身上最堅硬的鱗片，也是最為光華璀璨的鱗片。你送煙瀾公主回京城的那夜，殿下沉入翡翠泊底，化出龍形，將自己身上的逆鱗拔了下來。」

天步口中的那一夜國師記得，就在不久之前。彼時他們跟著成玉的駝隊一路行到翡翠泊，剛到翡翠泊不久，煙瀾就鬧了失蹤。好不容易尋回煙瀾，成玉又不見了。最後弄明白是昭曦帶走了成玉，三殿下追逐著昭曦施術的痕跡一路尋到小桫欏境，按說應該是找到了人，可不知為何，當夜卻是三殿下一人回來的，小郡主並沒跟著回來。然後三殿下將他們幾個人全都屏退，獨自待了一整夜，次日一大早，就吩咐自己將煙瀾送回平安城去。煙瀾還為此哭鬧了一場，但也無濟於事。而等他日行千里從平安城趕回來，還沒喘上一口氣，三殿下立刻又給他安排了新任務：讓他和天步前來搶親。

國師這一路其實都有點稀里糊塗的，此時聽天步說什麼求親，又說什麼拔鱗，更加糊塗，揉著額角問天步：「妳說求親……又說殿下拔掉了身上的逆鱗……這二者之間，有關係嗎？」

天步看著國師，彷彿在看一個弱智，但又想起來他還是個凡人，不清楚神仙世界的常識也是情有可原，就將那種看弱智的目光收了收。「是這樣的，」天步感覺自己像是一個私塾先生，「洪荒時代，八荒中五族征戰不休，難得有和平時節，因此就算是最重禮制的神族，在一些禮儀方面也有難以顧全的時候，譬如說成親。

「如今的天族，若是一位神君同一位神女欲結良緣，其實同凡人差不離，也需三書俱全、六禮俱備，一對新人同祭天地之時，還需將婚祭之文燒給寒山真人，勞真人在婚媒簿子上錄上一筆。但在戰亂不休的洪荒時代，哪裡容得這許多虛禮。

「彼時於龍族而言，若是真心想要求娶一位神女，為示鄭重，多以己身逆鱗為聘。若那女子答應，便將龍君所贈送的逆鱗佩戴於身，如此便可視作兩人成婚了。倘若看到一個女子身上佩戴了逆鱗為飾，那五族生靈也就都知道這女子乃是某位龍君之妻了。」

天步追憶完這段古俗，打心底覺得這很浪漫，臉上不禁現出神往之色。國師雖然最近讀了很多話本子，對於情愛之事略懂了一點，但他本質還是一個直男，聽完天步所言，並沒有感到這有點浪漫，他甚至立刻指出了這古俗中潛在的危險隱患：「照妳的意思，三殿下也是想效仿這段古俗向郡主求親了。」國師眉頭緊皺，「可逆鱗生在龍頸之處，失了逆鱗，豈不是失了一處重要護甲，使身體有了很大的破綻？這很危險啊！」

天步也是被國師清奇的思考角度給驚呆了，一時訥訥的：「是、是有點危險，但正因為逆鱗如此重要，以它為聘，才能顯出求妻心誠啊。洪荒時代，但凡以逆鱗為聘去求娶神女的龍君，差不多都能得償所願，鮮有出師不利的。」

「哦，這樣嗎？」國師乾巴巴地點了點頭，但他立刻又生出了一個新的憂慮，「可小郡主一介凡人，怕是受不得嚇吧，若知那是殿下身上的逆鱗，她還會將它佩戴在身上嗎？況且三殿下巨龍化身，那逆鱗少說也得玉盤那樣大，如何佩戴於身呢？」

天步欣慰國師終於問出了一個有水平的問題：「殿下取晚霞最豔的一線紅光，將龍鱗打成了一套首飾，我覷見過一眼那首飾的圖紙，很美，郡主定然會喜歡。」

國師吃驚：「打造成了一套首飾？」

天步抿嘴一笑，給快要熄滅的篝火添了把柴，沒再說什麼。

天步口中的那套首飾，成玉其實見過，她在夢裡見過。

只是她從不知那華美的飾物乃是由龍之逆鱗和夕暉晚霞打造所成。

在連三說出「送妳一句詩」之時，成玉就想起了那個夢，那個她身在麗川時，闖南冉古墓的前一夜，曾作過的一個夢。

其實剛進入這小桫欏境，她便覺得眼前一切眼熟。無論是那巨大而沉默的月輪，那詩畫一般的黃金胡楊林，還是那立在金色胡楊林間古樸無華的木屋，都像是她在夢裡見過似的。但彼時她一副心神全繫在連三身上，也來不及想得太多。

而此時，那夢境終於清晰地浮了上來。

「什麼詩？」在那夢裡，她好奇地問青年。

「明月初照紅玉影，蓮心暗藏袖底香。」青年笑著答她。

「你不要糊弄我啊。」她記得夢中的自己撒嬌地推了青年一把。

而此時，她果然也伸出手來，輕輕推了推伏在身上的青年，幾乎是無意識地就說出了那句話：「你不要糊弄我啊。」輕軟的、嘆息的，唇齒間似含著蜜，因此說出那句話來，又是濕潤和芬芳的。而在她以如此姿態自然地同他說出這句話時，她突然打了個激靈，驀地發現，他們此時在一起的每一個細節，竟都同那夢境中一模一樣。

少女眼中現出茫然來，有些呆愣地看著頭頂的紗帳。

雪白的紗帳層層疊疊，似一團茫茫的霧。那霧充滿了她的眼簾，一時間她什麼也看不清，像是又回到了那個夢境。

迷霧深處，夢中的白衣青年緩緩走近，那原本模糊的輪廓和面容也漸漸清晰，一寸一寸，完全同此時俯身看她的男子重合起來——那眼尾微微上挑的美麗鳳目，琥珀色的眸，高鼻薄唇，每一處都那麼真實，無論做什麼表情，都英俊過人。

青年右手撐在她的耳邊，左手刮了刮她的鼻樑，唇角含著一點笑，如夢裡那般回應她那句「不要糊弄我」的撒嬌，「怎麼會。」手指隨之移到她的耳郭處，輕撫了撫，當耳璫帶著涼意的觸感出現在她幼嫩的耳垂之上時，他低聲道，「明月。」

成玉輕輕一顫，記起來了那時候自己在夢裡的感覺。

彼時她只有十五歲，不知人事，從不曾與男子有過那樣接近的時候，整個人都很暈乎，不理解為何會如此，震驚又惶惑，還帶著一點難堪與羞恥。

但此時，卻不是這樣了。

她很明白接下來會發生什麼。當青年微涼的手指順著她的耳後滑到她赤裸的脖頸上時，她並不感到驚惶與難堪，只是有些害臊，想藏起來，可熱起來的肌膚卻又似乎渴望著那微涼的觸感。

她沒忍住喘了一聲，怕癢似的，又受驚似的。

纖長的手指柔緩地摩挲過她的鎖骨，似撥著琴，描著畫，顯示出游刃有餘的優雅。但成玉也感到那手指熱起來了。她不知道那是為什麼，微微咬著唇看著青年，才發現青年的眸色不知什麼時候變得很深，像是密林中的幽泉，又像是蘊著風暴的大海，要引誘人，又或是吞噬人。

他離她很近，手指最終停留在了她的鎖骨中間，指端紅光一閃：「紅玉影。」與此同時，那羊脂白玉一般的手掌離開了她的鎖骨，隔著絲綢的衣袖，順著肩胛和手臂，一路滑到了她細弱的手腕。

她不知那骨節分明的手指究竟是有什麼魔力，隨著它們滑過她的肘彎、小臂，那原本貼覆於身的極為柔軟的綢緞也在一瞬間變得粗糙起來，肌膚與衣料摩擦，生起令人難耐的酥麻，很快地便由手臂擴至了全身。

那酥麻感令成玉戰慄，他應該也察知了她的戰慄。成玉不知是否是她的錯覺，她感到他的指變得更加燙人，在衣袖下握住了她的無名指，不太用力地捏了捏，緊接著，一枚指環束縛住了她的指根。「蓮心。」他在她的耳畔低語。

那曖昧的低語、溫熱的吐息，以及手指相觸時滾燙的溫度就像在成玉的身體裡點了一把火，火勢漸大，烤得她整個人都熱燙且昏沉起來。

她再不是從前那遲鈍得近乎愚駑的少女，如今她當然明白青年如此並非單純地贈她禮物。他在撩撥著她，亦在愛撫著她。

其實這不是他第一次對她這樣。但從前她總是很恐懼，譬如那次在將軍府的溫泉池畔，當他對她親密時，她記得她就僵住了。如今想來，僵住了，其實也沒什麼不好，那起碼顯得她很矜持。而此時呢，他的輕撫就像是一罈醉人的酒，令她的整個身體都軟了下來。她像是化成了一攤水，對他全無抗拒。不僅沒有抗拒，在內心深處，還對他的撫觸感到期待。這樣的自己令她感到陌生，還有點難為情。

就在她兀自糾結之時，寬大的衣袖之下，他捉住了她的手腕，指端輕撫著她的腕骨，讓那帶著涼意的手鏈出現在了她的腕間。迷糊中，她竟還記得該她說話了。「袖底香。」在青年開口之前，她顫著聲音吐出了這三個字。

而他似乎愣了一下，接著在她耳邊低笑：「我們阿玉很聰明啊。」那作亂的手移到了她的後腰，她不自禁地躲了一下，但是又能往何處躲呢？那手掌始終貼著她的腰。

她迷離地看著他，本能地便要說不要，但話欲出口之時她咬住了嘴唇，因她其實並不是真的不想要。她也想抱住他，親近他。這感覺如此陌生，似一頭欲逞凶的獸，在她身體裡橫衝直撞，令她害怕，但她亦有些模糊的感知，知道該如何去安撫它。因此她閉上了嘴，任由他的手指沿著她的腰線一路下滑，而後握住她的足踝。

足踝上傳來了鈴鐺聲，她暈暈乎乎，重複著夢裡的台詞：「詩裡只有四件首飾，這一條足鏈，又叫什麼呢？」

他放開了她的足踝，擁住了她，當彼此的身體終於無間隙地相貼，她才察覺到他的身體亦是滾燙，那熱度隔著衣料亦能感知，他的唇挨著她的耳垂，嗓音沙啞：「這是……步生蓮。」

那個夢便是在此處戛然而止的。

但現實當然不可能在此戛然而止。說完這五個字後，青年稍微離開了她一些。但依然很近地看著她，手指溫柔地撫弄著她耳畔的髮，看了她一會兒，然後嘴唇貼覆住了她的嘴唇。

這一次，他沒有像此前那樣，在她唇上輕輕碰觸一下便離開。他廝磨著她，含吻著她的下唇，吮著她的唇瓣，在她迷亂不已之時，叩開雪白的齒，舌強勢地侵入她的口中，準確地糾纏住她的。她被迫仰起頭來，承接這力量感十足的親吻，手指無意識地揪緊了身下的綢緞。他們緊密相貼，她的每一個細小的動作他都能察知，因此立刻握住了她揪弄著被單的指，將它們舉到了她的頭頂，與他十指相扣，接著更加用力地吻她。

她依然懵懂於欲是什麼，因此並沒有察知到這個吻的危險。他們的舌彼此糾纏，如此親密的吻使她更熱，但身體裡橫衝直撞的獸卻終於馴服了下來。在最初的混亂之後，她感到了新奇和愉悅。她依然熱，像是骨血中咕嘟咕嘟煮著一壺水，將她全身每一寸肌膚都燙得紅了起來，但她也感到舒適。那種舒適，就像是冬日暖陽照耀於身，暖洋洋的，又像是春日微雨吹拂到面龐上，清新而溫潤。

她想要更多，不自禁地握緊了他的手，更加仰起了頭，但他卻停了下來。

他的唇離開了她。兩人都有些喘。

她迷茫地抬眸望他，看到那鳳目裡眸色更深。如黎明夜幕一般黛黑的瞳眸深處，像是有什麼東西在熾烈地燃燒。

他往後退了退，抿了抿唇，像是在壓抑什麼，這倒是很少見，她認真看去，那壓抑之色又彷彿消失了。

他放開了她的手，瑩潤修長的指纏上了她披散於枕上的亂髮，將它們整理在她耳後，

「怎麼了？」她愣愣地問他，開口時才發現聲音軟得不像話。

輕應了她一句：「沒什麼。」

那修長手指撫弄著耳後的動作讓她感到舒適，她狸奴似地閉了閉眼，偏過頭來，右手不自覺地握住了他的手腕。睜眼時，扣在她腕間的細鏈倉促地撞入眼底，充滿了她的眼簾。不知是什麼材質的鏈子，像銀，卻比銀更璀璨，上面間綴著一些紅色的小花：吊鐘、山茶、蔦蘿、紅蓮、彼岸、芙蓉葵……連成一串，懸在白皙的腕間，端麗冷豔，明媚生輝。

她心中輕輕一跳，忍不住將右腕放到眼前認真端詳，視線在那細鏈上停駐了一陣，又移到無名指根那紅蓮戒面的指環上，有些遲疑道：「我怎麼覺得，連三哥哥你送給我這些，不是為了彌補什麼呢？」

青年頓了頓：「那妳覺得，它們是做什麼用的？」

她喃喃：「這樣華貴的首飾，好像是聘禮啊。」話出口，方反應過來自己口無遮攔地說了什麼，立刻不好意思地垂了眸，咬著唇輕聲嘟囔，「我、我胡說的，你當沒聽見。」

青年卻很低地笑了一聲：「怎麼這麼會猜，的確是聘禮，也是烙印。」拇指揉上她豐盈的唇，「別咬，已經夠紅了。」她總是聽話的，在他的揉撫下很快地鬆了齒。但他的指卻仍撫弄著她的唇，低低同她說話：「妳戴著它們，那這世間靈物，便都知妳是水神的新娘了。」又循循善誘地問她，「妳會一直戴著它們，對不對？」

他說這些話時很認真，看著她時，神色亦十分專注，就像是心神盡繫於她一身。

她是震驚的，屏住了呼吸，但本心裡卻俱是歡喜之意，因此很快地點了頭，還羞澀地朝他笑了笑。他亦笑了笑，唇角微微勾起，眉眼溫柔如孤山逢春，又如惠風化雨，是她最喜愛的他的樣子。

他低頭再次吻了上去。

他們是兩情相悅的男女，彼此間有著致命的吸引力，忍不住碰觸對方是身體的本能，因此他並不苛責自己為何總是想要親吻身下的少女。世人言情不知所起，一往而深。他亦很明白情是一種不可控之物。

他本來以為情雖不可控，欲卻是可控的，但一刻前的體驗，讓他清醒地意識到他是高估了自己。因此這一次，他只是很淺淡地嘗了嘗那榴花一般緋紅的唇，任自己在那含著花香的吐息中沉溺了少許時刻，便退了開來。

他滿心以為，這樣的碰觸尚算安全。卻沒料到她突然伸手圈住了他的脖子。

情姿婉然的少女，緋紅著臉，眉目間盡是嬌態，迷離地半睜著眼，看了他片刻，然後毫無徵兆地，那唇便挨了上來。她學著他此前的模樣，小心地含吻著他，嫣紅的舌抵住他的齒，青澀，卻做足了入侵的姿態。他未放她通行，她還生氣地咬了他一下，柔軟的手不輕不重地按壓住他的後頸，繼續吻著他，去叩他的齒。

他從不知她是這樣好的學生，在她青澀卻執著的纏磨之下一敗塗地，心中明知不該，卻縱容地張開了口，任由她的舌伸進來，在他的口中橫衝直撞。她像是很討厭他們之間居然還有距離，一邊吻著他，一邊撐起上身更緊地摟住了他，那被紅裙裹覆住的長腿也抬了起來，搭上他的腰際，誓要讓兩人之間不留縫隙，而那纖柔的雙臂則緊緊鎖住了他結實的脊背。

他想，她大概根本不懂這些動作的含意，依然像個孩子一樣，喜歡親吻便朝著他要，喜歡和他貼在一起，便纏著他不讓兩人分開。她大概也不明白這樣做會導致什麼後果。

在他面前，她總是很坦誠的，白得像是一張紙，而他，卻偏想在那白紙之上作許多絢麗的畫。

一切都不受控制了。

他閉了閉眼，忽然一把將她壓倒在了床榻之上。

當青年反客為主之時，成玉閉上了眼睛。

她說不好方才當他半途而止時，她為何會那樣大膽地追上去，可能是那一瞬她突然想起了他是水神，而當日她在麗川時，從醉曇山的古柏處，曾聽聞了水神同那蘭多神的天定之緣。

那一刻她突然意識到一直在為兩人做長遠考慮的連三，或許根本不知道他同那蘭多的因緣，否則為何他從未提起？且照他的性格，若知天命在身，最終陪在他身邊的會另有其人，他大約也真的不會招惹她這個凡人。凡人的一生，太短暫了。他同她提起他的計畫，希望她為他而成仙，而後帶她流浪四海。但誰知往後會是如何呢？

她猛然發現，她能抓得住的，其實只是眼前的他，而能握在掌心的，只是當下的歡娛。這讓她有一瞬的傷心，但他已經為她努力到了這個地步，她再悲觀豈不是辜負兩人吃過的苦，所以她立刻又想，有當下之歡也是好的，此時在他身邊的，是她自己，抓住每一個同他在一起的瞬剎，才是她需要做的。所以在他結束那個親吻時，她放任著自己追了上去。

木窗半開，夜風踱進來，拂亂了紗帳。

在隨風輕舞的層層白紗之後，青年施加在她身上的吻越加激烈，全無隔著似有若無的距離撩撥她時的得心應手和舉重若輕。

她感到了他的情動。

那熾熱的唇離開了她的嘴唇，一路吮吻著她的脖頸、鎖骨，在白皙的肌膚上留下梅點一般的紅印，而他的手則牢牢控住她的後腰，揉撫之間用了力度，弄亂了紅裙。

她畢竟是一個待嫁的少女，離京之前，宮裡的嬤嬤們也教導過她新婚之夜的常識，她已不是從前那樣無知。當他情動地吮吸輕嚙她鎖骨之下那一小片泛著粉色的肌膚時，她明白了接下來可能會發生什麼。她並不抗拒，反而覺得這說不定正是自己心中所想。他們很快就要分離，七年，真的很長。

她是凡人，他是天神。她知她其實並不能長久地擁有他。她無意中窺得了天機，知天命注定，他最後會是一位女神的夫婿。她想那一定是因為她注定是個凡人，無法陪伴他那樣長的時光。那在一起的每一個彈指每一個瞬刹，她都希望他們是真的在一起。

可就在這時，他再次放開了她。

她看清了，此前她以為看錯了的，在他臉上轉瞬即逝的表情，果然是壓抑和隱忍。他的眸中有光明滅，像是頭痛似的，他抬手按住了額角，低聲：「我不能……」不能怎樣，他卻沒有說完。

但她知道他的意思。她垂眸看了一眼自己凌亂的衣裙，又抬眸看了一眼他眼中明滅的光，醍醐灌頂般地，她無師自通地明白了那是壓抑的欲望，是他對她的欲望。

她突然很輕地笑了一聲，再次伸出雙手來圈住他的脖子，微微抬起身來，在他耳邊輕聲：「你可以。」

她主動去吻他，像一隻備受縱容的狸奴，輕咬他的耳垂，蠱惑似地低語：「和連三哥哥在一起的每時每刻都很重要，在你離開之前，在我們分別之前，我想讓連三哥哥完全屬於我……」

她呢喃著吻過他的嘴角，下巴，喉結，感到了他費力的吞嚥。

他握住了她的手臂，十分用力，像是想要將她推開，但是卻沒有動。

她貼住他的脖頸，發出貌似天真的邀約：「連三哥哥，你不想要我嗎？」

那一絲本就緊繃欲斷的理智的線啪嗒一聲，斷得徹底，那握住她臂膀的手用力往內一帶。他擁著她一起躺倒在了已然皺亂的白絲綢上。帶倒她的力氣有些大，弄得她有點疼，她不自禁地輕吟了一聲。那像是打開了某種開關，他猛地吻了上去。而她乖乖地圈住了他的脖頸，在他吻著她臉頰的間隙，唇角微抿，很輕地笑了一下，然後閉上了眼睛，迎接他將要給予她的快樂、疼痛，還有永恆。

國師同天步在小木屋外守了一夜。

他們只知殿下醒來了，別的也沒聽到什麼，因後半夜時小木屋四圍起了禁音的結界。國師猜測可能是二人有許多私密的話要說，不欲讓外人聽到。天步聽聞國師的推測，淡淡一笑，不置可否地撥了撥篝火堆。

破曉之時，小木屋那扇木門吱呀一聲被推開了，三殿下披著件外袍出現在門口，長髮散在身後，神色有些慵懶。

天步趕緊迎上前去：「殿下有何吩咐？」

三殿下只說了一個字：「水。」便轉身回了屋。

天步又趕緊顛顛地跑回去求國師：「這裡什麼都沒有，我也沒有法力傍身，勞煩國師您變化一套……」

天步話還沒說完，國師已變出了一套雅致的茶具，自以為知人解意地點頭：「水嘛，我知道，睡醒了可能是有點口渴。」端起烏木托具向天步，「妳給送過去還是我給送過去？」

天步看著國師，頓了一會兒：「我其實，是想讓你變一套浴具。」

國師摸不著頭腦：「可殿下不是讓送水嗎？」

「是啊。」天步淡定地「嗯」了一聲，「所以需要有一個浴桶，還需要有一浴桶的熱水。」

國師品了片刻：「啊……」說完這個字，立刻面紅耳赤，「妳是說……是說……」

天步完全不感到尷尬，體現出了一個貼身侍女應有的素質，淡然地笑了一聲：「這有什麼，說明古俗誠不欺咱們，拿著龍鱗求親，真的就能所向披靡馬到功成！」又看一眼國師，「殿下可能需要一只能容兩人同浴的浴桶，勞煩您施術。」

國師無言以對，只得照天步的要求，變了只大浴桶以及一浴桶的熱水出來，還給變出了一個四輪推車。

天步高高興興推著四輪推車送水去了，而做完這一切的國師，有點孤獨地坐在篝火堆旁，對自己多年修道的意義，產生了一點點懷疑。

天邊晨光初露，漸漸照亮了這座孤曠的黃金林。

又是一個好天氣。

第十四章

依照天步的說法，洪荒時代，若一位龍君持逆鱗求妻，要是被求娶的女子收下了龍鱗，並於當夜留宿了龍君，那這二位便是由天地所證結為了夫妻。過程雖簡，意義上卻和如今神族三書六禮或凡世三媒六聘的成親禮並無什麼不同，且因這是古禮，肅重之餘，還顯得更為神秘浪漫，很完美了。

但國師作為郡主的娘家人卻還有一點不同的看法。國師覺得，郡主既是個凡人，成親這種大事，還是應該照凡世的禮走一遍。雖然目前看三媒六聘是不可能了，但新郎新娘照著凡禮各自迴避三日，而後再由新郎迎娶新娘，兩人一起拜拜天地高堂什麼的，完全可以做到嘛。

下午四個人坐在一起品茶，國師就在茶席上提出了這個不成熟的建議，不料三殿下尚未開口，郡主倒是先出聲了。「不用這麼麻煩了吧。」她說。

國師注意到三殿下看了郡主一眼，然後像是明瞭了什麼般地笑了笑，不過沒有說話。

國師既沒有搞懂郡主的反應也沒有搞懂三殿下的反應，雖然有點糊里糊塗的，但還記得堅持己見：「這怎麼能是麻煩呢？畢竟郡主是千金之軀，嫁娶之事還是應該慎重對待。」

國師苦口婆心地規勸，「正所謂禮不可廢，凡禮該補的還是得補，譬如讓郡主和殿下迴避三日，這其實很有道理。」至於到底是什麼道理，國師一時也說不上來，他就沒說了，轉而向成玉下了重藥，「若這些禮不補上，在凡人看來，郡主妳同殿下就根本還不算成了親，故而這些禮是非補不可的！」

但成玉好像也沒被嚇著，垂頭看著茶杯想了一會兒，很平淡地向國師道：「那就不算我們已經成親了好了，等七年後連三哥哥回來找我時，再補上那些虛禮不遲，我可以等。」

國師就傻了。他是和三殿下一夥的，他也不是故意想給三殿下娶親製造障礙，只因先帝待他不薄，讓三殿下太容易娶到成家的女兒，顯得他好像很對不起先帝似的，因此他才有這個提議，但他絕沒有想過三言兩語就將三殿下到手的媳婦給他作跑了。感到三殿下方向投來的冰冷視線，國師打了個激靈，忙不迭補救：「正經結的親，怎麼能不算數呢？呵呵。」

忠僕天步幾乎和國師同時開口：「好好的親事，怎麼能不作數呢？」出口之言和國師別無二致，卻誠心多了，且比之國師這個直男，天步想得更深也更遠，「郡主明明已接受了殿下的龍鱗，那便是同殿下結為了夫妻，是我們元極宮的人了，若是等七年之後補上了凡禮才算郡主和殿下成了親，那萬一這期間郡主懷上了小殿下，那可怎麼算呢？」

天步一席話擲地有聲，大家都蒙了，連最為淡定的三殿下都頓了頓，停了沏茶的動作。成玉良久之後才反應過來，她強撐了一陣，沒能撐住，白皙嬌面眼看著一點一點變得緋紅：「天、天步姐姐妳、妳胡說什麼……」

天步抿唇一笑。國師一個道士，生就一顆榆木腦袋，當然想不通郡主不願立刻行凡禮，乃是因殿下此番頂多只能在此境待上一月便需回九重天領罰，郡主想和殿下多相處些時日，當然無法忍受兩人白白浪費三日不能相見。

國師不解風月，她天步卻是靠著知情解意這項本領吃飯的。天步再次抿唇一笑，向成玉道：「不過國師大人方才所言也有幾分道理，凡禮的確對郡主也很重要。」又向連三：「可依奴婢的淺見，新郎新娘婚前不見這一項，卻是凡禮之中極大的一條陋習，不若就省了這一項，待會兒奴婢去準備龍鳳喜燭，令殿下和郡主將拜天地這一項補上，便算是全了凡禮，殿下您看如何？」

殿下端了一只小巧的白釉盞遞給郡主，溫聲詢問郡主的意見：「妳說呢？」

郡主佯裝淡定地接過茶盞，垂頭喝了一口，點了點頭：「嗯，那也可以。」看著是個淡泊不驚的模樣，一張臉卻紅透了。說完那句話，又掩飾地埋頭喝起茶來。

殿下像是覺得郡主這個模樣好玩，眼中浮起笑意，伸手拿過她的杯子：「兩口茶而已，妳要喝多久？」

郡主瞪了殿下一眼，臉更紅了，搶過杯子：「喝完了我也喜歡捧著它！」

見兩人如此，天步給國師使了個眼色。然國師還在雲裡霧中，整個人都稀里糊塗的。一時想著龍族是不是真的這麼厲害啊，郡主才同殿下相處了幾日啊，居然就有懷上小殿下這個隱憂了！一時又想男女婚前不見明明是矜持且傳統的重要禮節，怎麼就是陋習了，應當同天步辯論辯論……他根本沒有注意到天步使給他的眼色。天步忍無可忍，一把拉過國師，向著三殿下施了一禮：「奴婢這便同國師大人下去準備了。」

三殿下點了點頭，天步箍住國師的手腕，拽著他飛快地離開。

待二人的背影消失在遠處的竹樓中時，雲松之下，三殿下方起身換了個位置，坐到了成玉身旁，伸手摸了摸少女緋紅的臉頰：「怎麼臉紅成這樣？」

成玉保持著跪坐的姿勢，雙手擱在茶席上，低頭轉動手裡的空杯，小聲道：「我本來以為天步姐姐是個正經人來著……」

青年笑了笑：「她的確是個正經人。」

少女憤憤抬頭：「她才不是，她說……」又實在說不出天步笑話她會有小孩子，咬著嘴唇不知如何是好，半晌，哼了一聲，「不說了！」

青年看了她一會兒，羊脂白玉似的一隻手覆上了她的手背，輕聲道：「不會有小孩子的，不要害怕。」

一聽到「小孩子」三個字她就不由得面紅耳赤，本能地反駁：「我才沒有害怕……」反駁完了卻愣了愣，側身抬頭，似懂非懂地看向身旁的青年，「為什麼不會有？」

像是沒想到她會這麼問，青年愣了一下，但很快反應了過來，溫和地回答她：「因為現在不是合適的時候。」

她點了點頭，又想了一會兒：「可如果有的話，我也不害怕。」她的臉沒那麼紅了，但還是覺得害羞，因此枕著雙臂趴在了茶席上，只側過來一點點看著連三，輕輕抿了抿唇，目光那麼誠摯，話那麼天真，「如果有小孩子的話，我可能不會服下寂塵，會生下小孩子，然後好好養育他，直到你回來找我。」

聽到她的話，青年失神了一瞬，垂頭愣愣地看著她，琥珀色的眼睛裡有很深很遠的東西。她不懂那是什麼，只覺得它們讓他的眼睛變得很亮，像是虹膜深處落下了許多美麗的星辰，那樣吸引人。因此她緩緩坐直了，伸手碰了碰他的眼角。

青年醒過神來，握住了她的手，他將她蔥白般的手指移到了唇邊，親了親她的指尖：「是我不好。」他說。

他沒有說是他哪裡不好，但她卻聽懂了他的意思。是他不好，沒能給她一個盛大的成親禮，甚至連成親後尋常地留在她身邊、同她生兒育女他都無法做到。可她本來就不需要多麼盛大的成親禮，也並不渴求什麼尋常美滿的婚姻關係。

她輕輕眨了眨眼睛，很認真地回他：「你沒有不好。」然後笑著搖了搖手腕，銀鱗紅玉製成的手鏈在腕間輕輕晃動，發出灼豔的光，「你給了我這個，這比什麼都好。」

她靠近了他，手撫在他脖子上：「天步姐姐說這套首飾是你用逆鱗做成，我嚇壞了，」頓了一下，手指觸到了他的喉結，像是怕碰疼他似的，指腹挨上去，羽毛一般輕，「那片逆鱗，原本是在這裡的，對不對？」

凸起的喉結動了動，青年握住了她的手，移到了喉結下的軟骨處：「是在這裡。」指腹觸到了那片皮膚，她顫了一下，目光裡流露出擔憂來：「還疼嗎？」

他搖頭：「不疼。」

她卻不敢碰，只是皺著眉擔憂：「沒有逆鱗保護，這一處會不會很危險？」

他笑了：「想要在此處給我致命一擊，那便得先近我的身，」聲音中隱含戲謔，「這世間除了妳，還有誰能像這樣近我的身？」

雖是戲謔之語，倒是很好地安慰到了她，她輕輕呼出提著的半口氣，看了那處片刻，忽然靠過去，手攀住了他的肩，將豐盈的雙唇貼上了失去逆鱗保護的皮膚，很輕柔地吻了吻。

他的身體驀地一僵，右手按在她的腰上，聲音有些不穩：「阿玉。」

她懵懂地抬眼看他。

青年垂眼，對上她的視線：「別胡亂招惹人。」

她愣了一下，忽地明白過來，臉驟然紅了：「我才沒有招惹你，你不要亂想！」說著很快地從他懷中跳了起來，退後兩步抿了抿唇，向他做出一個鬼臉，「連三哥哥要靜心，不要總胡思亂想！」看到他面露無奈，又像是被取悅到似的，捂著嘴笑起來，「你就在這裡好好靜心吧，我去看看天步姐姐他們準備得怎麼樣了！」自顧自走了幾步，卻又退了回來，將他拽起，軟軟地要求，「算了，我還是不要一個人去，你陪我一起去！」

青年隨著她站了起來，寵愛地摸了摸她的額頭：「黏人。」

凡禮結束後，在小杪欏境中的一個月，二人形影不離，幾乎時刻都在一起。

過去萬年中，三殿下身邊的女子如過江之鯽，她們如何同三殿下相處，天步再清楚不過。飛蛾撲火一般前仆後繼進入元極宮的神女們，每一位都相信自己足夠特別，擁有使浪子回頭的魅力，能夠獲取這位高傲又迷人的殿下的真心。但實際上，那些神女們進入元極宮，卻同一朵花、一幅畫、一只玉器被收藏進宮中沒有什麼區別。

三殿下只會在極偶爾時想起她們。想起她們時，他會像鑑賞一幅畫、一只玉器似地將她們取出來欣賞；或許欣賞她們時，他也覺得她們是美好的，但他的眼神卻很冷淡，情緒也很漠然。

天步明白，當殿下和那些神女們在一起，看著她們時，那些絕麗的容色雖然都映在了他的眼中，但他的心底什麼都沒有。看到她們的紅顏，他便也看到了她們的白骨，並且並不會為此而動容，只會覺得紅顏易逝，天道如此，萬事流轉，生滅無常，荒蕪無趣。

可如今，此時，當殿下同郡主在一起時，一切都是不同的。當殿下看著郡主時，絕不像是欣賞一朵花、一幅畫、一只玉器那樣漠然冷淡。他落在她身上的目光總是專注、溫柔而又深遠的。那深遠的部分是什麼，天步看不明白，但她覺得當殿下凝視著郡主時，就像少女是他與生俱來的一部分，不容分割，不可失去。而從前，對於三殿下來說，這世間沒有什麼東西是他不可以失去的。

他那樣認真地對待她，她說的每一個字他都耐心聆聽，他好像看不夠她，她的每一個情態他都喜歡，都能看許久。天步記得，有一次郡主在溪邊睡著了，殿下屈膝靠坐在雲松下，使郡主枕著他的腿。郡主睡了兩個時辰，殿下便垂眸看了她兩個時辰。他好像在努力地抓住每一念每一瞬，著意將她的模樣刻入眼底心上。兩個時辰後郡主醒過來，揉著眼睛問他：「我睡了多久？」殿下伸手彈了彈她的額頭：「一會兒罷了，沒多久。」

天步不曾看過這樣的殿下。

九天神女決然料不到，她們追逐了一萬年的，那看似風流實則卻如天上雪雲中月一般渺遠得令人無法靠近的三殿下，最後竟會為了一個凡人走下雲端。

最終竟是一個凡人獲得了三殿下的真心。

她們妳爭我奪了一萬年，最後竟是輸給了一個凡人。

誰又能料到呢？

天步並不為那些神女們感到可惜。

郡主雖只是個凡人，但那樣美麗的一張臉，天真中帶著不自知的風情，仰著頭看向殿下的時候，目光中俱是喜歡和依賴。那很難讓人不動容。

凡人常用「神仙眷侶」這四個字來形容一對男女的相宜相適。天步覺得殿下和郡主名副其實當得上「神仙眷侶」這四個字。但一想到九重天對於仙凡相戀的嚴苛態度，又不禁對二人的未來感到了一絲擔憂。

大概是第三十七日，半夜時，三殿下感到一道靈力打入了小紗欏境，撼動得整個小世界微微搖晃。能將靈力灌入小紗欏境，以至於可撼動此境，這樣的神三殿下只認識一位，便是一十三天太晨宮中的東華帝君。

此靈力並無攻擊之意，更像是提醒境中之人有客遠道而至。

算時間，的確是該有一位九天之神下界鎖他了。以三殿下的靈慧，當然不至於覺得天君居然有這麼大本事竟將帝君給請出了太晨宮辦差，神思略轉，猜到應該是帝君聽說他將凡世搞得不像樣，主動出來幫他收拾爛攤子了。帝君看著是個不愛管閒事的性子，但他自幼混跡在太晨宮中長大，見帝君比見天君的時候多得多，帝君早已將他看作半個太晨宮的人，他的事，帝君的確一直都會管一管。

三殿下起身披了件外袍，打開門，見竹樓外夜雨茫茫，茫茫夜雨中，天邊隱隱現出了一道紫光。看來來者的確是帝君，且帝君此時大概正等在南冉古墓裡小紗欏境的入口處。

離開的時候到了。

青年沉默地看了那紫光片刻，然後關上門，重新折回到了床邊，床帳裡透出了一點光。他伸手撩開了床幔。

帳中浮動著白奇楠香與花香混合後的氣味，是極為私密的歡愉後的氣息，糾纏勾連，暖而曖昧，縈繞在這寸許天地裡。少女醒來了，中衣穿得很不像樣，長長的黑髮披散在身後，有些懵懂地擁被坐在床中央，一點足踝露出錦被，腳邊滑落了一顆鴿蛋大小的夜明珠，帳中那朦朧的一點光正是由此而來。

她看到他，一副春睡方醒的嬌態，微微偏著頭抱怨：「你去哪裡了？」

他答非所問：「外面下雨了。」

她沒有深究，無意識地將被子往胸前攏了攏，像是在醒神。被子被攏上去，腳便更多地露了出來，現出了那條綴著紅蓮花盞的細細的足鏈。白的肌膚，銀的細鏈，紅的蓮，因那一處太過於美，便使挨著足踝的那截小腿上的一個指印越發明顯。

三殿下的目光在指印上停了停。

少女的目光隨之往下，也看到了那個印子，愣了一下，自己動手摸了上去：「啊，留了印子。」她輕呼。

胡亂撫了兩下，她看向青年，臉頰上還留著錦枕壓出的淺淡粉痕，嘴唇上的豔紅也尚未褪去，像一朵盛放的花，又像一顆豐熟的果，偏偏神情和目光都清純得要命：「不過不疼，我的皮膚就是有點嬌氣，稍微用力就愛留印子，但其實一點也不疼。」聲音裡帶著一點糯，又帶著一點啞。

青年在床邊坐了下來，握住她的小腿揉了揉，將它重放回錦被中：「下次我會小心。」

她還天真地點評：「嗯，小心點就沒事。」

他聽著她發啞的聲音，稚拙的言辭，好笑之餘又覺心疼，摸了摸她的額頭：「要喝水嗎？」說著欲起身給她倒水。

她的手軟軟搭在他的手腕處，沒有用力，卻止住了他：「不要喝水。」

「好，」他坐了回去，順勢摟住她，帶著她躺在錦枕上，撫了撫她頰邊的淺痕，「那就再睡一會兒，離天亮還早。」

她沒有立刻閉上眼睛，手指握住了他的衣襟，將頭埋進他懷中，悶了一會兒，又抬起頭來：「我睡著了你就會離開了是嗎？」

他愣住了。

夜明珠滾進了床的內裡，被紗帳掩住，光變得微弱。瑩潤而微弱的明光中，少女的表情很是平靜，見他久久不語，眸中逐漸泛起了一層薄薄的水霧，像是察覺到了那濕意的存在，她立刻垂了眸，再抬眼時，水霧已隱去了。「我沒在難過。」她輕聲開口，握住他的手，用臉頰去貼那掌心，看著他的眼睛，像是要說服他相信，「你不要擔心。」

裝得平靜，眼底卻全是傷心，還要告訴他她沒在難過，讓他不要擔心。她這個樣子，令他的心又疼，又很軟。他看著她，就著被她握住手腕的姿勢，再次撫了撫她淺痕未消的臉頰：「別逞強。」

她垂眸靜了一會兒，忽然開口：「駐在彩石河的那晚，敏達王子隔岸給我放了煙花。」

他的手頓了頓，雙眉微微蹙起。

她抬起眼簾，看到他這個模樣，愣了一下，突然笑了，手指點上了他的眉心，輕輕撫展他的眉頭：「這樣就不高興了，你都不知道我要說什麼。」

他捏了捏她的臉頰：「那妳要說什麼？」

她如一條小魚，溫順地蜷進他的懷中，與他貼在一起，輕輕道：「那時候看著煙花，我想著這一生再也見不到連三哥哥了，真的很難過。」她抬起頭來望著他，「現在這樣，總比那時候好，只是短暫的分開，我不會覺得難以忍受。」

她用著說尋常話的口吻，道出如此情真意切之語，令人震動，偏偏本人還無知無覺，天真稚拙，純摯熱情。

他忍不住去吻她的唇，她圈住他的脖子順服地回應。

窗外冷雨聲聲。

夜很深，也很沉。

成玉不知道自己什麼時候睡著了。因此也不知道在她睡著之後，青年看了她許久。然後在整個小桫欏境再次輕輕搖晃之時，青年下了床，換上外衣，穿上雲靴，回頭最後看她一眼，又為她掖了掖被子，而後打開門，不曾回頭地步入了淅瀝的夜雨之中。

她再醒來之時，天已大亮，房中再無他人。她沒有試圖去確認青年是否真的已離開，只凝望著帳頂，愣愣地躺了一會兒，然後彷若無事地坐起身來，開始一件一件穿衣。

祥雲繚繞，瑞鶴清嘯，此是九重天。

今日九重天上不大太平。先是掌管凡世河山的滄夷神君匆匆上天面聖，不知稟了什麼大事，令天君急發詔令，命眾神趕緊去凌霄殿議事。凌霄殿大門緊閉，議事議了一個時辰左右，剛剛自太晨宮仰書閣中閉關出來的帝君就駕臨了殿中。也不知接下來發生了什麼，眾神在殿中候著，帝君卻出來了，也沒回一十三天，卻是徑直出了南天門。

在南天門附近當差的小仙們乍見帝君神姿，既興奮又激動，興奮激動完了，才想起來據以往經驗，帝君若出南天門，十有八九是為解決危及八荒安穩的大事。小仙們不明就裡，不知八荒又要迎來什麼大災劫，不禁瑟瑟發抖。

後來不知從哪裡傳出來，說帝君出南天門，乃是因日前為守護紅蓮仙子而入凡的三皇子殿下，不知出於什麼原因在他所處的那處凡世裂地生海，並重馴了守世的四聖獸，徹底改變了那處凡世的天命格局，此舉違反了九天律法，需受懲戒，因此天君託了帝君下界去拘三殿下回來受罰。這事和八荒安穩沒有一毛錢關係。大家才放下心來。

小仙們看待問題的角度，和凌霄殿中的尊神們大不相同。小仙們得知殿下在凡世裂地生海後，紛紛覺得，三殿下年紀輕輕，竟能重塑凡世法則，不愧是他這一輩神仙當中的第一人，內心對此欽佩不已。關於他隨隨便便就把凡世的天運給改了這事，大家除了覺得殿下可真是厲害啊，並沒有覺得有什麼問題。當然，大家也敏銳地抓住了「帝君親自下界去拘殿下了」這個重點。帝君親自下界去拘殿下了，那就是說他二位待會兒還會一起經過南天門！能同時在南天門看到帝君和殿下，多麼難得，這簡直就是一樁盛事！

因為小仙們的思路是如此地清奇，因此不到半個時辰，平日裡人煙稀少的南天門就變成了整個九重天最熱鬧的地方。平時無緣見到兩位大神、作夢都想瞻仰一下帝君與三殿下真容的小神仙們擠滿了南天門附近的每一個角落。其中以女仙為主。

尊神們在凌霄殿中開大會，小仙們在南天門附近開小會。

一位女仙給一個剛飛昇沒幾日的小仙做科普：「妳看畫冊就知道，洪荒古神都長得極好看，而帝君又是這其中的佼佼者。聽說帝君真容，比之畫像上還要英俊百倍不止。妳運氣好，才飛昇沒幾日便能見到帝君真容，要知道我在天宮當差當了七千年，這還是頭一次遇到這種機會呢！」

小仙翹首向南天門：「但姐姐總是見到過三殿下，我卻連三殿下都還沒見過呢。」

女仙點頭，面露光彩：「三殿下我是見過很多次的，三殿下也是特別好看的。傳說打三殿下是個嬰兒起，就是四海八荒最好看的嬰兒，後來又是同輩中最好看的兒童、最好看的少年，一路好看到現在……」轉頭向小仙，「三殿下第一次代天族出征，細梁河前倚坐於雲座之上接受魔族降書的那幅畫妳可見過沒有？據說許多神女就是因為看到那幅畫入了三殿下的坑！」

小仙原是個凡人，修煉了幾十世，最後一世以道姑之身飛昇，飛昇時的年紀也小，斷情絕欲的，是塊小木頭，愣愣地問女仙：「什麼叫入坑？」

女仙神秘地湊過來，悄悄道：「據說看到那樣的三殿下，很難不生出愛慕之心，這就是入坑了。」輕輕一嘆，「可惜殿下卻是一株鏡中花、一輪水中月。」

小仙不太懂：「鏡中花、水中月？」

女仙訝然：「妳不會沒聽說過三殿下的風流之名吧？」一笑，「殿下風流，愛慕殿下的神女眾多，有大膽的神女會主動追求殿下，殿下一般不會拒絕，但殿下也無情，神女們待在他身邊，從沒有超過五個月的。可越是難以征服他的心，神女們越是前仆後繼，殿下也是來者不拒。每個人都似乎有短暫地擁有殿下的可能，但那種擁有卻又是虛幻的、縹緲的，如追逐一株鏡中花一輪水中月一般，這麼說妳可懂了嗎？」

小仙稀里糊塗的：「上天那日我聽到兩個姐姐議論鎖妖塔之事……不是說三殿下也有真心喜愛之人，就是那位長依仙子嗎？」小仙很有邏輯地推理，「既然殿下已有了心愛之人，那、那些神女們怎麼還覺得她們有擁有三殿下的可能呢？」說到這裡，像是自己把自己給說悟了，「咦，此次殿下在凡世搞出那樣大的動作……是不是就是為了長依仙子啊？」

女仙立刻收了笑，表情變得冷漠：「哦，原來妳是站三殿下和長依仙子的嗎？我不是這個流派的，我是『三殿下遊戲八荒越是無情越動人』這個流派的，也不相信殿下和長依仙子真有什麼，看來我們倆是沒有共同語言了。」說著還退後了三步，和小仙拉開了距離。

小仙懵懵懂懂的，並不能明白九重天為何連這種事都能搞出流派之分來，深深覺得是不是自己太土了，與這新潮的天宮格格不入，又急於想要挽回同女仙的友情，趕緊搖頭：「我不是，我沒有，我什麼都不懂，我都是胡說，姐姐妳不要不理我……」

人群之中一片嗡嗡聲，諸如此類的討論不絕於耳，因為也沒有什麼有分量的神仙在此約束，大家就都有點放飛，一邊興奮地八著卦，一邊激動地等候著帝君與殿下的到來，倒也和樂融融。

沒多會兒，果見紫衣的神尊按下雲頭，再次出現在了南天門，身後跟著一位白衣神君。二位身姿皆極高大，面容也一派地肅冷俊美。擠在附近的眾仙抓住機會瞄了兩眼，也不敢多看，齊齊伏身行大拜之禮。帝君和殿下也沒管跪了一地的小神仙們，逕直朝內而去了。眾仙不敢抬頭，恭送帝君和殿下離開，但就這一兩眼的眼福，也夠大家感到滿足了。

這二位剛入南天門，就有一位仙者緊跟著落下了雲頭，近乎小跑著追了上去，趕上了帝君和三殿下。眾仙聽著那腳步聲也不敢抬頭。倒是三殿下回頭瞧了一眼來者，微微挑了挑眉：「二哥。」

二皇子桑籍風塵僕僕站在二人面前，先向帝君行了禮，才轉向連宋：「你在凡世的事，我聽說了，你如此做，是為了長依吧？」他頓了頓，臉上現出一絲沉痛來，「我……對不起長依，你既是為了長依而將領受懲罰，我沒有別的可做，唯願同你一起面見父君……」

帝君不愛管閒事，聽桑籍說了一兩句，便站去了一旁，只留他同連三言語。

連宋聞音知意：「二哥是因為長依而打算為我在父君面前求情？」他淡淡道，「那倒不必。」

桑籍訝然：「為何？」

「因我並非是為了她。」

桑籍皺眉，神思電轉之間，臉色慢慢變了：「你……變心了？」他愣住，「那長依怎麼辦，長依她……豈不是永不能再回天庭了？」

白衣青年神色淡漠：「二哥人雖不在九重天，倒是對我和父君的賭約很熟悉。」

桑籍面容微白：「你為何隻身入凡，也並非什麼絕頂的機密。」忍不住急切道，「你如此，是打算將長依置於何地？」

青年看著他，面上沒什麼表情，目光卻覺得他可笑似的：「我不曾對長依有過心，又談何變心？如今的長依也並非再是昔日的長依，讓她身入輪迴永為凡人，也不失為一個好的歸宿。」

桑籍無法置信地看著青年：「因有你護著長依，我才一直都放心，可如今你……」他欲言又止，「你對長依到底是……」

青年像是覺得煩惱似地皺了皺眉：「二哥不懂我的事，也不必懂我的事。鎖妖塔倒時我希望長依活著，也並非二哥所以為的那個原因。長依她是仙是凡，於我而言，從沒有什麼不同。只是我有餘裕助她成仙時，便助上一助，但如今，我沒有這個餘裕了。」話罷向愣住的桑籍微一點頭，「二哥若無別的指教，我先告辭了。」

桑籍愣在那一處久久無法回神。

二十八年前長依為他殞命，他不是不自責，不是不內疚，只是後來對於長依之事，弟弟連宋遠比他做得好，他便放了心。弟弟喜歡長依，會想方設法使她復生，令她重列仙班，這使他鬆了一口氣，內疚愧對之情也得以平復。

但今日，弟弟卻告訴他，他幫助長依並非是出於兒女私情，且他也不再覺得使她成仙是必須達成之事了，她就那樣永生永世當個凡人也不錯。

讓長依徹底成為一個凡人，永入輪迴，再也不能回九重天？

桑籍的心臟一陣鈍痛。

這怎麼可以呢？

可他又該如何做？一陣迷茫和無助深深地攫住了二皇子，使他寸步難移。

在二殿下和三殿下談話時，小仙們離得並不近，自然聽不到二人間有什麼言語。

事實上在場眾仙裡唯有那以小道姑之身新飛昇的小仙，本著一股初生牛犢不怕虎的憨勁兒，趁著二殿下和三殿下談話之時，偷偷抬頭瞄了他們幾眼。

從她的角度，只能看到帝君和二殿下的背影，不過倒是能正正瞧見三殿下的面容。三殿下那張臉俊美過人，著實令人見之忘俗。但同有風流之名，三殿下卻和她在凡世見過的倜儻的風流公子全然不同。他沒有溫存的眉目，也看不出來有什麼解意的態度，同人說話時，一張臉極為高冷淡漠，十足不好接近的模樣，甚至教人有些生怕。

待帝君和三殿下離開，小仙實在沒忍住，問了身旁的女仙一個問題：「為何三殿下看著這麼不好接近了，還有那麼多神女去挑戰高難度，苦苦追求他啊？」

女仙不愧是三殿下的資深擁躉：「那是妳沒有見過三殿下笑起來時的模樣。殿下一笑，那可真是，」她嘖嘖兩聲，「殿下的笑顏是絕沒有人可以抵擋的，大概那些神女們都想要殿下對自己笑，故而再難也要去追逐吧。」

小仙聽得似懂非懂，不過她感到今天真是學習到了很多。

直到二殿下也離開了南天門，跪地的眾仙才紛紛從地上爬起來，揉著膝蓋，心滿意足地三三兩兩散了，使南天門重回了尋常時候的清靜。

在那之後不久，凌霄殿中的議事也終於宣告結束。

參加了議事的眾神回想起這一日的峰迴路轉，均不知該說什麼好。

帝君下界去拘拿三殿下時，天君亦派了滄夷神君下界，去查明三殿下造海的緣由。滄夷神君先帝君一步回來，道三殿下乃是為了一名絕色的凡人女子而做出了此事，當時天君的臉色就不太好看。

不久帝君將三殿下帶回來了，大殿之上，天君問罪三皇子，允三皇子自辯。三皇子所答和滄夷神君所查無二，說是自己看上了一名凡人女子，但那女子執意嫁於他人，令他很是惱怒，因此他裂地生海，在地理上分開了那女子同她未婚夫的國度，使那女子欲嫁而不得。此事他行得混帳，理智回歸後亦是後悔，但行都行了，後悔亦無濟於事，甘願回來領受懲罰。

這的確是肆意慣了的三殿下做得出來的事。

天君氣得說不出話，既恨他如此，可又因本心裡疼愛幼子，不捨重罰。幸而三殿下人緣好，眾神也是會看眼色的神，紛紛求情。

尤其連帝君都開了口，道雖然三殿下裂地生海，改了那一處凡世的法則，致使國運與人運皆發生了變化，但所幸倒不是什麼傷天害理之事，三個國家分開了，也止了許多兵戈，倒使那處凡世更加和樂了，只是累南斗北斗和冥主多費點心思，重新處置一下那處的國運人運罷了。再則，為免有後來之神傚法三皇子亦隨隨便便去改凡世的人運國運，他將為十億凡世加上一條法則：神魔鬼妖四族入凡，若在凡世施術，皆會被所施之術反噬。這樣也就穩妥了。

帝君不愧是曾經將六界蒼生都治理得妥妥貼貼的天地共主，即使徇私，都徇私得讓人無刺可挑、無話可說，便有不服，也只能憋著，只恨自己為什麼不能像三皇子那樣討帝君喜歡，是帝君他老人家的寵兒，闖了什麼禍都能有他老人家給兜著。

最終天君頒下御令，罰了三殿下在北極天櫃山受七日寒瀑冰水擊身之刑。

這件事就雷聲大雨點小地落幕了。

北極天櫃山緊鄰北海，終年冰雪覆蓋，中有七峰，第二峰掛了一簾飛瀑，山水自峰頂奔流而下，直入谷底寒潭。寒潭之中，有一巨石，那便是被罰冰瀑擊身之刑的仙神們的受刑處。仙者立於其上，自千丈峰頂跌落的天下至寒之水擊於其身，有如寒刃灌頂，仙者需一邊承受這種痛苦，一邊誦經自省。

東華帝君站在隔壁第三峰的峰頂之上。第三峰比第二峰矮上一截，帝君望了一陣第二峰那懸於崖壁的飛瀑，點評：「流瀑雖急，比鎮厄淵淵底的漩渦還是要柔和許多，你兩萬歲時便能在那漩渦中毫髮無傷地待一個月，在這水瀑中待七天應該也不是問題。」說著抬手化出一張棋台來，「離你受刑的時間還早，先和我下局棋。」

三殿下也望了一陣那水瀑，默了一默：「去鎮厄淵取製扇玄鐵時，我的雙手未被困住，即使陷入淵底漩渦，也還能靠雙手自救，但在那寒潭中受刑，我的雙手好像是要被鐵鏈捆住的。」

帝君已經坐在棋台旁執起了白子：「說得也是。」他點了點頭，「那你小心點。」想了想，又補充了一句，「應該會痛，但不會死，不要怕，我們先下棋。」

三殿下：「……」

三殿下無言以對。

三殿下到北極天櫃山受刑，天君都沒來，帝君卻陪送著一道過來了。雖然九天皆知三殿下乃帝君的寵兒，但這未免也太寵了一點，若非帝君三十來萬年從不近女色，九天仙眾簡直要懷疑三殿下其實不是天君的親兒子而是帝君的親兒子。

帝君在側，兩位押送三殿下來此的天將不敢怠慢，到達目的地後貼心地站到了老遠，容行刑前帝君同三殿下囑咐幾句私話，結果卻看到帝君和三殿下突然下起棋來。兩位神將不明就裡，面面相覷一陣，試探著走近，正好聽到帝君開口：「你和那凡人女子是怎麼回事？」

兩位天將一愣，待要再聽，只見三殿下抬頭淡淡看了他們一眼，而後二人便被隔在了靜音術之外，什麼都聽不到了。二人也不敢再靠近，對視一眼，雙雙退回了方才所站之地。

在帝君問出那句話時，連宋執黑的手頓了頓。他這四萬年，有一半時間都是在東華帝君膝前度過。帝君之於他，亦師亦友，九天仙神皆覺帝君不好捉摸，帝君的確不好懂，但他倒覺得帝君也並不是那麼地難懂。譬如此時，帝君應該也是真心想同他下棋，但絕不單單是為了同他下棋。果然，沒走兩步他便聽到了帝君此問。帝君還補充了一句：「別拿糊弄你父君那套來糊弄我。」

他態度平靜地落下一子：「我原本也沒有打算糊弄帝君。」語聲平緩，「我對她是認真的，等到受罰結束，我會去凡世找她，助她成仙，和我永為仙侶。」

帝君不愧活了三十多萬年，經多見廣，聽聞他此言也並不驚訝，只道：「從你口中聽到『認真』兩個字倒是難得。」又像是隨口一問，「怎麼就對一個凡人這麼執著了，她難道不也是一種『空』？」

青年靜了片刻：「別的『空』，我可以放下，她，我無法放下。」

帝君抬眸看了青年一陣，似乎習慣性地要去一旁端茶盞，沒端到，才想起來未化茶具，抬手一拂化出一整套黑陶茶器，緩緩道：「你成年之時同我說法，嘆世間萬事無常，皆有流轉生滅，殊為無聊，問我若世間無永恆不變之物，亦無永恆不變之事，那五族生靈汲汲營營忙忙碌碌有何意義？畢竟一個『變』字便可將他們的所有努力化為煙雲。」

銀髮神尊行雲流水地取天水煮茶：「那時候，你還同我舉了兩個例子，說譬如愛權的，要數天族，鑽營萬年謀得一個高位，卻只消兩三錯處就被打入塵埃，過往辛勤皆成空無，有何意義。又譬如愛美色的，要數魔族，費盡心思得到一個美人，卻只待十數萬個春秋便需面對紅顏遲暮，過往心思盡付東流，又有何意義。」

青年頷首：「我記得，那是天君第一次流露出想讓我做護族戰神的意思後，我去太晨宮中尋帝君談玄。」

「對，」陶壺咕嘟咕嘟煮著水，帝君將注意力重新凝回了棋盤上，「你說天君想令你做護族戰神護天族太平、佑八荒長安，但若世間生靈都過著如此沒有意義的人生，你也找不到守護他們的意義何在。」

帝君落下了一子：「彼時我問你，對於你而言，什麼才是有意義？你說『非空』才有意義，若這世間有什麼東西值得你去孤注一擲地追逐、義無反顧地珍重，那一定是一種恆定不變之物，因如此，那些追逐和珍重才不會是水月鏡花。」

帝君抬眼看他，像是純然感到好奇：「可那凡人也是一種『空』，如今你為那凡人，已可說是孤注一擲、義無反顧了，按照你的信奉，這些追逐和珍重又有什麼意義呢？」

青年執著棋子，許久沒有落子，最後將那黑子握在了手心中，微微閉了眼，像是矛盾，又像是疲累：「其實我已許久沒有想過『空』與『非空』，也許久沒有再想過這世間之事存續的意義。」他頓了片刻，「的確，按照我的信奉，她、我，連同這世間一切，都是一種『空』。對這世間萬物，從前我一視同仁，他們安樂也好，苦難也罷，我心底難生一絲漣漪，可對她……」他沒有再繼續說下去。

水煮好了，帝君一邊沖茶一邊接著他的話道：「對這世間一切，連同對你自己都漠然視之，這是水神與生俱來的神性，其實倒也沒什麼不妥。只是從前你只能看到『空』，執著於『空』，有些太過。」

帝君不緊不慢地以第一壺茶湯溫杯淋壺：「西方梵境的佛陀為五族生靈講法，對只能看到實有之物、執著於實有之物的生靈，會為他們講解『空』，令他們領悟『空』，因為他們太執著於『有』。而我一直為你講『有』，是因為你太執著於『空』。

「執著於『有』，心容易有掛礙，容易著相。執著於『空』，則容易阻礙一個神度己度人。譬如你此前不願做護族神將，便是為這種執著所礙。你如今這樣，」帝君分了一盞茶遞給他，「在我看來，倒是比從前好了許多。」

青年靜默了一瞬：「但即使不再執著於『空』，我也無法度人。」

他摩挲著手裡的黑子，最後將它落在了遠離殺伐的一角：「違背九天律法，以凡人為妻，神族容不下此事，但我執意如此，故而神族將不會容我，所以，」他眼神清明地看向面前的神尊，「我做不了護族戰神去護助普渡他人，往後餘生，漫漫仙途，我只護得了一人，大約要讓帝君失望了。」

短短兩句話，選擇和未來的打算俱已明瞭。

帝君並不在意：「失望的是天君，我失望什麼。」手中陶杯輕輕晃了一晃，像是想起來很久遠的往事，「當年墨淵也曾因少綰之故出走隱世過，彼時我沒有阻止他，如今自然也不會阻止你。」抬眸看了他一眼，「你難得有這麼認真的時候，想做什麼就去做好了。」

青年點頭道是，因為方才走了對於他們的談話極具象徵意義但對整局棋的獲勝毫無助益的一步爛棋，此時不得不全身心投入補救，拆好東牆補完西牆後，突然想起了另一件重要之事：「既然帝君也知我必然是要離開神族，那祖媞神之事，就只能全盤移交給帝君了。」

帝君顯然對此已有預料，淡然地嗤了一聲：「說得好像你留在神族就不會把這事推給我似的。」

青年也不推脫：「確實還是會推給你，因為這事的確同我沒什麼關係。」

帝君喝了口茶，冷不丁道：「你可知道你和祖媞神其實也是有淵源的？」

青年自顧自地走了一步棋，嘴裡道「是嗎」，聽語聲卻並不相信。

帝君放下茶盞：「少綰留給你的那支無聲笛，其實是當年祖媞製給她的法器。」

青年終於抬起頭來：「什麼？」

帝君回憶了會兒：「當年少綰將笛子給我時，留言讓我把它交給新神紀的水神，說水神同祖媞有淵源，她沒有別的好送給水神，便把這件法器送給他。」

青年將信將疑地辨了會兒帝君的神色，疑惑道：「那我同祖媞神，是有什麼淵源？」

畢竟是二十多萬年前的往事，帝君繼續回憶了會兒：「她好像沒說。」

青年頓了一下：「帝君也沒問？」

帝君很理所當然地回他：「和我又沒什麼關係我為什麼要問。」

青年無言以對，但也不得不承認的確是如此。「那倒也是。」他說。

帝君看了他一眼：「對這件事，你就沒有什麼想法嗎？」

青年沉默了片刻：「無聲笛很好用，祖媞神製了它，少綰神送了我，所以……謝謝她們？」

帝君點了點頭：「好吧，若祖媞果真復生了，下次見到她時我幫你轉達你的謝意。」

峰上的冰原起了風雪，眼看行刑的時刻就要到來，紫衣神尊與白衣神君仍淡然地聊著天下著棋。特別是三殿下，根本沒個即將受刑的樣子。兩位執刑天將候在老遠處，意欲提醒三殿下，卻又不敢上前擾了帝君的雅興，只好大眼瞪小眼地看著對方，只覺這趟差事怎麼這麼苦哇。

第十五章

北荒之北，坐落了一方覆地千里的無名大澤，乃八荒禽鳥們的換羽之地。

天地空濛，茫茫雪澤之中，時而會響起一兩聲靈禽換羽成功的喜悅長鳴；伴著那長鳴，大澤之上，雀鳥的舊羽隨著紛飛的雪片飄然而落，有一點傷感的詩意，為這冰雪蒼茫的靜謐之地增添了一抹別樣的聲色。

成玉站在大澤的最北端，抬頭遙望似巨獸一般伏在天邊的遠山。今晨，她在大澤之畔問路，一隻剛換了新羽、心情不錯的重明鳥告訴她，前面那座山便是北極天櫃山，她要尋的天族三殿下便是在那座山的第二峰下受刑，她一路向北直行即可，以她凡人的腳程，不眠不休趕四五個日夜的路，應該也能趕到那兒了。

成玉聽朱槿提起過重明鳥，據說是一種仗義的神鳥，合族性情都憨直，她料想它應該不會騙她。

又看了一陣那巍峨的遠山，成玉緊了緊身上的斗篷，冒著風雪，照著鳥兒的指引，一路向北而去。

凡人的郡主為何會出現在神仙世界的北荒之地，是說來話長的一件事。

當日小桫欏境裡連三離開後，國師與天步也領著成玉很快出了那小世界回了平安城。

三殿下於熙烏邊境裂地生海，雖然搞出了地裂山崩的動靜，但彼時三殿下祭出了鎮厄扇，鎮厄扇結出的雙鹿金輪護持住了整片大陸，以至於除了彩石河地動山搖外，戈壁以外的地方都挺安靜。不說千里之外的平安城了，便是百里外的烏儺素王都裡，大家都沒什麼特別的感覺，只是第二天一大早醒來，從歸來的迎親隊裡聽說了昨夜神龍現世，搶了四王子的新娘不說，還在烏儺素和熙朝之間搞出一片大海來隔斷了兩國往來，使他們烏儺素在一夜之間從一個高原內陸國變成了一個臨海國……民眾們對此表示震驚，震驚之餘想到從此後他們豈不是可以敞開肚皮吃海鮮了，也沒有什麼不適應，都還比較高興。

平安城則是在稍晚一些才得到了這個消息。李志將軍跑死了好幾匹汗血馬，得以在五日內趕回平安城，將大將軍原來是神仙下凡、為了阻止郡主和親竟在邊境搞出了一片大海、將軍造海不幸力竭、然後國師就將郡主和將軍給一起帶走了、三人至今下落不明這事呈報給了皇帝。成筠作為一個正常人，第一反應當然是李將軍是不是得了失心瘋，把人拉下去給關了五天，結果第五天一大早，薊郡郡守也騎著馬吭哧吭哧趕來了，稟的居然是同一樁事，李將軍才被放了出來。

成筠將信將疑，派心腹八百里加急前去絳月沙漠實地勘察，十來日後，心腹交回來一份新的邊境輿圖，成筠攤開一看，發現北部邊境果然多了一片大海，東西橫向，不僅將大熙和烏儺素給隔開了，還將北衛也給隔了個徹底，從今往後三個國家只能隔海相望……都還望不到對方。

要知道，大熙開朝兩百餘年，就和北衛對立了兩百餘年，每一任有抱負的皇帝都把幹死北衛當作畢生追求，成筠也不例外。然連三這麼一搞，兩個國家從此隔海相望，誰也幹不了誰了，這讓成筠一下子失去了奮鬥目標，茫然之餘，一陣空虛。左右相等幾位重臣陪著皇帝議事，對於當前是個什麼情況比較瞭解，幾位大人的意思是皇帝也不必如此空虛，地理情況變了，國策也得跟著變，接下來還有很多活兒幹，況且還要跟百姓解釋一下邊境上的大海是怎麼回事，同時還得找找大將軍，跟大將軍確認一下他下一步的安排，看他是打算繼續當他們的大將軍還是回天上當神仙……幾位國之重臣議了一輩子事，沒有議過這麼匪夷所思的事，七七八八說完這一段話，每個人都感到一陣恍惚。

國師便是在這樣的情況下將成玉帶回了平安城。

經過一個多月的沉澱與緩衝，再見國師，成筠也比較淡定了。而此時，邊境上新生了片大海的消息也傳遍了整個大熙，流言紛紛擾擾，好的壞的都有，急需國師回來正本清源。

作為一個胡說八道的高手，國師沒有辜負大家的期望，當日便輔助皇帝昭告了天下，說成氏王朝受命於天，乃天命所歸，上天派水神前來輔佐君王，水神仁心，見熙衛之戰使百姓流離，殊為不忍，故引南洋之水入千里大漠，造出萬丈深海橫亙於熙衛之間，為熙朝隔絕外患，令大熙子民永離兵禍。皇帝感念水神仁德，特將宗室之寶紅玉郡主獻予水神為妻，自此後大熙朝奉水神為尊神，望萬家供奉，以善信與誠心饗水神。

詔書一出，流言立止，百姓們發現世上原來真的有天神，且身為大熙的子民，自己居然還是天神罩著的寵兒，都很激動，紛紛塑像修廟，供奉水神。

國師這事辦得妥貼。於公，漂漂亮亮地收拾了三殿下給留下來的一堆爛攤子，還成功地賦予了水神造海這事一個無與倫比的政治意義；於私呢，又在天下人面前光明正大落實了三殿下與郡主二人的名分——相信這也是三殿下願意看到的。

國師對此很是得意，每每想起，都忍不住在心底讚一聲我真棒啊。知情者上到皇帝，下到天步，也覺得國師挺棒的。國朝上下，唯有一個人不覺得國師棒，此人便是之前被國師強送回平安城、在那時便同國師結了仇的煙瀾公主。

煙瀾公主登門問罪這一日，正巧成玉也在國師府中喫茶。

煙瀾本是要質問國師為何亂點鴛鴦譜，煽動皇帝將成玉許給連三，結果踏進府門，見成玉也在府上，頓時忘記了對國師的惱恨，一腔怒火轉了個彎，全燒向了成玉，目光如有實質地定在這個她原以為一輩子也不可能再返京城的堂妹身上：「他為了妳如此，妳很得意是不是？」

成玉記憶中，十九公主煙瀾素來婉婉有儀，以柔弱溫雅的面目示人，有時候是挺偽善的，但倘若自己不拿話激她，她一般都能完美地將那種偽善保持到底。但今日十九公主卻很不同，竟然一上來就咄咄逼人，令人稱奇。她微微挑眉，放下茶杯，淡淡一笑：「十九皇姐這話我聽不懂，不知這是從何說起？」

煙瀾用力握住輪椅的扶手：「少在我面前假惺惺，此刻妳難道不是很得意三殿下為了妳，竟公然違背九天律法裂地造海嗎？」她從來不蠢，連宋和成玉之間的糾葛她不是看不明白，那夜彩石河畔發生之事她雖未曾親眼看見，但稍作細想，便知絕不是國師所說的那樣。她無法接受高高在上的三殿下為了一個凡人竟做到那般地步，痛與恨自心底升起，深入骨髓，令她無法自控：「妳不要覺得他這般便是真心愛妳，他此時著緊妳，不過是好新鮮罷了！他就是那樣的人，興致在妳身上的時候，什麼事都肯為妳做，裂地成海又算什麼？彼時他對長依，不也是傾盡所有？」

看到少女微微垂眸，臉上那假面似的一點笑容迅速消退了，煙瀾終於獲得了一點快意，臉容扭曲地笑了一下：「皇兄說要將妳獻給他，妳就真以為自己是水神之妻了？」惡意地直視著茶席之後面無表情的少女，「呵，水神之妻，妳一個凡人，配嗎?!」

「我若不配，」少女淡淡抬眼，依然面無表情，「皇姐便配？皇姐口口聲聲看不起凡人，難道皇姐不也同我一樣，只是一個凡人嗎？」

自己當然不是一個純粹的凡人。聽得成玉問出如此蒙昧無知之言，在連日的煎熬之後，煙瀾第一次舒心地笑出了聲來，她攤開雙手：「這具身軀此時的確是凡軀，但妳可是忘了，我的前世是花主長依。我來凡世，不過是為了渡劫，遲早要回九天重列仙班，從來和妳便是不一樣的。」她微微向前傾身，表情裡含著毫不遮掩的輕視，一字一頓，「妳，根本不配同我相比。」這些話本意是為了羞辱成玉，但說出口時，卻也奇跡般地安撫了她自己。是啊，即使三殿下此時喜歡成玉又如何，不過是一個螻蟻一般的凡人，同殿下是絕不可能長久的，她只需要耐心，再耐心一些……

少女卻並沒有露出受辱的表情，反而雲淡風輕地端起了茶杯：「皇姐以為，自己還回得去九重天嗎？」

煙瀾一愣：「妳什麼意思？」

成玉勾了勾唇角：「難道連三哥哥沒有同皇姐提起過，當年長依擅闖鎖妖塔犯的是死罪，早已被革除了仙籍，其實是再也不能回去九重天做神仙的嗎？」看煙瀾面露震驚，她不疾不徐地喝了口茶，「連三哥哥之前念著和長依同僚一場，是還想努一把力將轉世的妳重新帶回天上來著，但似乎是因為轉世的妳同長依的性情實在相差得太遠了，所以他改了主意，覺得讓妳當個凡人也不錯。」

煙瀾整個人都凝滯住了，面色雪白地僵在了輪椅中，半晌，聲音瘖啞道：「這絕不可能！」

「當個凡人有什麼不好呢，十九皇姐為何如此不能接受？」成玉單手托腮，抬眸看向煙瀾，似笑非笑，「難道是因為，如果同我一般只是一個純粹而普通的凡人，那十九皇姐在我面前便再也尋不到任何優越感了，是這樣嗎？」

煙瀾氣得發抖，嘴唇顫了顫：「妳這個，妳這個賤……」抓起膝上的手爐便向成玉扔了過去，結果被縮在一旁默默喝茶盡量降低自己存在感的國師抬手施法止住了。手爐啪一聲碎在半途，煙瀾被國師封了口，捂著喉嚨不可置信地看向國師。

國師亦皺著眉頭看向煙瀾：「大家好好說話是可以的，公主妳出言如此不遜，還動起手來，這就有點太過了吧？」自從三殿下喜歡上成玉，煙瀾就有些發瘋，為了這事一哭二鬧三上吊，國師也是見識過的，因此一看到她就不禁頭皮發麻，本來打算有多遠躲多遠，奈何成玉不是吃素的，根本不懼煙瀾，偏要正面迎敵。國師能怎麼樣呢，國師只好跟著留下。

此時國師真是慶幸自己留了下來，面向站在煙瀾身旁的幾個宮婢，沉著臉一派威嚴：「妳們還愣著做什麼，煙瀾公主嗓子疼不舒服，還不趕緊將公主抬回宮裡就醫？」

別看國師在三殿下面前是個小弟，在國朝裡可一直都是橫著走的。宮婢們被國師一訓，怕得一抖，不敢怠慢，立刻抬著煙瀾欲出花廳。煙瀾無法說話，側身緊握住輪椅的椅背，橫眉怒目地瞪著二人，一雙眼被怒火燒得通紅。

看著煙瀾這副模樣，成玉挑了挑眉，突然出聲：「等等。」然後慢悠悠地從茶席後站了起來，走到煙瀾近處，微微垂眸，撩起一點衣袖，不經意似地撫了撫腕間的銀鏈，「方才皇姐奉勸我不要因連三哥哥為我做了點什麼便信了他是真心喜愛我，因為他對長依也曾傾盡所有，」她微微一笑，「皇姐這話也不盡然，連三哥哥對長依也不算傾盡所有吧，畢竟代表他唯一真心的逆鱗，他沒有給長依，而是給了我。」

隨著成玉話音落地，煙瀾猛地看向她的腕間，整個人都被凍住了似的，唯留一雙眼泛著不可置信的光，從那腕間的銀鏈移到手指的戒環，而後像是終於反應了過來，又將視線一寸一寸移向成玉的脖頸和耳垂。

她死死盯著那銀紅互襯的飾物，目眥欲裂，嘴唇顫抖著，雖然沒能發出聲音，但成玉卻看出了她說的是什麼，「妳怎麼會有？妳怎麼配有？」

成玉淡淡看著煙瀾：「看十九皇姐的模樣，應該也知道這逆鱗的意義了。所以妳應該明白，無論妳贊同還是不贊同，連三哥哥的確已成了我的夫婿，也就是妳的堂妹夫。望皇姐顧著皇家的顏面，從今往後能夠自重些。」

煙瀾的目光仍放在成玉的脖頸上，臉色煞白，像是受了極大的打擊；接著她彷彿被那銀紅交織的柔光刺痛了，猛地閉上了眼，然後整個人頹然地倒在了輪椅之中，雙手捂住臉，無聲痛哭了起來。

煙瀾形象全無地離開了國師府，回宮後砸了一屋子東西，接著就病了，臥床不起了差不多兩個月。

成玉並不知道自己將煙瀾給氣病了，那些時日她正在十花樓裡忙活，沒什麼餘暇關心樓外之事。

朱槿、梨響、姚黃、紫優曇早就回到了十花樓，因此國師將成玉送回樓裡時，她立刻就同他們會合了。大家都很開心，趁著大家這麼開心，成玉跑去找朱槿，戰戰兢兢地說明了自己同連三的約定，以及她決心服下寂塵的打算。本來以為起碼要挨一頓打才能搞定朱槿，沒想到這次大總管居然很好說話，讓她把樓裡未來七年的事情安排妥當就可以。

這事也沒什麼好安排，全部交給朱槿就行，畢竟過去一直都是這麼幹的，而她不給朱槿添亂就算為十花樓的管理做貢獻了。

想想未來七年，自己將一直沉睡，再也不會給朱槿找麻煩，成玉就有點感慨：自從她無師自通學會上房揭瓦的那一天，朱槿應該就一直在期待著今日的到來吧……

成玉花了半個月時間和京城裡的朋友們吃了告別宴，又花了半個月時間同樓裡每一株花每一棵樹都聊了一個告別天，接下來找了個黃道吉夜，虔誠地打開了連三留給她的那個錦盒，預備服下寂塵，靜待同連三的七年之約。但令人意想不到的是，錦盒中竟空空如也，藥丸居然不見了。

十花樓一干人等四處尋找，找了三個月，也沒尋到藥丸究竟丟失在了何處。眼看尋找無望，成玉也只好接受了寂塵遺失再也不可能找回來的現實，然後渾渾噩噩地過了半年。

半年裡，昔日明媚的少女飽受相思折磨，就像是一朵開在不正確的季節裡的花，雖然為了不使人擔憂，也在努力地、頑強地生長著，但因缺乏適宜的陽光與水分，生長得痛苦、緩慢，而又艱辛。

眼見少女在強顏歡笑的面具下日日枯萎，連鐵石心腸的朱槿都不忍起來，一番斟酌後，主動提出了帶她前往神祇所居的世界尋找連三。朱槿說到做到，不久就領著她來到了分隔神域和凡世的若木之門。然在穿越若木之門的過程中，被一陣突如其來的風暴所侵擾，她同朱槿不幸失散了，醒來後，唯有她躺在這方靈禽換羽的北荒大澤旁，而朱槿卻不知所蹤。

錦囊中的花瓣依然鮮活，說明朱槿沒事，令成玉放下心來。她從不是那種柔心弱骨的女子，非得有人護在身旁才敢在陌生世界闖蕩。保持冷靜地想了片刻，覺著天地曠大，照朱槿向來的行事作風，若尋不見她，大概率會直接去往連三受罰之地候她，便立刻做了決定先去尋找連三。

所幸三殿下在這個世界裡的確非常出名，稍微打探，便能知道他的所在。

聽到重明鳥告訴她以她的腳程，不眠不休五個日夜方能趕到連三受刑之處時，成玉一點也沒有畏懼這段遙遠的旅程，反而立刻在心底盤算起來：連三將在彼處受刑七日，她加把勁能在五日內趕到那裡，也就是說她一定能找到他，見到他。

她並不是沒有思考過以這具凡人之軀，在這神魔妖鬼橫行之地可能會遇到諸多危險，但只要想到不久後就能見到她的連三哥哥，她便一點都不害怕了，充滿了一往無前的勇氣。

她一直是那個如雛鷹般天真英勇，又如幼虎般剛強無懼的少女。

北極天櫃山千里冰域，寒風呼嘯，凍雪肆虐。

阿郁是在天櫃第一峰下看到那女子的。簌簌落雪中，女子一襲雪白的斗篷，靜靜站在山腳下。長及腳踝的斗篷將女子全身上下遮蔽得嚴嚴實實，但卻遮不住那種冰潔纖麗的韻味。天地是白的，那背影也是白的，雅然靜立，如詩如畫。阿郁也是女子，且是一個漂亮的女子，對女子她是不感興趣的。她的目光無法從那女子的身影上移開，是因明明是謫仙般的身姿，但一看便知，她只是個凡人，且是個純粹的凡人。

二十多萬年前，少綰神將人族送去凡世後，八荒中的確還遺留下了一些凡人小國，但那些小國中的所謂凡人，不過是帶有人族血統的混血罷了。按理說這八荒世界是絕不可能再出現一個純粹的凡人的，且還出現在這荒蕪的北極天櫃山。要知道自五日前三殿下開始在此受刑，兩位鎮守在第二峰下的天將便將天櫃七峰都清了場，以確保殿下受刑期間，這附近都不會出現任何活物和生靈。

是了，阿郁自己也是個活物，是個生靈，按理說也不該出現在此處，但這正是讓她感到自得的點：她是兩位天將也承認的例外。

阿郁是尾陵魚，家住北海，乃陵魚族族長最為疼愛的幼女。在二殿下桑籍因擅闖鎖妖塔而被貶謫為北海水君之前，北海並無水君，北海的庶務一直是由阿郁的父君暫為代理，故而她父君也算是三殿下的老部下了。三殿下每十年會來親巡一次北海。陵魚族族長陪三殿下巡海時，每次都會帶上幾個兒女跟著歷練，那幾個兒女裡總有阿郁，因此一來二去的，在眾多的小陵魚中，殿下也認得出她，叫得上她的名字了。

年輕的神君，位高權重，俊美無儔，最迷人是那一身彷彿總是很荒蕪很孤寂的氣質，讓阿郁剛剛懂事便陷入了不可自拔的單相思。

即便生活在偏僻的北海，阿郁也聽說過三殿下許多桃色傳聞，譬如殿下風流，有一顆惜美之心，若果真是絕色的美人，且鍾意殿下，便有機會前往元極宮伴君之側。

阿郁是公認的北海第一美人，她自忖自己也的確美得不同尋常，很該有資格在元極宮中領上一席之地，因此自打成年後，就一直在等著三殿下再次來北海巡海，好趁此機會同殿下一訴衷情。只可惜自二殿下桑籍當上北海水君後，三殿下便再也沒來北海巡過海。

阿郁為此很是鬱鬱寡歡了一段時間，結果突然就聽說殿下因違背了九天律令，來北極天櫃山受罰了。

她自然不能錯過這個可以見到三殿下的機會，匆匆趕去第二峰，卻被守在彼處的天將設下的結界擋住了。她的朋友何羅魚小仙見多識廣，幫她參詳出了一個主意，說是天櫃七峰雖為天將結界所攔，但北海裡的南灣之水卻是不受結界所阻的，每日都會飛流至天櫃七峰之上。飛流入第二峰的海水將形成懲罰三殿下的寒瀑，她若是躲進南灣之水裡，那倒灌之水說不定能將她送到三殿下的身旁，只是這種嘗試也有一定的危險。

阿郁自小被寵壞了，是個天不怕地不怕的性子，當夜便躲入了南灣之水中。

那的確是一次危殆的冒險。天將破曉之時，南灣平靜的水流忽然暴躁起來，她還沒反應過來，已被捲入一條巨大的水柱之中，讓一股不知名的力量裹挾著衝上了天櫃第二峰的峰頂。她整個人在極度的驚恐之中只隱約看到了自己即將墜落之地是一面深崖的崖底，何羅魚在南灣邊上一聲又一聲驚急地喚著她的名字：「阿郁，阿郁！」而目之所見，她與死亡相隔竟如此之近。那一刻她說不上來是後悔多一些還是懼怕多一些，只能打著哆嗦緊緊地閉上眼。

失重的墜落盡頭，預想中的疼痛卻並沒有到來，睜眼之時，她發現自己被一團溫暖的銀光籠住，一個幽冷的聲音響在前方不遠處：「妳叫阿玉？」

銀光消失，阿郁從驚悸中回過神來，揉了揉眼睛，看向聲音的來處，然後她愣在了那裡。

巨大的瀑布臨崖而掛，飛流奔入崖底水潭，水潭中有一巨石，巨石上，白衣青年雙手為鐵鏈所縛，被禁錮於不息的流瀑之中。水流遮掩住了青年的面容，只能見出一個模糊的身影，但那身姿依然高大軒偉，即便被如此對待，亦不見有分毫狼狽。

阿郁知道這便是三殿下了，爬起來跌跌撞撞地靠近水潭，喃喃而喚：「殿下……殿下不記得我了嗎？我是陵魚族的小魚姬阿郁啊……」

青年的視線穿過水瀑，落在她身上，片刻後，淡淡道：「哦，北海的那尾小陵魚。」

阿郁正要雀躍地回答「正是我」，崖頂之上忽然傳來了風雷湧動之聲。

她趕緊抬頭望去，發現崖壁上原本還是正常流速的水瀑竟驀地變得湍急，湍急而下的流水以洶湧之勢向著青年撲打而去，近得青年身時，無形無狀的流水忽化作有形有狀的刀刃，俐落地劈砍於青年背脊。

阿郁受驚地呼了一聲。可水瀑之中的青年卻像是感受不到水刃劈身的痛苦似的，阿郁沒有聽到他發出哪怕一聲痛哼，只是縛著青年雙手的鐵鏈時而放鬆時而收緊，撞擊出了一些聲響，暴露出青年並不是真的沒有任何感覺。

流水化作的刀刃一刀一刀劈砍在青年身上，那麼真實，讓阿郁覺得十分可怖。刑罰持續了整整一個時辰才停下來。刑罰結束時，阿郁鼓起勇氣，想要進到那瀑布中去看看三殿下的傷勢，卻發現自己根本進不去，還被自疼痛中清醒過來的三殿下斥責了：「妳在做什麼？」

阿郁小聲：「想看看您傷得怎麼樣，殿下，您沒事吧？」

三殿下沒有理會她的關心，只道：「去谷外找那兩個天將，他們能助妳回北海。」

阿郁一下子慌了，立刻跪了下來：「殿下也知道我們陵魚族了，受了他人之恩便必要報答的，何況我掉下來……殿下於我是救命之恩！殿下在這裡受刑，行動不便，這幾日我正好可以做殿下的腿腳，去為殿下尋一些祛痛的傷藥。還請殿下成全我一片報恩之心，別趕我走！」

阿郁這個切入點切入得好，說是要報恩，而陵魚族又確實有這個傳統。三殿下不再和她理論，隨了她的便。谷口那兩個鎮守神將是很機靈的神，心知殿下既是天君的寵兒又是帝君的寵兒，心底別提多想給他行個方便了，但他們作為執刑天將，去給殿下找止疼傷藥好像也不像話，有了個自告奮勇的小陵魚，自然高興，主動對她睜一隻眼閉一隻眼，許她出結界尋些傷藥為三殿下祛痛。

阿郁雖然覺得三殿下冷淡，但她也知他一向就是那樣的，且他這樣冷冷淡淡的反而更讓她迷戀不已。

她覺得自己這一趟冒險著實英明，而她和三殿下之間的這個開端更是極好，極浪漫。英雄救美，美人報恩，病榻之前照顧英雄，而後二人生情……姐姐們喜歡看的那些話本子可都是這麼寫的。

驕傲自負的小陵魚堅信假以時日，自己必定能俘獲三殿下的心，同殿下成為這四海八荒裡令人豔羨的一對眷侶。

阿郁正自暢想著，冰原之上，數丈外那女子忽然轉過了身。

阿郁回過神來，再次定睛，看向那女子。

比起女子的容貌，她首先注意到的是女子耳邊有一點銀光和紅光在青絲中閃耀。仔細一看，原是一對耳璫。耳璫的形制乃是普通的銀絲纏紅玉，但那銀絲在雪光的反射下，卻比尋常銀質金屬的光芒要耀眼許多，且那銀光的外圍還裹覆著一層淡淡的七色之光，如同雨後之虹。

阿郁是水族，自然明白那是銀色的龍鱗才會有的光芒，而作為飾物戴在一位女子身上的龍鱗，極有可能是某位龍君的求親之物。

她的瞳猛地一縮。

女子的視線落在她身上，走近了幾步，帶著幾分好奇，率先開口：「姑娘是仙，還是妖？」

阿郁的目光略略一偏，移到女子的臉上。女子的容貌入眼，阿郁腦中一片空白。陵魚族女子以美為貴，以美為尊，正因她美麗，才自幼最得她父君喜愛，可眼前這凡人女子，竟擁有一張比她更美麗的臉。若女子是個仙，出於陵魚的本能，她會立刻懼服，但女子卻只是個凡人，那懼服便化作了惱恨與忌憚，深深扎入阿郁的心。

阿郁內心陰鬱，面上卻掛出甜甜的笑來：「為何如此問，我是仙如何，是妖又如何呢？」

女子把玩著手中的一枚玉扳指：「我聽說這北荒之地所居大多是仙妖兩族，仙心善，樂於無私地助人，而妖，雖也助人，但需拿東西同他們換，所以想知道姑娘是哪一種罷了。」

一個凡人，面對神仙，居然能這樣不卑不亢，這更令阿郁不快，但她臉上仍掛著刻意的、欲使人降低戒心的笑：「龍君之妻也會遇到需人幫忙的難題？不知是什麼難題？」

女子愣了一下，撫了撫耳邊的耳璫，露出無奈之色來，一笑：「仙也好，妖也罷，都應該能看出來我只是個凡人罷了。說來這難題於我是難題，於姑娘卻應該很簡單。」她側過臉去，看了一眼面前的雪山，「我想翻過這座山，不知能否請姑娘幫這個忙？」

女子沒有否認自己是龍君之妻。而翻過這座山，便是第二峰的峰底，正是三殿下的受刑之處。雖然阿郁心中已有所猜測，但聽女子親口說出來意，還是令她眼皮一跳，臉上的笑險些掛不住：「妳是三殿下的……」終歸無法說出「妻子」這兩個字，強壓住心中的嫉妒，裝出驚訝的樣子，「妳竟是來找三殿下的嗎？」

女子點了點頭。

指甲狠狠掐進了掌心，但阿郁面上卻是很單純的神色：「我雖是個仙，但要我幫忙，也是需要拿東西交換的。」

女子沉靜地點了點頭：「這是應當的，那姑娘想要我用什麼東西交換呢？」

阿郁歪頭看著女子，微微挑眉：「我看妳那對耳璫就很不錯。」

女子的眸色微微一變，臉上慢慢地顯露出了戒備來，退後兩步：「耳璫不能給妳。」

女子的戒備之態激怒了阿郁，她冷冷一笑：「不想給我？這可由不得妳！」說著飛身而上，五指成爪，就要將耳璫從女子耳垂上強扯下來。可未及她靠近，女子身周突然爆發出一圈極為耀眼的七色之光，將她重重地震倒在三丈開外。

阿郁惱恨地伏在地上。那居然真的是龍君的逆鱗。龍君以逆鱗求親，持有逆鱗者便是龍君之妻，而那逆鱗同時也是一枚護身符，會保護持有者不被他人的攻擊所傷。可這古禮以及與之相伴的同樣古老的護身法術已有許多萬年不曾現世了。所以，三殿下竟真的讓一個凡人做了他的妻子嗎？難道這才是他被懲罰的原因？

阿郁心裡恨得嘔血。這凡人，一定得讓她死。一個凡人，怎配做三殿下的妻？

神思電轉之間，她有了新的主意，站起來拍了拍身上的雪末，強抑住眼底的怨恨之意，裝作不在意似地輕嗤了一聲：「小氣，一介凡人，全身上下也不過那對耳璫乃仙家之物，能讓人看得上罷了。既不捨得，那妳就自己爬上山吧！」斜覷了一眼女子，又補充，「這裡長年荒蕪，鮮有生靈，除了我，妳也等不到什麼其他人幫妳這個忙了，妳自己想想！」

女子微垂了雙目，似在思考，半晌後輕聲道：「多謝姑娘提醒，這耳璫的確不能給妳，看來只有我自己試著爬上去了。」

女子依然不願給出耳璫，但這也無所謂。將那對耳璫據為己有從來不是阿郁的目的，一開始，她只是想求證那是否是三殿下的逆鱗，得到那令她又嫉又恨的答案後，她只想誘女子取下龍鱗，然後殺了她。

可女子不肯取下龍鱗，那誘她去爬山，也是一樣的。

龍鱗只能阻擋他人對持有者的直接攻擊，可若是這凡人主動將自己置入險境，那龍鱗再厲害也救不了她。

天櫝山極險，別說是一介凡人了，便是阿郁想要一步一步爬上去都很難，當然她回第二峰也從不是靠一步一步爬上去，而是駕著雪風上去。

阿郁輕蔑地看了一眼女子前往山麓的背影，然後仰望著面前陡峭的雪山，愉悅地想道：第一峰的山勢如此險峻，趁這凡人攀爬之時給她製造點障礙弄死她，應當十分容易吧。

成玉雖然是個爬山的好手，但也自知她一介凡人，欲憑一己之力去攀爬這座高峻的仙山十分不智。而天櫝七峰不愧是片冰封雪域，方圓百里寸草不生，即便她取下希聲，在百里識海中也尋不著什麼花木來打探關於此山的更多信息。

其實此時最穩妥的辦法是在山腳下等著，如此，即便連三受刑結束回九重天時不會經過這裡，但朱槿應當是能找到此處的，之後再由朱槿領著她去尋連三，順利找到人的機率會更大。

成玉理智上很清楚如何才是更好的做法，但一想到心上人此刻僅與她一山之隔，她便無法控制自己，立刻就要去試一試。試一試，萬一她就爬上去了呢？要是真的太過危險爬不上去，那她再退下來也不遲。她這麼想著。

成玉不愧為打小在深山裡探幽訪秘的玉小公子，尋常女子能克服皚皚凍雪穿過平地與坡部交接的山麓已算了不起，但不到半日，她不僅穿過了那山麓，還順利地爬過了一大截緩坡，直來到坡度突然變得陡峭奇峻的山腰處才停了下來。

成玉抬頭仰視接下來需要攻克的這面陡坡，發現坡雖陡，但其上所覆的積雪倒不怎麼厚，好些地方的岩塊都裸露了出來，正好可供人攀著上去。斗篷太過厚重，接下來的旅程多有不便，她將斗篷脫下來，又從裙子的內襯裡撕下兩條綾布綁在手上，簡單做完準備，便開始攀住最近的一塊岩石往上爬。

一切都很順利，眼看已將這塊巖溶地貌征服了三分之一，忽然一道紅光閃過，她剛剛踏上去準備借力的那塊岩石驀然鬆動。成玉一腳踏空，猛地摔了下來，不受控制地順著斜坡一路下滾，滾到最陡的那一處，被一塊長條的岩石給攔住了。她暈了一會兒，腰疼背痛地往下一望，頓時凜然：原本積雪覆蓋的光滑緩坡上，此時竟密密麻麻豎滿了長刀，雪光一耀，無數鋒利的刀刃正對著她，似渴血的巨獸的齒。

不及成玉反應，又是一道紅光打來，紅光無法近她的身，偏到了一丈開外，那一處的雪地立刻塌下去一塊。而被那處地陷所牽連，撐著成玉的岩石也搖搖欲墜，驀地崩落。她驚呼一聲，身不由己地向著那刀林滾去，驚駭之餘，努力地想要抓住點什麼止住身體的墜勢。在靠近刀林不足五尺之時，她總算抱住了旁邊的一塊石頭，避免了掉進刀林被斬成數段的厄運，但右腿還是擦過了最外圍的那把長刀，被削下了一塊血肉。

腿上先是痲木，接著便是火辣辣的劇痛，但成玉也無暇去管腿上的傷痛，離這些長刀越近就越危險，她忍著痛放開救了她一命的岩石，拖著傷腿努力地向前爬去，想要離那刀林遠一點。

一雙珍珠繡鞋出現在了她的面前。

成玉仰頭，看到那個她以為早已離去的橙衣女子含著笑站在雪地上，立在自己面前。莫名出現的刀林，那紅光……她瞬間明白了是怎麼一回事，艱難地開口：「姑娘……為何如此欺人？」

橙衣少女一派天真：「怎麼能說是我欺負妳呢？我原是一片好意，看妳獨自爬山毫無趣味，所以給妳增加一點驚險和刺激，好讓妳爬得更有樂趣呀！」話落地時指間結印，一道紅光激射而出，打到成玉近旁。

紅光造成的地動帶得身下土石滑坡，成玉再次墜向刀林，這一次周圍沒有東西能再讓她攀住，生死存亡之際只能主動以右足踩上刀刃止住自己的滑落之勢，讓自己不至於整個人都滾入刀林中。但那刀刃頗鋒，深深嵌入腳掌，成玉不禁一聲慘呼。

橙衣少女拍了拍胸口，後怕似的：「幸好我施了靜音術，否則讓山那邊的三殿下聽到了妳這般慘叫可怎好？」又蹲下來，抬手摸了摸成玉慘白的臉，「很疼是不是？」

右足稍稍一動，便是撕心裂肺的痛，成玉不敢動彈，任少女揉捏著自己的臉，忽然，尖利的指甲刀片一樣劃破右頰，鮮血湧出。右腿的疼痛占據了成玉的神思，以至於她居然沒有感到臉上的疼痛，直到右頰滴下的血染紅了身下的薄雪，她才隱約明白自己被毀了容。

成玉有些恍惚地看向少女。少女舔了舔沾了血的指尖，面露恍然，有些高興地同她分享自己的發現：「我知道了，看來這龍鱗只會阻止對妳有大傷害的直接攻擊，但像這樣輕微地折磨妳一下，它卻並不覺得是攻擊呢。」

察覺到成玉的目光，她不喜地撇了撇嘴：「這樣看著我做什麼，一個凡人，原本便沒有資格生就如此美麗的一張臉，我幫妳毀了它，說不定還是一樁功德！」

說著試探地向成玉的耳垂探去，靠近那耳璫時卻驚叫了一聲，像是被燙了似地捂住手。「哼！」少女陰沉道，轉了轉眼珠，拍了拍成玉未被毀的左臉，「嘿，我們打個商量怎麼樣，只要妳求饒，並把殿下的逆鱗全都給我，我便放過妳。」

成玉此刻只覺全身都疼，神思都有些迷糊，定了定神，才反應過來少女說的是什麼，艱難地推開她的手：「妳……不會……放過我的，沒有……龍鱗護身，妳要殺……殺我……便更……易如反掌了……」

少女微訝，秀眉挑起：「倒是很聰明，這時候知道我要殺妳了，既然如此，」她托著下巴，垂眼看著一身慘狀的成玉，「那一開始見到我時就應該躲起來啊，為何不躲起來，反而要主動上前來尋我幫助妳呢？」

成玉緩了許久，才有力氣繼續回答她的問題：「因為……我沒想到，仙……原來……也如此惡。」喘了一聲，「妳……為何要殺我？」

少女臉上的笑消失了，不笑的時候，那甜美面容便顯得陰鬱，她突然伸出兩隻手牢牢握住成玉的肩膀將她向下猛力一推。刀刃更深地刺入成玉足掌，她不禁再次慘呼，極度的疼痛之下，爆發出了前所未有之力，一把將少女掀開，費力地向上掙扎，想要離開那刀刃。

少女沒有立刻發怒，慢慢地從雪地上坐了起來，欣賞著成玉一邊痛呼一邊掙扎的慘狀，嘴角慢慢露出了享受般的笑。

她坐在那裡，有趣似地看著成玉：「為什麼要殺妳？因為妳配不上三殿下呀。以一個凡人為妻，是恥辱，我不能讓殿下這般受辱呀。」她撐著腮幫，「不過妳說得沒錯，仙的確是不作惡的。」她聳了聳肩，一派天真，「可我也沒有作惡呀。妳一個凡人，於我們神仙而言，好比螻蟻，殺死妳同踩死一隻螞蟻又有什麼區別呢？這豈能叫作惡？」

成玉拖著重傷的右腿終於爬離了那刀林，雖不過兩尺遠，也已耗光了她的所有力氣。半個腳掌在掙扎中被刀鋒削去，鮮血在她匍匐爬行之處留下了蜿蜒的痕跡。成玉覺得自己快痛死了，可聽到少女那些可笑的話，即使已沒有了開口的力氣，還是努力地發出了一點氣音：「即便……凡……凡人於你們而言，是極……低等的生物，虐殺一隻……低等生物……便……不是作……作惡嗎？連三哥哥知道了……」

少女搖了搖手指：「虐殺低等的靈物當然也是作惡，可妳對我來說，連低等靈物也算不上，只是螻蟻啊。就算是你們凡人，踩死一隻螻蟻，會覺得自己在作惡嗎？至於三殿下，」她輕輕一笑，「殿下永遠不會知道這件事的，所以，」她的五指間再次結印，「去死吧！」

隨著少女的話音落地，成玉四周的雪地盡為紅光所覆，紛紛陷落，上方的積雪與山石亦隨之滾落。

成玉不知道為什麼事情會發展到這一步，她沒有想過自己會死在這裡，而此時，她同死亡卻這樣近。少女歡悅的笑聲響在她頭頂，她感到了身下山石和積雪的滾動。再也沒有什麼是她抓得住的，這一刻終於來了。她連希冀誰來救救自己的時間都沒有，便被滑落的土石帶入了刀叢之中。

利刃穿過她的身體，斬斷了她的手臂。她掛在了最粗的一把長刀上，刀鋒砍斷了她的半截腰。

這一次她甚至沒有力氣慘呼。

血如流水般湧出身體。

第六日了。

冰瀑擊身之刑不是鬧著玩，同天雷劈身之刑並列為九重天不傷人命的酷刑之首。若是全盛時期的三殿下，領受七日這刑罰原不是件太難的事，但在凡間裂地造海、馴服四獸時耗損了他太多修為，以至於到第六日時，寒潭被龍血染得緋紅，三殿下也像是有些支撐不住了。

兩位鎮守的天將立在寒潭邊上，皆十分擔憂，硬著頭皮規勸：「天君雖責令殿下領受七日刑罰，但也不是說讓殿下連著受刑七日，不如卑職們先將殿下放下來休養兩日，再完成剩下的刑罰可好？」

三殿下堅定地搖頭拒絕了。

兩位神將滿心憂急，卻也不敢違逆他，心驚肉跳而又無可奈何地守在一旁。

冰瀑之中，三殿下雖已神思恍惚，但還留有一線清明認真地計算著時間：還有十五個時辰一刻一盞茶零一分四彈指，他便可以脫離這個鬼地方，去往凡世見成玉了。小桫欏境的最後一夜，他離開時沒有叫醒她，不知她醒來後見他走了，是否很怨怪他。

應該不會。他笑了笑，對他，她總是不捨得的，她不會捨得怨怪他。就像那夜，她什麼都明白，所以會問他「我睡著了你就會離開了是嗎」，卻不捨得他擔心，又立刻口是心非地安撫他「我沒在難過」。

她是最聰敏的，最懂事的，最善解人意的，讓他沒有一刻不掛念在心的，他的妻。

他太想她了。

還好，還有十五個時辰一刻零一盞茶他便能再見到她，這忍耐和痛苦都是值得的。

想到此處，三殿下有些欣悅，卻不知為何，心底突然傳來一陣劇痛，他驀地吐出了一口血。他素來並無心疾，怎會心痛？難道是水刃之刑導致臟腑出了什麼毛病？

三殿下緊蹙了雙眉，正欲感知那心痛來處，尋其因由，第二峰上突然再聚風雷。

必須要非常專注，方能抵禦接下來這長達一個時辰的酷刑。他不能昏過去，必須在七日內完成刑罰，而後準時去凡世赴約。寂塵只能保她沉睡七年，若醒來時見不到他，她一定會難過。

三殿下定了定神，不再作他想，凝神一意對付起水刃的攻擊來。

同一時刻，在山的另一邊，隱身壁後，昭曦瘋了一般捶打著困住他的結界：「殷臨，放我出去，讓我去救她，我要去救她！」

而結界之外，朱槿卻只是肅著眉目，冷冷看著昭曦，神色間沒有半分鬆動。

大半年前，當成玉向他們說明她同連三的約定，而朱槿卻無任何異議之時，昭曦便有所疑惑，畢竟朱槿，不，殷臨，他是同自己放過狠話的，說過絕不會允許任何人任何事阻擋他護持尊上歸位，若神擋他，他便殺神，若佛擋他，他便殺佛。

昭曦識透了殷臨必然是在敷衍成玉，但那時候他並沒有多說什麼，只默在一旁。他想看看殷臨接下來又會如何做。

然後不久，寂塵就不見了。

成玉對於寂塵的丟失一頭霧水，但昭曦卻明白，那必定是殷臨的手筆。

再然後，殷臨主動提出了帶成玉來這八荒世界尋找連宋。

昭曦莫名於殷臨的這一步舉動，因此偷偷跟了過來。穿越若木之門時，看到殷臨主動甩開了成玉，昭曦便有些明白了他的計畫，但他並不確定。直到那橙衣少女意欲虐殺成玉，殷臨非但沒有第一時間護住成玉，反而轉身用結界困住了跟在他們身後的他時，昭曦才終於確定了殷臨的打算：他促成這樣的局面，是要親自為成玉造一個生死劫，以使祖媞身歸正位。

殷臨是在盡心盡力地履行一個神使的職責，對此昭曦無話可說，可就算是要為成玉造一個命劫，何苦非要令她如此淒慘，他無法接受的是這個。

但目下，無論他如何發作，似乎都無法撼動殷臨的心。

昭曦嘗試著冷靜下來。

他深吸了一口氣，偏過頭不再看那被掛在長刀之上淒慘得如同破布一般的少女，壓抑住聲音裡的顫抖，向面前的青年道：「殷臨，從前你的確無情，但如今，你不也知道了什麼是情嗎？」他直視著青年的眼睛，「我聽說在尊上的第七次轉世之時，你也曾真心地喜歡過一個女子，那女子名叫青鴒，你也曾與她有過山盟海誓。她死去之後，每一次當她轉世，你都會去找到她，無論她轉生成了誰，你都會默默守護她。」

見青年眉目微動，昭曦趁熱打鐵：「若今日在那刀林中的人是青鴒，我絕不會攔你，阿玉之於我便如同青鴒之於你，算我求你，也不要攔我！」

殷臨看了他好一會兒：「是姚黃告訴你的？」不等他回答，已轉開了視線，看向遠山，淡淡道，「如果你知道完整的故事，你就應該明白，便是青鴒，我也將她排在了護持尊上歸位的任務之後。」

昭曦不可置信地看向殷臨，見殷臨閉上了眼睛。

昭曦忽然想起了臨離開凡世那夜，他經過後院，碰見了殷臨同姚黃託付李牧舟。仁安堂醫館的小李大夫李牧舟，是這一世裡青鴒的轉世。

彼時，悉知一切的姚黃問殷臨：「你還會回來嗎？」

殷臨回答「說不準」。

姚黃嘆息：「若就此留在那邊再也不回來了，那你就再也見不到小李大夫了，就不會覺得難過？」

殷臨像是凝滯住了，良久後，回姚黃：「青鴒臨死時，對我說她不會喝忘川水，會等我，我讓她別這麼做。拒喝忘川水，是逆天之舉，會遭天罰，我有重任在身，無法守護她躲過懲罰。我說完那番話後，青鴒哭了。我想，她是帶著對我的恨前往冥司的。因為那時候她選擇了我，我卻沒有選擇她。」

姚黃靜了一瞬，拍了拍殷臨的肩：「如今，你後悔當初的選擇嗎？」

昭曦記得，那時殷臨也如現在這般閉上了眼：「無所謂後悔不後悔，若重來一次，我依然會如此選擇。喜歡一個凡人很難，他們的壽命太過短暫，即便能夠轉世，但喝過忘川水後，所謂的轉世，也終歸不再是原來的那個人了。你可知道，每一世，我都試圖在這些轉世者的身上尋找青鴿的影子，但每一世，都只是失望罷了。所以姚黃，不要喜歡上凡人，那樣會很苦。」

在殷臨的那一番話之後，兩人皆沉默了許久，然後姚黃問出了最後一個問題，也是彼時藏身於一旁的昭曦想要問的問題：「這麼多年過去了，你依然忘不掉青鴿，那有沒有想過，若你不是神使，不需要背負使尊上復歸的重責，你同青鴿姑娘便……」

殷臨當時怎麼回答的來著？是了，他回答說：「我想過若我能更好地控制住自己，當初沒有喜歡上青鴿就好了，但我沒想過我不做姑媱山的神使。」

憶起了殷臨同姚黃這一段對話的昭曦，驀地啞然。刀林之中，少女無聲無息，不知是死是活，這淒慘一幕令他疼痛無比，但他卻再也無法對殷臨說出一個字。他沒有立場，也沒有了理由。

但殷臨忽然開口了：「這一世她出生時，依然是個情緒殘缺的孩子，來這世間學習最後一種愛——男女情愛，以及許多痛。」

昭曦愣愣地看向殷臨。

殷臨垂眸，竟也似傷感：「她幼年喪父，繼而喪母，這是她需要學習的第一種痛——

喪親之痛。成年後好不容易交到的朋友卻因她而死，這是她需要學習的第二種痛——喪友之痛。原本她會嫁去烏儺素，敏達王子會早逝，那是她需要學習的第三種痛——喪夫之痛。她還會有早夭的孩子，那是喪子之痛。在這過程中，她會學習到所有她過去十六世不曾真正學習成功的負面情緒，她會更清楚焦慮、緊張、憤怒、沮喪、悲傷、痛苦、恐懼、絕望都是什麼，最重要的，是她會學習到怨恨是什麼。可這既定的完美的情劫、生死之劫，卻被水神給破壞了，因此我只好親手為她再造新劫。」

他看向昭曦：「我從來就不無情，我也對身為凡人的她不忍。早在麗川，看到她因為蜻蛉之死而那樣痛苦，我便不忍，但我必須忍住。此時若放你出去，或許你能救活她，但尊上她卻可能再也沒有辦法歸位，帝昭曦，你可承受得起這後果？」

昭曦委頓在地。

殷臨蹲了下來，說完方才那一席話，他的雙眼也有些泛紅。

他抬了抬手，結界中一片漆黑，隨著那黑幕降下，他有些憐憫地向昭曦道：「我知道你是不忍看到她如此，不忍看，那就不要看了。」

滴答，滴答，滴答……那聲音有些凝重，又有些黏稠，響在耳邊，煩人，又很可怖。煩人是因她本不應當聽到那聲音的，但它們卻一直響在她耳側。可怖是因那是她自己的血從身體裡一點一點滴落的聲音。她多聽它們一聲，便離死更近一分。

成玉恍惚極了。

她的確快死了。

掛在這長刀之上時，起初她只感到痛。鋪天蓋地的疼痛主宰了她的全部感知，讓她恨不得立刻去死。可她死不了。她連更多地傷害自己，好給自己一個痛快了結的機會都沒有。

她睜開眼睛，天地都是血紅，依稀能辨出日影並無移動，但她卻覺得像是過去了許久。她真的疼了太久。當她連睜眼的力氣都失去了的時候，似乎終於沒有那麼疼了，但全身冷極了。她依稀明白，她快解脫了。但身體的痛苦淡去，心上的痛苦卻洶湧而來。

真的就這樣死去嗎？她最想要見到的那個人，此生她再也見不到他了，這樣也可以嗎？

兩人的過往如走馬燈一般自她已不甚清醒的腦海中飛掠而過。

回憶是溫暖的，沒有這麼疼，也沒有這麼冷。

平安城小渡口的野亭中，青年白衣玄扇，櫛風沐雨而來，初見便識破了她的裝扮：「妳是個姑娘。」

古樸的手藝小店裡，他們再逢，他微瞇著眼挑眉看她：「從今日開始，我就是妳哥哥了。」

七夕之夜，他為她燃放煙花，對她說：「將這些情緒和記憶再次封印進妳的身體裡，妳能再次無憂無慮。可阿玉，我還是想讓妳繼續長大。」

冥司之中，他解她心結，俯身在她耳邊鼓勵她：「我只會想，我們阿玉是有多聰明，竟能平安回來。」

是那樣溫柔周到、體貼可靠的她的心上人，讓她忍不住便要去親近依賴的、如兄又如夫的她的連三哥哥。

他也有壞的時候，躲避她，不見她，親她，嚇她，對她放狠話，說什麼「以後別再靠近我，離我遠遠的」。

他也曾傷過她的心。

但那並非是他所願。

他踏遍山河尋她，對她說：「我找了妳很久。我喜歡妳，不能容許妳嫁去烏儺素。」

當季明楓將她帶走，他追來小桫欏境，同她陳情：「我想要的，並非須臾之歡，而是與妳長相廝守。」

彩石河畔，他為她裂地生海，半抱住她，額頭抵著她的額頭，親密地附在她的耳邊：「我愛的人是妳，不相信也沒關係，我證明給妳看。」

回憶到此，想要落淚，眼角滾落的，卻滴滴是血。

她是凡人，而他是天神，她從來便知他們之間相隔天塹。便是在他一心為著二人的將來做長遠謀算之時，她也沒有相信過他們會有永遠。但她也沒有想過他們能夠在一起的時光是這樣短暫。

她至今仍記得在小桫欏境的胡楊林中，他們互訴心意之時，她將自己交付給他時的圓滿，也記得最後那一月相處中，她所感受到的歡悅和幸福。

悲傷，絕望，遺憾，和心底巨大的痛苦凝聚成了一種她平生從沒有真正體會過的情感——恨。恨意盤踞在她的心底，纏綿不去。

若她不曾得到過那一切，不曾那樣接近過幸福，此刻，她不會這樣恨。

她不求能與心上人長相廝守，她所求不過這一世罷了，一世，幾十年，與神仙們動輒以萬計數的壽命相比，這又算什麼，為何區區幾十年她也無法求得？若這是天意，為何天意要對她如此狠？

恨意如藤蔓蔓延瘋長，她恨親手虐殺她的那橙衣的惡魔似的仙，恨天，亦恨這命。濃烈的恨意驅使她不甘地悲呼出聲：「啊——！」

悲鳴被靜音之術所阻攔，不能為八方神靈聽聞，然那悲呼中的怨恨之意卻為天地靈息所感，一時間原本明朗的天櫃山陰風大作，烏雲自天邊滾滾而來，齊齊壓在天櫃七峰之上，潮鳴電掣，雷動如山傾。

昭曦豎耳靜聽天頂的動向：「這是……」

朱槿神色晦暗，一言不發。

一山之隔，守在寒潭旁的兩位天將且驚且疑地望向峰頂：「這風雷……似乎並不是流刃之刑的前奏……這是怎麼回事？」

寒瀑中已近力竭的青年也從半昏迷中醒過了神來，仰望向山頂之處，眼中疑竇叢生。

天櫃七峰之上濃雲壓頂，雷嗔電怒，但造成這一切的成玉卻並不關心外界發生了什麼。恨意如火，在身體中衝撞灼燒，令她難受極了，但她也明白，全憑著這股不甘的恨意強撐，她才能留得一分清醒。

她其實離死亡已經很近很近了。

聽說人死之時，或許會看到自己的前世。

當身體裡最後一點血液也流失殆盡，忽然有許多不屬於自己的記憶驀地湧進她的腦中。

似乎是她的前世。

她看到了。

第一世裡，她是個癡兒，不會說話，也不能動，像個木頭人一般，更別提普通人類的情感，更是一概不懂。族人視她不祥，要將她燒死，寡母瘋了一般將她從火刑架上救下，帶著她東躲西藏。母女倆相依為命，日子雖然艱難，但也還過得去。但有一日，母親卻病了。那個冬天，寡母自知熬不過去，將僅有的銀錢換了麵粉，為她做了一大鍋餅，放在了她的身邊，撫著癡呆的她流淚：「能多活一天，也要多活一天啊！」兩日後，母親死去了，她守著母親的屍體，有生以來第一次流了淚，在那眼淚中，她學會了作為人類最重要的一種情感：舐犢情深，昊天罔極。

第二世裡，她依然有些癡呆，自小被遺棄，被一個好心的佃農撿去撫養。她十歲時，老佃農拿刀劃壞了她的臉，說這樣的世道，一個貧家女兒生得這稀世容貌必然遭禍，不如毀掉。癡呆的孩子又懂得什麼，只記得了刀刃劃過皮肉的疼痛，以此判斷出老人不喜她。可十四歲那年，家鄉遭大洪水，漂過的浮木只能救一人之命，老人毫無猶疑地將生還之機給了她這個癡兒，拚命將她推上了浮木，自己卻被洪流捲走了。她愣愣望著老祖父消失在洪水裡的身影，又一次落了淚，在那眼淚中，她明白了這世間情感的複雜，學會了什麼是善意的傷害和孺慕之愛。

第三世裡，她終於不再是個癡兒，有了基本的情緒，是個大面上看著還算正常的孩子，尋常地長大，也有了朋友。那是個女子亦能從軍的時代。她同朋友一起參了軍，在一次偵察敵營的任務中，兩人不慎被發現，朋友為了護住她，先行一步做了誘餌引開了追擊的敵軍，最後慘死於敵手。她們分別之時朋友對她說，若她能活下來，一定要代替她，活得更有意義和價值。那一世，她學會了什麼是背負，並且終其一生都在學習什麼是為人的意義和為人的價值。

第四世……

第五世……

第六世……

她一共經歷了十七世。

這一世正是她的第十七世。

亦是她的最後一世。

十七世苦修，她終於習得了凡人應具有的全部情感，獲得了一個完整的人格。

成玉驀地睜開了眼睛。

就在她睜開眼睛的一剎那，掛在長刀上的凡軀化作一道金光，那金光與尋常金光大不相同，似乎涵了千萬種色彩，耀眼至極。

金光迅速蔓延，頃刻之間覆蓋萬里冰原，光芒所及之處，濃雲盡退，驚雷立止，萬物難生的天櫃七峰竟於瞬剎之間盛開了萬盞雪蓮。

天地正中之處，乃是中澤大地，中澤乃古神消逝沉睡之境，八荒神靈皆不可涉足。然此時，靜謐了數十萬年的中澤大地，卻突然傳出了洪亮悠揚的鐘聲。

中澤境內，僅有一處地界，坐落了一頂敲響之後八荒便都能聞得其音的仙鐘。那地界是中澤正中的姑嫋山，那仙鐘是姑嫋山頂的慈悲鐘。

姑嫋洪鐘鐘聲不止，響徹八荒，金光也隨著那鐘聲延向遠方，很快便覆蓋住了整個天地。

正當八荒生靈都為這異象而驚異不已之時，不滅的金光之中，傳出了縹緲的法音：「姑嫋祖媞，以光神之名，為天地立下法咒：萬物仰光而生，光存，則世間萬物不滅。姑嫋祖媞，以人神之名，為八荒立下法咒：十億凡世，由姑嫋所護，八荒生靈，若有對人族心存惡意者，皆不得通過若木之門。」

法音緲緲，為眾生所聞。

上至天君，下至地仙，聆得法音者，齊齊跪拜。

眾生皆震驚不能自持。

消逝了二十一萬年的光神，竟復歸了！

第十六章

東華帝君是個好清靜的神，常住的兩個地方——九重天太晨宮以及天之盡頭的碧海蒼靈，都不怎麼待客。天君慈正帝知道帝君的規矩，即位以來從未去太晨宮叨擾過帝君。

但今日，慈正帝卻出現在了太晨宮門口。

平心而論慈正帝是個勤政的明君，處理八荒事務一向能幹，即位兩萬年從沒讓帝君替他收拾過爛攤子，算是比較好帶的一屆天君了。但眼下這樁事對慈正帝來說，卻也有些棘手。

事情是這樣的。

光神祖媞復歸，八荒震動，慈正帝以觀火鏡探查光神復歸降臨之處，發現是北極天櫃山。光神乃洪荒古神，在神族中享有尊位，光神復歸，自是應當以最隆重的尊禮相迎，為此，慈正帝特派了日星、月星、歲星、熒惑星、鎮星、太白星、辰星這七曜星君領了四十九位仙伯前去北極天櫃山恭迎光神。

七曜星君領得此命，也很激動，帶著儀仗隊心潮澎湃地趕到天櫃山，本以為能見到傳說中那位古神的真容，但把天櫃山上上下下都翻遍了，也沒有尋到光神的蹤跡。

星君們傻眼了。就這樣空手回去交差，那是肯定不行的。一籌莫展之時，太白星君想起來三殿下就在天櫃第二峰服刑，應當見到了光神的神跡，說不定知道光神的去向。

星君們如同抓到了救命稻草，瞬息間便殺到了第二峰底，向三殿下打探消息。孰料殿下卻道，在那兩道法咒之後，姑媱鐘聲和象徵著祖媞歸來的金光很快便從天櫃上空消失了，他從始至終都沒有見到過祖媞的身影，也不知她離開天櫃後，是去了何地。

三殿下對這事好像並不太關心，和他們說了兩句，便走神地去問一旁的鎮守天將剩下的十個時辰他還有幾次流刃之刑了。大家也不是沒有眼色的神，都聽出了這是逐客令，但實在不知還能跟誰打探，因此還是厚臉皮地守在那兒，巴巴地求殿下再想想，給他們再提供點線索。

大概實在很煩他們了，三殿下在再次受刑之前給了他們一個建議，說聽聞祖媞神孤高，不愛與人打交道，他們既錯過了剛剛復歸的祖媞神，再刻意去尋怕也難以尋到；八荒中能同祖媞說上話的唯有一人，便是東華帝君，他們若決心非要尋到祖媞不可，那不如去一十三天找帝君出出主意。這才把他們打發走了。

七位星君覺得三殿下說得有道理，但他們當然不敢自己去找帝君，一回九重天就將此事稟給了天君。

這，便是此時天君站在帝君面前的緣由。

芬陀利池旁，帝君一邊往魚鉤上掛魚餌，一邊聽天君訴明了來意。

帝君並無太大的反應，只道：「尋到她，又如何？」

天君肅色而答：「祖媞神，她畢竟是我神族的尊神。」

帝君將魚鉤拋向遠方：「族別上而言，祖媞她的確是神。不過她不曾入過水沼澤，並非父神弟子，也不曾接受墨淵邀約，任新神紀花主，因此她同如今的神族，其實沒有什麼淵源。」看了天君一眼，「你令七曜星君前去迎她，是想借此昭告八荒，天族予她星曜之首的地位，從此後她便是天族的神，是嗎？」

慈正帝的確存著這個打算，心思被如此直白地戳破，不免尷尬：「帝君是覺得……這不妥？」

帝君放好魚竿，給自己倒了一杯茶：「光神的地位無須任何族類認可，無論五族如何看待她，她都是這世間的光神，九天星曜都要被她的法則所束縛。只要如今執掌星曜的星君們不倒行逆施，她便不會插手他們的運行，如此，她是不是天族的神，都礙不著天族對星曜的統領，你的確不必多此一舉。」

天君沉默了片刻：「可畢竟當日祖媞神同少綰神交好，少綰神乃魔族至尊，若祖媞神被魔族拉攏，恐對我們神族不利。」

天君青年時代跟著帝君讀過幾日書，雖然帝君從不讓天君對自己執弟子禮，但一日為師終身為師，天君對帝君一直禮遵得很好，因此天君犯糊塗了帝君也不像對別人那樣惜言如金，還能多說幾句：「洪荒時代，」帝君道，「祖媞是唯一一位不曾介入過五族之戰的重要女神。既然當初她隱居姑媱十萬年也未曾被任何一族拉攏，那今日便不至於再被他族拉攏過去。少綰彼時能將她請出姑媱，也不是兩人交情好，只是她看到了自己的命運。」

史書對於祖媞記載著實很少，天君對這位女神也不甚瞭解，此時聽帝君提及洪荒時代祖媞離開姑嫆的真相，不免驚訝。驚訝之餘，還是有點疑心：「照帝君所說，祖媞神乃是一位超然隱逸、無欲無求，且不愛管閒事的神，可為何復歸後，祖媞神第一件事便是定下兩條法咒，改變天地的法則呢？這卻不太像不愛管閒事的樣子。」

帝君回憶了一下那兩條法咒：「『萬物仰光而生，光存，則世間萬物不滅。』」有魚咬鉤，他提起魚竿來，一邊處理咬鉤的肥鯉一邊道，「昔年神族與鬼族大戰，鬼君擎蒼祭出東皇鐘欲使八荒滅噬、眾生陪葬。若彼時有光神的這條法則在，那大可不必懼怕擎蒼以八荒眾生相脅，因光存，萬物不滅。這條法咒是復歸的光神對這世間的慈愛，如何就是管閒事了？」

聽帝君如此闡釋，天君不禁為自己的狹隘感到汗顏：「這……」

帝君將釣起來的鯉魚重新放生進池中，繼續道：「『十億凡世，由姑嫆所護，八荒生靈，若有對人族心存惡意者，皆不得通過若木之門。』當年祖媞為人族而獻祭混沌前，曾同墨淵訂立新的天地秩序，說好了人族永居十億凡世，由神族護佑。」他思索了片刻，「如今她一回來就立下這條新的法咒，大約是覺得神族這些年護佑人族護佑得不夠好吧。」

聽到帝君這個不負責任的猜測，一向覺得自己在統理十億凡世上做得幾近完美的天君心態有點崩：「帝君也覺本君在護佑人族上做得不夠妥當嗎？」

帝君絲毫沒意識到自己隨口一句給天君造成了什麼樣的壓力，雲淡風輕地「哦」了一聲：「那倒沒有，你做得挺好，」繼續不負責任地猜測，「可能是祖媞她太嚴格。」話罷看了一眼中天，「好了，就這樣吧，快到用膳時間了。」

帝君話題轉得太快，天君心緒還在大起大落間，一時沒跟上去，只本能稱謝道：「那就多謝帝君留飯……」

道謝之聲與帝君的下一句「你差不多該回去了」一同響起。

天君：「……」

天君捂著胸口走了。

天君走後，帝君遠望著天邊之霞，陷入了思索中。正如他方才同天君所言，祖媞的第一條法咒，乃是為八荒留下火種，即便八荒傾覆，眾生依舊不滅。

這八荒四海中唯有三大創世神、四大護世神和五大自然神能為世間立下法則。三大創世神乃盤古神、父神和少綰；四大護世神乃墨淵和墨淵那不知何時能降生的弟弟、西方梵境的悉洛，再加上一個他；五大自然神乃地母女媧、光神祖媞、火神謝冥、風之主瑟珈，以及新神紀方降生的水神、現在還在天櫃第二峰下受刑的連宋那小子。

這十二位神祇中，羽化了五位，沉睡了兩位，一個還太年輕，一個乾脆就還沒降生，活得好好的能夠為這世間施加法則的也就是悉洛和自己了，哦，再加上一個剛剛復歸的祖媞。

然為世間施加法則是一樁需極其慎重的事，因其耗費的靈力和修為十分巨大。法咒越是威嚴，耗損靈力便越厲害。似祖媞這般剛剛復歸，正是虛弱之時，便為世間施加如此威嚴的法咒，很可能將耗盡她的全部靈力。

為何耗盡靈力也要為天地確立這條法咒，是因為……預見到了八荒會再有大劫嗎？

帝君難得地揉了揉額角。此事不宜讓別人摻進來添亂，但他的確是當去見一見祖媞了。

北極天櫃，白雪皚皚，萬盞雪蓮迎風而開。

實則祖媞並沒有離開天櫃山，七曜星君們無法尋到她，不過是因定下法咒後，她力有不支，於是在天櫃第一峰下闢開了一處小空間，前去小空間中靜息罷了。

東華帝君猜得沒錯，光神甫一歸位便立刻定下兩條法咒，乃是因她預見到了宇內八荒即將迎來一個亙古未有的大劫。

祖媞歸位之時，仙體自光中重聚，除了作為光神的那些記憶外，同時復甦到這具身體中的，還有她的預知之能。她預知到了那劫。睜眼的那一剎那，在無盡耀眼的光中，她看到了三萬年後這個世間的模樣：不知從何處燒起來的戰火使得四海傾覆、諸天滅噬，八荒大地生靈塗炭、滿目瘡痍，千里赤地餓殍載道、哀鴻遍野，四海八荒再無一絲仙鄉樂土的模樣，昔年那在以盤古仙屍為食的缽頭摩花花瓣上衍生而出的煉獄般的凡世，也不過如此。

光神的預知之能是一種感應天啟的能力，何時能預知到何事並非她所能決定，而是天意使然。模糊的片段劃過腦海，她無法確定此劫的始作俑者是誰，她只預知到了那是一場足以滅天的戰事。並且，她又一次看到了自己的命運：她需要作為光神再次獻祭，方能化解此劫，使這場戰爭終結。這才是她能夠復生的原因。因天命需她再死一次。

而這，便是光神的宿命：每一次生，都是為了死。

小空間中一片漆黑。祖媞靜靜地坐在黑暗之中。過往似水，自她的眼前流淌而過。

她是從世間的第一道光中誕生的，睜開眼睛後第一眼所見，是姑嫋長生海中的一海子紅蓮。萬盞紅蓮，鋪滿了整個長生海，如火似焰，那樣美，她真喜歡它們。而紅蓮們出於親近光的本性，在她的普照之下開了智，好奇地問她：「妳是誰？」

她在這世間的第一句話，是說給一海子紅蓮聽的。她撫著紅蓮的花瓣，天真又溫和地對它們說：「我是光神，是你們的庇護者，若你們有所祈求，向我道出，我將滿足你們。」

光神降世，修習的第一項本領，是對花木的全知之力，而她修習這項本領的初衷，不過是為了聆聽花木們對她的祈求。

從此，她在姑嫋安下家來，與漫山花木為伴。

她既無七情，亦無六欲。花木們說她是世間最純真無邪的神，她也沒當回事，不以為意地想，它們扎根在姑嫋，又見過幾位神祇了？

花木們很調皮，見她不懂情，偏要同她說情。她雖然不明白，但從花木們的言語中，也大致知曉了這世間有許多種情，而世間生靈，皆是天生就有豐富的情感，像她這樣什麼都不懂的，是異數。但她不覺得這有什麼要緊，況且，她自認為自己也不是什麼情都不懂，或許她是懂得一點點喜歡的。

她喜歡花木們，愛同它們待在一塊兒。她不僅照顧姑嫋的花木，偶爾也會去姑嫋之外的仙山尋訪一些別的奇花異卉，若那些花草願意，她還會將它們移種回姑媱，幾萬年來，樂此不疲。

那時候父神辦了個學宮，叫作水沼澤，宇內八荒，有幾分聲名的五族生靈都在此學宮進學。父神也來姑媱邀過她許多次，她都拒絕了。花木們替她惋惜，說聽聞水沼澤很有趣，她要是去到水沼澤，一定能交到許多朋友，術力也會更加精進。但她無所謂，她並不想去交朋友，也並不覺得水沼澤的夫子會比她的預知夢於修行一途上對她更有助益。

她是有預知之力的神，時而便會作一些預知夢，夢的內容很單純，多半是教導她如何作為光神修煉；偶爾會預知未來之事，但也不是太過緊要；最重要的那個預知未來的夢境預知的是她的命運，亦是她此生的終局：十萬年後，世間的最後一位創世神會打開若木之門，將人族徙往凡世；而光神將在四神使的護持下獻祭混沌，使煉獄一般的凡世有山川草木、四時五行，以為人族所居。

她的內心清淨無染，萬物在她心中皆是平等，因此對這命運，她並無絲毫疑問。儘管世間生靈大多看不起人族，覺他們脆弱無用，但她並不覺得弱小的人族不值得一位創世神和一位自然神的傾命相護。

她淡然接受了這命運，並循著那預知夢給予的啟示，離開姑媱，前往三座仙山尋到並點化了她天命注定的三位神使：少室山的槿花殷臨、宣山的帝女桑雪意，和大言山的九色蓮霜和。

最後一位神使是個人族，其時並未降生，但她也並不著急，一邊耐心地等待著他的降生，一邊繼續隱在姑媱蒔花弄草。

然後在她四萬歲成年的前一年，發生了一件事。

自從點化了三位神使後，她已許久不再作預知夢了，但那一晚，她作了一個夢。

夢裡有長夜和孤燈，還有一座小木屋。小木屋裡擱置了一張簡樸的木床，重重紗帳後鋪了雪白的綢緞，而她躺在綢緞中間，偎在一個白衣青年的懷中。青年修眉鳳目，有一張極好看的臉，待她親密溫柔。他贈了她一套首飾：明月初照紅玉影，蓮心暗藏袖底香；正是兩句詩。青年雖未明說，但她一眼便知，那套首飾是以銀龍逆鱗製成。青年是位龍君。而她雖隱在姑媱，卻也知收了龍君的逆鱗，便要做龍君的妻。

那夢境在她收下龍君的逆鱗之處戛然而止。

青年雖令她難忘，但那時她並無特別的感受，只覺這夢應是在預示她將以女子的身分嫁人，成為一位龍君的妻。

因此來年成年選擇性別時，她選擇了成為女子。

如此，她成了一個女子。

成人禮後不久，她等待的第四位神使降生了，那孩子的部族被滅之時，她趕去救下了他。因是人族盼望了多年的光，是要帶領人族走向新的征程的孩子，因此她為他取名昭曦。

至此，點化四神使的重任算是完成了。接下來她只需等待創世神知悉一切之後前來尋她，而後按照既定的天命以身合道，完成使命即可。

事情原本該是如此簡單的。

可那之後，她卻開始不停地作夢。那些夢境連接起來，是她作為一個名叫成玉的凡人女子的一生。在那些夢裡，她既像是旁觀者，又像是參與者。她看著轉世成為凡人的自己，同早前在那預知夢中贈她龍鱗的青年，如何在安樂的凡世裡相遇、相知、相惜、相愛。她也終於得知了青年的身分，原來是新神紀後才會降臨於這世間的最後一個自然神，水神。

按照已知的命途，新神紀確立前，她便將獻祭混沌歸於虛無，本不該同新神紀之後降臨的神祇有什麼牽連才是。那夢境讓她明白了獻祭混沌大約並非是她生命的終結，她還會再回到這世間，只是那時她不知道天命安排她再次回到這世間，是為了什麼。她其實一直有所疑問，但預知夢卻再也沒有告知她更多的信息。

她只是反反覆覆地作著關於那年輕水神的夢，在日復一日的夢境中，在與青年的一日日相處中，她逐漸體會到了歡喜、傷感、苦澀、甜蜜，甚至痛苦的情緒；她從未有過這樣的經歷。雖然那些情緒十分微弱，卻動搖了光神的無垢之心。

尤其最後一個夢。

最後一個夢裡，她遠嫁和親，青年千里尋她，不惜為她裂地造海，又贈她逆鱗求親。醒來後，她雙頰濕透，良久，才發現自己居然流了淚。她從未流過淚。

她的夫婿是誰，原本是並不重要的一件事，但因為那淚，她開始想要真正地去喜歡上一個人。夢中的那些快樂、傷心、甜蜜、委屈，甚至痛苦，她想要真正地體驗，而不是只能感知一點點。而青年的體貼、溫柔、壓抑、掙扎和痛苦，她也想要一一讀懂。

或許她並非是在成玉那一世才學會了情愛究竟是何，或許早在洪荒時代的那些預知夢裡，她便對它有了感知。只是當時的自己，對一切都很懵懂。

她平生第一次想要修得一個人格，像一個正常的生靈那樣，去體會這世間的豐富情感。那心願在年復一年對於那些夢境的回憶中，變得越來越強烈，最後不可抑制。

她親自安排了自己的十七世輪迴。

而後若木門開，人族徙居，少綰涅槃，她為了人族獻祭。

若干年過去，當靈體自光中重生，她順利地進入了十七世的輪迴之中。

在輪迴的最後一世裡，並無祖媞記憶的自己，習得了凡人的所有情感，親身經歷了同青年的愛恨別離。她是完完整整的成玉，亦是完完整整的祖媞。作為神的自己和作為凡人的自己，在這最後一世裡，完美地融合了。

此時，坐在這天櫃第一峰之下，釐清前因後續，她通達了一切。

原來同水神有著天定之緣的那個神，是自己。

可這又如何呢？

原以為他們之間的唯一溝壑乃人神之別。可當此時復歸為神，她才明白，即便為神，他們也無法相守。她的確同他有天定的緣分，但她的復歸，並非是為了同他完成這緣，而是為了使八荒安定而再次獻祭。

在許久以前的洪荒，她曾篤定地對昭曦說：「我只是想再修得一個人格，屆時人族安居，我也完成了使命，此後將如何修行，上天著實管不到此處。」

那時候，她是真的以為此後她當是自由的，學習人族七情，是為了更好地抓住她的心上人。沒有想到上天讓她學習人族七情，卻是為了讓她放棄她的心上人。

天命。

天命真是很磨人。

從前她為人族獻祭，並未帶著任何情感，不過覺得履行使命罷了，因此接受那命運也很果決。大概不滿她的無心無欲，天命便讓她作了那些預知夢，開啟了她的好奇心，讓她主動修習了七情。

如今知曉了七情的自己，在這世間有了至真的牽掛，生起了對這命運的抗爭之心，但又因懂得了七情，瞭解了人族，而不能掙扎，無法背棄自己的使命。

真是悲哀又諷刺。

她捂住自己的心臟，一時疼痛得說不出話來。

或許天命如此，便是要讓她懂得這一切吧。

上蒼不欲她只充當一個實現天道的工具，而希望她真正明白愛與生的意義、守護與獻祭的意義，還有死的意義。或許瞭解了這一切的神，才是天命所認可的神。

這真是慈悲又殘忍。

她靜靜地坐在那裡，有兩行淚落下了臉頰，她並沒有注意到。

她終於懂得了在若木之門打開前夕，少綰所經歷的痛苦。說出「我不能遺憾，也不敢」的少綰的心，她終於能夠體會。而這一次，她也需要像當初的少綰一樣，即便痛，也要做出一個選擇了。

天櫃第四峰的雪洞中傳出了一陣撕心裂肺的哀號。小陵魚阿郁渾身是血，被荊棘鎖鏈捆綁在巖洞洞壁上。她已經被折磨了一個時辰。一丈外的青衣男子負手背對她而立，就像他並不是折磨她的人。但對阿郁施行凌遲之刑的那兩把短匕卻明明聽從著他的號令。

短匕並不剜肉，只是一刀一刀割在她身上，讓她痛苦，卻不致命。

阿郁再一次攢出力氣來向男子求饒：「我不知……她是神，我以為她……只是一個凡人，仙君……求您放過我……」

男子冷淡地看著她，忽地嗤笑一聲：「神又如何，人又如何，若她是個凡人，妳便能折磨她了？」

阿郁又痛又悔，悔的卻不是她虐殺了凡人，她依然覺得若對方只是個凡人，便當任由自己魚肉；她只悔自己修行太淺，沒看出那女子乃是位尊神，貿然對女子出了手，為自己引來如此彌天大禍。女子既是神，又是三殿下的妻，那日後殿下必然也會知道自己對女子的所作所為；屆時殿下會如何看自己，又會如何對自己呢？阿郁不禁又嫉又怕。

可當那短匕再一次刺入身體，所有這些驚悸惶怕的情緒都被劇痛壓下了，為了活命，她只能不斷哀求：「神君我……我知錯了……我知錯了，求您放過我……」

男子鐵石心腸，並未在她的哀求下有所動容，反倒抬起了手，看著她就像看一個死人，在男子微微壓下右手之時，腹中的匕首扎得更深。她疼痛難當，但更多是驚恐，在那一瞬間她無比真切地感到了身為弱者的無力，就在她絕望地以為自己就要命喪於此之時，雪洞中突然走進了一位玄衣男子。

那男子將青衣男子的手按下，制住了他：「昭曦，別殺她，我還有用。」

青衣男子卻並沒有立刻收手。

玄衣男子嘆了口氣：「是為了尊上。」

青衣男子看了玄衣男子半晌，收回了欲逞凶的那隻手，冷冷看了一眼阿郁，而後拂袖踏出了雪洞。青衣男子那最後一眼令阿郁渾身冰冷，但她也明白自己應該能夠活命了。她鬆了口氣，神思一輕，暈了過去。

昭曦在步出雪洞的那一瞬停住了腳步，他微微瞇了瞇眼，目光落在靜止於半空的落雪上，又伸手碰觸了下停在眼前的冰晶，沉默了一瞬，回頭問攙著阿郁尾隨出來的殷臨：「這裡……靜止了，怎麼回事？」

殷臨環視了一眼四周：「不是靜止了，是整個天櫃七峰的時間停止了。」

昭曦明白過來：「這是尊上所為？」他微微蹙眉，「尊上要做什麼？」

天櫃雪域寂靜如一幅紙上畫，殷臨頓了會兒：「她應當……是去同水神道別了。」

昭曦吃驚：「道別？」他壓抑住心中的苦悶，「成玉對連宋用情頗深，而她，她回來，不也是為了同水神結緣嗎？你卻說什麼……道別？」

殷臨遙望著那靜靜矗立於遠方的第二峰：「她是同水神有一段緣，但她回來，卻並非是為了同水神結緣。」

昭曦怔然：「你是……什麼意思？」

殷臨卻只是靜靜看著遠方，一貫冰冷的神色中竟罕見地含著一絲悲憫，他沒有再回答昭曦的提問。

還有幾次流刃之刑他的刑罰便結束了？是兩次還是三次來著？剛剛自寒瀑擊身的痛苦中清醒過來，便是三殿下也有些恍惚。他搖了搖頭，將神思略定了定，才發現有些不大對勁。天櫃七峰，山是幽山，谷是空谷，一向的確是很清靜，但在這谷裡，飛瀑入寒潭的淙淙水聲是從不曾止歇的，可此時卻一點水聲也聽不到。

他睜開了眼睛。

當看清眼前一切時，連宋疑心自己是在作夢：囚禁他的流瀑靜止了，懸於崖壁，像一塊巨大的白水精；腳下的寒潭亦靜止了，飛瀑擊打岩石的水花定格在了半空；整個山谷盈滿了停滯的、不會墜落的、如夢似幻的飄雪；而更為夢幻的，是視線盡頭的那個人。

纖麗的女子站在寒潭對面，一襲金色的長裙，長髮未綰，及至腳踝，素色的臉，只右眉的眉骨處貼了金色的細小光珠，雖未作妝，卻妍麗逼人，令他心驚。

他們的視線在半空中相接。

她用他最熟悉的那種天真的情態彎著眼睛朝他笑了一下，然後提著裙子涉水而來，纖手撩開凝固的寒瀑，站在了他的面前。那片靜止的水流被她的素手擾亂，化成連串的小珠墜入寒潭，於靜謐中發出清潤的叮咚之聲。

她仰頭望著他，是在笑著，眼裡卻含著淚，伸手撫上他的臉頰，輕聲喚他：「連三哥哥。」用他最偏愛的柔軟帶嬌的語聲。

這究竟是不是一個夢？

他腦子越發地昏沉，竟無法分辨。他也不想分辨。就算是一個夢，那不也很好嗎？

他閉著眼笑了笑，臉在她手中輕輕靠了一下，柔聲問她：「妳怎麼來了？」睜開眼看著她，「我是在作夢嗎？」是了，他一定是在作夢，這可是天櫃第二峰，若不是夢，她怎會出現在此處。

「就是在作夢呀。」她也笑了笑，淚卻從眼角滑落了，頰上兩條淡淡的水痕，本能地令他心痛，欲伸手為她拭淚，手一動，才想起雙手都被鎖住了。

她注意到了那鐵鏈的輕響，看了它們一眼，伸手握住了他的手腕。那以雷電之精鑄成的天火亦無法將其燒燬的鐵鏈竟在一陣金光中化為了虛無，他自由了，然因被懸在此處六個日夜，體力一時不濟，跌了一下，她趕緊抱住了他。

他的頭昏得更甚，迷糊間看到她微一揚手，水簾後出現了一扇銀色的光門。

他想自己果然是在作夢。

似乎過了很長時間。

三殿下醒來之時，感到背後那被水刃劈出的原本火辣辣的傷口處傳來一陣涼意，舒適的幽涼之中，有誰在輕輕地碰觸他的脊背，那碰觸帶給他的卻並非疼痛，而是酥麻。他睜開眼，不動聲色地微微偏頭，發現自己置身於一個石洞之中，躺在一張軟榻之上，上衣被褪去了，肩上纏了雪白的繃帶。一幅金絲銀線平繡蓮紋的衣袖鋪開在自己身側，在微微地顫動。

是一雙柔軟的手，輕輕貼在自己的背部。裸露的肌膚感覺到了幾滴暖熱濕意，像一場注定無疾而終的雨。他愣了一瞬，才明白那是成玉的淚。

她的手移到了他未綁繃帶的肩側，溫柔地覆了上去，身體貼近了他，唇覆在了他的傷處。像是怕碰疼了他，是極輕的觸碰，與此同時，又有暖濕的淚，滴落在他的肩背上。

方才在昏睡中，還不覺如何，如今清醒了，感受到她的淚和觸碰，身體不由得一顫。他反身握住她的手。她嚇了一跳，懵懂地抬頭，看到他明亮的眼，立刻坐起身來。

他放鬆了她的手，但仍虛虛地捏著她的手腕：「在做什麼？」

她顧左右而言他，空著的手幫他拉了一把旁邊的雲被蓋上來：「幫你處理傷口，有點冷，你、你蓋好。」

他看了一眼身上的被子，感覺好笑，看著她：「處理傷口需要親上來嗎？」

她的臉刷地紅了，不太有底氣地小聲答：「我、我就是怕你疼，給你吹吹。」

他點了點頭：「嗯，繼續編。」

她也覺得丟臉了，捂住半張臉，小聲嘀咕：「吹一吹和親、親一親又沒有什麼區別。」結果一抬眼便看到他肩上的紗布因方才的翻身和動作又滲出了血，她立刻慌了，「怎麼又流血了，是不是還疼？」說著就要上手去查看，卻被他捏住手腕拽倒了下來。

「不用管它，小傷罷了。」他單手摟住她使她躺進他的懷中，補充地安慰她，「也並不疼。」

她將信將疑：「可你剛才都暈過去了。」

他溫聲：「剛才我只是有點累，睡了會兒，已經好了。」吻了吻她的額頭，轉移她的注意力，「粟及帶妳來的？是寂塵失效，讓妳提前醒來了嗎？」

這話題轉移得很成功，她有好半會兒都沒說話，良久才有些發啞地開口：「不關寂塵的事。」她仰起頭來看著他，睜著杏子般的眼，眼眸中像下了一場霧，濕潤朦朧，含著一種他不能明白的傷感。

她再次抬起了手，去撫觸他的臉，一瞬不瞬地看著他，像是下一刻他們又要分離，而她要好好將他的模樣深深烙印進心底：「從很久以前，」她輕聲，「我就一直在等你，期待著我們相遇，我等了你好久，好久。」她閉上了眼，抱住了他的手臂，輕輕嘆了口氣，「實在太想你了，所以就來找你了。」

是思念他的情話，卻有些奇怪，讓他心動之餘，又有些難以言喻的心驚和不安。說著這些話的她的模樣，像是她並非只等了他七年，而是更加漫長無邊的時間。他本能地覺得有什麼地方不對，待要深思，腦子裡卻一片混亂，不能去細想。或許因為這是夢，是他對她的期許，大概他潛意識裡一直希望著從很早以前開始他們就有緣分，期待著她能說出這樣的話，故而她說出了這樣的話吧。

他將這些思緒拋諸腦後，笑了笑，逗弄她：「可我們初遇時，妳連把傘都不肯賣給我。」

她的眸子依然那樣水潤。她依戀地看著他：「那只是因為我忘了。」輕輕地重複，「我忘了一直在等著你的事。」眉骨染紅，眼尾漾出了一點濕意，是悲傷的樣子，卻笑了一下，那笑脆弱又美麗，似芙蓉沐雨，惹人憐惜，「可即使我忘了，」她再次笑了一下，「那時候我也一眼就喜歡你，想著這個哥哥怎麼這麼好看，直到現在，」她的手指撫上他的頰，望著他的目光柔情似水，又含著光，像水中映了月輪，「我依然覺得，真實的三郎真是好看極了。」

他挑眉，本要提醒她明明初見後她立刻就把自己給忘了，一年後重逢，還是靠他提醒，她才想起他來，此時卻為了討他喜歡，偏說當初一眼看到他就喜歡他，真是再無賴沒有了。然聽到她說完最後一句話，說真實的三郎真是好看極了，他就愣住了，好半晌才找回聲音：「妳叫我什麼？」

她眨了眨眼睛：「我父親在家排行第七，我母親喚他七郎，你在家排行第三，我喚你三郎，不是正好嗎？」

她柔順地看著他，右眉眉骨處的金色光珠在這昏暗的山洞中顯得格外明亮，映得長眉之下的那雙眼眸清淨無染，純澈勝過世間一切。他不自禁地伸手去碰觸，低語道：「是正好。三郎，」他回味了一遍這個稱呼，「這不是八荒的叫法，很特別。但妳不是喜歡叫我連三哥哥嗎？為什麼不叫了？」

她握住了他放在她眼旁的手，閉眼挨了一下：「因為連三哥哥可以是許多人的連三哥哥，但三郎只是我一個人的三郎。而且最初的最初，在我喜歡上你的時候，就想要喚你一聲三郎。」她睜開眼，純真地看著他，再次用臉頰挨了一下他的手，像是有些害羞地抿了抿唇，最後卻選擇大膽地告訴他：「你可能不知道，」她吐氣如蘭，「從很久以前開始，我就喜歡你，三郎。」說完這句話，她的臉一點一點紅了，就像是一枝重瓣百合，原本是雪白的花苞，盛開後卻有紅色的瓣。

她的羞怯與大膽都讓他喜歡，以至於差一點就被她蠱惑。要是一切果真如她所說那般就好了，可畢竟不是如此。他捏了捏她緋紅的臉：「還敢說很久以前就喜歡我。很久以前，難道不是妳蠢蠢的什麼都不懂，任我一個人苦苦地單相思，直到將我折磨得不行了，妳才大發慈悲地決定和我在一起嗎？」

面對他的控訴，她像是愣住了，好一會兒才回過神，浮現出沮喪之色來：「啊……我說的不是那時候，不過那時候，我的確就是蠢蠢的。」她不好意思地笑了一下，「你不要怪我。」她抬眸看著他，純澈的眼眸中又流露出了那種他無法讀懂的傷感，「我說的很久以前，比那還要早，是在你還不認識我的時候，我就夢到過你。」

這是他從未想過的：「夢到我？夢到了我……什麼？」

她主動貼近他，將臉埋進了他的肩窩：「夢到了我們……在一起。」靜了一會兒，她重新抬起頭來，眼尾又染上了紅，瞳眸中覆著一層薄薄的淚膜，輕輕一眨，染濕了眼睫。她的神色也有些悲鬱，像一隻濕了翅膀的蝶，在那極清澈的眼底，藏著無法起飛的隱痛。他不禁再次去觸碰她的眼：「我們在一起的夢，不好嗎？怎麼像是要哭了？」

她搖了搖頭，握住了他的手，放在了自己的唇邊，輕輕吻了一吻：「我喜歡你，」那語聲縹緲，幾乎顯得不真實，「比喜歡這世間一切還要多，這世上最喜歡你的就是我了，所以……」她頓住了，沒有將這句話說完。

他愛她的天真、她的純摯，愛她對他的本能親近、全心依賴，愛她這些毫無遮掩的直白情語，聽她停在了那裡，不禁攬住她的腰，低聲催促：「所以什麼？」

她深深地看著他，柔軟的雙臂突然圈上了他的脖子：「所以，不要忘了我。」

他不明白她為何會有如此奇怪的擔憂，看了她一會兒，然後在她淡紅的唇角印下一吻，安慰地輕撫她的背，低聲向她保證：「妳是我的妻，是我處心積慮才求回來的愛侶，我怎麼會忘了妳？」

她被他惹得失笑：「處心積慮可不是個好詞，誰會說自己處心積慮？」

他寵愛地吻了吻她的額角，又握了握她還戴著他的龍鱗的手腕，沒有回她。

他們是貼得太近了，玉枕之上呼吸相聞，白奇楠的冷香與百花的暖香交織在一起。她微微抬起頭來，在極近處與他目光相接。「你說不會忘了我，我很喜歡。不要忘了過去的我，也不要忘了今夜的我。」是一句有些莫名的話。但他來不及細想，因她閉上眼睛主動靠近了他的唇。

「不要忘了今夜的我，三郎。」她輕輕在他唇邊重複，然後主動吻了上去。他腦子一昏，什麼都不能再想，唯一所知是如藤蔓一般擁抱住自己的她，和她那些青澀卻纏綿多情的吻。

他們在這孤寂的、安靜的、無人打擾，也無人知曉的時空裡交纏。

她在他的身下獻祭一般地展開了身體。

夜很長。

詩一般的婉轉傷感。

但也很美。

是夜，八荒正中的中澤大地忽然升起七道洪荒大陣。大陣光華熠熠，光芒裹覆住整個中澤，阻擋五族生靈靠近。天地正中之地，原本便是眾神都不可涉足之處，這下更是連隻蚊子也無法飛進去。

東華帝君攜座下仙官重霖仙者立在第一道大陣外。帝君抬眼凝望被耀眼金光所覆蓋住的中澤，神色微凝：「還是來晚了一步，姑媱閉山了，回吧。」

熟諳帝君行事風格的重霖仙官試探地提出了一個建議：「也許帝君可以硬闖進去？」

帝君想了一下，問他：「這是不是會有點不太禮貌？」

重霖實話實說：「禮貌的確是不禮貌的，可禮貌不禮貌的帝座您好像一向也不是很在乎。」

就見帝君沉思了一下：「這七道大陣皆是洪荒時代少綰為姑媱所布，少綰的陣法獨步天下，就算是本君闖過去也頗費力，算了。」說著果斷地轉了身，準備打道回去。

重霖趕緊跟上去：「可帝君不是說祖媞神醒來，可能是因預知到了八荒的劫難，因此您勢必得走今日這一趟嗎？」

帝君沒有停下腳步：「她一回來就關閉姑媱，想必事情並不危急，她已有所打算了吧。」

重霖一聽也是有理，可不禁還是有點擔心：「可萬一其實只是祖媞神慮事不太周全所以才關閉了姑媱呢？」

帝君聳了聳肩：「好歹是個洪荒神，同本君一輩，不至於。」

重霖見帝君如此放心，也只好放了心，隨著帝君駕雲而去。

天地正中之處乃是中澤，中澤正中之處乃是姑媱，姑媱正中之處乃祖媞的閉關玉室觀南室。觀南室隱在長生海旁的蘭因洞中，是整個中澤靈氣最盛之處。

自祖媞獻祭混沌後，觀南室已靜謐了二十一萬年，此刻，靜謐了二十一萬年的玉室中卻傳出了痛苦的啜泣聲。

四大神使守在洞前，面色皆是肅然。祖媞歸位之時，沉睡的九色蓮霜和和帝女桑雪意亦被普照於世間的明光喚醒，醒來後第一時間趕回了姑媱。但彼時祖媞已入了石室，殷臨也潛入了長生海，只留昭曦守在洞府門口。兩人從昭曦的口中打聽出了尊上這是要將最後一世作為凡人的記憶剝離出仙體，因此入了石室閉關。但為何尊上要將最後一世的記憶剝離，連昭曦亦不知。待殷臨從長生海中出來後，兩人欲相詢殷臨，石室中卻突然傳出了尊上的哭泣呻吟之聲。

從前尊上若有危難，衝在最前的一定是昭曦，然此時昭曦卻背對著他們靠在洞口的巨岩旁，一動也未動。一向八面瑩澈洞幽察微的雪意見此微微一頓，停下了急向洞內的腳步，唯急脾氣的霜和不改暴躁冒失，直直地往裡衝，果不其然被殷臨閃身於洞門前提劍攔住。

霜和被劍氣撞得後退三丈，趕緊出刀定住自己，便聽殷臨冷冷道：「將記憶剝離出仙體，本就是一樁不易之事，記憶若是融入骨血魂魄，那剝離的過程更是無異於剝皮抽筋、剜肉剔骨。尊上她只是在忍受這些必須經歷的痛苦罷了，只有熬過這些痛苦方能成功將那些記憶剝離，你此時進去非但無助於她，反會打擾她，若使尊上功虧一簣了，你當如何？」

霜和雖是個小暴脾氣，但自洪荒時代起就畏懼且崇拜四大神使之首的殷臨，殷臨微一沉臉，他就服服貼貼了，因此雖被殷臨的劍氣撞得一退三丈遠，也只敢揉著胸口委屈：「我、我只是聽尊上好像很痛苦的樣子，有些著急。」

雪意看著霜和這不成器的樣子嘆了口氣，上前兩步來到殷臨面前，蹙眉疑惑問道：「若尊上不喜最後一世的記憶，這世間有的是忘情丹、忘情水可助她忘卻，我不能理解，她為何要選擇如此痛苦的方式，生生將記憶剝離仙體。非要如此嗎？」

殷臨沉默了片刻：「她有她自己的原因，她若能成功剝離那些記憶，我會告訴你。」

雪意看了他一陣，點了點頭。

玉室中又傳來一陣悲鳴，極悲傷，也極痛苦。殷臨握緊了手中的劍柄，這悲呼他亦不忍聽，但他不得不忍。祖媞有自己的原因，這世間只有他們兩人知道那原因，那是光神為水神所安排的，關於他們這段緣分的終局。

「非要如此嗎？」雪意這麼問他，他其實也這麼問過祖媞，就在她進入石室之前。那時他們剛自天櫃趕回姑媱，她看著遠山，輕聲回他：「能夠最後做一次道別，我已知足了，他也只會以為這一切都只是一個夢。其實一切到此為止，也沒有什麼不好。但我同他有過約定，結束水刑後他要來找我，然後帶我離開，浪跡天涯相伴一生。我是……無法履約了，但我可以給他一個成玉，讓那個成玉，去實現同他的約定。」

這就是她選擇剝離記憶的理由。

的確是有那種方法的。當她習得憐憫這種情感後，有好幾次轉世，當她身死回歸後，出於憐憫，她都剝除過記憶，且將那些剝離了的記憶煉成過憶珠，放入過同她相似的人偶軀體中。那幾世裡，每一個人偶都好好地代替了她，蒙蔽了深愛她卻早早失去了她的家人親朋。他們以為那人偶就是她，與那人偶安樂平和地度過了一生。

但問題是，那時候她感情殘缺，記憶同仙體聯繫得並不緊密，將記憶剝離出仙體煉化成憶珠也並不痛苦。可這一次，深入骨髓的記憶卻並不那麼容易被剝離，除此外還有更棘手的一件事……

他不得不提醒她：「水神不同於凡人，他定能看出妳送去他身邊的並非從前的成玉，只是一個人偶……」

她微微垂眸：「長生海底，還存著一具我的凡軀，那是謝冥做來備用的一具。我會造出一個新魂，將……成玉……」話到此處，有些哽住，她頓了一下，平復了聲線，繼續說了下去，「我會將成玉的記憶放進那新魂中，凝成一顆魂珠，屆時你將那魂珠放入那凡軀，將她送去凡世……他不會看出來的。」說著後面這半段話時，她的聲音穩了許多，但微微側過的臉，卻滑過了淚痕。

他靜了許久。他已經許久沒有感情用事了，可那時，卻有些衝動地同她提議：「妳根本割捨不下水神，離那大劫還有三萬年，為何不……」

她卻打斷了他：「我將沉睡，以修回失去的靈力和修為。」

他啞然。

是了，是他疏忽了這一點：她還有靈力和修為需要修回。若她是別的洪荒神，或許沉睡千年即可，但她是光神、預知之神，穩定的精神力是她的靈力之源，她必須用很長的時間去沉睡，以穩定精神力，儲備充足的靈力，如此方能自如應付三萬年後的獻祭。

他一時無法言語。

「我與他的緣，只能止在成玉這一世。」他聽到她這麼說。

她背對著他，他無法看清她的表情，兩人之間靜了許久，最後，他聽到她輕輕嘆了一聲：「他愛著成玉，我便給他成玉，這是我最後，能夠給他的東西。」

那是她同他說的最後一句話。

玉室中突然傳出一聲撕心裂肺的痛喊，震徹整座姑媱山林。

殷臨猛地回過神來。

昭曦三人亦面露焦急之色。

緊隨著那痛喊的，是一場飽含了血淚的痛哭，哭聲沉痛絕望，天地亦為之動容，中澤靈息彷彿都感受到了那痛哭聲中的悲鬱和無力，整個姑媱忽然下起了潑天的大雨。

許久，那悲哭之聲終於止息了。

殷臨攔住了其他三位神使，獨自向洞中而去。

玉室之中，一身金色長裙的少女蒼白地躺倒在地，身旁滾落了一顆小小的金色珠子。

殷臨將少女抱了起來，輕穩地放在了一旁的玉床之上。

他在玉床之前跪下，肅重地拜了三拜，而後撿起了那顆明珠，走出了玉室。

光神沉睡了，守護著中澤的七道大陣之光暗淡了下去。

四位神使遠望著天邊那暗淡的光。他們等來了她的歸位，接下來，需照顧她的沉睡，這是神使們的使命。

而無論如何，她會在天道有劫之前醒來吧。
因為，這是應劫於洪荒上古的諸神的祈願。是天道。亦是光神的宿命。

——貳・完

國家圖書館出版品預行編目資料

三生三世步生蓮（貳）神祈／唐七 著.
--初版.--臺北市：平裝本. 2021.12
面；公分（平裝本叢書；第0529種）
（☆小說；12）
ISBN 978-626-95338-0-0（平裝）

857.7　　110018032

平裝本叢書第 0529 種
☆小說 12

三生三世步生蓮

（貳）神祈

作　　者—唐七
發 行 人—平雲
出版發行—平裝本出版有限公司
台北市敦化北路120巷50號
電話◎02-27168888
郵撥帳號◎18999606號
皇冠出版社(香港)有限公司
香港銅鑼灣道180號百樂商業中心
19字樓1903室
電話◎2529-1778　傳真◎2527-0904
總 編 輯—許婷婷
責任編輯—張懿祥
美術設計—單宇
著作完成日期—2021年6月
初版一刷日期—2021年12月
初版二刷日期—2023年5月
法律顧問—王惠光律師

讀者服務傳真專線◎02-27150507
電腦編號◎541012
ISBN◎978-626-95338-0-0
Printed in Taiwan
本書定價◎新台幣340元/港幣113元